IM PRESS

ЮРИЙ ОКУНЕВ

ОБРАТНАЯ ПЕРСПЕКТИВА

БОСТОН · 2021 · BOSTON

Юрий Окунев   Обратная перспектива

Yuri Okunev   Reversed Perspective
(Obratnaya Perspektiva)

ISBN 978–1950319480
Library of Congress Control Number: 2021937776

Published by M·Graphics | Boston, MA
   ☐ www.mgraphics-books.com
   ✉ mgraphics.books@gmail.com

In collaboration with Bagriy & Company | Chicago, IL
   ☐ www.bagriycompany.com
   ✉ printbookru@gmail.com

Edited by Yulia Tymoshenko
Book Design and Layout by Yulia Tymoshenko
Cover Design by Larisa Studinskaya

Artworks by Ella Shaikind

При подготовке издания использован модуль расстановки переносов русского языка batov's hyphenator™ (www.batov.ru)

Printed in the United States of America

Содержание

История не учительница,
а надзирательница: она ничему
не учит, а только наказывает
за незнание уроков.

Василий Ключевский, историк

Старушке Истории ничего другого
не остаётся, как выносить свои
суровые приговоры нашими устами,
нашими перьями.

Игорь Ефимов, писатель

От автора

Название этого сборника повестей относит читателя к понятию обратной перспективы.

В живописи это понятие означает изображение удалённого от зрителя предмета в увеличенном масштабе — чем дальше предмет изображения находится от зрителя, тем больше он в размере.

В литературе обратная перспектива указывает на обострённый интерес произведения к деталям событий прошлого, в которых, на самом деле, таится объяснение многих явлений настоящего, равно как и предостережение для будущего. Поэтому чем дальше в прошлое мы обращаем свой взгляд, тем тщательнее и глубже следует проникнуть в истинный смысл и назидательную суть событий того далёкого времени. В этом, на наш взгляд, концептуальная особенность литературной обратной перспективы, предпочитающей в отношении прошлого мужественный выбор ве́дения в противовес трусливому выбору неведения.

О сути такого выбора в широком историческом плане выразительно писал в своей «Метаполитике» выдающийся писатель и философ Игорь Ефимов:

«Дар разумного сознания, присущий каждой человеческой воле, можно уподобить прожектору, созданному для того, чтобы освещать окружающий мир во времени и в пространстве. Свобода воли ни в чём не может быть реализована с большей полнотой, нежели в обращении с этим даром. Выбор состоит в том, чтобы либо направлять луч прожектора осторожно, избирательно, избегая освещать всё пугающее, укоряющее, тягостное, отталкивающее, опасное, — это выбор неведения; или, напротив, посылать окрест себя ровный и ясный свет, не ослабляя его и не отводя даже от самых грозных и мучительных картин, — это мужественный выбор ведения».

Почему три предлагаемых читателям повести объединены под общим названием «Обратная перспектива»? Ведь эти повести даже в жанровом плане совершенно разнородны...

«Кенотаф» — повесть о жизни двух русско-еврейских семей во времена страшного и кровавого двадцатилетия истории России с середины 1930-х по середину 1950-х годов. Трагические судьбы героев повести вскрывают преступную сущность диктаторского режима — это литературный мартиролог его жертв.

«Мелодии юности» — повесть о юношеской любви на фоне жизни студенческой молодёжи во времена так называемой «оттепели» советского режима конца 1950-х и 1960-х годов. Удивительным следствием любовной драмы главного героя повести стал его творческий прорыв в науке, совпавший по времени с «бурей и натиском» самобытных шестидесятых годов. Лирический сюжет повести выделяет светлым лучом этот короткий период советской истории между большим террором 30–50-х и мракобесным застоем 70-х — начала 80-х.

«Дело шестнадцати» — остросюжетная документальная повесть с подлинными фактами, документами и показаниями свидетелей из советской жизни времён застоя и деградации в начале 1980-х годов.

Как видно, эти три повести охватывают три весьма сложных и отнюдь не однозначных периода в истории России XX века: террор-война, оттепель — творческий взлёт, застой-деградация. Сюжетные линии во всех трёх произведениях представлены с максимальной степенью правдивости, доступной лучу того прожектора ве́дения, которым располагал автор. В этом, наверное, главный мотив отнесения всех трёх повестей к произведениям обратной перспективы.

В повестях есть и немало других общих черт.

Главным местом действия в них является Ленинград, а вымышленные и подлинные сюжетные линии и события перемежаются размышлениями об исторических реалиях, которые эти события сопровождают и подчас вызывают. Такое сочетание художественной литературы и публицистики способствует обострённому восприятию знаменитого предупреждения историка Василия Ключевского в вышеприведённом эпиграфе.

Повести расположены в хронологическом порядке описанных в них событий и в порядке, обратном времени их создания.

Повесть «Дело шестнадцати» была составлена коллективом авторов в Ленинграде ещё в советские времена в 1987 году, а впервые опубликована в 2002 году в Санкт-Петербурге. Приведённый в этом сборнике вариант сильно отличается от изданного ранее:

текст сокращён, добавлены новые стихотворения того же автора, увеличено число фотографий.

Повесть «Мелодии юности» напечатана впервые в журнале Слово/Word, № 87, в Нью-Йорке в 2015 году и приводится здесь практически без изменений.

Повесть «Кенотаф» опубликована впервые отдельной книгой в 2021 году в издательстве «Алетейа» в Санкт-Петербурге. В приведённом здесь варианте несколько изменён текст и использованы оригинальные иллюстрации.

КЕНОТАФ

Повесть-мартиролог

Посвящается
моим родственникам,
убитым во времена,

«...когда улыбался
Только мёртвый, спокойствию рад.
И ненужным привеском болтался
Возле тюрем своих Ленинград».

Пролог

Туман серовато-белыми клочьями обволакивал верхушки деревьев и спускался ещё ниже — к надгробьям. Было пустынно и зябко — ранняя ленинградская осень на спаде золотого листопада. Мертвенную тишину кладбища иногда нарушали резкие крики ворон. Ольга подумала: *«Наверное, это было бы таинственно красиво в другом месте...»*

Она выехала в Ленинград из Волхова ещё затемно, первой электричкой, потом добиралась сюда на Богословское кладбище трамваями, чтобы проверить, как поставили памятник. После освобождения из концлагеря ей жить в Ленинграде и других больших городах не полагалось, только за сто первым километром разрешалось. Каждая поездка в Ленинград была рискованной, Ольга старалась избегать людей в погонах, чтобы не попасться... Великий вождь умер, АЛЖИР, в котором она провела зэком почти пятнадцать лет, ликвидировали, а страх остался.

Когда вернулась из Казахстана в родной Ленинград, пошла сразу на улицу Ракова, дом 21, но в квартиру, где жила когда-то с мужем и сыном, войти побоялась, да и сердце не позволило — забилось, загрудинной болью отозвалось на вспышку памяти. По лестнице, по которой когда-то взбегала мигом на третий этаж, поднялась с трудом, задохнулась... Подошла к такой знакомой двери, к постаревшей, морщинистой и обшарпанной двери в её бывшее счастье, к такой когда-то ухоженной и респектабельной двери. Подумала, что дверь эта тоже пережила немало — войну, блокаду, разруху... Позвонить не решилась — что сказать, если откроют, да и поймут ли. Она привыкла — редко кто понимает... Ушла с мокрыми глазами, тяжело опираясь на перила.

После той закрытой в прошлую жизнь двери Ольга легко смирилась с пребыванием в Волхове. У неё не осталось в Ленинграде ни одного родственника — все погибли в блокаду. Были ещё выжившие родственники по линии мужа, но она знала: они давно, с предвоенных ещё времён, постарались забыть то, что случилось с мужем, стёрли его даже из своей памяти — будто и не было ничего такого... У неё не осталось друзей — собственная жизнь бывших коллег по университету и сотрудников мужа была им дороже дружбы. Как и всем, впрочем... Только одна Фаина, с которой учились ещё в аспирантуре университета, приняла Ольгу, разрешила пожить у себя. Она и посоветовала поехать в Волхов, где открывали какой-то техникум и нуждались в преподавателях русского языка и литературы. Ольга была филологом, училась у самого профессора Жирмунского, защитила в 1936-м диссертацию по германским диалектам. Преподавателем в волховский техникум её, конечно, не взяли, но предложили работу в местной прачечной, правда, с общежитием — она согласилась.

Идею поставить памятник Семёну высказала тоже Фаина, она же одолжила Ольге деньги. Муж Фаины был кардиологом, у него лечился директор Богословского кладбища. Без помощи директора ничего бы Ольга не сделала... Директор нашёл хорошее место — Медицинский некрополь. Ольга заказала на то место стелу из тёмного гранита и попросила написать даты рождения и смерти мужа: (1899–1937). Директор кладбища возразил:

— Тридцать седьмой год — плохая, неудобная дата смерти... Что вам сказали о муже там? — Он поднял указательный палец вверх.

— Там сказали, что муж скончался в 46-м году от рака.

— Вот так и напишите — 1946, спокойнее будет, без вопросов...

В АЛЖИРе Ольгу приучили к бессловесному повиновению — эта власть вечна, возражать ей бессмысленно и смертельно опасно. Она послушалась директора, переписала даты на (1899–1946), так и осталось навечно и... концы в воду.

Ольге понравилось, как сделали могилу мужа. Металлическая ограда окружала небольшой квадрат пространства с выразительной стелой и каменной скамеечкой под красивой берёзкой.

Туман, уже заполнивший всё вокруг, спускался на гранит стелы, отделяя от бесконечного пространства тиснёную надпись:

Доктор медицинских наук, профессор,
директор Всесоюзного НИИ гигиены труда
Семён Борисович Шерлинг
(1899–1946)

Ольга присела на скамейку прямо напротив стелы, и туман накрыл её, оградив от враждебного мира и оставив наедине с надписью на чёрном граните. Эта надпись была её последней и единственной связью с бесконечным пространством реального мира, где, кажется, не осталось ни одного близкого ей существа, ни одного…

Советское шампанское

28 июля 1936 года на заседании Политбюро при личном участии товарища Сталина было принято Постановление Совнаркома СССР и ЦК ВКП(б) «О производстве Советского шампанского», предусматривающее строительство заводов шампанских вин в нескольких городах страны. Товарищ Сталин разъяснил, что стахановцы сейчас зарабатывают много денег, много зарабатывают инженеры и другие трудящиеся. А если трудящиеся захотят шампанского, смогут ли они его достать? Шампанское — признак материального благополучия, признак зажиточности.

Уже больше года, как товарищ Сталин объявил советскому народу, что ему, народу, «жить стало лучше, жить стало веселее», и народ с энтузиазмом согласился поверить вождю. Семёну с Ольгой тоже стало и лучше, и веселее — к новому 1937 году у них на столе появилась бутылка Советского шампанского. Как директор Института гигиены труда, Семён по заданию Совнаркома консультировал главного шампаниста Советского Союза на Донском заводе шампанских вин, и тот в благодарность прислал Семёну первую экспериментальную бутылку.

Семён поначалу без энтузиазма принял назначение на должность директора всесоюзного института. Первым ему сообщил об этом назначении первый секретарь райкома партии Иван Игнатьевич — старый друг и наставник Семёна ещё с Гражданской войны. Потом был приём в Смольном у самого первого секретаря Ленинградского обкома и горкома ВКП(б) товарища Жданова, который сменил убитого троцкистами Кирова. С Кировым Семён был знаком лично, а Жданова увидел впервые. Ореол вождя и сталинского любимца окружал Жданова, но Семёну он показался немолодым и уставшим, а по врачебному чутью ещё и не вполне здоровым человеком. Вождь поздравил Семёна с назначением и сказал, что ЦК ВКП(б) и лично товарищ Сталин ни на минуту не оставляют без внимания условия труда советских людей, постоянно заботятся о здоровье и гигиене трудящихся. Партия возлагает большие надежды на вновь созданный в Ленинграде Всесоюзный институт гигиены труда, партия оказывает ему, Семёну Борисовичу Шерлингу, исключительное доверие и поручает возглавить этот институт. Семёна несколько смутила помпезность процедуры назначения, которого он совсем не ожидал и, честно говоря, не очень-то и хотел... Его вполне устраивала должность профессора Военно-медицинской академии Красной армии имени С. М. Кирова, бывшей Императорской академии, профессора которой в царские времена приравнивались в чине к тайному советнику. О чём ещё мог мечтать еврейский парень из бывшей черты оседлости, сын грузчика с дровяного склада в провинциальном городе Витебске? Доктор медицинских наук, признанный одним из ведущих гигиенистов в стране, Семён любил свою работу — лекции, научные исследования, руководство аспирантами.

— Директорская работа — не моё это, не моё... — говорил он Ольге, когда вызвали в Смольный, но она не согласилась.

— Партия считает, что ты перерос профессорскую должность, тебе предлагают совершенно новый горизонт. В своём институте ты получишь несравнимые с кафедрой возможности. Тебя оценили на самом верху, вот и радуйся, и дерзай!

Перед приёмом в Смольном Семён позвонил Ивану Игнатьевичу:

— Признавайся, Иван, — твоя работа?

— Это не моя, а твоя, Семён, работа! Рекомендации рекомендациями, а решение принято на самом верху, поверь мне, по совокупности сведений о твоей партийной личности и твоих научных результатов. По оценке твоей работы, короче... Ты, дружище, не дури — решения партии не обсуждаются, а выполняются. Ты, Семён, жену больше слушайся — она умнее тебя.

Выйдя из Смольного уже затемно, Семён сказал своему шофёру Николаю, что хочет подышать воздухом, и пошёл домой пешком по длинной улице Воинова. Хотелось обдумать случившееся с ним в этой жизни, понять истоки такого грандиозного поворота судьбы. В этом повороте ему виделось что-то призрачное, нереальное, чудилось некое фантастическое создание мечты. Что это — необыкновенное стечение обстоятельств или неизбежный объективный процесс социалистического преобразования общества? У Таврического дворца Семён остановился, долго смотрел на его величественную колоннаду. Всего семнадцать лет назад ему, еврейскому парню из черты оседлости, не дозволялось даже приближаться к этому городу — столице великой империи, а ныне… Его личный шофёр, в обязанности которого органы госбезопасности вменили охранять новоиспечённого директора института, медленно ехал за ним по противоположной стороне улицы. Фантасмагория какая-то, — кажется, это так называется…

* * *

Семён вдруг вспомнил лицо своего седобородого отца в тот день, когда сказал ему, что записался в красноармейцы. Отец не осуждал и не отговаривал его, он смотрел на сына с грустным непониманием, а потом протянул ему деньги на дорогу и ушёл. Семён никогда больше не видел его…

Отца звали Бенцион, у него была неплохая по тем временам зарплата — витебский лесопромышленник Левинсон не обижал своих работников. Но дети росли и расходы росли — жизнь была нелёгкой. Большая семья отца жила в деревянном флигеле при складе, включавшем три комнатушки, из которых две были проходными. Непроходная комната была спальней родителей и совсем маленьких детей, а в двух проходных комнатах протекала вся жизнь семьи — здесь и еду готовили, и бельё стирали, и детей мыли, и субботние свечи зажигали, здесь же спали взрослые дети. Семён был девятым, предпоследним выжившим ребёнком Бенциона. Когда родился младший брат Семёна Лейба, в квартирке обитала целая дюжина человек, тесновато было…

Как это принято у евреев с древнейших времён, в семье Бенциона поощрялось стремление к знаниям и образованию, несмотря на денежные затруднения. Все дети ходили в приходскую школу, потом в гимназию или ремесленное училище, зарабатывали себе деньги на образование — кто репетиторством в богатых домах, а кто и на разгрузке барж на пристани. Все старались выбиться из нищенского быта, потом начали разъезжаться из Витебска в поисках лучшей судьбы.

Исключением был самый старший брат Семёна Исай — как только он достиг возраста бар-мицвы, то есть 13 лет, отец устроил его работать подручным на дровяной склад. С несколькими классами приходской школы способный Исай со временем был назначен на должность управляющего всего огромного лесопромышленного хозяйства губернии — работа на дровяном складе была его университетами. Из своего раннего детства Семён запомнил роскошный дом Исая на Задуновской улице, запомнил, как поразило его детское воображение красивое шоколадного цвета пианино в большой гостиной у окна с золотистыми портьерами — он такую роскошь видел впервые в жизни. А ещё запомнилась богатая свадьба Исая, на которую были приглашены все родственники. Красавица-невеста в длинном блестящем свадебном платье и жених в чёрном костюме под белоснежной, искусно драпированной хупой.

Это было в 1905 году... В стране начиналась революция, предсказанная горьковским Буревестником: «Буря! Скоро грянет буря!» Волны той бури выбросят из жизни брата Исая и вознесут его, Семёна...

Семён видел примеры революционного вознесения бывших бесправных и униженных жителей черты оседлости. Ему было 18 лет, когда витебский еврей Мовше Сегал был назначен самим наркомом Луначарским на должность губернского комиссара искусств. Семён с восторгом наблюдал, как этот сын грузчика из селёдочной лавки в косоворотке с кожаным портфелем под мышкой запросто входит к губернскому начальству в бывший губернаторский дворец. А потом на демонстрации в честь первой годовщины Октябрьской революции Семён с пением «Интернационала» марширровал вместе с рабочим классом Витебска мимо трибун, которые Мовше Сегал разрисовал огромным стадом зелёных коров и летящих по небу лошадей. Семён знал, что жена его старшего брата Исая устроила Мовше учиться рисованию в школу Иегуды Пэна, но он представить себе не мог, что Мовше станет великим художником XX века Марком Шагалом.

Все братья Семёна, за исключением «обуржуазившегося» Исая, не просто приняли три русские революции начала XX века, выпавшие на их молодость, а с восторгом и энтузиазмом ринулись в них. Царское самодержавие загнало евреев в угол и не оставило им никакого выбора, кроме революции или сионизма. В революции с идеями интернационала и бесклассового коммунистического общества многие евреи увидели выход из бесправия и унижения, долгожданный выход из тюремного подвала прежней жизни, прорыв к свету знаний, равенству и братству, воплощение тысячелетней мечты. Абстрактные библейские идеалы справедливости, которым их учили родители и учителя, внезапно были поставлены в повестку текущего дня новыми пророками — атеистическими лидерами Российской социал-демократической рабочей партии. Детство и отрочество Семёна прошло в атмосфере бунтарского поиска новых путей, в крамольной обстановке разрыва со старым укладом жизни.

Судьбы братьев были для Семёна влекущими примерами молодого бунтарства и революционной крамолы. Брат Зиновий был всего на пять лет старше, но как много это значило в те бурные годы. После окончания ремесленного училища Зиновий уехал работать в Польшу, занялся политической агитацией среди студентов и рабочих. Дома он первым сказал: «Бога нет!» Семён поначалу не поверил ему:

— В Торе сказано, что мессия придёт спасти мир и дать счастье праведникам. Разве это не от Бога?

Брат подсел к нему и долго рассказывал, как раввины и попы обманывают людей:

— Религия — опиум для народа! Они тысячу лет обещают людям счастливую жизнь на небесах, а мы построим справедливое социалистическое общество без угнетения здесь на земле.

Семен тогда не смел возразить старшему брату, да и нечего было возразить — его собственная вера едва держалась на старых семейных традициях, которые уходят в прошлое. В 18 лет его брат Зиновий стал профессиональным революционером под именем Захар Гвиль, а в 22 года вступил в партию большевиков и после революции стал известным функционером новой власти. Феерическая партийная карьера старшего брата стала для Семёна судьбоносным вызовом и впечатляющим эталоном. Не меньшее влияние на большевистский выбор Семёна оказала судьба его младшего брата Лейбы, который был на четыре года моложе. В 15 лет Лейба стал одним из первых комсомольцев Витебска, активным, энергичным революционным вожаком, а в 16 лет он погиб в бою с белогвардейцами под Харьковом. В Витебске Лейбе устроили торжественные похороны как герою революции. Семён на всю жизнь запомнил море красных знамён и ружейные залпы на прощании с младшим братом-героем! После смерти Лейбы он записался в красноармейцы и вступил в партию большевиков — ему было 20 лет…

* * *

Семён сжал пальцами виски, резко провёл руками по лицу, словно сбросил опутавшие его нити памяти… Шестнадцать лет прошло с тех лет боевой юности, а видится всё — словно было вчера. Он зашагал быстро вдоль ограды Таврического дворца — нужно смотреть только в будущее, партия поставила перед ним новые трудные задачи, и никто не подскажет, как их решать. Семён уже определил для себя главные направления работы института. Теперь нужно всё детализировать, подобрать исполнителей, с финансами разобраться. Виброакустические факторы на производстве — это, кажется, упустил... Он подал рукой знак шофёру, быстрым шагом перешёл пустынную улицу. Работать, работать...

Новый год

Новый, 1937 год пришёл в почти забытом праздничном наряде: партия и правительство специальным декретом Совета народных комиссаров разрешили трудящимся полноценное празднование Нового года с ёлкой, украшенной красной пятиконечной звездой и детскими игрушками. А в московском Доме союзов появилась всесоюзная ёлка с добрым партийным Дедом Морозом и его внучкой — комсомолкой Снегурочкой. Они раздавали детям подарки — жить становилось всё лучше, всё веселее...

В этом году Ольга и Семён наряжали ёлку в своей трехкомнатной квартире вместе с трехлетним сыном Левочкой. Семён поднимал сына на руках, Лева смеялся и пытался повесить игрушку с крючочком на ветку. Ольга с помощью домработницы накрыла роскошный стол: колбаса докторская, колбаса твердокопчёная, селёдка с лучком, винегрет, рыбные консервы, заливной язык и, конечно, холодец с хреном. Гвоздём закусок был приготовленный Ольгой пролетарский вариант салата оливье под названием «Столичный» с курицей вместо рябчика и огурцами вместо каперсов и пикулей. А гвоздём новогодней выпивки была, конечно, первая экспериментальная бутылка Советского шампанского. Не было недостатка и в других напитках — водка, портвейн и сухое грузинское вино.

Гостями в новогоднюю ночь были Иван Игнатьевич с женой и сыном. Ольга сначала собиралась пригласить родственников Семёна — в Ленинграде жили два его брата с семьями. Но неожиданно позвонил Иван Игнатьевич и поинтересовался, «где Шерлинги собираются справлять Новый год в соответствии с веяниями времени». Семён сказал, что «веяние времени в виде праздничной ёлки уже готово», и тут же пригласил старого друга присоединиться. Иван Игнатьевич согласился: «Хорошо, придём... Тем более разговор есть...» Ольга спросила мужа, мол, а как же родственники? «Родственников придётся отменить... Как-никак секретарь райкома хочет поговорить», — ответил Семён.

Иван Григорьевич пришёл с женой Соней и сыном Виленом. Он принёс бутылку настоящего французского шампанского.

— Откуда это чудо? — спросила Ольга.

— Мелкоте знать не положено... Есть ещё старорежимные закрома для избранных, — отшутился Иван Григорьевич.

— А я думаю, что Ваня припас французское шампанское, чтобы убедиться, что наше советское лучше, — высказал предположение Семён.

— Не ищите высокого подвоха в обыденном, — добавила Соня, — просто хочется доставить хозяевам удовольствие.

Ольга и Соня дружили ещё со времён Гражданской войны. Загадочные богини судьбы Парки со своими необъяснимыми причудами свели в одном военно-медицинском поезде русскую девушку Ольгу из рабочей семьи Нижнего Новгорода с еврейской девушкой Соней из семьи учителя в белорусском местечке Любавичи. Ольга была красноармейцем в охране поезда, а Соня служила в поезде медсестрой. В том поезде они и познакомились со своими будущими мужьями, когда красноармеец Семён Шерлинг привёз на телеге своего раненого красного командира — комбрига Ивана Прокопьева. История эта могла бы сойти за необычную и даже невероятную, если бы случилась в другое время. А тогда — в кровавых революционных буднях Гражданской войны — она была вполне обыденной, хотя и достаточно романтичной. Через год после знакомства, почти одновременно, Иван женился на Соне, а Семён на Ольге. Этот русско-еврейский перекрёстный матримониальный сюжет впоследствии сопровождался в их семьях постоянными шутками на тему, как друзья перепутали невест. На самом деле никто ничего не перепутал, а сошлись наши пары с попаданием в яблочко. Иван и Соня принадлежали по понятиям тех времён к зрелым многоопытным партийцам, а Семён и Ольга были по своей сути ещё детьми, которых революция заставила преждевременно повзрослеть.

Иван входил в когорту старейших большевиков, которые ещё до революции поддержали Ленина в его борьбе с меньшевиками за включение в программу партии идеи диктатуры пролетариата. Ему было чему учить молодого смышлёного еврейского парня, которого он назначил своим адъютантом. Поначалу были азы военного дела, а потом Иван наставлял Семёна в основах марксизма и революционной стратегии партии большевиков. Такую же роль наставницы по всем вопросам играла поначалу Соня в отношении Ольги. Соня ко времени революции уже окончила гимназию и прошла школу партийной работы в БУНДе. После революции она присоединилась к большевикам. У Сони был свой метод просветительства — книги. Она давала Ольге читать и русскую классику, и Маркса-Энгельса, и Ленина. Ольга была старательной ученицей, быстро навёрстывала упущенное в небогатой образованием нижегородской юности. Потом, после войны, Соня пошла учиться в медицинский институт, а Ольга окончила рабфак и по совету старшей подруги поступила на филологический в университет.

Разница в возрасте повторилась и в детях: сын Ивана и Сони Вилен был на одиннадцать лет старше Левы — сына Семёна и Ольги. Вилен учился в седьмом классе, вступил в комсомол. Лева благоговейно дотрагивался до комсомольского значка на груди у старшего товарища, а тот, присев на корточки, показывал малышу на игрушечном танке, как Красная армия будет громить врагов рабочих и крестьян по всему миру.

Потом все уселись за стол, чтобы до Нового года, как положено, проводить год старый. В старом году было много хорошего. В Совнаркоме утвердили представленный Семёном финансовый план развития его института. Ольга защитила диссертацию, и сам профессор Жирмунский рекомендовал оставить её в университете — в следующем учебном году она получит должность доцента кафедры. Соня стала начмедом крупного ленинградского роддома, её прочили на должность главного акушера-гинеколога города. Семён, начав было открывать Советское шампанское, попытался перечислить достижения Ивана по руководству коммунистами района, но тот прервал его и предложил:

— Давай-ка, Семён, перейдём от слов к делу... Шампанское оставь на Новый год, а пока выпьем с тобой водочки под селёдочку да язычок заливной.

Предложение было принято, женщины пожелали присоединиться к мужчинам и тоже выпить водки, и Иван поднял свою рюмку:

— Первый тост, друзья мои, за товарища Сталина — нелегко ему было в прошедшем году.

Чокнулись рюмками с водкой, выпили, закусили... Семён добавил:

— Да год был нелёгким, но победным — партия под руководством товарища Сталина разгромила троцкистскую оппозицию.

Поговорили и об этом... Иван показал новогодний номер газеты «Правда» — на первой странице под портретом Сталина огромными буквами значилось: «С Новым годом, товарищи, с новыми победами под знаменем Ленина — Сталина!»

Когда по радио начали передавать новогоднее поздравление всесоюзного старосты Михаила Ивановича Калинина, Семён открыл бутылку советского шампанского, а Иван — бутылку французского. В честь Нового года попробовали и того и другого. Семён сказал:

— Ты, Ваня, конечно, извини, но моё шампанское вкуснее твоего... Моё слаще, а твоё показалось мне кислым... Констатирую полную и окончательную победу пролетариата...

— За победу пролетариата готов выпить ещё, а вот в том, что она окончательная, сомневаюсь... Ты, Сема, подозреваю, в шампанском ни хрена не понимаешь, хоть и профессор. Тут мнение наших дам важнее...

— Мне понравилось и то и другое, но из солидарности с пролетариатом выбираю советское шампанское. Даже удивительно, как быстро на Донском заводе его сделали, по-стахановски, — сказала Ольга.

— Вот именно что быстро... Настоящее шампанское выдерживается несколько лет в специальных бочках и бутылках. Литературу нужно читать, товарищи профессора с доцентами, особенно тем, кто гигиеной труда заведует. Не всё то хорошо, что по-стахановски добывается, шампанское не антрацит, — поучительно пошутил Иван.

— Критику вышестоящих товарищей принимаю. Готов признаться, что пью шампанское первый раз в жизни, — ответил Семён.

— А по мне, — вступила в обсуждение Соня, — так и то и другое шампанское не сравнится с нашей привычной водочкой.

— Поддерживаю партийную позицию моей подруги: буржуазному по происхождению шампанскому не сравниться с пролетарской водкой, — пошутила Ольга.

— Сравнится, не сравнится, а давай-ка, Оленька, выпьем ещё шампанского за наши еврейские половинки. Две тысячи лет плотина, возведённая эксплуататорскими классами вокруг евреев, сдерживала их таланты. Но наша революция разрушила ту плотину, и энергия угнетённой нации выплеснулась и пошла волной высокой. И вот вам зримый результат за этим столом: Семён — учёный, директор института, не сомневаюсь, что скоро и академиком станет; Сонечка — талантливый и любимый нашим пролетариатом врач, не сомневаюсь, что скоро и главврачом будет. За вас, Семён и Сонечка, — поднял бокал Иван.

— Спасибо, Ванечка, за признание. — Соня пригубила бокал. — Думаю только, что та волна поднята идеями коммунистического интернационала у всех наций: «Весь мир насилья мы разрушим до основанья, а затем мы наш, мы новый мир построим, кто был никем, тот станет всем!» Вот ведь в чём дело...

— Согласен с Сонечкой... — сказал Семён. — Евреи в черте оседлости поверили в интернационал, а Октябрьская революция открыла им все пути, разрушила, как сказал Ваня, плотину угнетения...

— Да, Октябрьская революция, конечно, открыла дорогу... — без пафоса подтвердил Иван. — Хотя если быть точным, то равноправие всех наций ввела ещё буржуазная Февральская...

— Ты, Ваня, не иначе как перепил немного, — забеспокоилась Соня, — посмотрели бы мы на «равноправие наций», если бы белые победили в Гражданской войне.

— Вот-вот... А мы с Семёном не дали им победить. Правда, Сема? Там, на Гражданской, прошли наши лучшие годы, незабываемые. Давайте споём, что ли, песни нашей молодости...

Предложение Ивана всем понравилось, и Ольга первой звонко запела:

Слушай, рабочий,
Война началася,
Бросай своё дело,
В поход собирайся.

Все подхватили хорошо знакомые слова и мелодию:

Смело мы в бой пойдём
За власть Советов
И как один умрём
В борьбе за это.

Вот показались
Белые цепи,
С ними мы будем
Драться до смерти.

Смело мы в бой пойдём
За власть Советов
И как один умрём
В борьбе за это.

Иван спросил: «Если все как один умрём, кто будет строить коммунизм?» Семён добавил: «Да, многовато призывов к смерти — время такое было». Иван сказал, что помнит и другие песни Гражданской войны, и с хулиганским видом пропел:

Эх, яблочко
На тарелочке,
Надоела жена,
Пойду к девочке...

Соня всплеснула руками: «Вань, перестань... Совсем нетрезвый...» А Ваня продолжил:

Эх, яблочко,
Революция.
Скидывай, поп, штаны,
Контрибуция...

Посмеялись... Соня вдруг остановила всех, вздохнула глубоко и предложила выпить за Новый год не в ожидании новых побед над врагами и достижений на трудовом фронте, а просто так — за счастливый год. Она сказала:

— Выпьем, дорогие мои, за простое человеческое счастье в новом году, чтобы год был счастливее прежних, чтобы без врагов и ненависти, чтобы побольше любви и терпимости, чтобы, чтобы...

Она вдруг оселась, задохнулась, как бывает от комка в горле, и... расплакалась по-детски. Это было неожиданно и трогательно, это было огорчительно, но Иван и Ольга догадались, в чём причина, а Семён в полном недоумении всполошился, побежал на кухню за водой — он не знал того, что знали Иван и Ольга. Ольга начала успокаивать подругу, увела её в другую комнату... Иван громко сказал им вслед: — Девочки, мы с Семой пойдём прогуляться, а вы чай с пирогом приготовьте. И добавил тихо для Семёна: — Пойдём, друг, протрезвиться на морозце. Без нас Соня скорее успокоится — нервы...

Иван и Семён вышли на улицу. Было тихо, безветренно, нехолодно — лёгкий морозец чуть выше нуля градусов... Падал негустой мокрый снежок, и его струйки красиво высвечивались под редкими фонарями, а потом таяли, едва достигнув мостовой. Свежо и легко дышалось...

— Где твой любимый шофёр Василий? — спросил Семён.

— Отпустил его до утра, пусть отдохнёт, немолодой уже... Хороший мужик Василий Петрович, из первых чекистов.

— А мой шофёр Коля ушёл работать в НКВД. Толковый парень, там у него перспектива роста, я не возражал, написал ему отличную характеристику.

— Все они там толковыми становятся... А Василий ушёл из органов, с молодой порослью чекистов тягаться не захотел.

— Чем же молодые чекисты от старых отличаются?

— Ох, какой сложный вопрос ты задал, Семён. Не знаю... Думаю, для старых революция, интернационал были совсем рядом, им и служили, других авторитетов не признавали. А для молодых это всё уже далёкая история, а начальство рядом...

— Ответ твой, Ваня, ещё сложнее. Я так думаю, что у каждого поколения чекистов свои задачи и методы, которые временем диктуются. В этом и разница...

Иван неопределённо отмахнулся, взял Семёна под руку и ускорил шаг. Они молча прошли по улице Ракова до сквера Лассаля, что между Русским музеем и зданием бывшего Дворянского собрания, закружили вокруг по хрустящему под ногами снегу. Иван подставил ладонь под падающие мокрые снежинки, растёр влажной рукой лицо, заговорил приглушённо, безадресно, словно в пустое пространство...

— Хочу поделиться важным... Это непраздничное, за столом неуместное... Устал я от партийной работы, вспомнил свою рабочую юность на уральском заводе, хочу уйти на живое дело, для живых людей полезное. Я ведь слесарем был неплохим, да и в организации производства кое-что понимаю. Вот старые друзья приглашают в Сибирь, в Красноярский край, на новый машиностроительный завод, где толковых людей не хватает, предлагают должность начальника цеха. Думаю согласиться...

— Ты в своём уме, Ваня? — озабоченно вскрикнул Семён, мгновенно протрезвевший, — с должности секретаря райкома в начальники цеха... Да это же вроде ссылки за плохую работу. Ты, что ли, не справляешься со своей работой? Где здесь логика?

— Да не кричи ты... — Иван взял Семёна за плечо, больно сжал его, приблизился, глухо заговорил, почти зашептал: — А логики у нас давно нет, её заменила партийная дисциплина. Тебе, Сема, одному говорю... Другу старому, которому верю... Устал я руководить бессловесными. Мне в рот смотрят, своё слово сказать боятся. А главное — не хочу быть посерёдке на картине, на пьедестале...

Отовсюду всем виден, и сверху, и сбоку... Чем виднее, тем уязвимее, ты-то должен понимать. Чую, Сема, зверьё нас окружает... Как тогда, в Гражданскую, помнишь — словно почуял я дух смерти, когда конница мамонтовская налетела, ещё невидимая и неслышимая. Тогда было проще, враг был яснее, а сейчас... Боюсь я, Сема, хочу уйти в тень. Тогда не боялся, а сейчас боюсь...

— Не понимаю я тебя, Ваня, первый раз в жизни не понимаю, — нервно, приглушённо в тон собеседнику, сказал Семён. — Страхов твоих не понимаю. Ты старый большевик, с Лениным партию создавал, герой Гражданской войны, признанный партийный руководитель. Одумайся, Ваня, чего тебе бояться, в какую такую тень уходить? Да ты же пример настоящего большевика для молодых!

— Вот-вот, Сема, ты в точку попал: «старый большевик». Слишком много тот старый большевик знает и помнит. То помнит, что нынешним партхолуям знать не положено. Потому и боюсь я их, Сема... Власти ихней несоветской, непартийной...

Свернули по улице Лассаля к проспекту 25 Октября, где на углу у Гостиного под фонарём стояла ёлка. Семён обескураженно молчал. Иван взял его под руку, ускорил шаг, словно убегая от сказанного. Потом остановился, медленно, с одышкой, с длинными паузами произнёс несколько тяжёлых фраз:

— Ты ведь июльское закрытое письмо ЦК читал... Наверняка знаешь, что все сторонники Зиновьева и Троцкого объявлены врагами советской власти, подлежащими полному уничтожению... Ты молодой... Зиновьева понаслышке знаешь, а я с ним работал и в Коминтерне, и в Ленинградской парторганизации... Григорий Евсеевич рекомендовал меня после окончания комуниверситета на руководящую партийную работу в Ленинград... Вот тебе и вопрос: ты, мой друг Семён Шерлинг, можешь доказать, что я не сторонник Зиновьева?

— Могу, Иван, — горячо вступился за друга Семён. — Ты, Ваня, большевик-ленинец, сторонник сталинского курса ЦК, и никакие зиновьевы-каменевы тебя с большевистского советского курса не собьют.

Иван резко развернул Семёна к себе, почти лицом к лицу зашептал нервно, хрипло...

— Скажи откровенно, Семён, ты веришь, что Зиновьев и Каменев враги партии, что они готовили террористический заговор против советской власти и вождей?

29

— Я сомневался в этом, пока они сами не признались. Ведь они публично на открытом процессе признали, что организовали убийство Кирова. Все обвиняемые сами признали свои преступления… В прошлый раз покаялись, а потом втихаря готовили новые теракты.

— Все, да не все… Смирнов не признал, Гольцман не признал… Старейшие большевики, но, как и все, были расстреляны. Я знал Ивана Никитича Смирнова ещё по дореволюционным делам, его в Гражданскую называли сибирским Лениным.

— Про обострение классовой борьбы всем хорошо известно… Да, Ваня, был всплеск борьбы в прошедшем году. Может быть, не без ошибок… Но в целом партия оздоровилась, и новый год, я верю, будет спокойным и счастливым.

— Твоими бы устами да мёд пить, Сема. Буду рад, если ошибаюсь, но предчувствия свои тяжёлые не могу отбросить. Вот уже и на самого Бухарина замахнулись. Читал в «Правде»? Николай Иванович — любимец партии, автор Сталинской Конституции, а тоже, получается, чуть ли не враг народа, троцкист… Не понимаю я этого, Сема, и не принимаю…

Они молча дошли до ярко освещённого проспекта, неся какой-то груз неловкости от этого странного разговора. Разговора недозволенного, опасного, подобного вызову недоброй судьбы, от которой ни тому ни другому ничего хорошего ждать нельзя. Подошли к ёлке, украшенной множеством электрических лампочек. По пустому ночному проспекту вдоль и поперёк ходили весёлые люди. Постояли у ёлки, закурили… Тягостный разговор не отпускал…

— Давно не помню такого тёплого Нового года, — сказал Семён, чтобы уйти от этой тягости.

— И правда, Сема, такого не было, — согласился Иван, обнимая друга за плечи и увлекая его в обратный путь. — Пойдём домой, нас там с чаем да с пирогами заждались. А разговор этот забудь, не было его… Это так, накипело, а поговорить не с кем… Ты мне лучше вот что скажи: ты за дискуссией на московской сессии ВАСХНИЛ следил?

— Не могу утверждать, что знаю подробности, — оживлённо подхватил Семён, обрадовавшись перемене темы, — но в общих чертах суть отслеживал. Я ведь с Николаем Ивановичем Вавиловым встречался у него в ВИРе. Он, конечно, гигант… И в теории, и в практике… Не поверишь, чуть ли не пятая часть земель в стране заняты сортами из собранного им и его сотрудниками генофонда культурных растений. Всё лучшее в мире отыскал и у нас привил. А ты почему интересуешься?

— Как же, вавиловский ВИР в моём районе... Не знаю, как по научной, а по партийной линии на Вавилова негатив идёт, особенно после того, как его с должности президента ВАСХНИЛ сняли. Партийные органы поддерживают Лысенко — это я определённо знаю. Ты с генетикой знаком?

— Знаком в общих чертах, это не моя область, но стараюсь не упускать... Думаю, Ваня, что за этой генетикой будущее биологии, а потом и медицины.

— Как-нибудь найди время, просвети меня. Вокруг этой генетики, чувствую, большая политическая игра закручивается...

Когда дошли до дома, уже на пороге Семён вдруг придержал друга, взявшегося за ручку двери, и спросил:

— Скажи мне, Ваня... Соня знает о твоих планах уехать в Сибирь?

— Знает, конечно, не раз обсуждали... Отсюда и слёзы эти...

— Она не одобряет?

— Знаешь, как у нас говорят: «одобряю целиком и полностью». У Сони это не совсем так, а по-другому, по-женски. Вроде бы понимает меня, поддерживает, но сомневается, мечется... Виноват я, что груз этот непомерный с ней пытаюсь разделить. Не нагружай этим Оленьку, прошу тебя...

Лион Фейхтвангер

Ольга на самом деле всё знала, Соня с ней делилась... Женщины в своём общении друг с другом откровеннее, прозрачнее мужчин. Мужчины в большей мере склонны хранить переживания внутри, не выплёскивая их наружу. Женщины скорее идут на раскрытие своих эмоций, особенно когда общение идёт между близкими людьми. Ольга и Соня вместе прошли, как говорили древние, огонь, воду и медные трубы — им представлялось нелепостью скрывать или утаивать что-либо друг от друга.

Соня была крайне озабочена состоянием мужа, считала, что у него развивается чуть ли не мания преследования. Она рассказывала об этом Ольге, они обсуждали это... По словам Сони, Иван считает, что партия свернула с ленинского пути внутрипартийной демократии и насаждает диктатуру вождя, несовместимую с диктатурой пролетариата, за которую они — большевики-ленинцы — боролись. Имени Сталина не произносилось, но от Вани шли страшные слова, которые однозначно вели к вождю. Бывших чекистов превращают в карателей при вожде, это новая опричнина — так говорил Иван. Опричники собираются уничтожить всех старых большевиков, которые знают вождя ещё с дореволюционных времён, знают больше, чем положено...

Ольга с ужасом слушала откровения своей подруги, жалела её, пыталась успокоить — мол, это у Вани пройдёт, он вскоре поймёт, что карательный меч направлен только на врагов пролетариата и партии. Соня, вроде бы соглашаясь с подругой, тем не менее говорила, что ей подчас трудно возразить мужу, ей иногда кажется, что он прав. «Что может быть страшнее душевного разлада между близкими людьми?» — риторически спрашивала Соня. Ольга в тон подруге вспоминала:

— Кажется Лев Толстой говорил об этом... Что самый тяжёлый разлад — идейные разногласия между членами семьи. Помнишь, он ушёл из дома, потому что не находил понимания своих исканий у близких... Ушёл и умер в дороге...

Соня сказала:

— У меня разлада с Ваней не будет. Если Ваня решит отказаться от партийной должности и уехать в Сибирь, я, конечно, поеду с ним.

Ольга тяжело переносила откровения Сони, которая всю жизнь была её другом-наставником. У неё не было ни малейшего идейного разлада с Семёном — они солидарно не сомневались в справедливости того коммунистического дела, за которое в молодости боролись и которому теперь преданно служили. Эта едва ли не религиозная вера в святость идеалов партии большевиков, в непогрешимость решений партийного руководства имела твёрдую опору в единомыслии с Иваном и Соней — старшими товарищами, друзьями и партийными наставниками ещё со времён юности. И вот теперь оказалось, что прочный фундамент неколебимой веры, созданный этими старшими товарищами и соратниками по борьбе за построение социализма, ими же расшатывается и, более того, уже дал трещину. Оля говорила сама себе: «Нельзя, нельзя так думать... Ваня не прав... Да, некоторые бывшие большевики из руководства свернули с пути партии, стали предателями и врагами народа... Но разве это значит, что подозрение может пасть на всех старых большевиков, на цвет партии... У Вани действительно болезненная мания преследования... Уйти с поста секретаря райкома партии из-за опасений, что он, старый большевик, слишком на виду — какая нелепость... Уехать в Сибирь, затеряться — какая примитивная глупость...»

Ольга не сомневалась, что Семён оценит всё это так же, как она, но не рассказывала ему об откровениях Сони, не желая травмировать мужа и тайно надеясь, что всё уладится, что реальная жизнь страны развеет все нелепые опасения Вани... В этом духе Ольга успокаивала Соню — никуда Ваня не уедет, всё образуется, тебе не придётся уезжать из Ленинграда...

Начало нового года сча́стливо сливалось с розово-оптимистическими ожиданиями Ольги.

Вот уже месяц в стране гостил знаменитый немецкий писатель-антифашист Лион Фейхтвангер. Ольге и Семёну очень нравились его романы «Еврей Зюсс», «Успех», «Семья Оппенгейм»... Ольга читала их в университетской библиотеке в оригинале на немецком, Семён — в переводах на русский. Великого гуманиста Фейхтвангера лишили немецкого гражданства как еврея, его книги фашисты сжигали на кострах. А в Советском Союзе государственные издательства публиковали невиданно большими тиражами книги этого западного либерала и отнюдь не сторонника коммунизма. Это ли не символ нового понимания просвещённой свободы и подлинной народной демократии? Советский интернациональный строй и диктатура трудящихся предъявляют этот символ погрязшему в национализме и буржуазном мракобесии Западу — так думали Ольга и Семён. Они отслеживали по многочисленным публикациям в советской печати все события, связанные с пребыванием писателя в СССР. В составе университетской делегации Ольге довелось попасть на выступление писателя в Ленинграде. Она вслушивалась в речь писателя на немецком языке, радостно осознавая, что хорошо понимает его, благоговейно воспринимала его слова и мысли. Фейхтвангер рассказывал о чудовищном терроре нацистов в Германии, о неспособности западных правительств противостоять повсюду поднимающему голову фашизму, о насквозь прогнившей западной демократии. Он говорил, что только в Советском Союзе обнаружил твёрдую позицию противостояния национализму, антисемитизму, буржуазному индивидуализму. Ольге запомнились слова писателя: «Когда из этой гнетущей атмосферы изолгавшейся западной демократии и лицемерной гуманности попадаешь в чистый воздух Советского Союза, дышать становится легче…»

Писатель сурово критиковал Запад, мягко журил советские власти за отдельные недостатки… Он утверждал, что в целом всё увиденное в Советском Союзе ему очень понравилось. Ему понравилось, как «весь громадный город Москва дышал удовлетворением и согласием и более того — счастьем».

Это не могло не понравиться… Писателя поселили в лучшей гостинице Москвы, при нём у входа в гостиницу постоянно дежурил персональный автомобиль со специально обученными шофёрами — чтобы гость, не дай бог, не воспользовался общественным транспортом. Его кормили в лучших ресторанах, он получил невиданный гонорар за опубликованные в стране романы. Такого интереса к своей персоне и его произведениям, такого внимания, заботы и предупредительности писатель никогда не знал на Западе.

Отдельная команда чекистов под руководством нового народного комиссара внутренних дел товарища Ежова незримо отслеживала все телодвижения и высказывания важного гостя, равно как и всех лиц, назначенных встретиться с ним. Команда предупреждала его малейшие желания, устраивала встречи, в том числе «случайные», с советскими писателями, деятелями культуры и искусства, с простыми трудящимися.

Писатель, привыкший к оголтелому взаимному противостоянию различных групп западной интеллигенции, к их постоянному противодействию любой власти, к их неспособности объединиться даже для совместной общей борьбы с фашизмом, был удивлён и покорён единомыслием всех советских людей, с кем ему довелось встретиться, их непреклонным осуждением фашизма. Все, от академиков до простых рабочих, единодушно поддерживали политику правящей партии и её вождя Сталина. Все с энтузиазмом участвовали в построении невиданного в истории социалистического общества без эксплуатации и социального неравенства. И ещё одно наблюдение оглушительно порадовало писателя — антисемитизм, нараставший во всех странах Европы и уже достигший погромного уровня в Германии, был полностью исключён из жизни советских людей, а его малейшие проявления сурово пресекались в уголовном порядке. Писателю ненавязчиво продемонстрировали, как много евреев находится в высших эшелонах власти, науки и искусства.

Народный комиссариат внутренних дел организовал пребывание знаменитого писателя по высшему разряду. Комиссариату было строго указано, что провал миссии писателя Фейхтвангера абсолютно недопустим. История с французским писателем Андре Жи́дом ни в коем случае не должна повториться. Этот писатель, книги которого были изданы огромными тиражами в СССР, долго прикидывался сторонником коммунизма и другом Советского Союза, гостил в СССР, пользовался советским гостеприимством, делал вид, что ему всё нравится, а вернувшись домой, оболгал советский народ. Якобы в СССР нет свободы слова, а партия жёстко контролирует и литературу, и всю общественную жизнь. Якобы в Советском Союзе люди подавлены страхом перед насилием власти ещё больше, чем в гитлеровской Германии.

Руководящие работники комиссариата понимали опасения, связанные с приездом западного либерала Лиона Фейхтвангера — не повторится ли история с Андре Жи́дом? Им была известна ходившая по рукам частушка неустановленного автора:

> Стоит Фейхтвангер у дверей
> С каким-то странным видом,
> Эх, как бы этот вот еврей
> Не оказался Жи́дом.

Товарищу Ежову было разъяснено, что писатель Фейхтвангер приглашён, чтобы своим публичным мнением сгладить отрицательный эффект на Западе от клеветнических измышлений писателя Жи́да. Товарищ Сталин и ЦК ВКП(б) надеются на успешное выполнение чекистами этого партийного задания...

Ольга и Семён тоже с надеждой ожидали позитивной оценки результатов социалистического строительства от своего любимого писателя. Им казалось очень важным получить такую оценку от этого выдающегося западного гуманиста, либеральные взгляды которого хотя и не совпадали с новой коммунистической моралью, но были понятны многим людям, симпатизирующим советскому народу. Ольга и Семён ожидали от этого умнейшего человека и литературного гения каких-то мудрых и добрых слов, которые поддержат их уверенность в том, что страхи и волнения, высказанные Иваном, несостоятельны. Их ожидания вскоре начали оправдываться...

Девятого января газета «Правда» сообщила о беседе товарища Сталина с писателем Лионом Фейхтвангером, которая продолжалась более трёх часов. Большая фотография вождя советского народа и его гостя сопровождала публикацию, не оставляя сомнений в весьма положительной оценке вождём результатов беседы. Сталин очаровал мудрого писателя, тонкого знатока тайных извилин человеческой души. Писателя потряс даже сам факт приглашения в Кремль, равно как и неограниченная по времени беседа с вождём великого государства. Ничего подобного он не знал, да и допустить не мог на «демократическом» Западе. Писатель обнаружил в хозяине Кремля искреннего, образованного человека, руководителя, глубоко уверенного в справедливости идей, которые возглавляемая им партия упорно реализует в интересах всех трудящихся. Забота Сталина о людях вызвала писательское восхищение. Даже к своим врагам, к троцкистам и их сторонникам, Сталин проявлял, по наблюдениям Фейхтвангера, удивительно гуманное отношение. Писатель рассуждал так: вот, мол, Сталина считают беспощадным, а он в продолжение многих лет борется за то, чтобы привлечь на свою сторону способных троцкистов, и вместо того, чтобы их уничтожить, упорно пытается использовать в интересах своего дела. В таком отношении к врагам есть что-то трогательное — заключал писатель.

«Трогательное» не заставило себя ждать...

Двадцать третьего января в соответствии с опубликованным ранее постановлением Политбюро ЦК ВКП(б) в Москве начался открытый процесс над Г. Л. Пятаковым, К. В. Радеком,

Г. Я. Сокольниковым, Л. П. Серебряковым и тринадцатью другими подсудимыми. Почти все обвиняемые занимали важные партийные и государственные должности, большинство из них были большевиками с дореволюционных времён, активными участниками и руководителями Красной армии во времена Гражданской войны — это придавало процессу едва ли не сенсационный характер. Постановление определяло место проведения и состав суда, список иностранных корреспондентов и прочие детали процесса.

Писатель Лион Фейхтвангер был в числе приглашённых.

Следователям НКВД, готовившим подсудимых к открытому процессу, секретным посланием было разъяснено, что ЦК ВКП(б) не только не возражает против применения мер физического воздействия к подследственным, но, напротив, рекомендует такие меры воздействия к троцкистским преступникам и врагам народа. Все семнадцать преступников обвинялись в шпионаже в пользу иностранных государств, во вредительстве и диверсиях на предприятиях и транспорте, а также в подготовке террористических актов против руководителей ВКП(б) и советского правительства по личному указанию врага народа Троцкого.

Процесс длился одну неделю, и 30 января военная коллегия Верховного суда СССР вынесла приговор. Все 17 подсудимых были признаны виновными. К смертной казни были приговорены 13 человек, четверых приговорили к тюремному заключению сроком на 10 лет. На следующий день приговор был приведён в исполнение: 13 врагов народа были расстреляны, остальные отправлены в тюремные камеры, где их впоследствии втихую, без огласки, забили насмерть с помощью подсаженных уголовников. Вероятно, четверо нерасстрелянных, а посаженных в тюремные камеры с уголовниками-убийцами, не раз пожалели, что их не расстреляли сразу... Все близкие родственники расстрелянных были также репрессированы с разной степенью жестокости, прямо пропорциональной степени неприязни вождя к расстрелянному, — в этом, по-видимому, проявилось то трогательное отношение вождя к своим врагам, которое было проницательно замечено писателем Лионом Фейхтвангером...

Писатель так же, как и наши герои — Ольга, Семён, Соня и Иван, как большинство советских людей, конечно, не знал всех закулисных деталей процесса. В газетах и по радио, которые были единственными источниками информации, рассказывалось о повсеместных многолюдных собраниях трудящихся, на которых все единодушно клеймили подлую банду убийц, осквернившую своим существованием советскую землю:

«Семь дней Верховный суд Союза ССР, а с ним и все народы великой страны социализма, нить за нитью распутывали клубок грязной, кровавой деятельности презренных предателей родины, шпионов, диверсантов, прямых агентов фашистских разведок. Перед лицом всего мира на судебном следствии развернулась потрясающая картина преступлений, совершённых этими наймитами империалистического капитала по прямой указке злейшего врага народа — иуды Троцкого».

Лиону Фейхтвангеру процесс понравился... Подробные и откровенные на грани цинизма рассказы подсудимых о совершённых ими тяжелейших преступлениях не оставляли сомнений в их виновности и справедливости сурового приговора. Предположение о том, что признания добыты с помощью пыток, совершенно не соответствовали внешнему виду и поведению обвиняемых. На процессе вместо изнурённых допросами людей писатель увидел «холёных, хорошо одетых мужчин с медленными непринуждёнными манерами». Он так описывал поведение этих обвиняемых за несколько дней до расстрела: «Они пили чай, из карманов у них торчали газеты, и они часто посматривали в публику. По общему виду это походило больше на дискуссию, чем на уголовный процесс, дискуссию, которую ведут в тоне беседы образованные люди, старающиеся выяснить правду и установить, что именно произошло и почему это произошло».

Некоторое недоумение оставила у писателя вот какая странность: обвиняемые ничуть не пытались оправдаться или смягчить свои преступные деяния и намерения, а, напротив, как бы старались изо всех сил представить эти преступления в наиболее отвратительном и злодейском обличье. Однако в целом подлинность процесса не вызвала у него сомнений. Гениальная режиссура кровавого спектакля не могла не вызвать аплодисменты публики...

Ольга и Семён радовались фейхтвангеровским положительным оценкам московского процесса и всего увиденного писателем в стране. Эти оценки убеждали сильнее любых других мнений и аргументов — сталинская линия партии правильная, а репрессиям подвергаются только подлинные враги и преступники. В отличие от странных для либерального западного интеллигента, историка и писателя оценок начавшейся кровавой вакханалии тотального террора, позитивное отношение наших героев к происходящему было вполне искренним. В этом отношении не было писательской натужной натянутости, противоречившей его убеждениям, опыту и знаниям. Напротив, для Ольги и Семёна, пережившим и Гражданскую войну, и коллективизацию, и много других жестокостей, события московского процесса представлялись естественным продолжением той классовой борьбы, без которой, как их учили, в принципе невозможно построение светлого коммунистического будущего. Да, если враг не сдаётся, его уничтожают, а если сдаётся, то тем более… Милосердие было вычеркнуто из коммунистической морали, милосердие отныне было объявлено зловредным буржуазным оружием, направленным против трудящихся. Потребовались реки крови, чтобы вымыть из сознания это предубеждение, чтобы люди поняли, что это неправда…

В начале февраля Лион Фейхтвангер покинул Советский Союз. Финальным аккордом визита, вызвавшего прилив радости и оптимизма у наших героев, была прощальная телеграмма товарищу Сталину, составленная писателем с присущей ему выразительной мощью: «Покидая Советский Союз, я чувствую потребность сказать Вам — достойному представителю советского народа, каким глубоким переживанием было для меня это путешествие в Вашу страну. Тот, кто изучает Вашу страну и Ваш народ без предубеждения, должен радостно восторгаться всем тем, что достигнуто за эти двадцать лет. Человеческий разум одержал здесь блестящую победу. Кто видел, с какой мощью и с каким умом Вы и Ваш народ защищаете и расширяете свои достижения, тот, покидая Советский Союз, полон счастливой уверенности, что нет на свете такой силы, которая смогла бы уничтожить осуществлённый в Вашей стране социализм».

Да, писатель был прав — социализм бессмертен, равно как и дьявольщина, навечно поселившаяся в трагически раздвоенной душе человека… Народный комиссар внутренних дел СССР товарищ Ежов в те дни сетовал, что некоторые троцкисты и прочие враги народа самым подлым образом не признают свои преступления, пытаются отрицать, что они являются английскими, немецкими и японскими шпионами, что замышляли убийство товарища Сталина по личному заданию иуды Троцкого. Вождь трудящихся, секретарь ЦК ВКП(б) товарищ Сталин вошёл в положение беспощадного к врагам народа наркома и дал ему ценные юридические рекомендации по ведению следствия: «Бить, бить и бить… Бить беспощадно, пока не признаются…»

Серго Орджоникидзе

осемнадцатого февраля Иван позвонил Семёну в институт, взволнованно сказал:

— Только что сообщили — умер Серго Орджоникидзе… Я виделся с ним неделю назад в наркомате, мы говорили о производстве кораблей на Балтийском заводе… Это страшная потеря для партии. Зайди сегодня с Олей к нам вечерком.

Семён не успел ответить, Иван повесил трубку…

Иван с женой и сыном жили в квартире на втором этаже бывшего графского особняка на набережной Невы. Из огромных окон гостиной с обширным эркером открывался вид на реконструируемый мост Лейтенанта Шмидта и здание бывшей императорской Академии художеств на набережной Васильевского острова.

Иван был оживлён, энергичен и внешне даже весел, словно и не случилась московская трагедия, о которой ещё днём он рассказал Семёну. Шутил, наливал всем рюмки водки, сам много пил с шутейными бытовыми тостами, ни слова о политике. Соня поддерживала настроение беззаботного веселья, сновала вместе с домработницей между кухней и гостиной, пополняя стол всё новыми закусками.

Единственный серьёзный тост был поздравительным: Семёна избрали в Ленинградский городской совет депутатов трудящихся — так теперь в соответствии с новой Сталинской Конституцией назывался бывший Совет рабочих, крестьянских и красноармейских депутатов. Иван сказал:

— Большая честь и доверие оказаны тебе, Сема, партией — поздравляю от всей души. Чем больше будет в наших советских органах власти таких образованных трудяг, как ты, тем быстрее мы будем продвигаться к построению коммунистического общества.

Говорили о работе, вспоминали забавные ситуации. Соня рассмешила всех рассказом о пациентке, которую поначалу в лицо не узнала, но потом, когда та разделась и легла в гинекологическое кресло, сразу вспомнила и сказала: «Что же ты, Марьяночка, так долго не приходила?» Семён рассказал курьёзную историю о том, как в его институте решали проблему шума в текстильных цехах на основе опыта борьбы с грохотом в танках. Иван вдруг спросил Ольгу:

— Как поживает твой научный руководитель Жирмунский?

— Виктор Максимович, к сожалению, в опале... После ареста в 35-м...

— Да, наслышаны... Не смог оценить классовый подход к литературе...

— В его научной области, немецкой диалектологии, нелегко найти классовый подход, — вступилась за учителя Ольга.

— Он сам-то из каких? — продолжил свою линию Иван.

— Отец Виктора Максимовича — известный врач оториноларинголог из семьи еврейских купцов первой гильдии, а мать из семьи фабрикантов из Двинска.

— Вот видишь, к чему приводит непролетарское происхождение, особенно в случае лиц еврейской национальности, — пошутил Иван и продолжил, словно прерывая линию разговора без политики: — Кстати, не кажется ли вам, друзья мои, что среди врагов народа многовато евреев?

— Вот уж никак не могу с тобой, Ваня, согласиться, — возразил Семён. — По-моему, критерии враждебной партии деятельности никак не пересекаются с национальностью обвиняемых. В этом случае, позволь так выразиться, имеет место вполне непредвзятый интернациональный подход.

— Интернационал — это хорошо, это то, за что мы боролись, — согласился Иван. — А вот Надежде Константиновне Крупской сдаётся, что начинает показывать рожки великодержавный шовинизм... Дескать, у коммунистов появилось ругательное слово «жид»...

— Ты, Ваня, на отпор напрашиваешься... Мало ли что сдаётся Надежде Константиновне в её почти семьдесят, — воскликнула Соня. — Если бы она не была женой Ленина, ты бы и внимания не обратил на такой, извини, бред. Я, еврейка, ничего такого не вижу... Нет этого...

— Согласен, Сонечка, с тобой, — сказал Семён. — Вот только что был здесь Лион Фейхтвангер. У этого писателя была уникальная возможность беспристрастно сравнить отношение к евреям в стране социализма и в буржуазных странах. Вывод его однозначен: социализм и советская власть решили еврейский вопрос и полностью устранили из общественной жизни антисемитизм.

— Да ну, ладно, товарищи евреи, не горячитесь... В споре с вами я всегда на лопатках. Не видите признаков антисемитизма — и слава богу. Вероятно, у меня своеобразная аберрация зрительно-мыслительной системы. Тем не менее разделяю ваши аплодисменты писателю Фейхтвангеру. Хочу сказать вам, Олечка и Сема, важную вещь... От меня и Сонечки...

Иван согнал с лица добродушную улыбку, посуровел, помрачнел:

— Давайте помянем великого большевика и прекрасного человека, друга моего Григория Константиновича Орджоникидзе, партийный псевдоним — Серго.

Поднял рюмку, выпил, не чокаясь... А потом подошёл к телефону, накрыл его большой мягкой подушкой, включил радио, снова подсел к своим и тихо рассказал о встрече и беседе с Серго за неделю до его смерти.

Серго — рассказывал Иван — был ближайшим другом Сталина, они познакомились в камере Баиловской тюрьмы в Баку ещё за 10 лет до революции. С тех пор всегда были вместе, всегда были единомышленниками. Серго был со Сталиным на «ты» и называл его Коба — редкая привилегия... Ивану показалось, что ныне это не так, что у Серго со Сталиным возникли разногласия по кадровой политике партии. Серго не хотел мириться с попытками НКВД создать представление о массовом вредительстве в промышленности. Он пытался защитить сотрудников своего наркомата, арестованных НКВД без его согласия. Не всегда ему это удавалось. Вот и своего старшего брата Папулию не сумел уберечь от ареста. Правда, по словам Серго, Папулия действительно когда-то был сторонником Троцкого. В общем, у Ивана создалось впечатление, что Серго не соглашался с политикой уничтожения старых большевистских кадров. Однако Сталин назначил его главным докладчиком на предстоящем февральском пленуме ЦК, посвящённом развёртыванию тотальных репрессий против троцкистов и их сторонников. «Не думаю, что Серго был по душе этот доклад. Думаю, что у него были расхождения с Политбюро и руководством НКВД по этому вопросу, — говорил Иван друзьям и сам себя спрашивал: — Не в этом ли загадка неожиданной смерти Серго? Ведь я его видел за неделю совершенно здоровым 50-летним мужчиной...»

Во время рассказа Ивана какая-то напряжённая, угрожающая тишина нависла над столом, уставленным выпивкой и закусками. Тишина, контрастно прерываемая громким вещанием диктора из репродуктора. Крамольный финал этого рассказа был ужасен —

Иван намекает, что Серго преднамеренно убили или вынудили убить себя, чтобы расчистить путь к террору... Но Иван сменил тему, давая возможность Ольге и Семёну прийти в себя от его загадочных откровений:

— Короче, друзья, мы с Сонечкой и Виленом через две недели уезжаем в Красноярск. Меня там уже ждут, буду работать, как я вам и говорил, начальником цеха на новом заводе. Соня найдёт работу легко — там квалифицированных врачей остро не хватает. Вилен пойдёт доучиваться в школу. Эту квартиру сдаю райкому партии, в Красноярске мы получаем отдельную квартиру в заводском городке. Короче, всё в порядке будет... Только... только вас не будет хватать...

Иван встал, давая понять, что не хотел бы слышать соболезнований и уговоров остаться. Он отошёл к эркеру, взял из пачки на столике папиросу и знаком подозвал Семёна — мол, давай перекурим. Из окон трехстворчатого эркера открывался вид на Неву и всю набережную со шпилем Петропавловского собора вдали. Закурили... Обширный эркер отделял их от остального пространства гостиной, создавал иллюзию уединённости.

— Хочу сказать тебе, Семён, нечто важное... Я советовался с Серго относительно своего перевода на работу в промышленность. Он одобрил мой план переезда в Красноярск, подтвердил, что там острая нужда в руководителях производства. Рассказал, что с этим заводом у Наркомата тяжёлой промышленности связаны большие планы по созданию военной техники...

— Ваня, но Серго ведь не знал мотивов твоего переезда, твоих, прости, опасений о судьбе старых большевиков. Если бы понял эту суть, может быть и отсоветовал бы...

— Всё он понял, Сема, всё... И опасения мои понял. Знаешь, что он мне сказал? Что там, в сибирской дали, мне будет спокойнее жить и работать... Сказал буквально, что там меня, вероятно, искать не будут...

— Не знаю, Ваня... Все эти опасения кажутся мне нереальными и необоснованными. Кто будет преследовать такого твёрдого большевика, как ты?

— Вот что, Сема... Казаться тебе может что угодно, но заклинаю тебя и прошу, как ближайшего друга: будь предельно осторожен. Открою тебе то, что ты, вероятно, не знаешь. Скоро начинается пленум ЦК, который обнаружит, что страна наводнена шпионами, вредителями и врагами народа. Это будет сигналом для развёртывания НКВД массовых репрессий... Думаю, что на пленуме будут исключены из партии Бухарин и Рыков. Представляешь: Бухарин и Рыков — ближайшие сподвижники Владимира Ильича будут исключены из партии как шпионы и вредители... Бухарин — автор Сталинской Конституции, Рыков — преемник Ленина на посту председателя Совета народных комиссаров. Я лично знаю обоих много лет, не верю в их предательство и вредительство, считаю подобные обвинения необоснованными и притянутыми за уши. Отсюда мои, как ты говоришь, «необоснованные опасения»...

Соня и Оля молча сидели за столом в центре гостиной, пока мужчины разговаривали в эркере. Нет, они не пытались услышать их слова, они думали о своём, по-женски переживая и предстоящую разлуку, и ту бездну неопределённости, в которую их забрасывает судьба. Они привыкли, что рядом, поблизости есть друг, единомышленник, даже единочувственник, который всегда поможет, даст опору и делом, и словом. Теперь рушилось всё — и единомыслие, и опора, а физическая удалённость размером с огромную страну разрывала и простое общение. Это они понимали, и будущее без близкой поддержки друг друга виделось им пугающе неопределённым...

Через пять дней после смерти Серго Орджоникидзе в Москве открылся февральско-мартовский пленум ЦК ВКП(б). Основной доклад сделал вместо него генеральный комиссар госбезопасности, нарком НКВД товарищ Ежов. В его докладе и почти во всех последующих выступлениях обосновывалась точка зрения, что страна наводнена шпионами, диверсантами и вредителями, пролезшими на самые высокие партийные и государственные посты. Эти шпионы и вредителя, по мнению членов ЦК, намеревались захватить власть путём террора под покровительством зарубежных антисоветских спецслужб. В центре внимания членов ЦК была вредительская деятельность Бухарина и Рыкова. 27 февраля 1937 года секретарь Сталина вызвал Николая Бухарина и Алексея Рыкова на заседание пленума ЦК, где они были исключены из партии, арестованы и уведены с пленума под конвоем. Никто не сомневался в том, что жить им осталось совсем немного...

Ящик Пандоры раскрылся и из него выползли ядовитые побеги большого террора, а надежда, которая умирает последней, затаилась глубоко на дне. Семён с ужасом осознал, что апокалиптические предсказания его друга Ивана сбываются.

Красноярск — Ленинград

30/III/37

Дорогая Оленька!

Прости, что пишу не сразу. Всё из-за нелёгкого переезда. Приехали — ни кола, ни двора, всё внове, всё незнакомое, чужое, не до писем было.

Хотя грех жаловаться. Квартиру дали быстро: две комнаты по 17 метров плюс прихожая, кухонька и небольшой санузел — жить, слава богу, можно, всё же не коммуналка, как у всех почти… Заводской посёлок на окраине города, до центра ходит автобус, зато на работу Ване совсем рядом, пешком…

Директора завода Ваня знал ещё в Гражданскую, встретили его очень тепло, и он с первого дня так впрягся в работу, что только по ночам я его и вижу. Ну, сама знаешь, как Ваня к порученному делу относится. А тут дело совсем новое для него, да и ожидают от него много — короче, вызов судьбы: либо справится, либо нет… У Вани философия руководителя и простая, и сложная, как считать, — во всё сам должен вникать, всё лучше подчинённых должен уметь и понимать. Я не считаю это правильным, но его не переделаешь. Скажу тебе, только тебе: Ваню мне иногда безумно жаль, сердце ноет. Он вроде при деле, занят работой, доволен… Но вижу: гложет его изнутри разлад между словом и делом…

У меня пока не всё гладко. Устроилась дежурным врачом в заводскую поликлинику. Здесь всё в процессе организации, оборудования мало, лекарств не хватает, приходится выкручиваться. Но персонал старается, все работают очень ответственно, за плохую работу по головке не погладят, сама знаешь, как всё строго теперь.

Вилен не хочет идти в обычную школу, собирается поступить в ремесленное училище при заводе, но думаю, что в конце концов он пойдёт в военное училище — уж очень тянется к военной профессии.

Про Красноярск пока могу сказать немного. Небольшой растущий сибирский город с населением, наверное, под двести тысяч. В городе два района — Сталинский и Кировский. Расположен красиво по обоим берегам Енисея — реки огромной, наверное самой большой в России. Вокруг горные отроги Саян, природа красивая. Но меня, честно тебе скажу, это мало впечатляет. Как вспомню наш родной Ленинград да разворот Невы под нашими окнами, так плакать хочется. А когда вдруг вспоминаю, что ни с тобой, ни с Семёном нет никакой возможности увидеться и поговорить, то уж совсем тошно становится... Здесь, конечно, есть образованные и, вполне возможно, весьма интересные люди, но знаешь — в нашем возрасте трудно найти близких друзей, таких как вы с Семёном. Вы с ним ещё молодые, найдёте себе новых друзей, а мы с Ваней вряд ли...

Ну вот и поплакалась подруге. А кому же ещё? Напиши: что у вас, как дела у Семёна, у тебя?

Ваня посылает вам свой комсомольский привет, говорит, что к нему словно вернулись годы юности. Только вот боевых друзей не хватает...

Целую,

Соня.

18/IV/37

Сонечка, родная моя, как мы были рады твоему письму — словно в счастливые дни нашей молодости окунулись!

Это здорово, что Ваня весь в работе — мы от него другого и не ожидали. А к вызовам судьбы нам, большевикам, не привыкать. Ваня, каким мы его знаем, во всяком деле, за которое берётся, всегда стремится быть первым. Это его большевистское нутро, и этого никак не отнимешь. Важно, чтобы он видел положительные результаты своего труда — тогда и настроение будет боевым... А ты, я уверена, вскоре тоже найдёшь достойное твоей квалификации место — такова динамика нашей социалистической жизни.

У нас всё в порядке.

У меня пока учебная нагрузка небольшая. Это где-то неплохо, так как даёт возможность для скрупулёзной научной работы. На основе моих диссертационных исследований по германским диалектам, начата работа по языку идиш, который можно рассматривать как ответвление средневерхненемецкого диалекта раннего Средневековья с включением, естественно, еврейских и арамейских словосочетаний. Это исследование является только частью того нового в теории древних языков, что дала ленинградская филологическая школа. Не буду тебе морочить голову научной терминологией, но, поверь мне, это настоящий прорыв в нашей языковой науке. Социализм, как видишь, даёт не только производственные достижения высочайшего уровня, но и новые научные открытия в такой далёкой от производства области, как филология. Мы, можно сказать, стараемся быть стахановцами в науке.

У Семёна огромная ответственная работа, он справляется, но ему нелегко. Иногда приходит поздно вечером совершенно измочаленный. Сейчас он от имени своего института готовит предложения в ЦК и Совнарком о коренном улучшении условий и гигиены труда в промышленности. Основная мысль его предложений: дальнейшее повышение производительности труда на основе стахановского движения требует мероприятий на государственном уровне по охране труда и контролю за условиями работы трудящихся. Семён уверен, что предлагаемые им мероприятия отвечают данному этапу построения социалистического общества.

Увы, наши успехи в социалистическом строительстве могли бы быть ещё значительнее, если бы не вредительство врагов народа, борьба с которыми развёрнута партией и НКВД. Не знаю, как у вас в Сибири, а здесь повсюду ежедневно органы раскрывают шпионов и заклятых врагов социализма и партии, даже в университете, даже в академии и научных институтах. Поразительно не только то, как много оказалось шпионов, но и то, как прежние работники комиссариата внутренних дел прозевали всю эту банду вредителей. У нас на факультете был митинг в поддержку беспощадной борьбы с внутренними врагами. Я в своём выступлении говорила о той оценке, которую дал известный немецкий писатель Лион Фейхтвангер социалистическим преобразованиям в нашей стране и её справедливой борьбе с классовыми врагами. Напомнила, что даже писатель, далёкий по своим взглядам от коммунизма, был возмущён преступной деятельностью троцкистов, подло вредящих трудящимся, которые впервые обрели в нашей стране подлинную свободу и счастье.

Сонечка, дорогая, пиши нам, пожалуйста, почаще хотя бы коротенькие письма. Наши самые тёплые приветы Ванечке, счастья и удачи вам и Виленчику.

Целую,

твоя Оля.

1/V/37

Дорогая Оленька!

Поздравляем тебя и Сему с праздником 1 Мая! Впервые за много лет мы не вместе в этот день. Ты, конечно, помнишь, что этот праздник поначалу отмечался как День Интернационала — хороший праздник.

Мы с Ваней сегодня прошли вместе с заводской праздничной колонной по центру города мимо трибун, на которых увидели всё руководство Красноярского края. По размерам край превосходит, кажется, все европейские государства, до революции это была Енисейская губерния. Так что у местного руководства работа нелёгкая. Как ты знаешь, в Ленинграде мы с Ваней уже давно привыкли смотреть на парад и демонстрацию с правительственной трибуны на площади Урицкого. Вот теперь посмотрели всё это со стороны простых трудящихся Сибири. Ваня, нужно сказать, был очень рад, что не на трибуне. Я его спросила, когда проходили мимо начальства: «Хотел бы быть там?». Он аж двумя руками отмахнулся: «Ни в коем случае!» Настроение у него праздничное, увлечён своей новой работой чрезвычайно…

У нас здесь тоже оказалось много врагов партии и народа из бывших сторонников Троцкого и его приспешников. Как и у вас, здесь проходят митинги трудящихся, возмущённых предательской деятельностью отдельных руководящих работников в партийных органах и на производстве. Подчас среди врагов находятся люди, о которых и помыслить такое было невозможно, но на поверку оказалось возможным — сами признаются… Ваня очень переживает каждый случай подобного предательства — ну сама знаешь его настроение. На митинги, конечно, ходим, но выступать не довелось.

Ваня просит передать Семёну особо тёплые поздравления по случаю Первомая.

Здоровья тебе, Семе и Левочке.

Целую вас всех,

Соня.

14/V/37

Сонечка, родная!

У нас случилась неприятность, если не сказать больше…

Ты помнишь, конечно, что у Семёна есть в Москве старший брат Захар. У него фамилия не Шерлинг, а Гвиль — по партийной кличке ещё с дореволюционных времён. Он был профессиональным революционером и ещё до Октября примкнул к большевикам. Последние годы Захар работал в Наркомтяжпроме, был близким помощником Серго Орджоникидзе. Он живёт вместе с женой Верой в Доме правительства.

После трагической смерти Серго у Захара возникли проблемы. Его обвинили в сокрытии непролетарского происхождения — якобы отец Захара был богатым лесопромышленником и держал в Витебске роскошный дом. Для проверки этого доноса в Витебск только что отрядили специальную партийную комиссию. Мы надеемся, что комиссия, осмотрев бывшие «хоромы» семьи Шерлингов из трёх убогих комнатёнок при дровяном складе, снимет с Захара несправедливое обвинение. Но Семён очень нервничает. Он сходил в райком партии и сообщил руководству, что обвинение против его брата, в равной степени относящееся и к нему, не имеет под собой никаких реальных оснований — его отец был не лесопромышленником, а грузчиком при дровяном складе и жил с женой и дюжиной детей в съёмной квартире из трёх проходных комнат без удобств. Кстати, в райкоме много новых лиц из молодого поколения большевиков, а многие старые работники, которых Семён знал лично, арестованы по обвинению в троцкистской контрреволюционной деятельности. Семён считает, что его разъяснения были восприняты с пониманием, но, конечно, партийное руководство будет теперь ждать результатов московской комиссии.

Это очень неприятная история, хотя, не сомневаюсь, всё закончится вполне благополучно. Но за Семёна я очень переживаю — при его тяжелейшей работе ещё не хватало таких безобразных историй. Самое непонятное: кто всю эту ложь инициировал и с какой целью?

Очень жаль и жену Захара Веру. Она на третьем месяце беременности и буквально в панике. Я пытаюсь её успокоить, но что значат слова утешения в её состоянии…

Привет Ване. Как хотелось бы услышать его мнение…

Целую, твоя Оля.

29/V/37

Дорогая Оленька!

Захара Гвиля мы, конечно, знаем. Встречались с ним в Москве на какой-то партхозконференции Наркомтяжпрома. Он, помнится, отвёз нас в гостиницу на своей машине с шофёром, приглашал в гости к ним в Дом правительства на набережной, но мы уже уезжали. Не сомневаюсь, что ложное обвинение будет вскоре снято с Захара, уж очень оно нелепое. Даже представить себе трудно, какому ретивому служаке могла прийти в голову такая глупость с этим «непролетарским происхождением». Как будто мы не в 37-м а в 17-м году. Я прочитала твоё письмо Ване. Его это ничуть не удивляет, и он уже говорил Семёну, зачем подобное делается и кому это нужно. Ничего более конкретного я от него добиться не смогла. Просит напомнить Семёну о бдительности, одобряет его превентивное заявление в райкоме…

У нас, к сожалению, тоже не всё спокойно. Внезапно исчез директор завода — вечером был на работе, а утром не явился, пропал… Потом пошли слухи, что он ночью был арестован, а в его квартире прошёл обыск. Говорят, что его обвинили во вредительстве при постройке завода, которое приравнивается к тому, что ты называешь «троцкистской контрреволюционной деятельностью». Представить себе невозможно, чтобы Александр Петрович, который считал завод своим детищем и делом всей жизни, занимался вредительством. Ваня помрачнел и, кажется, постарел одномоментно, очень боюсь за его состояние…

Вот такие у нас, Оленька, дела.

Обнимаю тебя и Сему,

Соня.

Дом на набережной

Двадцать второго мая 1937 года в Куйбышеве был арестован маршал Советского Союза, бывший первый заместитель наркома обороны Михаил Тухачевский.

Направляя Тухачевского в Куйбышев на должность командующего Приволжским военным округом, товарищ Сталин со всей партийной искренностью дружески напутствовал его в личной беседе в Кремле. Видимо, товарищ Сталин, уже отдавший приказ арестовать маршала немедленно по прибытии в Куйбышев, хотел последний раз посмотреть в глаза своей жертве, которая ещё не подозревает о скором расстреле после мучительных пыток. Так ядовитый аспид пристально смотрит на жертву, прежде чем нанести ей смертельный укус.

Через два дня после ареста маршал был привезён в Москву и отдан на расправу мастерам заплечных дел из НКВД. Вместе с ним судили известных всей стране военачальников: первого заместителя наркома обороны, начальника политуправления Красной армии, армейского комиссара 1-го ранга Яна Гамарника; командующего войсками Киевского военного округа, командарма 1-го ранга Иону Якира; командующего войсками Белорусского военного округа, командарма 1-го ранга Иеронима Уборевича; заместителя командующего войсками Ленинградского военного округа, комкора Виталия Примакова; начальника Военной академии имени Фрунзе, командарма 2-го ранга Августа Корка; начальника Управления командного состава Красной армии, комкора Бориса Фельдмана; военного атташе при полпредстве СССР в Великобритании, комкора Витовта Путну; председателя Центрального совета Осоавиахима, комкора Роберта Эйдемана.

Повезло только Гамарнику — он застрелился накануне ареста. Не сумевшие или не успевшие застрелиться попали в руки садистов НКВД и в письменных показаниях признали себя виновными в военном заговоре с целью насильственного свержения власти и установления в СССР военной диктатуры, а также в подготовке поражения Красной армии в будущей войне с Германией и Японией. Маршал Тухачевский и другие участники заговора признались в передаче германской разведке секретных сведений о количестве и местах сосредоточения войск Красной армии.

Товарищ Сталин понимал важность как можно более чудовищных признаний обвиняемых в преддверии погрома командного состава Красной армии. Поэтому он лично редактировал протоколы показаний военачальников. Не осталось никаких прямых свидетельств того, каким образом следователям НКВД удалось выбить из профессиональных боевых командиров, героев Гражданской войны нелепые признания об их предательстве. Только бурые пятна крови на письменном признании маршала Тухачевского в том, что он лично возглавлял антисоветский военно-троцкистский заговор, позволяют домыслить суть сталинских методов следствия. 11 июня дело военачальников было рассмотрено в закрытом судебном заседании Специального судебного присутствия Верховного суда СССР без участия защиты и без права обжалования приговора. Все обвиняемые были приговорены к расстрелу с конфискацией имущества и лишением воинских званий. Сразу вслед за оглашением приговора обвинённые были расстреляны в подвале здания военной коллегии Верховного суда СССР по адресу: Москва, Никольская ул., 23. Руководил расстрелом главный палач НКВД капитан госбезопасности Василий Блохин.

В газетах поднималась волна ненависти к подлым предателям и шпионам, проникшим в высшее руководство Красной армии. Получалось так, что чуть ли не весь командный состав армии, которую так любили советские люди и которую так пестовали партия и народ, причастны к заговору Тухачевского. Публиковались заявления и письма трудящихся, требовавших расстрела всех заговорщиков. Народ жертвовал всем ради своей армии, народ готов был терпеть все лишения — лишь бы армия могла защитить Родину. Но оказалось, что родную Красную армию пытались использовать в своих предательских целях заговорщики, шпионы и террористы. Смерть предателям! Немедленно расстрелять врагов народа! В Институте гигиены труда, который возглавлял Семён, прошёл митинг сотрудников; это был митинг ненависти: вырвать с корнем, расстрел, смерть, расстрел, смерть... Семён уже знал, что в Военно-медицинской академии, где он числился профессором, начались аресты его коллег — видных профессоров, специалистов военной медицины. Он выступил с жёстким осуждением предателей — нет пощады никому! На собрании филфака университета, где работала Ольга, звучали такие же беспощадные проклятия — расстрелять предателей, как бешеных собак! Среди филологов активно выявляли пособников троцкистской банды убийц…

Семён приехал в Москву вскоре после казни Тухачевского и других военачальников. Он оформил себе командировку в Наркомат здравоохранения и в недавно созданный Институт экспериментальной медицины.

В наркомате Семён хотел поговорить с наркомом здравоохранения Григорием Наумовичем Каминским, с которым был знаком ещё с Гражданской войны. Григорий Наумович являлся членом Реввоенсовета Южного фронта, действовавшего против войск генерала Деникина. Семён был при комбриге Иване Прокопьеве, когда Каминский приезжал к ним в часть. Потом Семён узнавал о карьере Каминского из газет: после войны тот работал секретарём ЦК компартии Азербайджана и председателем Бакинского совета рабочих и красноармейских депутатов. В 36-м стал первым наркомом вновь созданного Наркомата здравоохранения СССР, и Семён познакомился с Каминским поближе уже на профессиональной почве. Семён знал, что Григорий Наумович был в числе подписавших медицинское заключение о смерти Серго Орджоникидзе от паралича сердца. Он хотел узнать от наркома подробности этого медицинского диагноза, хотя понимал, что надежд на это мало… Перед отъездом позвонил Каминскому, чтобы договориться о встрече в наркомате. Григорий Наумович сказал, что сможет принять Семёна не ранее 26 июня, так как до этого будет занят на пленуме ЦК.

Семён приехал пораньше, чтобы побывать у родственников, а главное — поговорить обо всём случившемся со старшим братом Захаром. Тот позвонил и сообщил, что партийная комиссия, выезжавшая в Витебск, сняла с него все обвинения, но раскрыть подробности по телефону отказался.

Захар заехал за Семёном вечером в Институт экспериментальной медицины и привёз его на своей машине домой — в Доме правительства, где он жил, для ночёвки посторонних было необходимо оформлять специальные документы в комендатуре дома. Там Семён предъявил паспорт и командировочное предписание — Захара все знали и быстро оформили Семёну пропуск в дом. Братья предъявили пропуск и паспорт Семёна на вахте с вооружённой охраной и прошли к лифту. Поднимаясь в квартиру, Захар уважительно и даже, как показалось Семёну, демонстративно доверительно разговаривал с лифтёром — сравнительно молодым мужиковатым типом в униформе:

— Вот, Пётр Мефодич, прошу любить и жаловать — мой брат Семён из Ленинграда. Приехал в командировку, поживёт несколько дней у меня. А у нас в подъезде есть ли новости?

Пётр Мефодич мрачно сообщил:

— У нас, Захар Борисович, без новостей не бывает... У нас нонче квартира под вами освободилась, в которой враг народа Тухачовский жил. Дочка евойная пускать сотрудников не хотела, силой взяли по приказу самого товарища Ежова.

Уже у входа в квартиру, Захар придержал Семёна за рукав и, убедившись, что лифт ушёл, поднял палец вверх и, покачивая им, начал говорить беспокойно и даже как-то не вполне связно:

— У нас здесь, Сема, лифтёры — ответственные работники... Поэтому лишние разговоры в квартире нежелательны, имей в виду... Вот видишь — рядом Тухачевский жил, а что оказалось? Немецкий и японский шпион, заговорщик... Кто мог подумать? А Верочка, сам знаешь, беременна, постарайся не нагружать её общими темами, только семейными.

Семён впервые был в новой квартире брата, он был поражён и её размерами, и красивым дубовым паркетом, и высоченным потолком с причудливой лепниной, обрамлявшей живописные картины по проектам реставраторов из Эрмитажа. А великолепный вид на Кремль, открывавшийся из больших окон, просто восхитил его. Вера приняла Семёна с радостью, по-семейному, показала квартиру, усадила за богато накрытый стол. Было видно, как нравится ей квартира, как гордится она высоким положением мужа, как рада возможности всё показать и обо всём рассказать родственнику из Ленинграда. Она не могла остановиться:

— Здесь у нас, Семен Борисович, всё сделано для человеческого счастья, как при коммунизме. Посудите сами — медпункт, клуб с кинотеатром, библиотека, почта, спортзал, прачечная... Что ещё забыла? Да, ясли и детский сад... Теннисный корт... Всё это, не выходя из дома... А на кухне — видели? — выходы для самоварной трубы и мусоропровода. А горячее водоснабжение — такого, говорят, даже в Кремле нет... А окна в туалетах и ванных комнатах... Говорят, крыша дома раздвижная, но мы ещё этим не пользовались. Ещё столовая, где по талонам можно получить всю необходимую еду с доставкой в квартиру. Да, забыла главное — во дворе для жильцов работает магазин-распределитель... Потом покажу вам... Дворы у нас красивые, с цветниками и фонтанами... В общем, можно посмотреть, как при коммунизме всё будет.

За столом Семён первым делом поинтересовался заключением парткомиссии, выезжавшей в Витебск для выяснения имущественного положения отца семейства Шерлингов Бенциона, — вроде бы это было из тех семейных дел, которые можно и нужно было обсудить с братом. Но Захар неохотно и довольно односложно отвечал на вопросы. По его словам, комиссия установила: у Бенциона Шерлинга не было не только роскошного, но вообще никакого собственного дома, а жил он с семьёй из 12 человек в арендованной пристройке к дровяному складу, которая ныне используется как подсобка при помещении лесхоза. Захар ещё раз подтвердил, что все обвинения в сокрытии непролетарского происхождения с него сняты. Семён спросил было о том, есть ли официальный документ о снятии обвинений, но Захар перевёл разговор на другую тему — о семье дочери старшего брата Исая Иды, которая живёт в пригороде Москвы и преподаёт математику в средней школе. Вера подхватила тему и рассказала, как Захару удалось через кремлёвскую поликлинику достать дефицитное заграничное лекарство, которое спасло мужа Иды от очень тяжёлой болезни. Она ещё сказала, что если родится девочка, то имя ей будет выбирать она, а если мальчик — то Захар.

Так и шёл своим чередом этот вечер за столом. Семён попытался вернуться к теме витебского расследования, но Захар не поддержал его:

— Давай, Сема, перенесём разговоры на завтра — утро вечера мудрёнее. Верочка уже постелила тебе в моём кабинете. Завтра вместе поедем на работу и поговорим...

Так и сделали...

Утром не стали вызывать лифтёра, пошли вниз пешком. Не задерживаясь, украдкой взглянули на опечатанную дверь квартиры Тухачевского со следами взлома. Холодок ужаса охватил Семёна, когда он представил, как силой выволакивали отсюда семью прежде знаменитого маршала. Вздрогнул — эфемерна наша жизнь и наши успехи! С трудом ушёл от этого чувства только в машине Захара, поданной шофёром к подъезду. Не доезжая наркомата, вышли из машины — Захар предложил пройтись, размяться, взял брата под руку, сам начал разговор на интересующую Семёна тему:

— Ты, Сема, не волнуйся, вопрос о нашем с тобой непролетарском происхождении закрыт. Комиссия привезла из Витебска подробное описание «хором», в которых мы с тобой жили в детстве и юности. Тебе, помнится, на полу стелили, места всем не хватало… Теперь описание нашего жилья передано на вечное хранение в архив НКВД — вот такая нам честь выпала, — с иронией в голосе сказал Захар, а потом уже вполне серьёзно, глуховато добавил: — Ты не обижайся, что дома не хотел на эту тему говорить. Сам, наверное, догадываешься почему… У нас весь персонал, включая комендантов, охранников, лифтёров, билетёров в клубе и продавцов в магазине, — секретные сотрудники органов. Квартиры прослушиваются… Так надо, время такое, да и жильцы у нас ответственные работники руководящих органов партии и правительства… Сам знаешь, классовая борьба обостряется, а тут ещё заговор в руководстве Красной армии. Только этого нам не хватало…

— Я вообще не понимаю, кому в голову пришло проверять твоё происхождение! Ты ведь большевик с дореволюционным стажем, сам чекист в молодости, проверенный-перепроверенный самой революцией. Кому позволено сомневаться в тебе?

— Я, Сема, с самим Феликсом Эдмундовичем работал ещё при Владимире Ильиче. Мы тогда создали систему исправительных лагерей для контрреволюционеров. Потом уже пошёл учиться по финансовой линии… Сейчас, дорогой мой, всё изменилось, и задачи у чекистов другие. Нам, первопроходцам, легче было — враги революции были как на виду, не скрывались, под своих не подстраивались. А теперь что? Сам видишь… Бывшие революционеры и герои Гражданской войны на поверку оказались врагами партии и народа. Для меня особенно тяжёлым ударом был арест Алексея Ивановича Рыкова. Он с женой Ниной жил двумя этажами выше, вежливый такой, интеллигентный… Между прочим, был председателем комиссии по строительству этого дома. Ближайший соратник Владимира Ильича, его преемник на посту предсовмина, а потом… скурвился, готовил теракт против Сталина, арестован, признал свою преступную деятельность… Ужасно… Никому доверять нельзя — так получается.

— Тебе не кажется, Захар, что в процессах против Рыкова, Бухарина и других старых большевиков было что-то… неестественное, что ли… что-то искусственно надуманное…

— Что ты имеешь в виду?

— Один мой друг из наших, из большевиков с дореволюционных времён, считает, что подобные процессы целенаправленно относятся ко всем старым партийцам времён Владимира Ильича и Гражданской войны. Что они, мол, слишком много знают и помнят, чего не надо знать нынешней молодой поросли. Я, грешным делом, когда против тебя начали копать, подумал, не часть ли это такого подхода...

— Чушь полная! И не смей думать так, Сема... Такие рассуждения ни к чему хорошему не ведут, опасные рассуждения... Партия держит ситуацию под контролем, партия уже доказала, что не допустит всяких крайних уклонов. В моём случае был досадный сбой — кто-то из чрезмерно ретивых настрочил донос, какой-то бюрократ из молодых да ранних, с испугу дал ход делу. Но теперь, когда выяснилось, что обвинение было ложным, партия расставила всё по своим местам.

— А мне что прикажешь делать? Я же не зря спрашивал, нет ли официального заключения о нашем с тобой пролетарском происхождении — ведь я уже сообщил в райком партии об этом разбирательстве. Как мне теперь доложить им о результате проверки без документа?

— Не будь наивным, дорогой мой брат, там без тебя есть кому всё проверить. Не сомневаюсь — в твоём райкоме уже все указания получили от кого надо.

— Хорошо... Хотел ещё спросить тебя вот о чём... Ты ведь был правой рукой Серго Орджоникидзе. Не опасаешься каких-то негативных для тебя последствий после его неожиданной смерти? Что ты сам-то думаешь об этом?

— Правой, неправой, но был, конечно... Финансовый отдел Тяжпрома немаловажен для любого наркома. Хотя, конечно, Григорий Константинович был не любой, был настоящий большевик, имел талант большого руководителя... Мы с ним хорошо работали. Сейчас наркомом назначен Валерий Иванович Межлаук. Думаю, мы с ним сработаемся... Интеллигент, между прочим, ещё до революции в Харьковском университете преподавал, потом в революцию пошёл вместе с большевиками, имеет большой опыт руководящей работы, в том числе по финансовой части. Думаю, сработаемся, хотя вижу — есть такие, что копают под меня, завидуют...

— Если подсиживают из карьерных интересов, это не страшно, это в природе вещей... Вот когда под колёса кампании попадаешь, это по-настоящему плохо... Ходят разные слухи о смерти Григория Константиновича...

— Слухами я не занимаюсь, знаю только то, что и все знают из официального заключения. Кстати, это заключение подписал твой нарком здравоохранения Каминский.

— А сам что думаешь?

Захар не ответил, они подходили к зданию наркомата... Семён тоже замолчал, почувствовал, что брату эта тема неприятна. Захар начал прощаться:

— Вот что, Сема... Мой шофёр отвезёт тебя, куда скажешь, а вечером сам приезжай домой — теперь знаешь, где это, и пропуск у тебя есть. Оставь плохие мысли... До вечера!

Он отдал распоряжение подъехавшему шофёру, похлопал Семёна по плечу и ушёл.

Несколько следующих дней Семён провёл в Институте экспериментальной медицины, знакомился с новыми разработками, прикидывал, как использовать их в своём институте. Сходил в Третьяковку, посмотрел новую постановку «Анны Карениной» во МХАТе с Аллой Тарасовой, Николаем Хмелёвым, Марком Прудкиным, Ольгой Книппер-Чеховой и другими звёздами. Вечера проводил, как правило, дома у Захара.

Говорили дома исключительно на семейные темы. Семён расспрашивал Захара об их старшем брате Исае — вот кто, будучи до революции управляющим всего лесного хозяйства губернии, действительно был когда-то богатым человеком и имел большой собственный дом в Витебске. После революции лесное хозяйство национализировали, а Исая посадили, и он на три года был сослан в Сибирь. Захар рассказал, что теперь Исай живёт в небольшом городке Нелидово Калининской области, женился второй раз, работает в каком-то лесхозе.

— Я с ним не общаюсь... Ты же знаешь, мы разошлись с ним ещё до революции, несоветский он человек, — объяснял Захар.

— А как его дети?

— Дети замечательные, наши советские люди, не чета своему папе... Дочь Исая Ида живёт здесь в пригороде Москвы вместе с мужем, сыном-школьником и младшим братом, работает учительницей в школе. Сын Исая Марк оканчивает школу, комсомолец, очень талантливый парень, собирается поступать на матмех МГУ.

— Вы общаетесь?

— Конечно... У них большой загородный дом, мы с Верочкой бываем у них в гостях. От Иды знаю, что младшая дочь Исая Бетти живёт в Ленинграде. Как она там?

— Давно не общались... Кажется, оканчивает институт, вышла замуж... У вас здесь дети Исая бывали?

— Нет, никогда...

Получалось, что Семён был единственным родственником Захара, побывавшим в его квартире. Чем больше он пребывал в этом Доме на набережной, тем более гнетущим было его ощущение. Облик этого непомерно громадного дома, который по замыслу должен был олицетворять радостную устремлённость в светлое будущее, напротив, давил и унижал, словно подчёркивал ничтожность личности и никчёмность её свободного духа. Семён понимал, что это его ощущение навеяно трагическими событиями, связанными с домом. Он пытался отделаться от подсознательного рациональными соображениями о том, что архитектура здесь ни при чём, но не мог — дом давил и давил... И этот ВОХР при входе, и этот сексот-лифтер в униформе... В подъезде, где жил Захар, к заколоченным квартирам Рыкова и Тухачевского прибавились ещё две — об этом лифтёр не преминул рассказать Семёну, которого он настойчиво и предупредительно провожал до дверей.

Вера показала Семёну спецзаведения дома и его внутренний двор с фонтанами и магазином-распределителем для удовлетворения потребностей жильцов в части дефицитных продуктов и товаров. Этот замкнутый мирок, ограждённый от реального мира стенами огромного здания, с претензией на противоположность трудностям жизни за стенами, отнюдь не восхитил Семёна, как того ожидала Вера, а, напротив, только усилил его тоску. Жизнь в Доме на набережной вдруг представилась ему искажённым до безобразия, как в кривом зеркале, отражением всего того, что было за его стенами. Он, однако, не подал вида, похвалил всё...

Вера как-то рассказала Семёну, что, по замыслу архитектора Бориса Иофана, дом предполагалось облицевать розовым гранитом, но такого вроде бы не нашлось. Семён представил себе кровавый отблеск гигантского сооружения в закатных лучах и похолодел... От знакомого в московском институте он уже узнал, что в народе этот дом называют «ловушкой для большевиков». В народе ходили слухи, что в квартирах репрессированных по ночам слышны голоса и детский плач. Вере и Захару об этих народных байках лучше не знать...

Семён с искренним недоумением вдруг понял, что его угнетает не только этот дом, но и общение со старшим братом. Это было горькое и стыдное чувство. Семён не понимал до конца его истоки, и это ещё больше огорчало его. Он метался где-то между братом Захаром и другом Иваном — своими старшими партийными наставниками. Формально, по своему отношению ко всему происходящему в стране и партии, Семён был определённо ближе к Захару, ибо главным в этом отношении была его убеждённость в нерушимой правоте партии. Вся его натура противилась представлениям Ивана о перерождении партии и об искусственной направленности репрессий против её большевистского ядра. Но Семён чувствовал, что брат не вполне откровенен с ним, что не хочет поделиться с ним чем-то сокровенным, беспокоившим его самого. То ли не может поделиться из соображений секретности своих знаний, то ли чтобы не травмировать близкого человека. Иван же, напротив, виделся Семёну совершенно откровенным в своих сомнениях и раздумьях. И получалось так, что, склоняясь к твёрдому мнению брата, он больше симпатизировал сомнениям друга. Семён чувствовал, что с Иваном, несмотря на несогласие, ему легче и комфортнее общаться, чем с Захаром при кажущемся полном согласии. С этим чувством душевного разлада прошли дни до назначенной наркомом Каминским встречи.

Семён уже знал от Захара, что Каминский живёт в этом же Доме на набережной, но в другом подъезде. Он заранее сообщил номер телефона в квартире Захара в секретариат наркома и ожидал телефонного звонка 25 июня, но звонка не было. 26-го Семён с утра сам позвонил в наркомат, трубку сняла секретарь наркома. Он представился, напомнил, что Григорий Наумович назначил ему приём на 26 июня, и попросил её уточнить время встречи. В трубке долго молчали, а потом секретарь как-то сдавленно ответила, что товарищ Каминский сегодня на работе не будет и что о встрече с наркомом следует договариваться заново. Семён позвонил Каминскому домой по известному ему номеру. Телефон не отвечал...

Вечером он сразу же рассказал Захару о неожиданном срыве встречи с наркомом здравоохранения Каминским. «Не знаю, что и делать, приём был назначен заранее на сегодня», — сказал Семён вопросительно. После такой же долгой паузы, как у секретаря наркома, Захар обрушил на Семёна печальную и жестокую новость:

— В нашем доме освободилась ещё одна квартира... Каминский сегодня исключён из состава кандидатов в члены ЦК ВКП(б) и из партии с формулировкой «как не заслуживающий доверия». Арестован в Кремле, прямо в здании заседаний пленума ЦК, после выступления с клеветнической критикой действий НКВД.

Семён в состоянии шока выпалил подряд несколько рубленых фраз:

— Это Каминский не заслуживает доверия? А когда Григорий Наумович остановил наступление генерала Деникина, он заслуживал доверия? Герой Гражданской войны, член Реввоенсовета фронта... Организатор советской медицины... Вместе с Семашко... Вся профилактическая медицина от него... С клеветнической... Не заслуживает?

Захар делал ему знаки — замолчи! Вера, испугавшись, подала ему стакан с водой. Но Семён внезапно принял решение немедленно уехать из Москвы. А приняв решение, уже спокойно посмотрел на часы и сказал:

— Я вполне успеваю на ночной поезд в Ленинград. Захар, пожалуйста, позвони в свою службу, чтобы для меня оставили билет в купейный вагон.

Захар пытался отговорить брата, настаивал, чтобы тот остался хотя бы до утра, но Семён был непреклонен:

— Мне теперь нечего делать в Москве. Я и так слишком задержался, в институте много работы.

Захар провожал Семёна на Ленинградском вокзале. У вагона перед отправкой долго молчали. Семён прервал молчание первым:

— Что всё же случилось на пленуме ЦК. Расскажи, что знаешь, мне это надо понять.

— Я знаю мало, — неохотно ответил Захар. — Вроде бы Каминский сказал, что первый секретарь ЦК компартии Грузии Берия в годы Гражданской войны сотрудничал с иностранными контрразведками и мусаватистами в Азербайджане. Это Каминскому якобы было известно из документов ещё в годы его работы в аппарате ЦК Азербайджана. Потом он выступил с критикой действий НКВД после доклада Ежова, сказал, что НКВД продолжает арестовывать честных людей. Ещё говорят, что Каминский, обращаясь к Сталину, сказал о действиях НКВД, что, мол, «так мы перестреляем всю партию», за что получил резкую отповедь. Не знаю, правда ли всё это, но разговоры такие есть...

— Разве критика отдельных действий отдельных членов партии является преступлением? Предположим, всё, о чём ты рассказал, правда. Ну и что? Разве критика в интересах партии является преступлением против неё? За это его исключили из партии и арестовали? Объясни мне, Захар... Я что-то ничего не понимаю...

— Его арестовали не за критику, а за конкретные преступления против советского строя и партии. За какие — я не знаю... Если следствие выяснит, что он невиновен, его освободят. Не сомневайся в этом, Сема. И учти, органы госбезопасности просто так никого не арестовывают...

— Всё равно не понимаю, — пожал плечами Семён. — Уж прости меня, брат, не понимаю...

— Каминский был другом Орджоникидзе, — вдруг вспомнил Захар, — рассказывали, что он не хотел подписывать медицинское заключение о смерти Серго...

Семён собрался было спросить, что это значит, но проводница предупредила, что поезд отправляется. Братья обнялись безмолвно...

Семён уезжал из Москвы в Ленинград с нелёгким чувством обрушения своих надежд, которые становились всё более иллюзорными, и с недобрым предчувствием надвигающейся беды...

Предчувствия его не были обманными, но ему не довелось узнать, что Григория Каминского расстреляли через семь месяцев после ареста. Ему не довелось узнать, каким чудовищным пыткам подвергся за полгода бывший нарком здравоохранения в камерах и кабинетах НКВД, прежде чем пуля палача избавила его от мучений...

Ленинград — Красноярск

29/VI/37

Сонечка, родная!

Мне нужен твой совет, а тебя рядом нет, вот и пишу…

Семён ездил в Москву для обсуждения ряда вопросов работы института с наркомом здравоохранения Каминским. Заранее договорился с ним, но встреча не состоялась, потому что Каминского арестовали как врага народа, вероятно, за контрреволюционную троцкистскую деятельность. Семён позавчера вернулся из Москвы, ужасно расстроен, что зря съездил и что вопросы взаимодействия с наркоматом остались нерешёнными. Но главное не в этом — он шокирован самим фактом ареста наркома и, как я вижу, не верит в его виновность. Говорит: «Григорий Наумович и контрреволюционный заговор несовместимы». Я пытаюсь доказать Семёну, что ему очень повезло. Если бы нарком успел принять его буквально накануне своего ареста, то грош цена была бы тем договорённостям, а неприятностей не оберёшься… Семён в подавленном настроении, меня не слушает, бормочет, что, мол, Ваня, наверное, был прав… Ты понимаешь, о чём я говорю… Даже работа, которой он был так занят, похоже, уже не влечёт. Не знаю, что делать… Больше всего опасаюсь того душевного разлада с Семёном, о котором мы с тобой говорили ещё здесь. Что может быть страшнее разлада с близким человеком по партийным делам, по политике нашей партии, которой мы преданно служим уже много лет, считай — всю жизнь. Ты-то это хорошо понимаешь — что посоветуешь?

Есть и добрая новость. Семён встречался в Москве со своим братом Захаром. С него полностью сняты все обвинения о якобы непролетарском происхождении — это подтвердила парткомиссия, выезжавшая в Витебск для проверки. Семён рассказал ещё о Доме правительства, в котором живёт с женой Захар, — это какое-то рукотворное чудо.

Мы планируем в августе съездить в санаторий в Кисловодск или Сочи, ещё не решили… Пока снимаем дачу под Сестрорецком для Левочки с няней, ездим туда по выходным.

Что у вас, как твои мужчины? Привет им.

Целую и жду твоего письма,

твоя Оля.

10/VII/37

Дорогая Оленька!

Мне тоже не хватает общения с тобой. Письма — это хорошо, но не то… Иногда вдруг встрепенусь по старой привычке, что надо поговорить с тобой, а тебя рядом нет…

Что я могу тебе посоветовать? В этом деле нет простого решения, это очень индивидуально… Одно могу тебе сказать: не дави на Семёна, постарайся его понять, прежде чем склонять к своей точке зрения. Я ведь тоже поначалу была совсем не согласна с Иваном, спорила, а потом вникла в его доводы и со многим согласилась… Вот и теперь в этой истории о несостоявшейся встрече Семёна с тем человеком… Иван знал его ещё по Гражданской, слышал о том, что с ним случилось, согласен с Семёном в оценке этого случившегося, считает, что это всё из той же оперы, которую разыгрывают… сама знаешь, кто и зачем. Я уже устала возражать, да подчас и возразить нечего. Знаю, Оленька, что ты, вероятно, ждёшь от меня других слов, но жизнь есть жизнь, и она сейчас, увы, не всегда вписывается в наши с тобой представления, и не всегда соответствует нашим убеждениям…

У нас всё нормально. Об отпуске пока и подумать не можем. Иван очень много работает, идут заказы на новую технику, проблем много и с оборудованием, и с квалификацией работников, особенно на руководящих должностях. Старое партийное руководство завода почти полностью выкошено, а новое ещё мало что понимает, а иногда и не хочет понимать. Трудно Ивану, но он держится, хотя я всё время опасаюсь за него, чтобы не сорвался — и физически, и морально.

Вилен окончил 9-й класс и хочет осенью поступать в местное военное училище, где готовят младший командный состав Красной армии. Иван поддерживает его в этом, а я сомневаюсь…

Счастливого вам с Семёном отпуска! Как хотелось бы присоединиться к вам, но сейчас это невозможно. Может быть, сможем в будущем году. Мечтать не запретишь…

Иван просит передать Семёну пожелание не впадать в уныние и работать так, как он делал это всю жизнь, — в этом, он говорит, наше спасительное лекарство от всех напастей и сомнений.

Обнимаю тебя,

Соня.

Санаторий имени Горького

Август — хорошее время для отдыха. Семён и Ольга провели его в Кисловодске в санатории имени Горького. Это был санаторий Академии наук, отдыхали здесь и учёные, и артисты, и писатели — интеллигентная публика. Было с кем пообщаться, но Ольга и Семён предпочитали оставаться наедине — хотелось полностью оторваться от забот и тревог внешнего мира. Даже знать новости не хотелось...

У них был номер люкс, в который еду можно было заказать, но завтракали они в общей столовой. Там коротко и необременительно общались с другими отдыхающими, не заводя обязывающих знакомств. После завтрака до обеда уходили в горы. Шли вверх по извилистой тропе огромного парка, кормили белок с рук, выходили в степь и поднимались на невысокую вершину горы Малое Седло, а иногда доходили и до Большого Седла. По дороге останавливались на смотровой площадке, чтобы полюбоваться видом на двуглавый белоснежный Эльбрус — самую высокую вершину Европы. После обеда отдыхали, принимали нарзанные или грязевые ванны, а вечером спускались вниз в центр города, чтобы попить минеральную воду из знаменитых кисловодских источников, послушать концерт симфонической музыки в местной филармонии или поужинать в ресторане.

Как-то сходили на кинофильм «Цирк» с Любовью Орловой в главной роли. Фильм шёл на экранах уже больше года и пользовался колоссальным успехом. А песни композитора Дунаевского из фильма распевала вся страна. Особенно выделялась «Песня о Родине» — могучая, бесподобная по красоте мелодия в стиле праздничного гимна выразительно представляла текст о величии советской Родины и уникальном счастье живущих в ней свободных советских людей:

Широка страна моя родная,
Много в ней лесов, полей и рек.

Я другой такой страны не знаю,
Где так вольно дышит человек.

— Замечательные слова, под стать мелодии. Мне кажется, Исаак Дунаевский здесь превзошёл самого себя, совершенно потрясающая музыка, недаром все распевают это, — сказал Семён, когда они вышли из кинотеатра.

— После музыки к «Детям капитана Гранта» ему уже трудно превзойти самого себя. Из того кинофильма тоже всё распевают, но главное, что Дунаевский там проявил себя не только как песенник, но и как симфонист, — добавила Ольга.

— Что ты имеешь в виду?

— Я имею в виду, что увертюра к «Детям капитана Гранта» слышится как настоящая симфония.

— Да, ты, пожалуй, права... А вот в «Цирке» очень впечатляет эпизод с передачей чёрного ребёнка от одного из советских народов к другому. Сам Соломон Михоэлс поёт ему колыбельную на идиш. Ты заметила?

— Конечно, заметила и даже текст поняла, я ведь как-никак занималась германскими диалектами...

— Ты умница и самая образованная жена на свете. — Семён обнял Ольгу за талию.

— Но если честно, то мне этот эпизод показался грубовато прямолинейным, так в хорошей литературе не делают.

— Ну, это ведь не литература, а кино. Авторы хотели образно противопоставить наш советский интернационализм миру расовой и национальной нетерпимости. По-моему, им это удалось.

— Конечно удалось, но на уровне пропагандистском, а не художественном...

Обнявшись, Семён и Ольга шли по вечернему парку и умиротворённо обсуждали только что просмотренное кино. Фонари один за другим освещали их стройные фигуры и светлые лица. Они были здоровы, молоды и полны нерастраченных сил... Прелесть неопытности вместе с остротой и новизной юного чувства словно вернулись к ним из далёких времён молодости. Как тогда на Гражданской в военно-санитарном поезде, когда ночи не могли они дождаться... Поезд мотался вдоль фронта, и летучие отряды деникинской конницы выскакивали по пути, и снаряды рвались рядом, но они всего этого не видели и не слышали, их тела сливались и становились единым целым, которому было уже не до войны и всего, что творилось вокруг...

И теперь к ним вернулась та сказка юности... Семён загорел и помолодел, унылая депрессия ушла, он наслаждался гармонией природы и своей красавицей-женой, которая будто расцвела заново... Желание вдруг охватывало его в самых неподходящих местах, ему вдруг хотелось прикоснуться к её телу... Ольга чувствовала это, улыбалась, гладила его густые курчавые волосы, шептала: «Погоди, Сенечка, вот вернёмся домой...» Они были здоровы, молоды и полны нерастраченных сил... Счастье любви и успеха ждало их впереди — так представлялось им в том сказочном августе 1937-го.

В день отъезда они поднялись на смотровую площадку, чтобы сфотографироваться на память на фоне величественного Эльбруса. Но погода случилась пасмурная, облачность и туман скрыли горные вершины. Огорчённые, стояли Ольга и Семён у будки фотографа — надо было заранее сфотографироваться в ясный солнечный день. Старый еврей-фотограф с сильным акцентом спросил, что беспокоит молодых людей. Семён объяснил ситуацию с Эльбрусом и отъездом... Фотограф вынес треножник с фотокамерой и сказал: «Молодым людям не стоит волноваться. Мне нужно взять вас, а за Эльбрус не беспокойтесь». Через час они получили снимок — красивые, улыбающиеся Ольга и Семён на фоне сверкающих под солнцем вершин Эльбруса. Семён невольно подумал:

«Как легко в наше время удаются подделки, как несложно сфальсифицировать действительность — на месте пустоты поставить хоть Эльбрус или, наоборот, убрать кого-то со старой фотографии».

Это была их последняя совместная фотография, очень хорошая фотография на память...

Поезд Кисловодск — Ленинград шёл двое суток, этого времени оказалось недостаточно для перестройки настроения. Они приехали домой, всё ещё пребывая в том фантомном мире отрешённости от реальных дел и забот. Фантом, однако, быстро рассеялся... Они съездили в Сестрорецк и забрали сына с няней домой. У Ольги начался новый учебный год в университете — впервые в роли доцента кафедры. На Семёна свалился весь накопленный за месяц груз проблем в институте.

Выйдя на работу, Семён первым делом пригласил к себе секретаря парткома института Кирилла Николаевича, которого в своё время рекомендовал ему ещё Иван Игнатьевич. Секретарь парткома доложил директору, что ряд сотрудников уволены в его отсутствие, поскольку оказались родственниками врагов народа. К счастью, сообщил он, в самом институте арестованных нет. Но в Военно-медицинской академии идут аресты — там среди профессоров оказалось немало изменников родины.

Семён охотно брал на работу бывших сотрудников академии, которые, как правило, были профессионалами высокого уровня. Теперь все они оказались на острие кампании по борьбе с троцкистским заговором в руководстве армии. Квалифицированных работников в сфере деятельности института вообще было мало. Теперь ряд проектов придётся отложить или урезать — их некому выполнять. Семён пытался с ходу найти решение свалившейся на него проблемы — ведь он собирался договориться в Наркомате здравоохранения о расширении работ института, у него были конкретные планы неотложных исследований. А теперь получалось, что это невыполнимо из-за потери работников. Секретарь парткома говорит, что у нас незаменимых нет, но Семён-то знал, что есть… Он пока не видел выхода, он искал приемлемое решение…

После обеда секретарша принесла директору документы на подпись. Первым лежало заявление младшего научного сотрудника Зои Владимировны Паниной с просьбой об увольнении по собственному желанию. В нижнем левом углу заявления с надписью «Согласовано» стояли подписи секретаря парткома и председателя профкома института. Семён собирался поручить Паниной разработку новых тестов по оценке влияния виброакустических факторов на производительность труда в текстильной промышленности. «В чём дело, почему Панина увольняется?» — спросил он секретаршу. «Не знаю, — ответила она, — говорит, что по семейным обстоятельствам». — «Вызовите её ко мне», — приказал Семён. Панина выглядела расстроенной и неуверенной. Семён спросил:

— Зоя Владимировна, почему вы увольняетесь? Вам не нравится ваша работа или что-то ещё не устраивает? Вы же знаете, я собираюсь поручить вам исследование в вашей профессиональной области, а вы увольняетесь…

— Нет-нет… Я всем довольна, но у меня семейные обстоятельства, — поспешно объяснила Панина.

— Не смею вмешиваться в ваши семейные дела, но хочу понять, чем ваша работа в моём институте мешает семейному благополучию.

— Не мешает, но я должна уйти…

— Когда я работал в Академии, то был знаком с вашим отцом, профессором Паниным, замечательным специалистом.

Припоминаю, что мы с женой однажды были у вашего отца дома. Вы советовались с ним по поводу вашего решения об увольнении?

Зоя Владимировна внезапно всхлипнула и расплакалась, как ребёнок. Семён пытался успокоить её, дал выпить воды… Панина взяла себя в руки, вытерла слёзы, вздохнула поглубже и довольно твёрдо сказала:

— Дело в том, Семён Борисович, что моего папу на днях арестовали. Я не хочу подводить коллектив и ждать пока вы вынуждены будете уволить меня как родственницу изменника родины…

— В чём обвиняют профессора? — спросил Семён после паузы, во время которой он отстранённо подумал, что ничему уже не удивляется.

— Не знаю, они ничего не сказали, просто увезли его… Дома был обыск, но они не объяснили, что ищут… Наверное, по статье о контрреволюционной деятельности, как и у других…

— Вы полагаете, что для ареста были основания?

— Какие там основания… Он ничем, кроме своей медицинской науки, не занимался и не интересовался. — Она снова всхлипнула.

— Скажите, Зоя Владимировна, лично против вас органы госбезопасности выдвинули какие-нибудь обвинения?

— Против меня? Нет, ничего такого… Какие могут быть против меня обвинения…

— Вот что, Зоя Владимировна… Вы сейчас забираете своё заявление и идёте работать. Я не могу удовлетворить вашу просьбу об увольнении по семейным обстоятельствам, потому что не вижу никаких реальных обстоятельств, препятствующих вашей профессиональной работе в интересах нашего социалистического общества. Против вас лично никто никаких политических обвинений не выдвигал, а с остальным позвольте компетентным органам самим разобраться.

— Спасибо, Семён Борисович, но…

— Вот с этим «но» позвольте мне самому разобраться. Идите, идите — у нас с вами много работы, у нас большие планы…

После ухода Паниной Семён вызвал секретаря парткома и сказал ему:

— Кирилл Николаевич, вы, конечно, знаете, что отец нашей сотрудницы Паниной арестован, но я считаю, что это не является основанием для её увольнения. Лично к Паниной, насколько я знаю, никаких претензий у госбезопасности нет. Или это не так?

— В первом отделе подтвердили, что против Паниной обвинений не выдвинуто. Но мы должны проявлять бдительность... Как-никак дочь врага народа... Тем более она сама просит её уволить.

— Я не слышал об уголовной ответственности детей за преступления родителей, тем более за ещё не доказанные преступления. Товарищ Сталин, как вы знаете, указал, что сын за отца не отвечает. Может быть, нам следует действовать соответственно?

— Так-то оно так, но сложившаяся практика рекомендует с опаской относиться к родственникам осуждённых по 58-й статье... Администрация института ведь не увольняет её, а удовлетворяет её просьбу об увольнении.

— Просьба Паниной об увольнении объясняется её страхом перед насильственным увольнением по статье, связанной с пособничеством преступной деятельности. Вы понимаете, Кирилл Николаевич, что если мы будем безоглядно действовать, как вы говорите, согласно сложившейся практике, то безответственно растеряем квалифицированных работников, ничего общего не имеющих с врагами народа, — сказал Семён и опасливо подумал, что это очень похоже на аргумент Каминского, высказанный им на пленуме ЦК перед арестом.

— Согласен с вами, Семён Борисович, кадрами нам сейчас разбрасываться не с руки.

— Короче говоря, Кирилл Николаевич... Вы не возражаете, если мы откажем Паниной в просьбе уволить её по собственному желанию и аргументируем это производственной необходимостью согласно плану работ института?

— Да, согласен...

— Хорошо, решено... А заявление она сама заберёт, так что никаких формальных распоряжений и делать не надо.

В конце сентября, разобравшись с неотложными делами в институте, Семён решил съездить снова в Наркомат здравоохранения, чтобы решить вопросы по плану работ института, которые так и не были решены из-за ареста наркома Каминского. Новым наркомом здравоохранения был назначен Михаил Фёдорович Болдырев. Он заведовал прежде Московским областным отделом здравоохранения, и Семён был с ним шапочно знаком по совещаниям в наркомате.

Семён заказал себе через обком партии номер в новой гостинице «Москва» — ему не хотелось возвращаться в Дом на набережной.

Тем более что Вера должна была вот-вот родить и ей с Захаром будет не до гостей. Но Захару он решил позвонить и предупредить о своём приезде, — может быть, удастся встретиться. Домашний телефон Захара и Веры, однако, не отвечал. В день отъезда Семён дозвонился в приёмную Захара в Наркомате тяжпрома. На просьбу соединить его с товарищем Гвилем взявший трубку мужчина грубовато ответил, что «такой здесь больше не работает». Ошеломлённый Семён по инерции глуповато спросил: «А где он работает?» — на что некто бесцеремонно ответил: «Не обязан знать», и повесил трубку.

Вечером перед отъездом на вокзал ошеломлённый Семён рассказал об этом разговоре Ольге. Она сразу сказала: «Захара, ясное дело, арестовали... иначе так не разговаривают». Семён был в растерянности: «Я не хочу появляться у Захара дома, там всё равно не пропустят, а телефон, видимо, отключён... Что делать?» Ольга вспомнила, что у неё есть адрес родителей Веры, они жили где-то на окраине Москвы, но телефона у них не было. С этим адресом Семён и уехал. В поезде он не мог уснуть, самые тяжёлые мысли гнали сон... Он пытался придумать оптимистичный сценарий: после витебской проверки Захара полностью оправдали, его больше не в чем обвинить; Вера, вероятно, рожает, и Захар с ней в роддоме, поэтому домашний телефон не отвечает. Но как тогда понимать слова «такой здесь больше не работает»? Возможно, это недоразумение — Захара перевели на новую работу, вероятно, даже с повышением, теперь такое часто бывает. Тоже не сходится... Если Захара арестовали, то это просто катастрофа. С юности он шёл по пути брата, неколебимо верил в правильность этого пути... Если Захара арестовали, то следующим будет он...

Семён поселился в гостинице, принял душ, переоделся и поехал в Наркомат здравоохранения на запланированную встречу с Болдыревым. Своей активностью он словно отгонял тяжёлые мысли и подпитывал надежду на то, что с Захаром всё в порядке, что это недоразумение скоро рассеется.

Михаил Фёдорович встретил Семёна приветливо, почти по-дружески, говорил много о тех трудностях, которые ему приходится преодолевать на новой работе, не гнушался спросить совета. Все предложения Семёна по расширению работ института он одобрил, отдал распоряжение плановому отделу подготовить соответствующий приказ, а под занавес приказал предоставить Семёну машину с шофёром на время пребывания в командировке.

Семён возвращался из наркомата в гостиницу с окрепшей надеждой на то, что с Захаром всё в порядке: если бы это было иначе, нарком не разговаривал бы с ним, братом Захара, так любезно, не согласился бы безоговорочно с его предложениями. Увы, не мог предвидеть Семён, что нового наркома вскоре самого арестуют, а затем расстреляют. Не везло наркомам здравоохранения...

В гостинице сомнение и предчувствие беды снова овладели Семёном. Он ещё раз позвонил по домашнему телефону Захара и ещё раз убедился, что телефон отключён. Потом позвонил в Ленинград Ольге, в максимально оптимистичных тонах описал беседу с наркомом, всячески избегал упоминания о Захаре, сказал ей только, что завтра с утра поедет навестить родителей Веры. Ночью Семён снова спал плохо, тревожно, вставал несколько раз, подходил к окну, раздвигал шторы, смотрел на огни Манежной площади и башни Кремля, пытался отделаться от тревоги...

Родители Веры жили в пригороде Москвы в рабочем районе при автомобильном Заводе имени Сталина, который так и назывался «Посёлок ЗИС». Семён добрался туда на автомобиле Наркомздрава, который был предоставлен ему вместе с шофёром. Они остановились по указанному адресу у длинного двухэтажного здания с несколькими входами. Отец Веры работал на ЗИСе инженером и жил с женой-домохозяйкой в этом доме, построенном для инженерно-технических работников нижнего звена. Семён поднялся на второй этаж и на обшарпанной двери нажал одну из четырёх кнопок с неясными надписями. «Коммунальная квартира» — зафиксировал он. «Вам кого?» — спросила открывшая дверь пожилая женщина в халате. Семён назвал фамилию, она показала рукой: «Проходите, вторая дверь справа». В длинном полутёмном коридоре, на стенах которого на гвоздях висели всевозможные бытовые предметы, было по две двери слева и справа. В торце виднелась общая кухня и дверь в общую уборную.

Из-за двери, указанной соседкой, слышался детский плач. Он постучался, дверь скоро открыли — на пороге стояла Вера с плачущим ребёнком на руках. Семён понял всё сразу, понял всё до конца, ему и никаких разъяснений не надо было больше... Вера заплакала навзрыд, увидев Семёна, и её рыдания, сливаясь с плачем ребёнка, сложились в голове Семёна в реквием по брату и той достойной жизни, которая, ускользая из рук и безобразно деформируясь, замыкалась на этой убогой комнате на окраине Москвы.

Вера, ещё всхлипывая, усадила Семёна на стул возле стола посередине комнаты, а сама начала укладывать ребёнка в кроватку в углу комнаты, освобождённом, судя по всему, специально для этого. Семён огляделся...

Комната была, на самом деле, довольно большой — метров 25–30, прикинул он, с двумя довольно большими окнами. Левая от входа сторона комнаты была отгорожена занавеской, там, по-видимому, была кровать хозяев. В правой стороне рядом с детской кроваткой располагался диван. По сторонам от входной двери стояли узкие шкафы для одежды и домашних вещей, в простенке между окон — простенький застеклённый шкаф с книгами, посередине комнаты — стол и четыре стула.

Вера выглядела скверно — бледное, опухшее от слёз лицо, плохо прибранные волосы, неопрятная одежда. Торопясь выложить всё пережитое близкому человеку, она рассказывала Семёну о случившемся то, что он уже и без всякого рассказа в общих чертах домыслил.

Захара арестовали две недели назад... Как это было, она не знает, — Захар уехал на работу, как обычно, и больше не вернулся. Вечером она, забеспокоившись, начала звонить на работу, но там никто не отвечал... А ночью пришли с обыском, перевернули всё, какие-то книги забрали и велели Вере освободить квартиру на следующий день, хотя видели, что она на сносях. На её вопросы: «Где муж, что с ним?», ответили односложно: «Арестован за вредительство в промышленности». Утром следующего дня Вера уехала к родителям, оставив почти все свои вещи в квартире. Через неделю она родила девочку в медпункте посёлка. Захар даже не знает, что у него родилась дочь, и Вера не понимает, как она могла бы сообщить ему об этом...

— Он никогда не узнает, что у него родилась дочь... Что с ним? Никто не хочет об этом говорить. — Вера снова разрыдалась. — Умоляю вас, Семён Борисович, помогите, сделайте что-нибудь, вы можете, я знаю...

Семён и сам был на грани нервного срыва. Во всём масштабе вырисовывался ужас положения и семьи брата, и его самого... Он заторопился, спросил о здоровье родителей, обещал выяснить ситуацию с Захаром и непременно написать Вере письмо, оставил ей денег и, сославшись на ожидающего внизу шофёра, ушёл.

Семён попросил шофёра отвезти его на Кузнецкий мост, 24. Там помещалась приёмная НКВД, где можно было получить информацию об арестованных родственниках. По дороге он нервно обдумывал, как представиться и что спросить у дежурного. Сказать, что родственник? Неубедительно… Представиться братом и предъявить паспорт? Но его фамилия не совпадает с официальной фамилией брата… Показать служебное удостоверение директора всесоюзного института и настаивать на приёме у вышестоящего лица? Попытка может не иметь успеха, а напротив…

Когда приехали, Семён поблагодарил шофёра и отпустил его, сказав, что он доберётся до гостиницы самостоятельно. Он направился ко входу в приёмную. Сомнения, одолевавшие его по дороге сюда, перерастали в непреодолимое препятствие… Издали он видел у дверей приёмной непрерывно входящих и выходящих людей, в основном женщин с потухшими лицами. Дошёл до входа в приёмную, замедлил было шаг, но не остановился, прошёл мимо. Стоит ли засвечиваться ради и без того понятного результата? Ради пустой бравады под влиянием сиюминутного стресса… Может, разумнее навести справки негласно, по своим непрямым каналам?

Семён ускорил шаг и свернул в сторону гостиницы. В тот же вечер он уехал в Ленинград.

Ленинград — Москва

Дорогая Вера!

Семён навёл справки по поводу Захара, но сведения очень скупые. Идёт следствие, пока ничего не известно. Мы надеемся, что там разберутся по справедливости, думаем, что его, возможно, оговорили недобросовестные люди. Семён считает, что у Захара уникальный послужной список, включая участие и в революции, и в организации исправительной системы органов госбезопасности ещё с самим Дзержинским. Такого революционера-большевика, как Захар, никакие оговоры не могут опорочить, даже если он случайно общался с кем-нибудь из скрытых троцкистов по служебным делам и его обманули. Захар был помощником Серго Орджоникидзе и много сделал для развития нашей тяжёлой промышленности. Это тоже, надеемся, будет учтено. Пока, на данной стадии расследования, свидания и переписка с Захаром, к сожалению, не разрешаются. Так что будем ждать, ничего другого сейчас сделать нельзя. Единственное, что могу сказать вам утешительное на данный момент: предъявленные Захару обвинения не из самых тяжёлых и связаны в основном со служебно-производственными делами наркомата, который после смерти Орджоникидзе попал под пристальное внимание контролирующих органов.

Напишите, что у вас, как здоровье доченьки и ваше после родов? Как здоровье родителей? Им сердечный привет! Как назвали девочку? Если нужна наша материальная помощь, напишите, не стесняйтесь.

Ольга.

10/X/37

Дорогая Оля!

Спасибо за вашу с Семёном Борисовичем помощь. У нас с родителями сейчас одна забота. Как помочь Захару? Я сейчас не могу никуда ездить, всё время с маленькой. Папа съездил в приёмную, ему сказали, что письма и передачи Захару не разрешаются. Как он преданно служил партии, все свои силы отдавал, а теперь не разрешается… Почему арестовали ничего не говорят. Все наши вещи, говорят, опечатаны и арестованы до решения суда. А у нас ничего и не было, только кое-какая одежда. Вся мебель и утварь казённые. Госдачей мы не пользовались, всё ждали ребёночка — тогда, дескать, и поедем на дачу.

У меня сохранился домашний телефон одного нашего знакомого из наркомата, папа позвонил ему от моего имени с работы. Знакомый сначала не хотел говорить, но когда узнал, что я родила ребёнка уже после ареста мужа, то рассказал, что Захару предъявляют вредительскую работу в тяжёлой промышленности и связь с врагом народа Рыковым. Ещё он сказал, что если меня не вышлют из Москвы, то, значит, Захару самое худшее не грозит… Потому что когда муж идёт по самой плохой троцкистской статье, то жена идёт в ссылку, а малолетних детей отправляют в детдом. А мне без Захара везде ссылка, но если ему это поможет, то конечно…

Доченьку назвали Любочкой, бедная девочка…

Спасибо вам и Семёну Борисовичу… Вспоминаю нашу с ним такую тёплую семейную встречу в нашей квартире в Доме правительства, слёз не могу сдержать.

Будьте здоровы,

Вера.

Райком партии

Вернувшись в Ленинград, Семён некоторое время пытался скрыть от Ольги детали того, что случилось в Москве, пытался оградить её от потрясения, которое сам пережил, отделывался общими фразами: Захар арестован, детали неизвестны, Вера родила девочку, здорова, живёт у родителей... Но и то, что Семён без эмоций рассказал, ужаснуло Олю.

Она знала, каким ударом для мужа был арест старшего брата, бывшего для него цельным образцом человека и большевика. Разрушился этот образец, погас этот, казалось, вечный маяк, рухнул незыблемый жизненный принцип. То, о чём говорил Иван, то, во что они не верили, получило наглядное, почти осязаемое подтверждение. Как жить с этим? Парткомиссия доказала, что Захар не обманывал партию относительно своего социального происхождения...Так почему же его арестовали? Как уберечь мужа, которому ещё труднее найти ответ? Оля старалась не расспрашивать Семёна, не бередить рану... Он уходил на работу очень рано, приходил поздно, скупо рассказывал о делах в институте, не возвращался к болезненной теме. Оля не настаивала, знала, что ему нужно пережить всё внутри себя.

Семён понимал, что арест брата требует от него некоторых действий по партийной линии, но не предпринимал ничего — ждал возвращения из отпуска парторга института. На общем собрании он объявил, что план развития института утверждён в наркомате, что ожидается значительное расширение работ, сформулировал новые задачи отделов. Сотрудники встретили его сообщение аплодисментами. Как только появился Кирилл Николаевич, Семён пригласил его в свой кабинет. Начал с положительного: новый нарком здравоохранения полностью одобрил план дальнейших работ института, приказ о соответствующем финансировании вскоре будет подписан. Парторг поздравил Семёна с успехом, сказал, что главной теперь будет проблема кадров. Семён всё не решался перейти к тяжёлой для него теме об аресте брата, оттягивал начало разговора обсуждением деталей сложного кадрового вопроса… В конце концов оказалось, что парторг всё уже знает — он первым перевёл разговор на эту тему…

— Понимаю, Семён Борисович, что это для вас нелёгкая тема, но не могу умолчать: все, кому положено, уже знают об аресте вашего брата Захара Борисовича Гвиля.

— Спасибо за откровенность, Кирилл Николаевич. Считаю правильным ни в коем случае не скрывать этот прискорбный факт. Собирался в самое ближайшее время лично сообщить об этом первому секретарю райкома, но откладывал это до разговора с вами… Хотел посоветоваться…

— А что тут советоваться? Ваша позиция правильная, принципиальная: вы осуждаете преступную деятельность вашего брата, никакого участия в ней не принимали и не могли принимать, ничего, естественно, об этой вредительской деятельности брата не знали, общались с ним только по семейным делам… Вот, собственно, и всё…

— Хочу быть с вами, Кирилл Николаевич, столь же откровенным, как и вы со мной. Дело в том, что я, на самом деле, не могу поверить в такое… Ведь он в прошлом известный революционер, большевик ещё ленинских времён, профессионал высочайшего класса, правая рука Серго Орджоникидзе… И притом враг народа, троцкист, контрреволюционер… В голове не укладывается… Какое-то нелепое сочетание, не отвечающее законам логики… Как это возможно?

— Не нам с вами, Семён Борисович, судить о логике каждого конкретного предательства дела партии. У нас с вами логика одна: мы поддерживаем ЦК партии и товарища Сталина, которые поручили органам госбезопасности выявлять врагов народа и беспощадно карать их…

— Чтобы Захар, работая в ближайшем окружении Орджоникидзе, примкнул к троцкистам… Не могу себе такого представить… В чём его конкретно обвиняют?

— Насколько я знаю, в обвинениях против вашего брата контрреволюционная троцкистская деятельность не фигурирует. Это облегчает его положение… Он проходит по статье о вредительстве в народном хозяйстве, обвиняется в попытках саботажа проектов государственной важности в тяжёлой промышленности путём заведомо неправильного планирования и задержек в их финансировании…

— Чудовищно, непонятно... Завтра же попрошу секретаря райкома принять меня и сам расскажу ему о брате. Ну и конечно, сформулирую своё отношение к этому... Сформулирую согласно вашему совету, Кирилл Николаевич. Заодно, кстати, познакомлюсь с новым первым...

— Не советую вам начинать личное знакомство с руководителем коммунистов района с изложения информации об аресте вашего родственника. У вас ещё появится случай познакомиться на более позитивной основе. Например, когда представите ему план развития института, утверждённый в наркомате. Вы ведь совсем не знакомы, а я знаю первого ещё со времён Ивана Игнатьевича. Если не будете возражать, я сам завтра же доложу первому об этом деле. У меня всё равно запланирован с ним разговор о приёме в партию молодых сотрудников института.

— Это будет выглядеть, словно я избегаю дать личную оценку событиям...

— Не беспокойтесь, Семён Борисович, я расскажу, что вы лично изложили мне суть дела и свою оценку и что просили меня доложить об этом ему, как только узнали, что у меня намечена такая встреча...

— Пожалуй, вы правы, Кирилл Николаевич. Благодарю вас...

Вечером дома, за ужином, Семёна будто прорвало. Он безостановочно, нервно говорил и говорил, со всеми подробностями рассказывая Ольге о поездке в Москву. О попытках связаться с Захаром, об аресте брата и обыске в его квартире в Доме правительства, о поездке к родителям Веры на окраину города, об ужасной коммуналке, в которой Вера живёт с родителями и дочкой, о том, как плохо Вера выглядит, как мечется в попытках узнать хоть что-нибудь о Захаре, о своём намерении посетить приёмную НКВД и отказе от этого... А потом ещё о сегодняшнем разговоре с Кириллом Николаевичем.

Ольга долго молчала... Всё, о чём рассказал Семён, она уже знала или предполагала. Но это всё было прежде по частям, отдельными рваными кусками, а теперь собралось вместе в одной общей упаковке, в ужасной упаковке из несправедливости, жестокости, подлости и лжи, которым нечего противопоставить... Она сказала:

— Бедная Верочка, такое свалилось на неё... Она привыкла к другой жизни, где всё было хорошо и правильно... А тут... Главное мучительство, что она ничего не знает о Захаре... Почему не дают знать? Какая-то ничем не оправданная жестокость... А Кирилл Николаевич прав: не надо тебе начинать знакомство с секретарём райкома с покаяния... Да и не в чем тебе каяться! Ты кристально честен и чист перед партией. Даже если Захар виноват, ты-то тут при чём?

Семён словно взорвался, приподнялся, упёрся руками в стол, приблизил лицо к Оле и почти закричал:

— Оля, Оленька... Что делать? Они хотят, чтобы я поверил, что Захар саботажник, вредитель, фашист... Это Захар-то... Они хотят, чтобы я не только поверил в это, но и проклял своего брата, своего наставника, большевика... Они хотят, чтобы я согласился, что он враг народа... чтобы я одобрил убийство брата... Оля, Оленька, что делать?

Оля подошла к нему, обхватила руками голову, прижала к себе, пытаясь успокоить, сказала быстро, убеждённо:

— Успокоиться — вот что нужно сделать в первую очередь, родной мой! Тебя никто не заставляет одобрять убийство. Не накручивай себя... К делам Захара ты не имеешь никакого отношения, что бы там ни было. Что делать? Будем жить и работать, как всегда делали...

Ночью Семён спал плохо, хотя Ольга дала ему валерьянки. Она совсем не спала. Где-то посреди ночи услышала звуки подъехавшей к подъезду машины, встала, накинула на плечи халатик, подошла к окну, не зажигая света. Под уличным фонарём у подъезда стоял воронок, из него выходили мужчины в штатском. Оля отошла от окна, присела на край кровати — страшные мысли лезли в голову, она прислушивалась к звукам на улице и на лестничной клетке. Семён тоже проснулся, приподнялся и спросил жену, почему она не спит... В темноте Оля приложила палец к его губам, словно это могло уберечь от несчастья, показала рукой в сторону входной двери. Там на лестнице явственно послышался нескрываемо грубый топот сапог. Семён в нижнем белье присел рядом с Олей, обнял её за плечи, она дрожала, её бил нервный озноб... Звуки топающих людей приближались — вот они поднялись на второй этаж, не остановились, поднимаются на третий... Ольга и Семён замерли в ужасе... Сейчас будет громкий стук в дверь, не звонок, а именно стук... Семён почувствовал, как дрожат у него руки. Нет, слава богу, кажется, прошли мимо, поднимаются на четвёртый этаж, остановились, стучат в дверь... «Это к Самовским... Он работает в академии анестезиологом... Ты знаешь...» — с дрожью прошептала Ольга. Они, затаившись, продолжали полуодетыми сидеть на кровати, прислушиваясь к звукам на лестнице. Там долгое время было тихо, потом кто-то начал ходить вниз и вверх, что-то переносили, слышались приглушённые команды и всхлипывания... Ольга и Семён мысленно представляли, что происходит в квартире над ними, оценивали творившееся там с содроганием и жалостью, но ещё и со стыдным чувством радости за то, что это не у них, что пронесло... Вероятно, осознание этого горького облегчения за счёт несчастья других нельзя было выразить словами — они молча просидели на кровати едва ли не до рассвета...

С утра они не возвращались ни к тому вечернему разговору, ни к ночному происшествию. А потом наступили будни... Рутинные рабочие будни, которые тушевали остроту всего, связанного и с арестом Захара, и со страхом, навсегда поселившимся в душе. Ольга видела, что Семён старается обходить стороной всё, что с этим связано, что он находит успокоение в работе, и радовалась за него. Парторг института Кирилл Николаевич внёс свой позитивный вклад: по его словам, секретарь райкома партии Геннадий Николаевич с пониманием отнёсся к сообщению Семёна об аресте брата и сказал, что непременно пригласит Семёна Борисовича в ближайшее время для делового разговора о планах Института гигиены труда.

Прошёл, наверное, месяц с того срыва, и однажды Семён пришёл с работы улыбающимся и с порога сообщил Ольге, что Геннадий Николаевич пригласил его к себе для серьёзного разговора о будущем института. Семён с энтузиазмом рассказывал:

— Представляешь, Оленька, позвонил не через секретаршу, а сам... Спросил, не могу ли я навестить его в райкоме послезавтра. Я, конечно, ответил, что с радостью сделаю это, но хотел бы уточнить, что секретаря райкома интересует... А он мне и говорит, что в первую очередь его интересуют планы работ возглавляемого мной института — ведь это всесоюзный институт, подведомственный центральным московским властям. А потом ещё добавил, что мой институт — важнейший научный объект района. Вот такие наши дела, Оленька... Так что завтра буду готовить материалы... Поздравь меня!

Семён ехал в райком партии, располагавшийся в бывшем княжеском дворце на бывшем Невском проспекте, в приподнятом настроении, в предвкушении важной и конструктивной встречи с первым секретарём. Несомненно, новый секретарь, сменивший недавно арестованного прежнего руководителя коммунистов района, хочет показать, что никаких подозрений или претензий к Семёну, связанных с арестом его старшего брата, партия не имеет. Семён захватил с собой специально приготовленный для этой встречи красочно оформленный план работы института с иллюстрациями.

Предъявив охране на входе партбилет, Семён энергично поднялся по широкому пролёту роскошной мраморной лестницы в приёмную первого секретаря. Он хорошо знал секретаршу Полину, работавшую в райкоме ещё с прежним руководителем районной парторганизации. Весело поздоровавшись с ней, не преминул сделать ей комплимент:

— Вам, Полиночка, давно пора попробовать себя в роли кинозвезды.

Она, судя по всему, не оценила его неуклюжую попытку сказать женщине приятное и ответила неулыбчиво:

— Увы, Семён Борисович, у меня теперь совсем другие заботы, да и роли другие… Присядьте, пожалуйста, подождите немного — у Геннадия Николаевича посетители.

Она сняла трубку телефона и почему-то очень тихо произнесла: «Здесь товарищ Шерлинг… Хорошо, сейчас принесу…»

Затем взяла какую-то папку и ушла в кабинет первого, плотно прикрыв за собой массивные двери со старинной барóчной резьбой.

Семён огляделся… Приёмная с высоченным потолком и огромной люстрой в окружении летящих ангелов, по-видимому, когда-то предваряла вход в большую гостиную дворца. Современный письменный стол секретарши с несколькими телефонами стоял в простенке между двумя большими окнами с видом на Фонтанку, Аничков дворец и мост с конными скульптурами Клодта. Над столом висели большие портреты Сталина и Жданова. Вдоль стен располагались шкафы с папками партийных документов и решений, два дивана и кресла для посетителей — всё, по-видимому, из старой мебели дворца в стиле ампир. В левом торце комнаты в дополнение к парадной входной двери в приёмную была ещё одна дверь — непарадная, современная, вероятно запасной выход.

Дверь в кабинет первого секретаря внезапно открылась, и из неё вышли двое незнакомых Семёну мужчин. Семён встал, ожидая появления Полины с приглашением войти в кабинет, но Полина не появилась, а один из вышедших плотно прикрыл дверь. Мужчины почему-то пошли не к выходу, как ожидал Семён, а к нему. Один из них, не здороваясь, зашёл как-то сбоку, а второй, кивнув в знак приветствия, вынул из нагрудного кармана какой-то листок и сказал:

— Вам, гражданин Шерлинг, надлежит проследовать с нами. Вот распоряжение.

Он поднёс листок к глазам Семёна. Семёну потребовалось только одно мгновение, чтобы осознать жуткий смысл написанного…

Народный комиссариат внутренних дел
Ленинградское областное управление государственной безопасности

Ордер № 2521, октября 25 дня 1937 года.
Выдан Управлением государственной безопасности НКВД на производство ареста и обыска Шерлинга Семёна Борисовича, проживающего по адресу: ул. Ракова, д. 21, кв. 21

Под текстом была печать и подписи каких-то комиссаров госбезопасности то ли 2-го, то ли 3-го ранга — Семён уже ничего не видел… Ещё мгновение назад он был в своём привычном мире, где были его любимые семья и работа, где он был уважаем, успешен и нужен, но этот листок с подписями комиссаров госбезопасности уводил его в другой мир, где уже ничего этого не будет, ничего…

— Это недоразумение… Кто приказал? В райкоме партии… — проговорил Семён нечто несуразное, чтобы только не молчать.

— Пройдёмте, пройдёмте, гражданин… Разберёмся, — прошипел тот, который подошёл сбоку.

— Вы не имеете права… Я требую переговорить с секретарём райкома, мне назначено…

— Права будете качать в другом месте, секретарь занят… Пойдёмте, пойдёмте… — объяснил тот, который показал бумагу.

— Я должен позвонить жене…

— Кончать это пора, и без того припозднились, — завершил дискуссию тот, который сбоку, и положил руку на плечо Семёна.

Семён ещё что-то говорил, но двое безмолвно и жёстко взяли его под руки, в которых он держал портфель, и повели к запасному выходу, а потом по полутёмному коридору и чёрной лестнице вниз, во двор, где стоял чёрный воронок НКВД. На выходе во двор появился ещё один в штатском. Он и тот, который подошёл сбоку, затащили Семёна на заднее сиденье машины и сели по сторонам, а тот, кто предъявил бумагу, сел на переднее сиденье. Шофёр сразу тронул машину, свернул на набережную Фонтанки и поехал в сторону Невы.

Никогда в жизни Семён не испытывал подобного насилия, в висках стучало, видимо, из-за скачка давления крови... Сидевший впереди протянул руку:

— Дайте мне ваш портфель.

Семён отказался:

— Не имеете права. Я буду жаловаться.

Тот, что сидел слева, вырвал из рук Семёна портфель и сказал:

— Отдай портфель, гнида фашистская, тебя же просят.

Семён выкрикнул:

— Это хамское, возмутительное насилие, недостойное советских чекистов... Вы ответите...

Тот, что сидел справа, прервал его:

— Строит из себя начальника, троцкистская сволочь.

Он развернулся и правой рукой, отработанным коротким крюком сильно врезал Семёну прямо в живот. Семён от боли задохнулся и согнулся пополам, а потом выпрямился, чтобы вздохнуть. И тогда тот, что сидел слева, размахнулся и кулаком согнутой левой руки ударил Семёна в лицо — кровь брызнула из носа, заливая его белую рубашку и галстук. Его били ещё и ещё, пока начальник с переднего сиденья не сказал: «Хватит...» Машина подъезжала к Большому дому...

У Большого дома, в начале бывшего Литейного проспекта, а ныне проспекта Володарского, воронок свернул на улицу Воинова и заехал во двор тюрьмы «Шпалерка». Избитого Семёна вытащили из машины и поволокли в помещение следственного изолятора. На пороге ада в его разбитой голове промелькнуло последнее: «Что будет с Ольгой? Она никогда не узнает о том, что со мной случилось...»

Нет шансов

Ольга ничего не знала об аресте Семёна до ночи... Она пришла с работы поздно, после лекции и семинаров, которые вела в университете. Семёна дома не было... Она позвонила уже домой его секретарше, та сказала, что Семён Борисович уехал в райком партии после обеда и сказал, что на работу не вернётся. Ольга позвонила ещё двум сослуживцам мужа, они ничего не знали, но обещали что-либо выяснить и позвонить. Она отпустила няню домой, уложила Левочку спать, выпила чая и в страхе села у телефона в надежде, что оттуда придёт что-нибудь успокоительное. Телефон молчал... Ближе к полуночи раздался звонок в дверь, она бросилась открывать — слава богу, пришёл... Наверное, забыл ключи... У входа в квартиру стояли четверо — один мужчина в форме старшего лейтенанта госбезопасности, двое мужчин и женщина в штатском.

Старший лейтенант вошёл в квартиру, бесцеремонно отодвинув Ольгу, за ним вошли остальные, и женщина закрыла за собой дверь. Потрясённая Ольга хотела было спросить, на каком, собственно, основании... но лейтенант опередил её:

— Квартира гражданина Шерлинга Семёна Борисовича? — спросил он.

— Да, — ответила Ольга, и, превозмогая спазм в горле, добавила: — квартира профессора Шерлинга, директора института.

— Учёные звания и должности в данном случае не имеют значения. А вы, как я понимаю, жена гражданина Шерлинга Ольга Ивановна... Ознакомьтесь с распоряжением Управления госбезопасности. — Он протянул Ольге ордер на проведение обыска в квартире С. Б. Шерлинга.

— Что с моим мужем, где он?

— Вы же видели распоряжение... Гражданин Шерлинг арестован.

— Это чудовищное недоразумение, это... это нарушение советских законов... это вопреки Сталинской Конституции... Он здоров?

— Следственные органы разберутся с законами без нас с вами, а наша задача произвести обыск. — Он кивком головы указал своим помощникам на дверь кабинета, и они прошли туда, не спросив разрешения у хозяйки квартиры.

— Я не понимаю, что вы ищете... У мужа в кабинете книги по медицине и мои книги по филологии... Что в этом интересного для вас? — Ольга пыталась сохранить хотя бы видимость прав личности перед лицом насилия, которое ворвалось в её жизнь.

— Оружие есть? — спросил старший лейтенант, игнорируя её вопрос.

— Нет... О чём вы говорите...

— Можете сообщить органам что-либо о хранящихся у вас материалах, относящихся к антисоветской деятельности вашего мужа?

— Никогда мой муж не занимался антисоветской деятельностью, он большевик-ленинец со времён Октябрьской революции, известный учёный... Что за чушь вы несёте?

— Следствие разберётся, кто несёт чушь... Предупреждаю вас, что помощь следствию может смягчить участь вашего мужа. — Старший лейтенант сел на стул за столом и рукой указал Ольге присесть рядом, как бы ожидая от неё откровенных признаний.

Ольга, торопясь и волнуясь, начала рассказывать о Семёне и его работе. Ей вдруг показалось, что старший лейтенант, послушав её рассказ об участии Семёна в Гражданской войне и работе в Военно-медицинской академии, о поддержке самого Кирова и назначении директором Всесоюзного института, изменит отношение органов — ведь лейтенант непременно доложит всё это своему начальству. Он слушал её, не прерывая, и даже записывал что-то на вырванном из блокнота листке бумаги. Это показалось ей очень значительным и обнадёживающим. Но лейтенант вдруг безмолвным взмахом руки прервал её и приблизил к её глазам, не выпуская из руки, тот листок из блокнота, на котором что-то записывал. Ольга прочитала написанное крупными буквами:

«У вашего мужа нет шансов, он обвиняется в КРТД. Вам грозит как минимум выселение из квартиры, как максимум — арест и ссылка. Побеспокойтесь о своём сыне, заранее подберите ему пристанище у надёжных родственников или друзей, чтобы он не попал в спецдетдом. И молчите. Я вам ничего этого не говорил».

Ольга словно поперхнулась чем-то, испуганно и молча посмотрела в глаза старшему лейтенанту... Он смял записку, положил смятый листок в карман и сказал громко:

— Ну что же, всё это вы сможете рассказать следствию, если вас вызовут. А сейчас пройдёмте в кабинет.

В кабинете был погром. Сваленные кучами бумаги и раскрытые книги из письменного стола и книжного шкафа валялись на полу. Один сотрудник складывал в большой мешок то, что они, по-видимому, собирались забрать; двое других вынимали из шкафа книги, раскрывали их, встряхивали и сбрасывали. Романы Фейхтвангера на русском языке летели на пол, а на немецком — в мешок. Потрясённая Ольга пыталась объяснить, что книги на немецком языке взяты на время из университетской библиотеки, но капитан приказал своим продолжать работу... «Все материалы на иностранных языках подлежат изъятию для спецпроверки. А то, что из библиотек, будет возвращено туда после завершения следствия, не беспокойтесь», — разъяснил он Ольге. Грохот падающих книг дополнял уродливую картину происходящего... Ольга попросила: «Нельзя ли делать всё это потише... Ребёнка разбудите». Капитан ответил: «А вы, Ольга Васильевна, пройдите в спальню, успокойте ребёнка, если потребуется... И приготовьтесь перенести его на вот этот диван. Мы вскоре перейдём в спальню». Он оглядел ещё раз кабинет и приказал своим помощникам: «Вскрывайте диван».

Обыск продолжался ещё несколько часов до глубокой ночи. По мере приближения к финалу Ольга всё более воспринимала происходящее как некий сюрреалистический сюжет, не имеющий ничего общего с тем миром, в котором она до сих пор жила. Ей открывалась непотребная сторона реального мира, полностью противоречившая её убеждениям и её партийной вере.

Она перенесла Левочку в столовую, чтобы он не испугался погрому в кабинете отца, ребёнок проснулся и закапризничал, и ей с трудом удалось его успокоить. Потом в кабинете помощница старшего лейтенанта обыскивала лично её, ощупывала, зачем-то потребовала снять платье. Ольга кое-как наспех восстановила порядок в спальне, где была разворочена постель и вывернуты наизнанку шкафы с бельём, а на полу валялись осколки вазы, сброшенной со шкафа. Перенесла туда спящего сына, чтобы освободить столовую для работы сыскной бригады. Столовую, а потом и кухню сыскари обыскивали с меньшим рвением, — видимо, самим поднадоело. Открыли все шкафы, порылись во всём, но на пол ничего, кроме кухонных тряпок, не вываливали, крупу, сахар, соль и прочее из банок не высыпали, посуду не били...

Когда бригада собралась уходить, Ольга спросила старшего лейтенанта, где может узнать о муже. Он дал ей адрес приёмной НКВД и сказал зачем-то, что самое главное — честное сотрудничество со следствием. Сказал, наверное, для протокола...

В ту ночь Ольга не могла уснуть... Прилегла на разобранную кровать рядом с ребёнком, снова и снова переживая слова лейтенанта на том листке, пытаясь понять их скрытый, но пугающий смысл, всё яснее осознавая, что эти слова — вход в адские ворота незнакомой жизни. Семёна обвиняют в КРТД, то есть в контрреволюционной троцкистской деятельности. Дикая чушь... Ещё не представляя себе частностей своего нового положения, она уже не сомневалась, что всё в её жизни надломилось безвозвратно. Ужасная весть об аресте Семёна была пока чем-то нематериальным и трудно представимым. Но только что пережитый обыск со всеми его унизительными процедурами подавлял и устрашал именно своей отвратительно грубой реалистичностью. Его кажущаяся бессмысленность вдруг раскрылась для неё во всей своей откровенно банальной простоте — унизить, запугать человека, а главное — лишить его представления о своей невиновности как некоего защитного средства от насилия. Ольга вдруг поняла, что эта примитивная цель обыска была вполне достигнута его организаторами и исполнителями — с некоторого момента этой ночью она действительно перестала думать о несправедливости происходящего, о том, что ни Семён, ни она не имеют никакого отношения к преступлениям против народа и партии. С некоторого момента она стала думать о том, что они с Семёном что-то сделали не так, как следовало. И это был первый шаг отступничества, ради которого сыскари выполняли свою работу... Но этот ужасный шаг, превращавший свободного человека в раба обстоятельств, вызвал и совершенно новое движение в душе Ольги — первый всплеск сомнения в том, во что она верила всю свою жизнь и чему служила преданно и беззаветно.

На следующий день ей предложили уволиться из университета по собственному желанию. Декан факультета сказал:

— Ольга Васильевна, у меня нет никаких претензий к вам как к преподавателю и научному работнику. Но в сложившихся обстоятельствах единственное, что я могу сделать для вас, — это согласиться с вашим увольнением по собственному желанию без публичного обсуждения. Поверьте, это сейчас самое лучшее из возможного.

7/XI/37

Дорогая Соня!

У нас несчастье, а тебя рядом нет, и не с кем поделиться горем, и не у кого спросить совета. Все вокруг как-то сразу замыкаются в себе, как только узнают, по какому поводу я делюсь с ними. Печально и страшно…

Думаю, что до вас уже дошёл слух о Семёне. Это правда — его со мной нет. Я ходила несколько раз в приёмную НКВД, наводила справки, но там ничего толком не говорят, кроме того факта, что он у них… Ни свиданий, ни писем… Передач не принимают, говорят — не положено. Не знаю, что делать… Пытаюсь выйти на каких-либо знакомых, которые могли бы хотя бы узнать, как он, что с ним, в чём обвиняют, что будет… Если бы Захар не был в таком же положении, он бы, конечно, помог. А другие, с которыми даже прежде дружны были, приятельствовали, и из университета, и из Семиного института, избегают общаться. Здесь для общения у меня осталась Фаина и тётка уже немолодая — моей покойной мамы родная сестра, но они, конечно, ничем кроме сочувствия помочь не могут. То же и с родственниками с Семиной стороны — даже не хочу их тревожить. Пыталась связаться с бывшими Семиными коллегами по работе в Военно-медицинской академии, профессорами и даже академиками, но там всё словно выкошено, а оставшиеся запуганы и общаться со мной избегают. Хотела позвонить новому наркому здравоохранения, у которого Семён был на приёме совсем недавно, но мне рассказали, что он то ли уже арестован, то ли отстранён от должности. В полном отчаянии пыталась найти бывшего Семиного шофёра Колю, который ушёл работать в НКВД несколько лет назад, но не нашла его по старому адресу, он куда-то переехал, и телефона его никто не знает, а в приёмной связать меня с ним отказались.

Я, Сонечка, вынуждена была уволиться из университета. Сейчас ищу новую работу, хорошим вариантом было бы преподавание русского языка и литературы в школе, но не уверена, что это получится. Получила очень плохой сигнал от знающего человека. Якобы Семён пойдёт по плохой КРТД статье. Зная Семёна, трудно себе представить более нелепое обвинение. Вы с Ваней это, конечно, хорошо понимаете. Моё и Левочкино положение тоже скверное, если верить сигналу того знающего человека. В неблагоприятном случае меня ожидает ссылка с отторжением ребёнка. Трудно поверить в возможность такой несправедливости в нашей стране.

Жду твоего письма, как манны небесной, жду, что думает Ваня.

Обнимаю,

Оля.

20/XI/37

Дорогая Оля!

Мы ничего не знали о Семёне, да и откуда… Конечно в шоке, особенно Ваня. У него был настоящий припадок ярости, почти истерика. Еле успокоила… Семён и КРТД просто несовместимы. Мы же знаем Семёна с юности, вся его жизнь протекала на наших глазах. Мы с Ваней могли бы поклясться перед любым судом, будь то суд божеский или партийный, что Семён чист перед партией. Ваня был словно невменяем, когда узнал о Семёне, говорил о тех, кто его ложно обвиняет, такие слова, что я не могу написать. Потом чуть ли не кричал на меня — ты, мол, теперь понимаешь, что я был прав… А потом, что я верю в химеры, мной самой придуманные. Ну и всё подобное, сама знаешь, как это у него рвётся наружу… А я, Оленька, в жуткой растерянности: неужели всё, за что мы боролись, чему служили и для чего работали, — химера? Не могу в это поверить, не могу с этим смириться и жить, но что делать… Иван вечером сел писать письмо в защиту Семёна, а ночью, бессонной ночью он мне вдруг говорит: «Кому я пишу письмо? Ты, Соня, можешь назвать мне такой адрес, где меня поймут и где могут реально помочь?» Я, конечно, ничего такого назвать не смогла, а он ещё добавил: «Ещё потом скажут, что мы с ним одного поля ягоды… И правильно скажут — мы на одном поле, а они на другом. Орджоникидзе был с нашего поля, он помог бы, но его нет, да и других тоже нет». Короче, под утро Ваня от того письма отказался, он угнетён своим бессилием…

Мне тяжело тебе, Оленька, это говорить, но знай: если с тобой поступят плохо, то мы Левочку возьмём к себе. Это я тебе твёрдо обещаю.

У нас здесь тоже идёт вырубка леса, так что щепки летят… Ваня бьётся, чтобы план работ выполнять при пустеющем кадровом составе руководящих инженерно-технических работников. Идут оборонные заказы по новой технике, а специалисты, которых ещё бывший директор подбирал, исчезают. Трудно и Ване, и всему заводу. Говорят, что при заводе собираются открыть специальное КБ тюремного типа, в котором будут работать арестованные специалисты со всего Союза.

Прости, родная моя, что не могу быть с тобой рядом в это тяжёлое время…
Обнимаю,

Соня.

Большой дом

Когда сотрудники НКВД перестали его бить, Семён одним, ещё не заплывшим глазом увидел, что его везут в комплекс Большого дома. Облицованный красным гранитом монументальный подъезд этого гигантского здания — последнее, что видел Семён в уходящей от него за стёклами воронка счастливой жизни.

Здание Большого дома на бывшем Литейном проспекте было построено по инициативе партийного вождя ленинградских коммунистов Сергея Кирова для Ленинградского управления НКВД и включённого в него Управления госбезопасности — бывшего Объединённого государственного политического управления с кликухой ОГПУ. Масштаб нового здания вполне соответствовал той роли, которая отводилась главному карательному органу партии в жизни государства пролетарской диктатуры. Гигантское восьмиэтажное здание занимало целый квартал с фасадами, выходившими на три улицы. В комплекс Управления входила также бывшая царская тюрьма Шпалерка, соединённая с главным зданием подземным переходом. Монументальность Большого дома, доминировавшего над всем окружающим пространством, вызывала профессиональную гордость у тех, кто там работал, почтение у тех, кому доводилось там бывать по делам службы, и государственный страх у всех остальных. Последние, если им доводилось проходить пешком по проспекту Володарского к набережной Невы, предпочитали двигаться по противоположной стороне улицы.

Планировка и отделка интерьеров сыскного дворца создавали не только все условия для эффективной работы чекистов, но и служили достойным обрамлением их труда на благо родины, труда без устали и в поте лица. Торжественный актовый зал заседаний коллектива занимал два верхних этажа здания. Пространство зала с балконом было перекрыто ребристым железобетонным потолком, стены облицованы искусственным мрамором розового цвета разной степени интенсивности, а ограждение балкона выполнено из серого мрамора. Ритм отделки зала был построен на чередовании вертикальных боковых простенков с оконными проёмами, идущими от пола до потолка. Этот приём подчёркивался врезанными в простенки узкими вертикальными полосками из матового стекла, за которыми скрыто освещение. Две горизонтальные полосы встроенного освещения пересекали потолок по всей его длине. На стене, за эстрадой, находился барельефный профиль В. И. Ленина. В дворце была предусмотрена столовая, спортивный зал и библиотека для поддержания здоровых тела и духа работников. Они трудились не покладая рук на шести этажах гигантского здания и в его подземных казематах. На каждом этаже имелся холл для кратковременного отдыха от напряжённых государственных дел. Холл был украшен двумя круглыми столбами, облицованными искусственным мрамором чёрного цвета, который удачно сочетался с цветом стен, выложенных искусственным мрамором светло-серого цвета с тёмными прожилками. Длинные коридоры ярко освещались, а вдоль коридоров по обеим сторонам располагались кабинеты, отделанные дубом. Мебель и архитектурное решение интерьеров составляли единый ансамбль.

Монументальная архитектура и роскошное оформление интерьеров Большого дома зримо опровергало обывательское представление о том, что у большевиков якобы не было художественного вкуса, — был он, определённо был, особенно когда они старались для себя...

Процедура приёма арестованных была продумана чекистами-психологами самым тщательным образом. Они понимали, что предстоит вести следствие против опытных противников, морально закалённых людей — революционеров, военачальников, профессоров, крупных партийных и советских работников. Необходимо было с первого момента подавить их волю к сопротивлению, заставить понять безоговорочно: ты, профессор, генерал, бывший начальник и прочее, и прочее, теперь есть ничто и звать тебя никак, а ещё более определённо, ты — кусок говна, с которым будут поступать так, как того данный продукт и заслуживает, и за которого никто не заступится, чтобы не испачкаться...

Именно такое представление о своём новом положении внезапно понимал арестованный, когда ему немедленно по прибытии предлагали раздеться догола: «Вопросов не задавать... Раздеться догола... Откройте рот... Наклонитесь, ещё наклонитесь, раздвиньте ноги так, чтобы было видно анальное отверстие», — безразлично приказывал медработник. Снимая генеральский мундир или профессорский пиджак с галстуком, а затем — нижнюю рубашку и кальсоны, заключённый получал первый унизительный урок идентификации с говном. Последующее изъятие документов и личных вещей из карманов, вытаскивание брючного ремня из штанов и шнурков из ботинок закрепляло это его новое состояние. Бывшие революционеры и герои Гражданской войны, боевые командиры и учёные, придерживая сползающие с задницы штаны вспотевшими руками, тащились после процедуры в свои камеры под конвоем быдла, с которым они прежде побрезговали бы общаться. Они были уже отнюдь не теми героями, какими их знали прежде близкие, друзья, сослуживцы, подчинённые и ученики. Они становились тем самым зловонным материалом, с которым теперь можно делать беспрепятственно и безнаказанно всё, что угодно...

Семен поначалу «счастливо» избежал унизительной процедуры раздевания догола — она была заменена не менее эффективной неформальной «медицинской процедурой» избиения по дороге в тюрьму. После этой процедуры ничего более унизительного и быть не могло, поэтому он потом уже ничему не удивлялся, ещё по дороге поняв, в какой кусок беззащитного дерьма его мгновенно превратили, физически ощутил свой новый жизненный статус. Семён не мог идти сам, вертухаи дотащили его до камеры и там бросили на пол. Потом пришёл санитар, наложил примочки на разбитое лицо, помог лечь на железную кровать, самостоятельно изъял ремень из брюк и шнурки из ботинок, вытащил партбилет и другие документы из карманов, снял наручные часы. Очень болели голова, подбитый глаз, рот и живот, опоясывающая боль в пояснице не позволяла повернуться. «Наверное, сотрясение мозга... И отбили печень...» — подумал он.

Его не трогали несколько дней, сколько — он затруднился бы сказать. В камере не было окон, а под белым потолком висела электрическая лампа без абажура, беспощадно ярко и круглосуточно освещавшая стены отвратительного зелёного цвета. О течении времени можно было судить только по лязгу металлической заслонки в железной двери и визитах охранников с едой — серой бурдой в алюминиевой миске и куском хлеба. Едва оправившись от побоев, Семён начал ходить по своему новому жилищу. Камера, вероятно, не была предназначена для длительного пребывания, в ней было три предмета: узкая железная кровать с грязноватым серым одеялом, табурет и ведро, накрытое деревянной крышкой. Семён ходил по замкнутому каменному мешку — шесть шагов в длину, четыре шага в ширину, туда и обратно... Он думал, что долго не выдержит, сойдёт с ума, поэтому обрадовался, когда охранник вошёл, открыл дверь и сказал: «Встать, руки за спину, выходим на допрос...» Его повели длинными коридорами и втолкнули в дверь с надписью, которую он не успел разглядеть.

То, что увидел Семён, очутившись в большой комнате, воистину шокировало его. Он был удивлён, потрясён, и волна радости и надежды впервые с момента ареста накатилась на него: за большим столом с телефонным аппаратом, настольной лампой под блестящим металлическим рефлектором, письменным прибором и кипой папок сидел в форме младшего лейтенанта госбезопасности... его бывший шофёр Коля.

Да, это был тот Коля — молодой парнишка из какой-то сельской глубинки, которому он когда-то помог устроиться на рабфак, а потом на шофёрские курсы. Это был Коля, которого он взял своим личным шофёром, а потом рекомендовал в органы НКВД. Коля, конечно же, поможет ему — ведь Коля хорошо его знает. Какое удивительное везение... Эта мгновенно промелькнувшая цепочка мыслей завершилась сдавленным почти что выкриком: «Коля?!»

Коля покосился на двух охранников, усадивших подследственного на прибитый к полу табурет в двух метрах от его стола, и сказал с металлом в голосе:

— Давайте, гражданин Шерлинг, без этих начальственных возгласов... Меня зовут Николай Васильевич, и я назначен следователем по вашему делу. Назовите ваши имя, отчество и фамилию.

Семён подумал, что, конечно же, Коля не может при охранниках показывать свою близость с ним, и сказал покорно: — Конечно, конечно... Семён Борисович Шерлинг.

Коля знаком показал охранникам, что они свободны и углубился в лежавшие перед ним бумаги. Семён не спешил высказать Коле свою симпатию и понимание ситуации, интуитивно чувствовал, что ему, Николаю Васильевичу, нужно время, чтобы самому начать разговор. В голове вертелось: рассказать ли Коле, что его незаконно били? Коля наконец оторвался от бумаг и задал вопрос:

— Признаёте ли вы, гражданин Шерлинг, что с 1919 года являетесь законспирированным членом контрреволюционной троцкистской организации и что вступили в неё из-за идейной близости к врагу народа Троцкому?

— Что? Какой близости... — Семён задохнулся, судорога свела рот, он с трудом произносил слова, сломленный убийственным смыслом вопроса, который усиливался его полной и очевидной нелепостью.

— Так признаёте или нет?

— Не признаю, не было этого, — Семён наконец сумел разжать сведённые судорогой скулы. — Коля... Николай Васильевич, вы же знаете, что в 19-м году я был красноармейцем, вступил в РКП(б), а Троцкого мог видеть только на митинге...

— Слушали выступление Троцкого? Оно вам нравилось?

— Выступления Троцкого всем тогда нравились, он был председателем Реввоенсовета республики, ближайшим помощником Ленина...

— Только без клеветы на Владимира Ильича, этого мы не допустим... Значит, признаёте, что выступления Троцкого вам лично нравились?

— Да, признаю... — зло выпалил Семён, понимая, что топит сам себя.

— А вербовку в троцкистскую организацию признаёте?

— Нет, не признаю, а напротив, категорически отрицаю как подлую клевету.

— Насчёт клеветы мы ещё разберёмся, а насчёт подлой клеветы советую попридержать ваш поганый язык, гражданин Шерлинг... Есть факты... Вот, например, арестованный троцкист Каминский показал, что встречался с вами и вашим командиром в 1919-м и предложил вам обоим войти в организацию Троцкого и что вы охотно согласились.

— В какую такую организацию? Мы все тогда были бойцами Красной армии и подчинялись Троцкому... Эту организацию вы имеете в виду?

— Значит, признаёте, что являлись членом организации Троцкого и подчинялись ему...

— Я же имел в виду обратное... — Семён попытался объяснить ещё раз, но Коля резко прервал его и стукнул по столу здоровенным кулаком...

— Молчать! Не собираюсь обсуждать с вами, кто имел что-то в виду. — Он снова понизил голос, как бы успокоился. — Вот что интересно, гражданин Шерлинг: многочисленные свидетели показывают, что вы назвали своего сына Львом в честь Троцкого. Этого же вы не будете отрицать?

— Мы с женой назвали сына Львом в честь моего младшего брата — героя Гражданской войны, погибшего в бою с белогвардейцами.

— Вашего брата звали Лейба, а не Лев, — сказал Коля, порывшись в бумагах, после длинной паузы.

— Имя Лейба — это еврейский эквивалент Льва.

— Но Троцкого при рождении тоже назвали Лейба... Значит, ещё вашего младшего брата назвали в честь Троцкого, а потом вы и сына так назвали...

— Что за чушь ты, Коля, несёшь... Мой брат родился в 1901 году, когда о Троцком никто и слыхом не слыхивал... Полное незнание истории... — Семён попытался дать отпор этому молодому негодяю, к тому же негодяю малограмотному, который предал его, своего бывшего начальника и благодетеля.

— Молчать! Заткнуть поганый рот! — заорал Коля, потом порылся в бумагах и, словно успокоившись, продолжил: — Знание вашей истории нам очень пригодится, потому что факты вашей истории вас разоблачают. Вот, например, арестованный троцкист, ваш бывший сослуживец по академии Панин, показывает, что вы вовлекли его и других работников в террористическую троцкистскую организацию.

— Не может этого быть...

— Вот показания Панина. Желаете посмотреть?

— Нет, не хочу.

— Подтверждаете, что встречались с Паниным у него дома?

— Да, встречался, ужинали вместе, семьями...

— Подтверждаете, что вели с ним антисоветские разговоры?

— Нет, не подтверждаю, это ложь...

— А из оперативной записи следует, что вы с Паниным осуждали вмешательство партийного руководства академии в лечебный процесс, критиковали государственный план реорганизации академии... Как вы объясните, что уговорили дочь врага народа Панина работать в вашем институте? С какой целью привлекли её к выполнению ответственных государственных планов, зная, что её отец — преступник?

— Дочь профессора Панина — хороший специалист...

— Не увиливайте от ответа на главный вопрос... Предлагал ли Панин вам войти в законспирированную троцкистскую террористическую организацию? Связной между вами и Паниным была его дочь?

— Только что вы мне говорили, что это я вовлёк Панина в какую-то организацию, а теперь спрашиваете, правда ли, что Панин предлагал мне войти в эту организацию... Чепуха какая-то... И ещё эта нелепость относительно его дочери как связной... Всё это ложь и подлая клевета...

— Это, значит, я по вашему мнению, клеветник; это, значит, оказывается, я лжец, а не вы и ваши единомышленники по троцкистскому подполью... Очень интересная теория...

Коля встал, размял плечи, одёрнул гимнастёрку и медленно большими кругами зашагал по кабинету вдоль письменного стола и за спиной сидящего посредине Семёна. Он тихо говорил как бы сам с собой, как бы размышляя и что-то обдумывая: «Да, не желаем признаваться, а желаем, наоборот, скрыть от партии факты преступлений... Не желаем помочь органам победить троцкистскую заразу, желаем, наоборот, затруднить всячески выполнение органами поставленной партией задачи...»

Он сделал несколько кругов по кабинету, повторяя в разных вариантах мысль о «желании затруднить...» и «нежелании признавать...», словно готовя себя к принятию какого-то решения... Потом резко остановился рядом с Семёном, наклонился, двумя руками охватил его за шею сзади и спереди, приподнял над табуретом, грубо сжав горло, и прошипел в ухо: «Будешь сотрудничать с госбезопасностью, сволочь троцкистская, будешь... А не будешь — задушу прямо здесь... Признаёшь себя виновным, ублюдок троцкистский?»

Семён, задохнувшись, молчал... И тогда Коля отпустил его, размахнулся и своим здоровенным кулаком с профессиональной ловкостью врезал бывшему начальнику и благодетелю прямо в лицо, сразу выбив ему передние зубы. Семён упал спиной и затылком на пол и потерял сознание...

Он очнулся от холодной воды, лившейся на голову и лицо. Он лежал на спине на бетонном полу небольшой комнаты без мебели. Над ним стояли два охранника в начищенных до блеска сапогах, галифе и рубашках с закатанными рукавами. Они были похожи на фашистов из советских политических карикатур. Воняло кровью и мочой — это он почувствовал своим врачебным чутьём. Один из охранников лил на него воду из ведра, другой стоял рядом и постукивал по сапогу металлической палкой типа трости, продетой в тонкую кожу. Первый поставил ведро в угол с раковиной и буднично сказал: «Шеф велел поосторожней с головой и правой рукой». Второй ответил: «Понятно, как всегда...», выставил левую

ногу вперёд, размахнулся и ударил лежащего Семёна металлической палкой. Семён сначала услышал свист рассекаемого воздуха, а потом почувствовал страшный удар в левое плечо и шею. Жуткая режущая боль пронзила всё тело. Он извивался на полу, пытался перекатываться с одного бока на другой, защищая лицо руками, но удары сыпались отовсюду... Первый охранник взял плётку с металлическими наконечниками и присоединился к своему подельнику. Они начали бить Семёна по очереди — один удар металлической палкой, другой металлической плёткой. Удары плёткой были особенно страшными и болезненными, может быть, потому, что приходились уже на ту рану, которую оставлял предыдущий удар палкой. Палачи знали своё дело... Но они вскоре, вероятно, устали нагибаться и стали бить его сапогами. Боль от ударов, поначалу нестерпимая, становилась всё более тупой, удары сапог становились глуше — он терял чувствительность, почти перестал извиваться и ползать по полу. Он попытался перевернуться, опираясь на неловко отставленную ногу, но тут же получил точный профессиональный удар сапогом в пах и потерял сознание от свинцовой боли...

Семен отходил от побоев несколько дней. Во всяком случае, ему так показалось, судя по еде, которую приносили в камеру охранники. Нестерпимая поначалу боль постепенно утихала, и он мог думать о чём-то другом, кроме этой боли. Он научился регулировать свои движения так, чтобы вызывать минимальные всплески боли, но тут пришло другое...

Когда боль чуть-чуть отпускала, в голову лезли мысли, ранившие сильнее физической боли. Лезли вопросы, на которые у него не было ясных ответов... Вылезали тяжёлые, неприемлемые варианты ответов...

Что происходит с ним? И с другими? Что с нами случилось? Это диктатура пролетариата? За это его самый близкий друг и бывший командир Ваня Прокопьев готов был отдать жизнь? Это то, чему они с Ольгой посвятили всю свою жизнь с юных лет?

Они с Ольгой всю жизнь разрушали «весь мир насилья» и строили мир, в котором «кто был никем, тот станет всем». Они его построили... Коля был никем, а нынче стал всем. И они сами были никем, а стали всем... Что же происходит? Те, кто «стали всем», начали уничтожать друг друга? Коля, «ставший всем», убивает его, Семёна, который, «став всем», помог ему, Коле, тоже «стать всем». Что-то похожее предсказывал Ваня...

То, что творили Коля и его палаческая команда, не укладывалось ни в одну схему диктатуры пролетариата, которую мог вообразить себе Семён. Благая версия приходила в минуты улучшения, когда боль отступала: всё, что с ним здесь делают, — преступные действия банды уголовников, захвативших эту тюрьму. Об этом не знают ни в ЦК ВКП(б), ни в обкоме партии... Об этом, конечно, не знает Сталин... Это заговор против партии... Как сделать, чтобы они узнали? Да, но его арестовали в райкоме партии — значит, секретарь райкома знает... Или тоже не знает?

Боль снова приходила, нарастая... Его мысли путались, замещались какими-то звуковыми галлюцинациями...

«Нам Сталин дал стальные руки-крылья, а вместо сердца...»

Один знакомый музыкант рассказывал ему, что фашисты украли эту мелодию и сделали её песней гитлеровских штурмовиков. Но при чём здесь заговор против партии? Каминского тоже так били? А Захара? Там, в Москве, тоже банда уголовников захватила власть? Под носом у ЦК ВКП(б)? Такое возможно? Или невозможно?

«Над страной весенний ветер веет, с каждым днём всё радостнее жить, и никто на свете не умеет лучше нас смеяться и любить...»

Оленька тоже любила эти песни... В голове словно испорченный патефон, всё одно и то же, снова и снова...

«И никто на свете не умеет лучше нас смеяться...»

В голове шум, как от обезвоживания, мысли перескакивают с одного образа на другой... Семён пытался отделаться от постоянных звуковых галлюцинаций, пытался встать, но боль снова вернулась, затмевая всё.

Его долго не вызывали, он не знал, сколько времени прошло, лампа под потолком светила вечно. Он мог бы считать дни по приносимой баланде, но не считал, сбивался, не всегда даже замечал, что приносили и уносили, болело... Санитар приходил, смазывал раны, сказал, что всё нормально... Потом, когда Семён встал и начал ходить самостоятельно, его повели на новый допрос.

Николай Васильевич выглядел бодрым, успешным, даже вроде бы вполне человекообразным и не страшным зверем...

— Ну что же, гражданин Шерлинг, продолжим... Как себя чувствуете? Созрели давать чистосердечные показания?

— После дружеской встречи с твоими помощниками, Коля, какое может быть чистосердечие...

— Тогда продолжим разбираться с вами, но на «ты» забудьте переходить... В прошлый раз вроде бы разобрались с вашим преступным участием в контрреволюционной троцкистской организации, а сегодня...

— Никакого участия не было, — прервал Колю Семён, — и ни о какой организации я не знаю и не слышал.

— Как же так, гражданин Шерлинг, вы же признались, что вам нравилось то, что говорил Троцкий, и что вы вместе с комбригом Прокопьевым выполняли его приказы. Вот у меня здесь записано с ваших слов, могу показать, слово в слово...

— Чушь, демагогия... Приказы Троцкого выполняла вся Рабоче-крестьянская Красная армия.

— Ну с этим мы ещё разберёмся... Хотел бы только уточнить, каким образом вы с арестованным Каминским собирались совершить теракт против товарища Сталина?

Семён молчал... Вопросы следователя казались невероятно нелепыми, они лежали где-то по ту сторону логики и здравого смысла. Он, однако, понимал, какой чудовищный смысл заключён в них, ясно осознавал, что любой его ответ на кажущийся глупым вопрос будет обращён против него вопреки всякой логике. Николай Васильевич между тем продолжал:

— Не желаете отвечать на ясно поставленный вопрос... Но мы и без вас знаем, что вы с Каминским намеревались отравить товарища Сталина на одном из правительственных приёмов, предложив ему бокал отравленного вина под видом тоста за его здоровье. Не хотите признавать, не хотите разоружиться перед партией? Отмечаю: я дал вам такую возможность, но вы ею не воспользовались. Даю вам ещё один шанс: признайте честно свою вину и расскажите откровенно о вашей вредительской работе в советской медицине.

— Медицину не трогайте, гражданин следователь... Я посвятил служению медицине пятнадцать лет моей жизни.

— Служить можно по-разному... Вредительство — это тоже служба. Только кому вы служили? Врагам народа?

— Это клевета...

— Вы меня удивляете, гражданин Шерлинг. Вот здесь у меня заявления и донесения ваших бывших сотрудников и подчинённых из академии и института. — Коля потряс в воздухе стопкой бумаг. — Все указывают, что вы преднамеренно разрабатывали методики так называемого безопасного или гиге... ги-гие-ничного труда, которые должны были снизить эффективность производства. Это невозможно отрицать... Подтверждаете?

— Нет и нет… Разрабатываемые в моём институте методы охраны труда нацелены, наоборот, на повышение производительности на производстве…

— Значит, все эти люди ошибаются и один вы правы? В этих донесениях факты, которые вы не можете отрицать.

— Какие такие факты? Где производительность труда снизилась из-за моих методик?

— Если ещё не снизилась, то только благодаря бдительности честных советских людей, которые помогают пресечь вредительство таких, как вы. Какова была цель ваших преступных действий?

— Не знаю, о каких действиях идёт речь…

— А я вам скажу… Вот показания арестованного бывшего профессора Панина, которого вы завербовали в контрреволюционную организацию. Он прямо и чётко показал, что целью вашей вредительской деятельности была дискрета… дис-кре-ди-тация стахановского движения, ком-про-ме-тация советской власти и возбуждение недовольства среди рабочих, — прочитал Коля, держа перед собой текст. — Подтверждаете?

— Чушь, не мог Панин такое сказать…

— Слушайте, Шерлинг, вы тут пытаетесь опорочить результаты следствия. Это вам отрицательно зачтётся. Какие инструкции вы получали от вашего брата-вредителя Захара Гвиля?

— Никаких инструкций я от брата не получал…

— А мы имеем сведения, что получали. Вы встречались с Гвилем несколько раз до его ареста, обсуждали в антипартийном виде смерть товарища Орджоникидзе и её последствия для вредительской работы вашего брата в Наркомтяжпроме. Вы ведь не будете отрицать, что вся ваша семейка уже много лет замешана в антисоветской деятельности?

— Не понял, что вы имеете в виду?

— Да ну ладно, Шерлинг, не прикидывайтесь… Ваш старший брат Исай был арестован за вредительство ещё в 26-м году и отсидел своё.

— Исай сидел не за вредительство, а за невыполнение в срок государственного плана заготовок леса.

— Да какая разница? Сидел — значит, было за что… Интересная картина получается, гражданин Шерлинг: ваш старший брат сидел за вредительство в лесном хозяйстве, другой ваш брат сидит за вредительство в тяжёлой промышленности, а теперь и вы попались на вредительстве в стахановском движении… По масштабам вы превзошли ваших братьев. Это что же получается: ваше семейное занятие — вредительство?

— Оставьте мою семью в покое. Моя семья принесла пользы советской власти не меньше вашей...

— Ну-ну... — хмыкнул Николай Васильевич и встал.

Семён вздрогнул и напрягся — сейчас будет бить... Но Коля пошёл к двери, открыл её наполовину, что-то тихо сказал дежурившим снаружи охранникам и впустил их в кабинет: «Вы, гражданин Шерлинг, на сегодня свободны». Охранники подняли Семёна и повели его «на свободу»...

Они били Семёна в той же пыточной, что и в первый раз. Били с профессиональным тщанием, но без первоначального энтузиазма. Он выкручивался, катался и ползал по полу, чтобы защититься от самых болезненных ударов, но не всё удавалось... Удар сапогом в локоть левой руки он пропустил. Рука обезжизнела, и он не сумел увернуться и избежать последовавших друг за другом ударов сапогом и палкой по рёбрам справа, после чего потерял сознание от нестерпимой боли...

Семён очнулся в своей камере, всё болело... Он лежал на спине, потом попытался повернуться, но не смог — острая иголочная боль появлялась в обвисшей левой руке при малейшем движении, тупая тянущая боль не давала повернуться на правый бок. «Сломали левую руку и ребро справа», — сделал он медицинское заключение.

Потянулись дни и ночи, которые он не считал и не различал. Время теперь обозначало себя приступами боли и перерывами между приступами. Его долго не трогали, потом опять начали таскать на допросы с длинными перерывами. Процедура следственных действий несколько изменилась — его теперь били не после, а перед допросом. Поэтому били не так интенсивно, как поначалу, — старались привести на допрос в сознании. Болезненность избиений, однако, от этого не уменьшалась, потому что били по уже нанесённым прежде ранам. Он не сопротивлялся и только стонал и мычал, как животное. Ему выбили один глаз, видимо, непреднамеренно, случайно... На допросы его приволакивали в состоянии анабиоза — живое существо приспосабливалось к новым условиям существования. Он перестал возражать Николаю Васильевичу и спорить с ним, отвечал односложно или просто что-то нечленораздельно мычал. В следственных материалах не появлялось ничего нового — всё те же контрреволюционная троцкистская террористическая деятельность и вредительство в здравоохранении с целью свержения советского государственного строя.

В длинных и мучительных промежутках между допросами, когда боль чуть-чуть отпускала, он снова и снова думал о случившемся с ним, пытался найти, где и когда он поступил неправильно, неосмотрительно...

Когда наступало просветление, все эти поиски приводили его во времена революции, в комсомольскую юность. Неужели именно тогда он сделал неправильный выбор, пойдя по пути старшего брата Захара? А потом всё покатилось и... докатилось. Он вспоминал непонимающий взгляд отца, когда сказал ему, что записался красноармейцем. А потом ясно вспомнил резкую отповедь другого старшего брата Исая, когда сказал, что вступил в комсомол: «Дурак ты, Сёмка. Не в своё дело лезешь...» Что же на самом деле случилось? Их с Олей обманули призраком интернационала? Или они обманывали самих себя?

Потом снова мутилось в голове, всё болело... Навязчиво, бесконечно повторяясь, звучали песни...

«Красная армия, марш, марш вперёд. Реввоенсовет нас в бой зовёт...»

Опьянённые кровью садисты вроде Коли и его палаческой команды мучают и убивают невинных людей, большевиков, революционеров — это он теперь знает не понаслышке. Власть в НКВД захватила банда безжалостных аморальных монстров... Но в ЦК ВКП(б) об этом почему-то не знают, не докладывают товарищу Сталину.

«Ведь от тайги до британских морей Красная армия всех сильней... Красная армия всех сильней... Всех сильней...»

Как довести до партийных органов, что здесь творится? Вопиющее нарушение Сталинской Конституции... Фейхтвангер писал, что она демократичнее всех западных... Он ведь тоже не знал, что здесь происходит, и одобрял... И все мы одобряли... Мы все преступники... Как передать на волю, что здесь творится, ведь никто этого не знает, отсюда никто не выходит... Потребовать адвоката и передать с ним? Оленьке передать...

«Сердце, тебе не хочется покоя! Сердце, как хорошо на свете жить!»

Как хорошо на свете жить, как хорошо на свете жить... Ему не хотелось жить, ему хотелось умереть. Нужно попросить Колю, чтобы убили поскорее... Чтобы по-дружески с учётом прежних добрых отношений и заслуг перед партией и народом просто убили.

Боль иногда отпускала, уходила за порог, который стал высоким... Здесь творятся зверства, о которых в партии должны узнать... Как это может быть, что никто не знает? Его арестовали в райкоме партии, в приёмной первого секретаря... А секретарь ничего не знает? Странно это... И даже не интересуется, что случилось с одним из руководящих работников его парторганизации? Может быть, секретаря райкома тоже обманывают? Каминского арестовали прямо на пленуме ЦК... И члены ЦК тоже не поинтересовались судьбой одного из своих товарищей, старого большевика? Странно это... Трудное приходило озарение, страшное, которое он гнал прочь, но опять приходило. Немыслимо, чтобы преступное руководство НКВД обманывало самого товарища Сталина. Значит... значит он знает, и тогда... Тогда всё это беззаконие исходит от Сталина... Ваня предупреждал об этом, но тогда ему не верили... А теперь? Как важно было бы теперь поговорить с Ваней — он оказался умней всех.

Боль отпускала всё реже, и апатия приходила — та, что хуже боли, и он бредил...

«Утро красит нежным светом стены древнего Кремля. Просыпается с рассветом...»

И снова, и снова...

«Чтобы ярче заблистали наши лозунги побед, чтобы руку поднял Сталин, посылая нам привет».

И опять...

«Чтоб до выси мавзолея нашу радость донести».

Когда легчало, он понимал, что сходит с ума, и тогда ещё острее хотел, чтобы его поскорее убили.

Незадолго до суда последний раз его привели к следователю, предварительно, как всегда, избив для профилактики. Николай Васильевич был доволен состоянием клиента, уровнем его подготовки к подписанию итогового признания своей вины. Клиент оброс длинными волосами, бородой и усами, которые камуфлировали его безобразно провалившийся беззубый рот. Выбитый и оставшийся глаза скрывали спадавшие на лицо грязные волосы. Николай Васильевич с удовольствием констатировал, что его бывший начальник изменился неузнаваемо, изменился так, что и близкие не признали бы в нём известного прежде профессора и директора института. Это была хорошая работа...

Николай Васильевич предложил Семёну не тянуть резину и подписать протокол признания своей вины. В ответ Семён ответил что-то невнятное, а потом вдруг довольно ясно проговорил, что прежде хотел бы встретиться со своим адвокатом — это было последним внятным высказыванием, которое от него слышали. Николай Васильевич ничуть не удивился и с блуждающей иронической улыбкой сказал, что непременно устроит встречу подследственного с адвокатом, но только в том случае, если гражданин Шерлинг подпишет протокол. Семён промычал что-то, что было воспринято как его согласие. Охранники, еле сдерживая смех за его спиной, подтащили клиента к столу следователя, где уже лежал протокол, и вставили ему в правую руку обмакнутое в чернила перо. Николай Васильевич предложил клиенту прочитать протокол внимательно, но, убедившись, что тот ничего не понимает и почти ничего не видит, показал места, где следовало поставить подпись. Семён не мог подписать документ своей когда-то размашистой красивой подписью. Кисть руки, скрюченная спазмом, дрожала и не слушалась. Он оставил на бумаге какую-то закорючку...

Семена судила знаменитая Шпалерная тройка, в которую входили по одному представителю от трёх главных органов, ответственных за обеспечение конституционных прав и личной безопасности советских людей, — НКВД, ВКП(б) и прокуратуры. По такому торжественному случаю охранники слегка подмарафетили клиента, чтобы не вызвать неприятных эстетических ощущений у важных и не в меру сентиментальных представителей закона — подстригли, сбрили его безобразно отросшую бороду, помыли лицо и руки, поменяли грязную верхнюю одежду со следами запёкшейся крови на стандартную тюремную. Перед тройкой предстал седой старик с измождённым, морщинистым и слегка перекошенным лицом, запавшим ртом и потухшим единственным глазом, который иногда полубезумно вспыхивал. Согласно лежавшему перед судьями документу, старику недавно исполнилось 38 лет.

Один из тройки зачитал обвинительное заключение. В нём утверждалось, что в процессе следствия установлен факт вербовки С. Б. Шерлинга в антисоветскую террористическую организацию бывшим наркомом здравоохранения Г. Н. Каминским, после чего он являлся одним из её законспирированных руководителей до дня ареста. Проводил активную работу по вовлечению в контрреволюционную троцкистскую деятельность сотрудников Военно-медицинской академии и Института гигиены труда. Далее указывалось, что С. Б. Шерлинг, будучи идейным сторонником врага народа Троцкого, с целью вызова недовольства среди населения и свержения советского строя проводил большую вредительскую работу в области народного здравоохранения. Координировал вредительскую деятельность со своим братом, ныне арестованным З. Б. Гвилем. Вредительская деятельность С. Б. Шерлинга, равно как и его деятельность по компрометации Сталинской Конституции и насильственному свержению советского строя, подтверждены показаниями уже арестованных Каминского и Гвиля, а также бывшего профессора Панина и других арестованных сотрудников Военно-медицинской академии и Института гигиены труда.

Старик внешне совершенно равнодушно и отрешённо заслушал обвинительное заключение, на вопрос, признаёт ли себя виновным, не ответил и, как показалось, даже не понял его. На повторный вопрос о признании виновности он прошепелявил нечто невнятное своим запавшим ртом. Председательствующий что-то тихо сказал коллегам, махнул ладонью и зачитал приговор:

«Именем Союза Советских Социалистических Республик Шерлинг Семён Борисович, 1899 года рождения, бывший директор Института гигиены труда, приговаривается к высшей мере уголовного наказания — расстрелу с конфискацией всего лично ему принадлежащего имущества. Приговор окончательный и в силу постановления ЦИК СССР от 1 декабря 1934 года подлежит немедленному исполнению».

Конвоиры собрались было увести старика, но он внезапно что-то прошамкал. Председатель знаком остановил их, и все прислушались. К удивлению присутствовавших, старик не говорил, а пел… Изуродованным ртом с выбитыми зубами он шепеляво прохрипывал известную песню о родине:

Шивока штвана моя водная,
Много в ней лешов, полей и век.
Я двугой такой штваны не знаю,
Где так вольно дышит шеловек.

Председатель резко приказал палачам: «Уведите!»

Семёна стащили со стула и поволокли из зала суда в расстрельный блок. В полутёмном коридоре с бетонными стенами и полом он продолжал хрипеть:

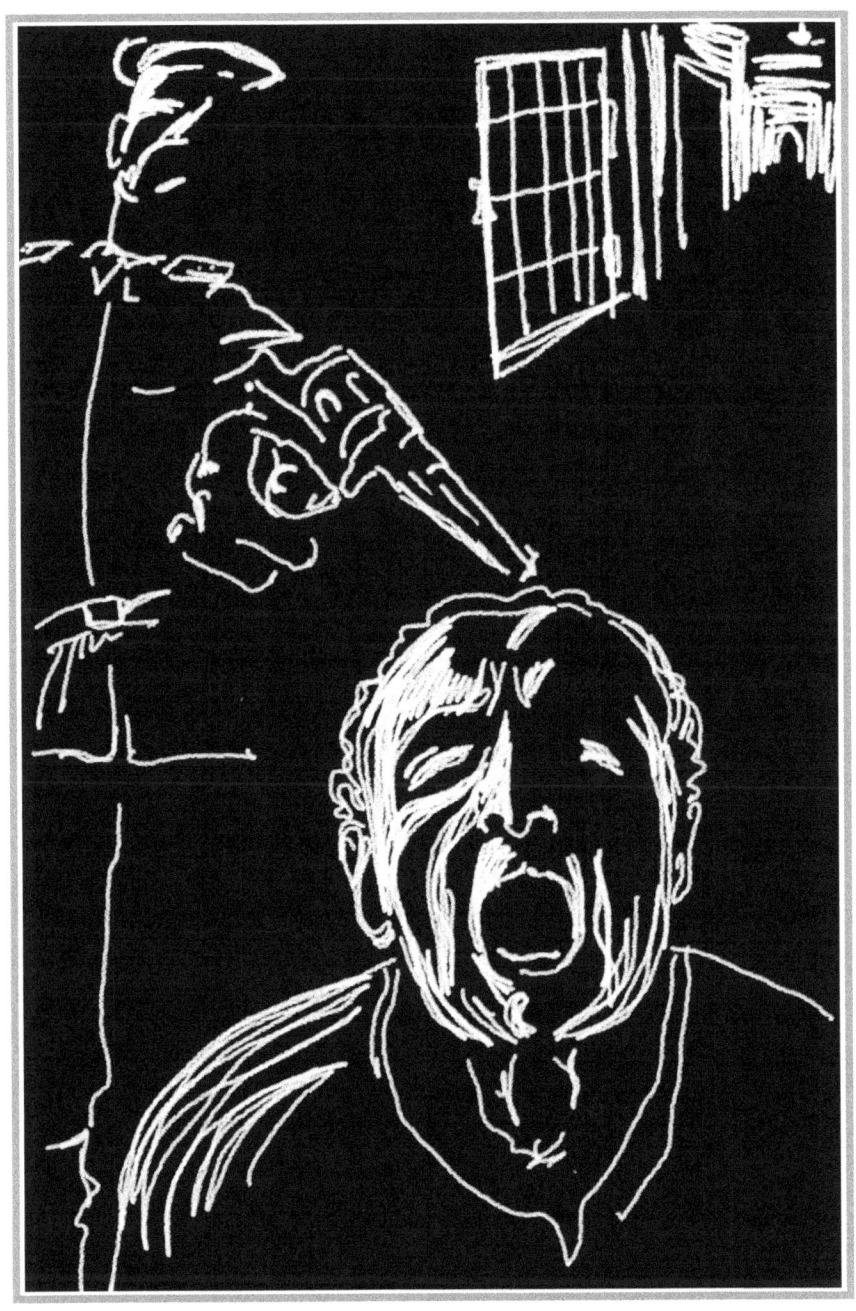

От Мошквы до шамых до окваин,
Ш юхных гов до шевевных мовей
Шеловек пвоходит, как хошаин
Необъятной водины швоей.

Конвоиры из палаческой команды пытались заткнуть старику рот, но он противился и продолжал петь «Песню о Родине». И тогда они пристрелили его, как бешеную собаку, прямо в коридоре... Опытный палач приставил дуло пистолета к низу затылка под углом вверх — он знал, что в этом случае пуля выходит через глаз и крови почти совсем не будет.

Первое письмо в никуда

Через много лет после описываемых здесь событий жена Ивана Игнатьевича Прокопьева Соня нашла на замурованной полке под потолком кладовки в своей красноярской квартире тетрадку с заголовком «Письма в никуда», исписанную знакомым ей почерком Ивана. Тетрадь начиналась кратким предисловием:

Кому я пишу всё это? Никому, кроме себя...

Не могу ни отправить, ни устно пересказать написанное никому. Потому что тем самым подставлю того, кому адресую или перескажу. Потому что невольно тем самым подвергну и его, и себя смертельной опасности. В наше время за такое полагается мучительное наказание с неизбежной казнью.

Говорят: «Блажен, кто посетил сей мир в его минуты роковые», потому что именно в роковые времена человек может раскрыть свои таланты самым ярким и неожиданным образом. Враньё всё это... Ничего хорошего не может раскрыть человек в наше роковое время, ничего, кроме своего животного страха и подлости, а если что-то человеческое наружу всё же вылезет, то задушат это в зародыше вместе с источником...

Пишу в никуда... Может быть, через сто лет, если хотя бы часть нашего народа выживет, кто-нибудь прочитает это без страха и с пониманием...

Вот одно из писем в той тетради...

1/I/1938

Ровно год тому назад мы с Семёном праздновали Новый, 1937 год, гуляли по ночному Ленинграду. Как далеко то, как нам казалось, счастливое время, как будто не год, а столетие прошло, как много изменилось. Мой партийный ученик, мой соратник и друг Сема Шерлинг арестован. Ему вменяют КРТД (контрреволюционная троцкистская деятельность). Эта буковка «Т» ставит последнюю точку в его жизни и судьбе. С такой буковкой оттуда не возвращаются, злоба вождя к этой буковке звериная... У Семёна нет никаких шансов. Ему уже ничто и никто не поможет. Я тоже ничем помочь не могу, даже своими честными свидетельскими показаниями, если бы они кого-то интересовали, потому что там, где он сейчас, никому правда не нужна и даже вредна... Мразь преступная, сволочи, подонки, низколобые садисты замучают и убьют моего друга... Убийствами у нас никого не удивишь, все хлопают и, как попугаи, кричат на митингах: «Расстрелять, расстрелять...» И я тоже хлопал... Правда, не кричал, но хлопал. Каждый думает, что это где-то в стороне от него и его близких. Но вот пришло и ко мне — лучшего друга убивают, а я даже не могу ничего сказать в его защиту, правду сказать не могу...

Если же говорить наедине со своей совестью, то правда — вот она...

Я знаю Семёна Шерлинга с его юных лет. Он был при мне всю Гражданскую войну, один из первых комсомольцев, смелый красноармеец, воевал с деникинцами, спас мне жизнь, вытащив раненого из боя. Убеждённый в идеалах коммунизма и интернационала большевик-ленинец. После Гражданской упорно учился и работал, стал известным учёным, доктором медицинских наук, профессором Военно-медицинской академии, потом был назначен директором всесоюзного института. Талантливый и невероятно работоспособный человек... Мог принести огромную пользу стране, создать научную школу, воспитать кадры молодых специалистов, которых позарез не хватает. Но нет — арестован и, наверное, уже убили за КРТД...

Когда очередная жертва НКВД исчезает где-то в их застенках, все говорят, что НКВД зря не арестовывает... Это ложь! Могу поклясться чем угодно, могу свидетельствовать перед любым божеским или человеческим справедливым судом: Семён Шерлинг арестован зазря, понапрасну, без единой реальной вины. Никогда Семён не занимался никакой антисоветской или антипартийной деятельностью, никогда не состоял ни в каких антисоветских организациях. Всегда поддерживал все действия партии и ЦК, всегда считал правильной линию ЦК, линию Сталина. Свидетельствую: даже малейшие попытки сомневаться в правильности действий ЦК вызывали у него резкий отпор и полное неприятие.

Сейчас идут повальные аресты, расстрелы, заключения в тюрьму и ссылки широкого круга людей — от командного состава Красной армии и учёных до инженеров, колхозников и рабочих промышленных предприятий, в том числе оборонных. На нашем заводе готовились к развёртыванию серийного производства новой артиллерийской установки невиданной мощности. Говорили, что она была разработана по приказу убитого маршала Тухачевского. Нам удалось преодолеть трудности, связанные с арестом ряда специалистов завода. С грехом пополам нашли им замену. Но тут сообщение из московского главка Наркомтяжпрома: документация на новую установку задерживается, новые сроки будут установлены отдельно. Пытаемся выяснить, что случилось, и выясняем: оказывается, ведущие разработчики нового оружия из Ракетного НИИ арестованы как участники троцкистской террористической организации. Такое ощущение, будто какие-то реальные, а не выдуманные, враги пытаются разорить и ослабить страну в преддверии неизбежного столкновения с фашизмом.

То, что творит госбезопасность, называется террором. Можно назвать его тотальным, кровавым, неконституционным, беззаконным и пр. Но всё это плохо и слабо определяет происходящее — такого никогда не было в нашей стране ни по масштабам, ни по жестокости, ни по беззаконности. Такого, возможно, вообще не было в истории. Это не диктатура пролетариата, за которую мы, большевики, боролись и в теории, и на практике. Диктатура пролетариата направлена на насильственное отстранение буржуазии от власти, она контролируется партией победившего пролетариата. Нынешний террор направлен на утверждение власти группы нравственно неполноценных перерожденцев, окруживших вождя. Партия потеряла свою руководящую и контролирующую функцию, она превратилась в холуйское передаточное звено между вождём и его карательным аппаратом, превратилась в инструмент оправдания кровавого насилия над лучшими своими сынами. Схема здесь такая: Сталин, культ которого раздут непомерно, стал единоличным диктатором; для поддержания своей власти он создал карательный аппарат типа опричнины из бывших чекистов и их нового поколения — безжалостного и безыдейного; партия нужна диктатору для исполнения его решений на местах и для идейного камуфляжа террора.

Зачем арестовали Семёна? Зачем готовятся его убить? Ведь это совершенно бессмысленная акция и с точки зрения борьбы с врагами народа, и с точки зрения укрепления власти вождя, и даже с практической, хозяйственной точки зрения… Зачем эти массовые репрессии против заведомо невинных людей, которые, на самом деле, приносят огромную пользу в обороне страны, в науке, искусстве и производстве? Зачем убивать людей, которые создавали это общество и которые олицетворяют его идейные основы? Предлагаются ответы на все эти вопросы такого свойства: «обострение классовой борьбы внутри страны», «вмешательство иностранной буржуазии и фашистов через своих агентов с целью уничтожить руководство страны и заставить её свернуть с пути социализма»… Такие ответы — ложь! Ни Семён, ни тысячи других репрессированных никакого отношения не имеют ни к дурацкой идее обострения классовой борьбы, ни тем более к фашистской агентуре, если таковая вообще существует в нашей стране.

Ответ на эти вопросы скрыт в трёх основополагающих особенностях сталинского террора.

Первое: террор инициирован злобным тёмным инстинктом диктатора-садиста, его жаждой отомстить всем тем, кто превосходит его в чём угодно, прежде всего тем, кто самим фактом своей талантливости принижал его и препятствовал его жажде неограниченной власти.

О, как он ненавидел этих высоколобых, крутившихся вокруг Ленина, которым всё доставалось легко… В отличие от них он родился в нищей семье, его избивал отец-пьяница. Потом, когда высоколобые учились в университетах, глупые и подлые попы учили его, что служение богу приносит счастье, обманом втюхивали ему эту чушь. Он пытался быть созидателем, писал стихи, но из этого ничего не получилось. Тогда он решил стать разрушителем и посчитал, что для этого следует пойти к большевикам. Пока высоколобые прохлаждались за границей, он добывал для них деньги ограблением банков, а потом отбывал каторгу в Сибири… Даже после Революции эти высоколобые оттеснили его на второй план. Они были красивыми и успешными мужчинами, а он был невзрачным и неуспешным, у него были дефекты ноги и левой руки, которая не разгибалась полностью, да ещё лицо в оспинах. Те высоколобые были блестящими публицистами и ораторами, героями и легендарными полководцами, любимцами партии, пролетариев и Ленина. А у него ничего выдающегося никак не вытанцовывалось, и, в конце концов, этот придурковатый маразматик Ленин велел снять его с должности… Слава богу, вскоре сдох… И пришло его время, когда его скрытые таланты мастера политической интриги оказались важнее и нужнее, чем всё, чем владели высоколобые. Смеётся тот, кто смеётся последним, — теперь он достиг единоличной власти, и никто уже не может помешать ему отомстить всем этим высоколобым. Отомстить сурово и жестоко, чтобы они на своей шкуре узнали, каково быть зависимым и презираемым. Не просто убить их, но ещё подвергнуть мучительным пыткам. Как сладко жестоко отомстить, а потом пойти спать… А ещё — унизить всех, кто стоял у него на пути. Чтобы умоляли простить их, чтобы валялись в ногах и славили его, как величайшего вождя, чтобы публично каялись, какие они подлые ничтожества…

Поэтому главный удар был нанесён тем, кто меньше всего этого ожидал, — участникам революции и Гражданской войны, большевикам с дореволюционным стажем, ближайшему окружению Ленина, кем бы они нынче ни были, от маршалов и командармов до партийных и хозяйственных руководителей. Я понял уже давно смысл этой акции. Эти старые кадры слишком много знали о вожде. Они помнили его отнюдь не в божественном ореоле отца и учителя… А некоторые, может быть, даже знали о его прошлой деятельности нечто такое, чего знать рабам диктатора не положено. Для полноценного культа вождя, на которого его современники должны взирать с обожанием и страхом одновременно, указанное знание неприемлемо. Всю эту ленинскую партийную элиту следовало убрать, а проще говоря, ликвидировать физически. Здесь вождь и учитель правильно учёл исторический опыт тиранов прошлого: если хочешь расправиться с влиянием какой-то нежелательной группы своих подданных, нельзя их просто наказывать, оставляя в живых. Потому что оставшиеся в живых, даже проявляя внешнюю преданность и подобострастие, затаят злобу и будут плодить новые заговоры. Всех, кто может представлять опасность для культа Сталина, следует уничтожать, включая их ближайшее окружение, будь то родственники и друзья, сослуживцы и единомышленники… Точка. Это есть один из главных законов настоящего большого террора. Мы видим его реализацию в наиболее прямом откровенном виде.

Второе: после первой волны террора, направленной на ограниченную группу своих личных врагов, вождь решил, что механизм этот останавливать не следует. Напротив, чтобы создать новую партийную элиту из не вполне полноценных, но по-животному преданных вождю субъектов, нужно дать им возможность уничтожить своих высоколобых конкурентов и занять их места. Нужно превратить индивидуальный террор в массовый…

Замысел этот, хотя и отнюдь не новый, но воистину дьявольский, — повязать своих соратников кровью невинно убиенных. Подобно пахану воровской банды, вождь понимал, что доверять можно только тому, кто не сможет отмазаться от совершённых им лично преступлений. И началось: неполноценные пишут доносы на своих начальников из полноценных и занимают их места, а места, оставленные неполноценными, занимают новые кадры из ещё более неполноценных… И так далее по цепочке… Подобные цепочки вовлечения людей в преступную работу пахана работают и в армии, и в промышленности, и в партийной иерархии. И все уцепоченные с обожанием взирают на портреты вождя и учителя, который с такой простотой и лёгкостью дал им возможность получить новую, более высокую должность, комнату, а то и квартиру большего размера и ещё добротный диван бывшего хозяина… Доносы стали не только вполне приемлемым литературным занятием, но и признаком высокой идейности авторов, из беззаветной преданности партии и вождю, их непримиримости к врагам народа…

Вовлечение огромных масс населения в погромный процесс террора поощряется и регулируется сотрудниками Народного комиссариата внутренних дел, которые с помощью доносов и указаний сверху подвергают аресту и последующему наказанию вплоть до убийства очередных так называемых врагов народа… У арестованных НКВД нет никаких шансов на оправдание — если некто по доносу или по указанию начальства попал туда, то он навсегда обречён на клеймо врага народа и в лучшем случае проведёт остаток своей жизни на каторге.

Этот погромный процесс приводит к необратимому понижению интеллектуального уровня работников во всех сферах от науки и искусства до промышленного производства. Но особенно опасен он в армии, которая на наших глазах обезглавливается, в науке, которая лишается талантливых учёных и изобретателей, а также в оборонной промышленности, которая теряет способность обеспечивать страну современным вооружением.

Третье: террор внешне должен казаться хаотическим, чтобы создать у подданных такой страх, который бы отшиб у них навсегда критическую способность мозга даже сомневаться в правильности и величии всего, что делает вождь.

Настоящий страх не вырастет, если подданным точно известно, за что сажают и расстреливают. Такое знание и понимание приведёт к тому, что подданные, конечно, прекратят делать то, за что сажают, но в душе затаят несогласие с вождём и сомнения в его величии. Это недопустимо. Никто не должен толком понимать, за что сажают, и тогда страх будет всепроникающим и действенным. А для того, чтобы такое имело место, нужно что? Нужно среди прочих сажать и тех, чья невинность всем очевидна! Этот великий принцип большого террора, известный ещё со времён сжигания еретиков на кострах, сейчас в невиданных масштабах осуществляется в нашей стране. Мой друг Семён Шерлинг — одна из жертв этого безумного и бесчеловечного принципа.

Мы, все, кто с 17-го года боролся за победу советской власти и диктатуру пролетариата, упустили тот роковой момент, когда пахан банды захватил власть и поставил к рулю своих урок с холуйскими и садистскими наклонностями. Мы были движителем революции, мы могли это предотвратить, но мы упустили момент, а теперь мы никто... Мой друг Семён Шерлинг расплачивается за нашу слепоту...

Не положено

Пятого июля 1937 года на заседании Политбюро ЦК ВКП(б) при личном участии самого товарища Сталина, озабоченного нелёгкой судьбой семей расстрелянных врагов народа, было принято решение о том, как товарищу Ежову следует поступить с жёнами и детьми этих самых расстрелянных.

В первом пункте решения указывалось, что НКВД надлежит заключить в лагеря сроком на 5–8 лет «всех жён (так и сказано было — всех жён!) осуждённых изменников родины, членов право-троцкистской шпионско-диверсионной организации».

Во втором пункте предписывалось НКВД организовать для достижения этой благородной цели специальные концлагеря в Сибири и Казахстане.

В третьем пункте подчёркивалось для тех, кто не сразу всё понял, что и в будущем этих самых «всех жён вновь изобличённых изменников родины» надлежит помещать в концлагеря.

Пункты четвёртый и пятый решения Политбюро поражали трогательной заботой о детях расстрелянных изменников родины в соответствии с пролетарским гуманизмом победившего социализма. Все дети расстрелянных направлялись отнюдь не в концлагеря вместе с матерями, а деликатно изымались у них. При этом ставшие сиротами дети до 15 лет направлялись на «государственное обеспечение» под эгидой НКВД в детские дома и закрытые интернаты Наркомпроса. Судьбу детей старше 15 лет органам НКВД предлагалось решать «индивидуально», что, безусловно, давало садистам из госбезопасности большой простор для проявления их добросердечия. При этом уточнялось, что пребывание детей изменников родины в Москве, Ленинграде, Киеве, Тифлисе, Минске, а также в приморских и приграничных городах не дозволяется.

На документе с данным решением Политбюро стоял гриф «СТРОГО СЕКРЕТНО» с припиской для допущенных: «Подлежит возврату в течение 24 часов во 2-ю часть Особого Сектора ЦК».

Последнее замечание демонстрировало стыдливую скромность членов Политбюро. Ведь на самом деле описанный документ являлся шедевром законотворчества и, будучи опубликованным, принёс бы её авторам бессмертную славу — ничего подобного не было в истории мировой юриспруденции. Например, одной из потрясших юридическую науку новшеств решения Политбюро ЦК было то простое открытие, не приходившее прежде в голову высоколобым учёным мужам, что для лишения гражданки страны свободы и изъятия у неё детей совсем не обязательно не только доказывать её вину, но даже и предъявлять ей обвинение.

Ольга была арестована через несколько месяцев после исчезновения Семёна. Она ничего не знала о решении Политбюро ЦК родной ВКП(б) относительно жён и детей изменников родины и не понимала, что её арест означает смертельный приговор мужу. Почти ежедневно она ходила в приёмную НКВД с надеждой получить хоть какую-нибудь информацию о нём. Ей стандартно отвечали, что сведений нет, что идёт следствие, ей регулярно отказывали в приёме передач и писем на том основании, что «не положено». Примерно за месяц до ареста Ольге объявили, что Семён «осуждён на 10 лет без права переписки». Она не знала, что на самом деле это означает, но интуитивно поняла, что все связи с мужем для неё бесповоротно разорваны, а ещё — что следует срочно пристроить сына к надёжным людям.

Можно было отвезти Левочку к Соне и Ивану в Красноярск — Соня регулярно писала жалостливые письма и в каждом напоминала, что готова взять Леву в случае необходимости. Но красноярский вариант пугал своей отдалённостью, и Ольга, в конце концов, отвезла сына к бездетной тётке Клаве, которая обещала помочь в крайнем случае. Клавдия жила в коммунальной квартире на Тверской недалеко от Смольного — всё же рядом, в Ленинграде. Муж Клавдии работал на военном заводе, а она не работала, числилась иждивенкой по инвалидности и охотно взялась опекать ребёнка. Левочка плакал, спрашивал, почему не приходит папа, не хотел оставаться у тётки. Ольга успокоила его, обещала, что ненадолго оставляет, что будет навещать. Ушла с тяжёлым грузом горя. У неё отняли всё самое дорогое, она не понимала, почему и за что...

В опустевшей квартире на улице Ракова всё стало вдруг враждебным, и призрак того унизительного обыска не оставлял её. Она одинока, бессильна и никому не нужна, никому, кроме мужа и сына, которым уже ничем не может помочь. Телефон, прежде трезвонивший с утра до ночи, молчал. Все друзья, часто звонившие, словно исчезли, растворились, испарились... Коллеги из университета куда-то пропали, на звонки не отвечали. Она ничего не знала о кафедре и факультете. Такие милые и дружелюбные, сотрудники Семёна по академии и институту словно канули в Лету. Ольга не искала ни с кем контактов, не хотела обременять своими проблемами, но разрыв угнетал её.

Все эти люди, прежде окружавшие её и Семёна, а теперь избегавшие её, не были подлыми и бессердечными. Некоторые из них, у кого сохранились остатки рационального собственного мышления, старательно выбиваемого из голов государственной пропагандой, даже сочувствовали Ольге и хотели бы помочь ей. Эти немногие не верили, что вокруг так много врагов народа, не верили, что Семён — изменник родины. Но даже те, кто верил в такое, испытывали чувство неловкости, когда близкий им человек, друг и коллега оказывался, например, немецким или японским шпионом. Даже в их поражённом пропагандой сознании как-то плохо увязывались повсеместные призывы «Расстрелять, расстрелять...» и реальный облик человека, с которым они много лет были рядом, вместе работали и встречали праздники, дружили семьями. Однако всеми, и теми, кто верил газетам и радио, и теми, кто сомневался, владело одно общее всепоглощающее чувство — страх! Этот государственный страх, умело созданный и распылённый среди населения страны в виде заразных бацилл ужаса, проник повсюду и охватил всех, хотя и не всеми осознавался. Многие думали, что, вполне искренне выкрикивая на собраниях «Расстрелять, расстрелять...», они выполняют свой патриотический партийный и гражданский долг. На самом же деле они кричали из страха: чем больше страх, тем громче выкрики «Расстрелять, расстрелять...», тем оглушительнее грохот аплодисментов. Этот госстрах не был похож на обычные страхи, которые случаются в жизни у каждого человека. Болезнь, враг, война или любые другие грозящие неприятностями жизненные обстоятельства тоже вызывают чувства боязни и страха, но их можно преодолеть. Госстрах способны преодолеть очень немногие, ибо для этого требуется пожертвовать ради свободы духа своей жизнью, своим положением, благополучием своей семьи. Пожертвовать с очень неопределённым результатом — скорее всего, безрезультатно... Госстрах есть страх всеохватный, всепроникающий, непреодолимый. Он подавляет в человеке благородство, достоинство и способность к самостоятельному мышлению, он превращает людей в безмозглых манкуртов.

Нельзя обвинять людей времён госстраха в неблагородном поведении, в отсутствии возвышенных поступков. Это нечестно... Разве можно осуждать тех, кто длинными ночами 1937-го не спал, с ужасом улавливая стук чекистских сапог на своей лестничной клетке? Разве можно бросить камень в тех, кто радовался, когда чекисты постучали не в их дверь?

Ольга не обижалась на тех, кто перестал с ней общаться, но тем более ценила тех, кто остался.

Часто звонила её университетская подруга Фаина, приглашала в гости.

Неожиданно позвонила сотрудница Семёна Зоя Панина. Она представилась:

— Меня Семён Борисович оставил в институте, несмотря на арест моего отца. Может быть, он рассказывал вам... Я очень благодарна Семёну Борисовичу за эту поддержку в самое тяжёлое для меня время. К сожалению, меня уволили сразу после ареста Семёна Борисовича.

Зоя рассказала, что после ареста Семёна в институте прошли повальные аресты сотрудников, в том числе секретаря парткома Кирилла Николаевича. Фактически институт не работает из-за потери ведущих специалистов. Ещё Зоя рассказала, что её отец, профессор Панин, осуждён, как и Семён, на 10 лет без права переписки. В Военно-медицинской академии тоже полный разгром...

— Вы нашли какую-нибудь работу? — спросила Ольга.

— Даже и не искала, — ответила Зоя, — жду ареста как дочь изменника родины. Я уже все слёзы выплакала, мне больше нечего терять.

Среди друзей оставались ещё Соня и Иван. В своих письмах из Красноярска Соня старалась поддержать Ольгу, но в них было мало оптимизма. Она писала:

«У нас здесь тоже неспокойно, если этим словом можно условно описать происходящее. У меня в больнице всё более-менее нормально, а у Вани на заводе большие проблемы с кадрами, которые необходимы для освоения новой продукции. И прежде была нехватка квалифицированных специалистов, а теперь всё усугубилось убытием даже тех, кто уже втянулся в работу. Ваня очень нервничает, пытается работать за двоих-троих...

Он очень тяжело переживает то, что случилось с Семёном, всё время вспоминает наши встречи в Ленинграде, а то и молодые годы там, на Гражданской… Несчастье с Семёном как-то сильно подкосило его, лишило тех остатков оптимизма, которого последние годы и так-то было немного. Он осунулся, выглядит уставшим, я боюсь за него… Говорит, что те опасения, которые были у него уже давно, реализовались в самом худшем варианте. Ну, ты понимаешь, о чём идёт речь…

Ваня советует тебе взять Леву и переехать к нам. Здесь, он считает, тебе будет безопаснее и спокойнее. Я согласна с ним. Приезжай… Не сомневаюсь, найдёшь здесь работу легче, чем там. Здесь открываются сразу несколько вузов или техникумов, преподаватели с опытом очень нужны, ну а о школе и говорить нечего, возьмут без лишних разговоров. Пока не устроишься, поживёте у нас. Вилен вскоре собирается поступать в военное училище, так что и место для вас с Левочкой найдётся. Подумай серьёзно об этом, тебя в Ленинграде теперь ничего не держит».

Время шло, а Ольга всё не могла решиться на что-то определённое, словно ждала каких-то внешних толчков, которые вынудят её действовать. Бессонными ночами, под дамокловым мечом неминуемого ареста, она пыталась ответить на вопросы, которые днём гнала прочь… Что происходит? Значит, Иван был прав — сажают невинных людей? Значит, всё, что нам сообщали о врагах народа, — ложь? Мы на собраниях требовали расстрелять немедленно шпионов и изменников… Может быть, среди них были такие же невинные, как Семён? Как Захар? Как Каминский? Сколько их, невинных, среди осуждённых? Десять лет без права переписки… Какая бессмысленная жестокость… Почему коммунисты не поднимают вопрос о неоправданных репрессиях? Почему молчит ЦК? Неужели НКВД обманывает Сталина? Что сказал бы обо всём этом Фейхтвангер? Ведь он одобрил процессы… Тоже обманут? Кем? Зачем? Клубок вопросов разрастался, стягивался, уплотнялся и грозил взорваться. На него натягивались противоречивые, но неразрывно связанные друг с другом нити. Нить неколебимой веры в правоту партии вдруг продолжалась нитью не менее очевидного участия партии в жестоких преследованиях невинных людей. Нить партийных призывов к беспощадной борьбе с изменниками родины вдруг продолжалась нитью чудовищных фактов насилия над честными и преданными родине людьми.

Ольга с ужасом ожидала очередной ночи с этим страшными клубком вопросов. Плохо спала, вставала в темноте не в силах отделаться от тяжёлых мыслей, без конца крутящихся в голове, как на испорченной пластинке. Подходила к окну, долго смотрела на пустынную улицу при тусклом свете фонарей, зажигала свет и пыталась читать, но не могла... Скорей бы пришёл день со своими рутинными заботами...

Под утро, измождённая, Ольга засыпала коротким тревожным сном... Ей чудилось, что за дверью квартиры кто-то ходит, она даже видела его большой чёрный силуэт сквозь дверь, ставшую почему-то полупрозрачной... Надо бороться с этим чёрным человеком, ведь в Гражданскую она была в охране поезда и умела стрелять... Она вставала с револьвером в руках, резко открывала дверь, наводила револьвер на чёрного человека, нажимала курок, но... немецкая овчарка с лаем вдруг прыгала на неё... Она пыталась застрелить злобную тварь, но револьвер не срабатывал... Она пыталась отбиться от собаки голыми ногами, в ужасе дико кричала и от этого своего собственного крика просыпалась вся в поту...

Днём было легче. Она искала работу, сдавала в комиссионку свои вещи, чтобы продержаться и оставить хотя бы немного денег для сына. В школу учителем её не взяли, но в местном комбинате бытовых услуг обещали место прачки через месяц. Она согласилась ждать, словно предвидя свою новую специальность на многие годы. Старалась не возвращаться домой, в пустую квартиру с призраками несчастья. Несколько раз переночевала у Фаины, но ей неловко было обременять единственную в Ленинграде подругу. Как-то осталась на ночь у Зои Паниной, которая пригласила её в гости в свою тоже опустевшую квартиру. Пару раз ночевала у Клавдии, когда её муж был на ночном дежурстве, спала на диванчике, прижав к себе счастливого Левочку.

В конце концов, она приняла решение ехать с Левочкой в Красноярск. Тем толчком, который был необходим для этого, стал отказ взять её на работу в прачечную. Заведующая сказала, что должность сократили и она ничем помочь не может. Потом, уже на улице, догнала расстроенную Ольгу, остановила её, развела руками и объяснила, что это не её решение: «Извините, мне сверху велели не брать вас... Такая жизнь, извините». Тогда Ольга и решила попробовать изменить «такую жизнь» и уехать в Красноярск. Она начала собирать остатки своих и левочкиных вещей, узнала, как доехать до Красноярска, когда отходит поезд и где купить билеты.

Всё это Ольга делала сама, ни с кем из ленинградских знакомых не советуясь, — опасалась, что станет известно там наверху... В конце концов решила сообщить Клаве, что через два дня заберёт у неё сына, не раскрывая своего плана отъезда в Красноярск. У Клавы в коммунальной квартире телефона не было, и Ольга шла пешком к ней на Тверскую, как всегда, без предупреждения. Там её и взяли...

Дом, в котором жила Клавдия, находился рядом с церковью, которую недавно закрыли. Она подходила к дому, когда от стоявшего у церкви воронка отделились двое и пошли ей навстречу: «Ольга Ивановна Шерлинг?» — спросил один из них и преградил ей дорогу. Она всё сразу поняла, рванулась инстинктивно в сторону, но была больно схвачена за руки натренированными псами. «Вы арестованы как жена изменника родины... Поедете с нами», — сказал второй, и они потащили её к машине.

— Дайте попрощаться с сыном... — взмолилась она.

— Не положено!

— Умоляю, будьте человечны к матери... Дайте хотя бы пять минут попрощаться... Я не знаю, когда ещё увижу его... Он маленький, я должна ему сказать, что скоро приеду... Родственники будут меня искать... Дайте им объяснить...

— Не положено!

Они запихнули её в машину. «Звери...» — успела выкрикнуть она, прежде чем дверь воронка захлопнулась.

Она исчезла на многие годы. Ни родственники, ни друзья не знали, куда она пропала и где пребывает. Никто не искал её, никто не заявлял в милицию, что пропал человек. Не потому, что все были беспамятными, бездушными или безжалостными, а потому, что все прекрасно знали, почему люди исчезают бесследно, а ещё потому, что страшились узнать, где исчезнувшие и какова их горькая судьба. Страх лишил людей естественного проявления заботы и сострадания. Люди опасались даже обозначить свою связь с теми, кто ещё вчера был, а сегодня куда-то исчез бесследно. Люди боялись выказать публично даже признаки своего беспокойства и горечи по поводу исчезновения близкого человека — такое было время.

И только маленький Лёвочка плакал, не понимая, почему мама не приходит...

АЛЖИР

Уважаемая Фаина Михайловна!

Простите, что беспокою Вас, возможно, понапрасну. Я — Софья Моисеевна Прокопьева. Мы с мужем встречались с Вами и Вашим мужем у Ольги и Семёна Шерлингов. Знаю, что Вы дружили с Ольгой ещё с аспирантских времён, поэтому и обращаюсь к Вам.

Ольга не отвечает на мои письма, а телефон в её квартире отключён. Не знаете ли Вы, что с ней? Знаю, что сына Леву она собиралась временно отдать на попечение сестре свой матери Клавдии, но я не знаю ни её телефона, ни почтового адреса.

Я очень обеспокоена отсутствием связи с Олей — ведь мы с ней дружили ещё со времён Гражданской войны. Особенно волнуюсь теперь, когда с её мужем случилось несчастье.

Буду бесконечно благодарна Вам за сведения, если они у Вас есть…

Пожалуйста, передайте сердечный привет Вашему мужу. Мы встречались с Осипом Абрамовичем на совещаниях в Ленгорздраве. Я теперь работаю в новом родильном доме Красноярска, куда мы, как Вы знаете, переехали пару лет назад.

Прилагаю адрес и жду Вашего ответа,

С. М. Прокопьева.

Дорогая Софья!

Позвольте мне именно так к Вам обратиться, как к самой близкой подруге Ольги, с которой я тоже была в дружеских отношениях. Ольга — человек удивительных человеческих качеств и огромного таланта. Я это знаю по работе в университете, где мы с ней вместе учились и готовили диссертации. Её дружба была для меня важной опорой и в профессиональной сфере, и в повседневной жизни.

С горечью говорю об этом в прошедшем времени, потому что Ольга уже несколько месяцев как исчезла, исчезла неожиданно и без всякого предупреждения. Её тётя Клавдия, у которой сейчас находится Лева, тоже ничего не знает. Я узнала от неё об исчезновении Ольги, и она просила меня навести справки.

Ходила в справочное Ленинградского управления НКВД, там меня отослали в «Кресты», это такая тюрьма на Выборгской стороне. Отстояла в «Крестах» огромную очередь и получила справку, что Оля арестована как жена репрессированного и что она отправлена в исправительно-трудовой лагерь. Куда и в какой лагерь, сказать отказались, и переписка, сказали, запрещена… Потом, уже на набережной напротив тюрьмы, ко мне подошла пожилая женщина, стоявшая в очереди за мной. Она сказала, что «членов семей изменников родины» (так и сказала — «изменников родины») отправляют в какой-то Алжир, если я не ослышалась, в Казахстане. Я пыталась ей объяснить, что муж моей подруги не изменник родины, пыталась спросить, что такое Алжир, но она только махнула рукой и быстро ушла… Получается, что я так ничего не узнала и не поняла. Может быть, Вы как-нибудь в этом разберётесь?

У Клавдии телефона нет, но её адрес, если хотите, я пришлю. Буду рада переписываться с Вами, у нас теперь появились общие проблемы и боль тоже общая…

Привет Вам от моего мужа — он хорошо помнит наши встречи в доме Ольги и Семёна. Помнит и те совещания, на которых вы выступали по вопросам организации помощи беременным женщинам.

Напишите, пожалуйста, что Вы и Ваш муж думаете по всем этим делам.

Ваша Фаина.

Наш читатель XXI века, конечно, знает, что Алжир — это государство на севере Африки, но, будучи человеком образованным, безусловно, поинтересуется, почему в заголовке этого раздела данное название приведено сплошь заглавными буквами. Потому, во-первых, что АЛЖИР, в который сослали Ольгу, не имел ничего общего с Алжиром и находился на территории Советского Союза вблизи от нынешней столицы независимого Казахстана, на месте которой когда-то располагался провинциальный город Акмолинск. Потому, во-вторых, что название того заведения, в которое поместили Ольгу, было народной аббревиатурой длинного и отвратительного, как огромная, склизкая и мерзкая рептилия, словосочетания: Акмолинский Лагерь Жён Изменников Родины.

В официальной справке говорилось:

«Шерлинг Ольга Ивановна, 1900 г. р., приговорена Особым совещанием при НКВД СССР, как член семьи изменника родины (ЧСИР), к 8 годам исправительно-трудовых лагерей. Прибыла в Акмолинское отделение Карагандинского лагеря НКВД 18.07.1938 г. из тюрьмы «Кресты» г. Ленинграда».

Акмолинский спецлагерь НКВД был создан по приказу с пышным названием «Об операции по репрессированию жён и детей изменников Родины», состряпанному генеральным комиссаром госбезопасности Ежовым и комиссаром госбезопасности 1-го ранга Берией во исполнение решения Политбюро ЦК ВКП(б). Так начинался знаменитый АЛЖИР...

Под бараки и производственные помещения АЛЖИРа была отведена огромная территория в казахской степи юго-западнее города Акмолинска. Эта территория была окружена несколькими рядами колючей проволоки с пулемётными вышками охраны. Режим концлагеря отличался особой бесчеловечностью. Заключённые жили в огромных вонючих бараках на сотни человек каждый. Им не разрешалась переписка с родственниками, они ничего не знали о судьбе своих мужей, детей и других близких людей, им запрещалось получение посылок с воли и работа по профессии. А профессии у заключённых были в основном сугубо интеллигентные — научные работники, профессора, писатели, музыканты, художники, артисты, режиссёры, преподаватели вузов и учителя, инженеры, геологи, врачи... По уровню образования и интеллекта заключённых АЛЖИР превосходил любое заведение в области науки или искусства не только в СССР, но, возможно, и в мире. Все алжирские интеллектуалки «плодотворно» трудились в концлагере на кирпичном заводе, на строительстве бараков и производственных объектов, на мойке полов и отхожих мест, на тяжёлых сельхозработах и заготовке топлива. Совсем слабых отправляли на швейно-вышивальную фабрику, а наиболее привилегированным разрешалось работать в прачечной, где им доверялось выскребать вшей из кальсон работников охраны лагеря.

Условия жизни в АЛЖИРЕ не показались Ольге слишком суровыми после той трехмесячной тренировки, которую она получила в ленинградских «Крестах» и в телячьем вагоне по дороге в Казахстан.

«Кресты» были переполнены, мест для нараставшего с каждым днём потока врагов народа и изменников родины не хватало, и в одиночные камеры царских ещё времён запихивали до 15 человек.

Когда в день ареста Ольгу вели в камеру по длинному тюремному коридору «Крестов», навстречу попался заросший щетиной молодой человек в сопровождении охранника. «Лицом к стене» — приказал охранник молодому человеку, когда они приблизились. И вдруг тот громко сказал: «Ольга Ивановна, здравствуйте». Охранник грубо прижал его лицом к стенке. Ольга обернулась и узнала молодого человека: «Боже, да ведь это мой студент Лев Гумилёв с исторического! А его-то за что?» Она знала, что её студент — сын расстрелянного поэта Николая Гумилёва и живой поэтессы Анны Ахматовой. Мелькнуло в сознании: «Может, поэтому и арестован?»

Тёплое чувство к узникам этой тюрьмы вдруг пришло к ней: «Вот ведь как — не боятся признать знакомство со мной. Там за стенами боятся, избегают, а здесь… Вот ведь где остатки благородства сохраняются…»

Это были первые ростки чувства близости, духовного родства с теми, кто здесь, за тюремными стенами и за колючей проволокой, а не там — на «свободе», где порядочность изгнана из жизни.

Ольгу втолкнули в камеру площадью примерно 9 квадратных метров, в которой уже находилось несколько женщин, заполнявших всё её небольшое пространство. Часть камеры занимали узкие двухэтажные нары, на которых спали две женщины, ещё две лежали на полу, остальные сидели на полу или стояли. В камере было душно, от параши у входа сильно воняло.

Ольга огляделась и вдруг воскликнула: «Зоечка…» Это была настоящая удача — первая после ареста Семёна: в одной из сидевших на полу женщин она узнала Зою Панину. Зоя подняла голову, вскрикнула, вскочила на ноги и, ловко извиваясь между сидящими и стоящими, пробралась к подруге. Они обнялись и немножко всплакнули от неожиданного подарка судьбы. С первых минут ареста они понимали, что в их вынужденном заточении самое тяжёлое — отторжение от близких людей. Не ужасающий и непривычно грязный быт, а фатальная разлука со всеми, кто окружал их в той прежней жизни, невозможность хотя бы поплакать на плече друга. И вот такая удача…

Все последующие долгие дни и ночи пребывания в «Крестах», в этом круге ада, до которого не могла бы дойти даже изощрённая фантазия великого Данте, были скрашены этой встречей. Конечно, понятия дней и ночей были весьма условными в душегубке. Ольга и Зоя спали на нарах или на полу по очереди, сообразуясь с общим положением народонаселения камеры, старались продлить и оградить недолгий сон друг друга. В отличие от Ольги, которую взяли вне дома, Зоя запаслась некоторой одеждой и теперь делилась ею с подругой. Зоя знала больше об их дальнейшей судьбе, она рассказала Ольге, что их, скорее всего, отправят в исправительно-трудовой лагерь в Казахстане.

— Нас будут исправлять или мы будем исправляться? — спросила Оля.

— И то и другое.

— Исправлять нас будут от чего?

— Вот чего не знаю, того не знаю.

— Чтобы исправляться, нужно, по крайней мере, знать, от чего исправляться. Тебе предъявлены какие-то конкретные обвинения?

— Риторический вопрос... Сама знаешь, Оля, что нас взяли, как ЧСИР. В этом мы с тобой и виновны. Других прегрешений за нами не числится. Если следовать ЧСИРовской логике, то наше исправление означает разрыв семейных отношений. Избавимся от семейных отношений с изменниками родины — значит, исправимся.

— Не хочу избавляться... И никогда не избавлюсь...

В дни пребывания в «Крестах» вызревали в Ольге те зачатки нового отношения к происходящему в её стране, которые начинались с неразрешимых вопросов бессонными ночами в пустой после ареста мужа квартире. Это отношение не было простым и однозначным. Её, члена партии со времён Гражданской войны, партия засадила в эту вонючую камеру за то, что она жена невинно осуждённого человека. Снова и снова эти противоречия между верой в партию и реальностью разрывали её сознание. Всё в ней противилось очевидному выходу из этого противоречия. То, что для Зои было уже неоспоримым, всё ещё казалось Ольге сомнительным и неприемлемым, но расстояние до простого выхода уменьшалось...

Между тем Ольге и Зое продолжало сопутствовать везение — им в один и тот же день объявили одинаковый приговор: 8 лет исправительно-трудовых лагерей, как членам семей изменников родины.

Они не знали, что отец Зои профессор Панин и муж Ольги профессор Шерлинг уже расстреляны совсем рядом — на противоположной стороне Невы. Они не знали, что тела их близких уже сброшены палачами из НКВД в общую яму на Левашовской пустоши на северной окраине Ленинграда. Они ещё наивно полагали, что «10 лет без права переписки» — это правда. Они думали, что самые дорогие для них люди живы и тоже отправлены в исправительно-трудовой лагерь. Эта благостная мысль людей, ещё не вполне осознавших, с каким масштабом зла они столкнулись, сопровождала Олю и Зою при загрузке в телячьи вагоны прямого железнодорожного рейса Ленинград — Акмолинск.

Их везли в набитых женщинами товарных вагонах целый месяц. Они могли только догадываться о маршруте, но где-то на десятый день пути кто-то раздобыл у конвоиров карту СССР, на которой был крестиком отмечен пункт назначения: Казахская ССР, Карагандинская область, город Акмолинск. Сотрудник НКВД, сопровождавший вагон, разъяснил женщинам, что все они — члены поганых семей подлых изменников родины, что здесь для них санатория не будет, что советский народ не желает жить рядом с ЧСИРами, что все ЧСИРы должны быть благодарны НКВД за предоставленное им право дышать одним свежим воздухом с честными советскими людьми... Санатория действительно не было, да и воздуха свежего тоже. Под самым потолком вагона имелись небольшие зарешетчатые окна — они были единственным источником воздуха. Тяжёлые раздвижные двери вагона открывались с громким лязгом железных затворов два раза в день для раздачи продуктовых пайков и замены параши. Пока ехали по северу через всю Россию, ещё можно было дышать, но потом, когда свернули на юг, температура стала быстро возрастать и невыносимая жаркая духота повисла в вагоне. Воздух в казахской степи летом прогревается до 30—40 градусов в тени. Раскалённые закрытые вагоны с арестантками медленно двигались в этом пекле. Многим становилось плохо, дурнота подступала до потери сознания... Тем, кто ещё мог стоять, сооружали подставки, встав на которые можно было дотянуться воспалённой головой до окна и подставить лицо под струю воздуха. Другим прикладывали к голове и груди тряпки, смоченные водой, которая стала главным дефицитом.

Женщины обрадовались, когда двери вагонов открылись и конвоиры приказали: «Всем выходить с вещами, приехали...» На кирпичном станционном здании они прочитали «Акмолинск». Их погрузили в открытые грузовики и повезли куда-то... Несколько часов ехали по степи под палящим солнцем в тучах пыли, но, прикрыв рот и нос тряпкой, каждая арестантка могла наконец дышать воздухом. Потом ехали вдоль бесконечного ограждения из колючей проволоки с приподнятыми над проволокой вышками охраны, на которых стояли солдаты с винтовками. Проехали ворота и остановились у кирпичного здания барака — здесь они будут жить.

Арестантки слезали с кузовов грузовиков и выстраивались вдоль барака. Охранники с собаками образовали коридор, по которому женщины, назвав свою фамилию, проходили в барак. Выкрики конвоиров и лай рвущихся собак сопровождали их на пороге новой жизни. Этот дуэт недвусмысленно обозначил её содержание и форму.

Ольга вдруг вспомнила свой страшный сон с рвущейся к ней лающей собакой, который мучил её в пустой ленинградской квартире перед арестом. «Что это было? Предчувствие? Зловещее пророчество?» — с содроганием подумала она. Ольгу учили материалистическому мировоззрению, она не верила в предчувствия и пророчества. Но факты остаются фактами: лающая и рвущаяся с поводка собака теперь станет неотъемлемой составляющей её повседневной жизни. А корни этой новой повседневности лежат в её счастливом прошлом, конец которого был чётко обозначен жутким сном с лающей собакой, как бы это ни называть — предчувствием, пророчеством или просто странной случайностью.

Ольге с Зоей достались двухэтажные нары в середине длинного барака на две сотни заключённых. Соседкой оказалась немолодая женщина из первой партии ЧСИР, привезённых на полгода раньше. Она сказала, что её зовут Майя Ильинична, и, как опытная зэчка, предложила новеньким свою помощь в освоении арестантского быта. Ольга с благодарностью ответила, что им с Зоей повезло оказаться рядом с таким доброжелательным человеком. Тогда Майя Ильинична прочитала новеньким первую лекцию из алжирского цикла:

— Вам повезло в другом — что вас привезли не в январе, а в августе. Нас, первопроходцев, привезли сюда в сорокаградусный мороз и поместили в саманные бараки без отопления. Знаете, что такое саманные бараки? Не знаете… У них стены сделаны из высушенной глины с соломой. От жуткого холода спасались печками. Дров не было, их топили камышом, а камыш добывали на озере Жаланаш. Ломами и лопатами долбили лёд, вытаскивали замёрзший камыш, вязали его в снопы и таскали на себе в бараки по протоптанной в снегу тропинке. Так и выживали в зимние морозы… Было много тяжёлых обморожений… Подходящая одежда была не у всех… Должны были выдавать и тёплые вещи, и вазелин для рук, но всего этого не было. Многие не выдержали, не выжили…

Майя Ильинична замолчала, машинально распрямила кисти рук, потом резко прикрыла одну, по-видимому обмороженную, кисть другой, опустила голову, сгорбилась словно от боли воспоминаний…

Она оказалась москвичкой, литературоведом, профессором Московского университета. Её муж — один из руководителей Московского земельного управления — был обвинён в контрреволюционной троцкистской деятельности и расстрелян. Майя Ильинична стала другом и наставницей Ольги на многие годы. А тогда, в первый день знакомства, она вводила Ольгу и Зою в новую барачную жизнь:

— Вам повезло, вас поместили в новый каменный барак. Его мы строили, те, кого в январе привезли… Повезло архитекторам и строительным инженерам — они работали за чертёжными столами. А такие гуманитарии, как я, носилки с кирпичами да тачки с бетоном таскали, стены выкладывали. Наслаждайтесь… Умывальники и сортир, между прочим, у выхода… Для мытья и стирки положено вам по одному ведру воды в неделю, так что сами рассчитывайте. Вас, новеньких, завтра с утра не иначе как на заготовку камыша на озеро направят. Это здесь как бы обязательное введение в лагерную жизнь. Чтобы не думали, что санаторий… Летом, конечно, легче, чем зимой, но тоже не сахар — по пояс в воде десять часов работать… Ничего, вы молодые, выдержите.

Ольга хорошо спала той первой ночью на барачных нарах АЛЖИРА. По сравнению с камерой в «Крестах» и телячьим вагоном в пути это было совсем неплохо. А утром их, как и предсказывала Майя Ильинична, выстроили в колонну по четыре в ряду, выдали серпы для срезания камыша и погнали на озеро Жаланаш. При построении начальник конвоя объявил, что в случае попытки к бегству любой будет расстрелян на месте. Подумалось: куда отсюда можно бежать?

Несколько женщин из опытных зэков показали новоприбывшим, что и как нужно делать. Камыш требовалось срезать под корень, а потом высушивать срезанные стебли длиной в два-три метра и увязывать их в снопы. Ольга с Зоей составили бригаду — одна срезала стебли камыша, другая выкладывала срезанные стебли на прясла для сушки, а затем вязала высушенные стебли в снопы. Периодически менялись местами…

Работа по срезанию стеблей была нелёгкой: стоя почти по пояс в воде, нужно было опустить руки с серпом как можно глубже, чтобы срезать стебель поближе к корню. Солнце поднималось и жгло беспощадно, от нагретой воды и гниющего камыша шли влажные испарения. С непривычки болела спина и мокрые ноги, трескалась кожа на руках… Пересохший рот приходилось споласкивать противной горьковатой озёрной водой. Но больше всего донимали москиты — степной кровососущий гнус, тучами летающий над непроточным озером. Из-за гнуса невозможно было снять плотную одежду, которая, прогреваясь под солнцем, не давала телу охладиться…

Через несколько часов работы мокрые наполовину от озёрной воды, наполовину от собственного пота, ленинградские интеллигенты поняли глубинный смысл предупреждения лагерного начальства о том, что «здесь вам не санаторий». Измученные, тащились они к бараку с тяжёлыми снопами камыша на плечах, мечтая только об одном — попить воды и лечь на нары…

Так началась лагерная жизнь Ольги Шерлинг. Она, эта жизнь, казавшаяся бесконечной дорогой в никуда, по сути своей была бесконечным мучительством и издевательством над вершиной божественного творения — свободным человеком, созданным для добра. Ольгу, конечно же, не освободили через восемь назначенных в «Крестах» лет, а продлили мучительство вплоть до смерти главного палача, который не желал послаблений для жён своих давно расстрелянных врагов.

Так как профессиональные возможности Ольги в области филологии и педагогики лагерному начальству были ни к чему, то работала она на самых грязных и неквалифицированных работах: месила голыми ногами глину с соломой, набивала этой сырой массой деревянные формы, надрываясь, тащила их на площадку для просушки, убирала грязь в коровниках и курятниках, работала подсобницей на стройке, а во время войны шила обмундирование для солдат. Вершиной производственной карьеры Ольги в АЛЖИРе была должность прачки, в которой ей было отказано в Ленинграде ещё до ареста.

Тяжёлая работа дополнялась невыносимым климатом АЛЖИРа: 40-градусная жара, тучи насекомых и степной ветер с песком летом, 40-градусные морозы и снежные метели зимой. Эти климатические особенности были определённо учтены чекистами при выборе места заключения для жён изменников родины.

Все тяготы подневольного труда были, однако, не самым тяжёлым испытанием в той лагерной жизни. Невозможность узнать что-либо о судьбе своих близких — вот что превращало жизнь заключённых женщин в подлинный ад, вот что доставляло им страдания, не известные ни библейским мученикам, ни грешникам Дантова ада. Эта придумка великого вождя и его подручных превзошла по своей жестокости всё известное человеку со дня его сотворения. Многие годы Ольга ничего не знала и не могла узнать о судьбе своих мужа и сына. Это было несправедливо и жестоко, и это было тем непонятным ей мучительством, которое перевернуло в ней прежние представления как о сути построенного с её участием общественного строя, так и вообще о добре и зле...

Некоей отдушиной в той адской жизни было общение с образованными подругами по несчастью, в первую очередь с Майей Ильиничной, которая дала Ольге ещё одно университетское образование — не то советское, замешанное на обязательной идеологии вперемешку с ложью, а настоящее, старомодное университетское образование. Эта отдушина работала вплоть до смерти Майи Ильиничны, но благодаря ей Ольга вышла из лагерного университета новым человеком...

Енисейзолото

Десятого января 1939 года секретарь ЦК ВКП(б) товарищ Сталин разослал секретное послание секретарям обкомов и крайкомов партии, руководителям компартий Союзных и автономных республик СССР, а также наркомам внутренних дел республик и начальникам Управлений НКВД. Столь огромный охват секретной читательской аудитории был обусловлен той важностью, которую вождь придавал затронутому в послании вопросу.

В начале послания товарищ Сталин в форме товарищеской беседы с единомышленниками проявляет обеспокоенность тем печальным обстоятельством, что некоторые партийные руководители ставят в вину работникам НКВД применение пыток к арестованным. Трогательно-деликатно называя пытки «физическим воздействием», вождь напоминает товарищам по партии, что это самое «физическое воздействие в практике НКВД допущено с 1937 года с разрешения ЦК ВКП(б)». Далее товарищ Сталин разъясняет товарищам, что пыточная практика «дала свои результаты, намного ускорив разоблачение врагов народа». Особенно сентиментальных партийцев секретарь ЦК успокаивает тем, что «буржуазные разведки применяют физическое воздействие в отношении представителей социалистического пролетариата в самых безобразных формах». Товарищ Сталин ненавязчиво представляет своим подчинённым возможность самим вообразить безобразные формы пыток, применяемых буржуазией. А вообразив, немедленно противопоставить буржуазному варварству свои советские пытки, конечно отнюдь не безобразные, а, напротив, в стиле пролетарского гуманизма. Товарищ Сталин указывает непонятливым партийным руководителям, что метод физического воздействия должен обязательно применяться и впредь «в отношении явных и неразоружившихся врагов народа как совершенно правильный и целесообразный метод». Послание заканчивалось строгим приказом: «ЦК ВКП(б) требует от секретарей обкомов, райкомов, ЦК нацкомпартий, чтобы они при проверке работников НКВД руководствовались настоящим объяснением».

Самым удивительным в этом послании является то, что, судя по нему, в 1939 году ещё были партийные руководители и, страшно предположить, даже работники НКВД, которые не вполне одобряли применение пыток. Диву даёшься, как их ещё не расстреляли...

Тем не менее очевидно, что работники НКВД восприняли послание вождя как зелёный свет — вперёд! Если враг не сдаётся, то ему для начала следует дать кулаком в морду, как рекомендовал сам товарищ Сталин. При этом зверству пыток надлежало быть прямо пропорциональным неприязни вождя к арестованному, о чём палачам, вероятно, недвусмысленно намекали. Здесь встречались удивительные истории... До сих пор, например, не вполне ясно, почему вождь так люто невзлюбил великого режиссёра Всеволода Мейерхольда и его жену, знаменитую актрису Зинаиду Райх — оба были ликвидированы с изощрённым садизмом.

Мейерхольд был арестован в июне 1939-го. Нет никакого смысла излагать предъявленные ему обвинения — это был стандартный набор чекистского бреда о троцкистском заговоре, о шпионаже в пользу иностранных разведок и прочее... Через три недели пыток Всеволод подписал всё, что от него требовали. Чудом сохранилось письмо режиссёра тогдашнему председателю совета народных комиссаров Вячеславу Молотову с мольбой защитить его от садистов НКВД — одно из подлинных свидетельств сталинского террора, которое должен знать каждый:

«Меня здесь били — больного 65-летнего старика: клали на пол лицом вниз, резиновым жгутом били по пяткам и по спине; когда сидел на стуле, той же резиной били по ногам сверху, с большой силой... В следующие дни, когда эти места ног были залиты обильным внутренним кровоизлиянием, то по этим красно-сине-желтым кровоподтёкам снова били этим жгутом, и боль была такая, что, казалось, на больные, чувствительные места ног лили крутой кипяток, я кричал и плакал от боли. Меня били по спине этой резиной, руками меня били по лицу размахами с высоты... Следователь всё время твердил, угрожая: «Не будешь писать (то есть сочинять, значит!?), будем бить опять, оставим нетронутыми голову и правую руку, остальное превратим в кусок бесформенного окровавленного искромсанного тела». И я всё подписывал... Я отказываюсь от своих показаний, как выбитых из меня, и умоляю Вас, главу правительства, спасите меня...»

Нет надобности объяснять, что «каменная задница» — так называли Молотова старые большевики — ничего не сделал для спасения выдающегося режиссёра с мировым именем, ибо сам был озабочен прикрытием своей собственной задницы. К тому же вождь поручил «каменной заднице» ведение переговоров с коллегой Риббентропом о заключении пакта о ненападении с фашистской Германией. До мейерхольдов ли ему было?

А садисты НКВД тем временем продолжали избиения Всеволода Мейерхольда и после его признания — просто так, для удовольствия… Его расстреляли в феврале 1940-го, тело сбросили в общую яму на кладбище Донского монастыря.

Что касается жены Мейерхольда — знаменитой актрисы Зинаиды Райх, то чекистам под руководством Берии не терпелось расправиться с ней каким-то особо эффектным, особо циничным и устрашающе кровавым способом. Не дожидаясь окончания суда над мужем, они в ночь с 14 на 15 июля 1939 года буквально искромсали её ножами в московской квартире в Брюсовом переулке. Квартира была хорошей — вскоре после убийства хозяев в неё вселились сотрудники ведомства Берии.

Шёл 1939 год от Рождества Христова, год начала Второй мировой войны, преддверие новой невиданной кровавой бойни.

* * *

Иван Игнатьевич Прокопьев писал в своём очередном письме в никуда:

> Прошло ровно 2 года со дня ареста моего друга Семёна Шерлинга. Его, конечно, уже нет в живых, но ни дату его смерти, ни места его могилы я не знаю. И Оля не знает… А где она сама, Оля Шерлинг? Говорят, в каком-то лагере для жён изменников родины… Жива ли? Никто не знает… Вот такие у нас при советской власти теперь порядки. Владимир Ильич говорил, что коммунизм есть советская власть плюс электрификация всей страны. Электрификация у нас получилась, а от такой власти, что сейчас имеем, упаси бог и коммунизм, и социализм, да и капитализм тоже…
>
> Сегодня выпили с Сонечкой водки за упокой души Семы, за его светлую память. Хороший, талантливый был человек… Загубили, убили выродки… Наверняка били Сему палачи гребаные, выбивали придуманные начальством признания. Но верю, что Сема никого не предал. Доказательство тому — я сам… Наверняка выбивали у него компромат на бывшего друга — сначала

комбрига, а потом секретаря райкома партии, который ещё с самим Львом Давыдовичем был лично знаком, да и с Григорием Евсеевичем тоже… Уже два года прошло, а я всё ещё на свободе, значит Сема на друга не наклепал. А ведь наверняка требовали признать, что Прокопьев его в троцкистскую организацию вовлекал. А Сема не признал. Знаю, что били его, обещали жизнь сохранить, если разоружится перед партией… Всё равно не признал, врать отказался, спас друга, своей жизни не пожалел, устоял… Придумали холуи — «разоружиться перед партией», то есть их погану власть признать.

Идею власти народной, власти пролетарской испоганили, суд свой троечный придумали: избивать арестованного, пока не признает всё, что ему прикажут, потом тройкой подонков назначить наказание без защиты и права на обжалование.

Пытки средневековые придумывают… Поначалу чекисты пытали доморощенно, по своим деревенским понятиям — кулаком в морду да сапогом по яйцам. Теперь при всеобщей грамотности более изощрённо работают. Не кулаком, а специально изготовленными резиновыми палками и металлическими плётками, да не по морде, а по голым пяткам — так больнее и эффективнее… И не сапогом в пах, а между дверей всю комбинацию детородную зажимают и давят, пока клиент не «разоружится перед партией»…

Пока ещё на кол не сажают… Впрочем, поступают сведения, что кое-где и похлеще кола придумали. Например, посадить арестованного на ножку стула и заставить сидеть пока он не упадёт в обморок. Или посадить заключённого голым задом на горячую плиту…

Мне лично рассказывали (кто — разглашать воздержусь, но человек весьма компетентный) о такой простой пытке: арестованного ставят лицом к стенке на время до нескольких суток, пока он не упадёт в беспамятство; при этом у пытаемого боль ужасная, ноги опухают, кожа трескается и начинает сочиться кровью.

По рассказам самих следователей НКВД, существуют и изощрённые пытки: запирают арестованного в крошечный бокс с клопами или сажают его голым задом на корыто, на дне которого голодные крысы.

Издевательства над арестованными женщинами носят такой гнусный и непристойный характер, что я воздержусь от их описания…

Самое ужасное, что истязания арестованных так прочно вошли в палаческий арсенал советского «правосудия», что применяются даже в тех случаях, когда не имеют никакого практического смысла. Чекисты-садисты, войдя во вкус, бьют арестованных даже после их полного «разоружения перед партией», когда они всё полностью признали и подписали. Известны случаи истязания заключённых по дороге на расстрел. Развивая звериную злобу чекистов к арестованным, начальство напутствует: «Перед тем как им идти на тот свет, набейте им морду».

Не знаю, переживёт ли наш народ этот террор под водительством пахана — главаря захватившей в стране власть преступной шайки безыдейных карьеристов. А если переживёт, то кто останется? Опричники и рабы? Ясно вижу, что вслед за террором, сметающим с земли советской лучших её сынов, идёт война. Теперь с фашистами мы задружили, нашли общего врага, помогаем Гитлеру, чем можем… Но война с фашизмом нас стороной не обойдёт, а мы к ней не готовы. Это я вижу по тем новым вооружениям, которые есть только в проекте. Гитлер это тоже знает — мы его генералам все наши арсеналы готовы показать… А ещё не может он не видеть, что всех талантливых военачальников и командиров мы сами на тот свет отправили, помогли ему так, как и страшная война на истребление не могла бы помочь…

Тоска и какая-то безысходность…

Ивана Игнатьевича арестовали через полгода, уже в 1940-м…

25/IV/40

Дорогая Фаина!

Спасибо за Ваши письма и за саму возможность нашей переписки. После ареста Оленьки и Семы Шерлингов Вы самый близкий мне человек в Ленинграде. Когда я пишу Вам, то словно разговариваю с Олей. Всё надеюсь, что она даст о себе знать своей тёте Клавдии, а тогда я через вас узнаю о судьбе подруги.

У нас в семье несчастье — арестовали Ваню. Не могу и не хочу скрывать это от Вас и Вашего мужа и, конечно, от Оли, если она как-то объявится. Случилось это очень буднично. Пришли, провели обыск, такой поверхностный для протокола, и увели. Ваня принял это спокойно, как будто готовился давно к такому. Даже вытащил с антресолей и взял с собой чемоданчик с вещами, который собрал заранее и о котором я ничего не знала. Всё успокаивал меня, беспокоился, чтобы я не слишком паниковала, словно не его, а меня арестовывают. Шутил даже: мол, сидел за революцию при Николае Кровавом, посижу за контрреволюцию при Сталине Великом… Пока ничего не знаю о нём, в справочной отвечают, что идёт следствие. Правда, передачи принимают, а письма не разрешают… На заводе тоже ничего о Ване не знают или делают вид, что не знают, разговоров об этом избегают. Там с арестом Вани целое направление производства либо остановится, либо сильно затормозится, но это, похоже, уже никого не волнует.

О себе не хочу говорить — нет таких слов, чтобы выразить, как я всё это переживаю. Мир, в котором жила, рушится… Меня пока с работы не увольняют — видно, ждут суда над Ваней. Вилен сейчас в военном училище, я ему всё написала. Не знаю, правильно ли, но не могла иначе… Как там начальство посмотрит на арест отца, не знаю… Вилен — комсомолец, скрывать не станет.

Простите, что всё о себе и о себе… Что у Вас? Как живётся Левочке у Клавдии? Нужна ли им помощь?

Ваша Соня.

15/V/40

Дорогая Софья!

Искренне сочувствую Вам в связи с постигшим Вашу семью горем. Сейчас многие семьи наших друзей находятся в таком же положении. Что мы можем сделать для близких, попавших в беду? Если что-то можем, то надо делать, а если нет, то остаётся только держаться самим…

У нас появилась информация относительно Оли… Одна наша дальняя родственница, с мужем которого тоже случилось несчастье, недавно вернулась из Казахстана, где она несколько лет отбывала наказание. Её освободили, так как их брак с мужем не был зарегистрирован и какой-то влиятельный московский адвокат по просьбе родственников сумел доказать, что вследствие этого обстоятельства закон о репрессировании жён изменников родины на неё не распространяется. Когда я её спросила, не встречала ли она там такую-то, она вспомнила, что ехала в казахский лагерь в одном вагоне с женщиной с похожей фамилией… По описанию, которое она дала, это была Оля. Родственница утверждает, что Оля находится в Акмолинском отделении Карагандинского лагеря НКВД. Это где-то в окрестностях города Акмолинска в Казахской ССР, точный адрес не знаю… Я пыталась выяснить у родственницы подробности жизни Оли там в лагере, но она сразу замкнулась и дала понять, что не готова разговаривать на эту тему… К сожалению, по её словам, любая переписка с родственниками в этом лагере запрещена, как и любые другие связи с внешним миром… Ещё одно тяжёлое предположение она высказала: якобы в тот лагерь свозят только тех женщин, чьих мужей уже нет в живых…

Понимаю, что эти мои сообщения безрадостные, но что поделаешь — такова нынешняя жизнь. Из хорошего могу Вам сказать, что Левочка в порядке. Клавдия души в нём не чает, заботится, как о своём собственном сыне, вкладывает в него всю заботу своего нераскрытого материнства. В будущем году он пойдёт в школу…

Здоровья Вам и сил выдержать несчастье,

Ваша Фаина.

Молоденький лейтенант НКВД из юной поросли чекистов строгим голосом спросил Ивана Игнатьевича, признаётся ли он, гражданин Прокопьев, в совершении следующих преступлений…

Далее последовал зачитанный по бумажке длинный перечень этих самых преступлений врага народа Прокопьева.

Иван Игнатьевич, с облегчением выслушав список своих преступлений, глубоко вздохнул, сделал скорбное лицо и поспешно ответил: «Да, признаюсь… Признаю целиком и полностью».

Лейтенант удивился столь быстрому успеху своего расследования. Начальник местного управления НКВД наставлял его на упорную работу с подследственными, возможно, с применением мер физического воздействия.

«Эти агенты буржуазных спецслужб будут всячески выкручиваться, а поначалу и полностью отрицать свою вину, — разъяснял он ситуацию недавнему выпускнику спецучилища НКВД. — Иногда требуется несколько месяцев упорной работы с применением физического воздействия, прежде чем враг народа разоружится».

А тут успех пришёл на первом же допросе. Лейтенант, ничуть не показывая своей радости и гордости за самого себя, перешёл к доскональному допросу гражданина Прокопьева по отдельным пунктам обвинения с записью его показаний. Гражданин Прокопьев охотно отвечал, всячески подтверждал свою вину, гибко корректировал свои ответы в соответствии с мнением следователя и даже помогал следователю грамотно сформулировать свои показания.

Иван Игнатьевич ждал этого первого допроса в большом нервном напряжении. Он понимал, что отрицать свою вину в совершении преступлений, заранее сфабрикованных и сформулированных в аппарате НКВД, бессмысленно и вредно для здоровья — всё равно они выбьют признания самым садистским способом, а если и не выбьют, то в любом случае накажут за непризнанное точно так, как задумали. Значит, его судьба зависит исключительно от формулировки обвинения. Если припишут КРТД — контрреволюционную троцкистскую деятельность, то расстрел неизбежен. Если же пропишут вредительскую деятельность на производстве, саботаж и прочие хозяйственные преступления, то оставят в живых, пошлют на каторжные работы лет на 12–15… Иван Игнатьевич не собирался жить так долго, но для Сони и Вилена будет лучше, если его не расстреляют. Да, он напряжённо ждал первого допроса и самых первых формулировок обвинения. И когда лейтенант стал зачитывать пункты обвинительного заключения, напряжение сразу спало — КРТД в обвинении не было! Иван Игнатьевич невнимательно слушал длинные последующие пункты — как он вредительствовал в промышленности, как саботировал приказы наркомата, как всячески препятствовал выполнению государственного плана... Он уловил главное — КРТД нет!

Иван Игнатьевич соглашался со всеми формулировками следователя о своей вредительской деятельности, незаметно для лейтенанта смягчал их признаниями своих заблуждений «по глупости». Он старался подчёркивать такое вредительство, где действовал в одиночку, избегая тем самым подвести кого-нибудь из друзей или коллег по работе. Охотно соглашался в преступных связях с уже давно арестованными — например, с бывшим заведующим финансовым отделом Наркомата тяжпрома Захаром Гвилем, утверждал, что оказался под их вредным влиянием опять же «по глупости». Постоянно подчёркивал, что особо сильное антисоветское влияние оказал на него бывший директор завода, пригласивший его на работу, — Иван Игнатьевич знал, что Александр Петрович давно расстрелян. Но главное — старательно уводил следователя от своего прошлого, когда он лично боролся за диктатуру пролетариата и лично создавал ту советскую власть, которая ныне объявила всё это троцкизмом.

В целом составленное следователем признание врага народа Прокопьева довольно убедительно рисовало образ недалёкого бывшего партийного руководителя, который, попав в незнакомую ему производственную среду, по глупости был склонён окружением к антисоветской деятельности и вследствие своей глупости не очень эффективно вредительствовал. Лейтенант НКВД был доволен результатом и тем, что сумел раскрыть преступные деяния врага народа Прокопьева в кратчайшие сроки. Он не заметил умелую режиссуру Ивана Игнатьевича, который немедленно подписал составленное им совместно с лейтенантом своё признание. Лейтенант даже чувствовал некоторую симпатию к этому врагу народа, который так глупо запутался в своей жизни. Поэтому, когда Иван Игнатьевич попросил его переслать записку жене, он согласился при условии, что прочитает и при необходимости отредактирует письмо. Так и порешили...

«Дорогая Сонечка!

Не волнуйся за меня... Меня обвинили во вредительстве в промышленности, что, конечно, вполне закономерно. Ты ничего не знала и не могла знать об этой стороне моей жизни, прости меня... Надеюсь на наш советский гуманный суд, который учтёт, что я всё это делал по глупости, поддавшись постороннему влиянию.

Самое главное, что хочу тебе сказать: я здоров и чувствую себя превосходно. Для меня сейчас главное, чтобы ты и сын были здоровы и могли продолжать свою жизнь и работу без затруднений. Я сделал здесь всё от меня зависевшее, чтобы это было возможно…

Обнимаю и целую тебя и Виленчика.

Твой Ваня».

Ивана Игнатьевича осудили быстро и назначили 11 лет исправительно-трудовых лагерей с последующим поражением в правах. Его посадили вместе с другими осуждёнными на баржу и отправили вниз по течению Енисея на золотодобывающие прииски треста «Енисейзолото».

Две недели буксир тащил баржу с заключёнными на Север. Их сгрузили на правом берегу Енисея, а потом пешком погнали в посёлок Северо-Енисейский. Этот барачный посёлок, население которого составляли заключённые, охранники и немногочисленный начальственный персонал, находился в безлюдной сибирской тайге в междуречье Енисея и Подкаменной Тунгуски в полутысяче с лишним километров севернее Красноярска. Сюда нелегко было добраться — паромная переправа через Енисей да размытые летом и заснеженные зимой грунтовые дороги среди тайги, по которым с трудом передвигались грузовики… Климат здесь резко континентальный, жестокие морозы с температурой до −40 °C с затяжными метелями и снегопадами длятся 180 дней в году. Тёплый период со средней температурой около 17 °C продолжается три месяца. Осень начинается в начале сентября, снег выпадает в октябре.

Здесь был центр золотодобычи Восточной Сибири. В этом месте Ивану Игнатьевичу Прокопьеву предстояло провести остаток своей жизни.

Поначалу ему повезло… На предварительной сортировке вновь прибывших заключённых Иван Игнатьевич попал в категорию непригодных для тяжёлой физической работы на золотодобывающем прииске — возраст не тот… Вследствие этой удачи он был направлен для дальнейшего отбора в управление треста «Енисейзолото», располагавшееся здесь же в Северо-Енисейске. Иван Игнатьевич знал, что самой желанной работой среди узников советских лагерей была работа на кухне, в санитарной части, а также любая грязная работа, но только в помещении, а не в тайге или в шахте. Но ему повезло ещё больше… Рассмотрев документы и узнав, что заключённый Прокопьев руководил работой цеха на заводе, начальник лагеря назначил его помощником бухгалтера в управлении треста. Это была немыслимая удача... Начальник сказал: «Пойдёшь в бухгалтерию помощником... Если не справишься, пошлю на прииск чернорабочим...»

На следующее утро Иван Игнатьевич вместе с конвойным шёл из барака в бухгалтерию треста, чтобы начать свою новую трудовую деятельность. Постучав в дверь с надписью «Бухгалтерия», конвойный распахнул её и пропустил внутрь заключённого Прокопьева. Иван Игнатьевич вошёл, осмотрелся, чтобы представиться как положено: «Осуждённый такой-то... Статья такая-то...», и... оторопел...

За столом бухгалтера сидел бывший профессиональный революционер и соратник Феликса Дзержинского, бывший начальник финансового отдела Наркомата тяжёлой промышленности и правая рука наркома Серго Орджоникидзе, родной брат Семёна Шерлинга Захар Борисович Гвиль...

Левочка

В первые июньские дни войны Клавдия и её муж Кирилл полагали, что серьёзные неприятности им, как и всем ленинградцам, не грозят. По карте получалось, что до западной границы — не менее 750 километров. Не смогут немцы пройти такой невероятно длинный путь — Красная армия прежде разобьёт их.

Идею непобедимости Красной армии, которая будет бить врага только на его территории, им внушали много лет, и это казалось не пустыми словами: все знали и видели, что на подготовку армии к войне, на производство вооружений направлены главные усилия правительства и партии. Люди готовы были терпеть любые лишения — лишь бы Рабоче-крестьянская Красная армия была готова отразить любого врага. С этим благостным чувством восприняли Клавдия и Кирилл первые сообщения о нападении германских войск. Они и после 22 июня не сомневались, что Левочка пойдёт 1 сентября в школу, обсуждали, что надо приготовить к этому дню, ходили с ним до школы по Таврической — мальчику только один раз надо было перейти дорогу через тихую Тверскую улицу...

Реальные события, однако, быстро ломали все довоенные представления. Уже через неделю после начала войны немцы вошли в разрушенную дотла, объятую огнём пожарищ столицу Белоруссии Минск, а на семнадцатый день войны с ходу взяли Псков. После падения Пскова наконец-то всем стало ясно: ещё через две недели фашисты будут под Ленинградом. Красная армия не просто отступала, она была окружена и разгромлена, а оставшиеся боеспособные части беспорядочно отходили вглубь страны. После молниеносного захвата Пскова немцы повернули танки на север и, почти не встречая сопротивления, подошли к Лужскому оборонительному рубежу — до Ленинграда оставалось 100 километров по прямой.

Кирилл пошёл в военкомат ещё в июньские дни, но там ему в отправке на фронт отказали — возраст уже не тот. Однако в начале июля командование фронта и ленинградское руководство во главе со Ждановым поняли, что силами кадровой армии немецкие войска остановить не удастся. Было принято срочное решение о формировании армии народного ополчения в составе до 200 тысяч человек из числа не подлежащих призыву граждан — рабочих, служащих и студентов. В постановлении указывалось, что формирование дивизий народного ополчения производится на добровольной основе — Кирилл немедленно записался в ополчение…

Клава была в панике, но Кирилл отвергал все её возражения: «Если я не пойду в ополчение, другие не пойдут… кто защитит Родину?» Клава говорила, что ему почти 50 лет, что он никогда не держал в руках винтовку, что никакой пользы фронту от него не будет — всё это было правдой, и всё это было им отвергнуто… В середине июля Кирилл в составе дивизии народного ополчения был отправлен на фронт в район Лужского оборонительного рубежа в качестве рядового красноармейца.

28/VIII/41

Дорогая Софья!

Вы, конечно, знаете, что у нас здесь положение тяжёлое. По радио уже сообщали о прорыве немцев под Лугой, теперь идут оборонительные бои под городом. Мой муж, я уже писала Вам, работает в госпитале, и я решила присоединиться к нему — устроилась в госпиталь санитаркой. Моя профессия, как Вы понимаете, сейчас не нужна, опытных медработников не хватает, а раненых всё больше — так что помогаю, чем могу.

Хочу Вам рассказать о Клавдии и Левочке. Я была у них на Тверской пару недель назад. Левочка в порядке, умный мальчик. Про таких говорят — вундеркинд. Ещё не в школе, но уже знает цифры и буквы, считает и читает по слогам. После ареста Олечки Клавдия и её муж Кирилл сделали всё возможное, чтобы мальчик не чувствовал отсутствия родителей. Клава много с ним занимается, читает книжки, водит гулять в Таврический сад. Знаю, что она возила мальчика в цирк, в зоосад, в музеи. Я, как и Вы, очень ей благодарна за это. У такого развитого мальчика хорошие перспективы, только бы пережить эту войну…

Теперь о сложностях… Свою дочку Ирочку мы с мужем отправили вместе с семьёй моей сестры в эвакуацию на Урал ещё в июле. Я считала, что при любом развитии событий здесь оставаться ребёнку не следует. Мы с мужем при необходимости эвакуируемся вместе с госпиталем. Ходят слухи, что все евреи будут убиты, если немцы захватят город. Один врач из нашего госпиталя — русский по национальности — сказал, что в критической ситуации он готов приютить нас и выдать за своих родственников из Новгорода, бежавших в Ленинград. Надеюсь, что до этого не дойдёт, но не могу не сказать Вам, что среди населения появились антисемитские настроения, которых мы никогда в довоенное время не знали. Это поразительно — казалось бы, общие тяготы войны должны сблизить людей, а не наоборот…

Я несколько раз настоятельно уговаривала Клавдию уехать с Левочкой к своим родственникам в Горький. Или присоединиться к моей сестре, которая соглашалась помочь в дороге. Но Клавдия отказывалась уезжать, мотивируя это тем, что её муж Кирилл воюет здесь в ополчении. «А вдруг он приедет раненый, а нас нет…» — так она говорила и слушать ничего не хотела. В военкомате ей на днях сказали, что Кирилл пропал без вести, и она считает, что «значит жив». Она, может быть, и согласилась бы теперь уехать, но это вряд ли возможно — у нас было сообщение, что немцы перерезали последнюю железнодорожную линию, связывавшую город со страной. Когда теперь появится возможность уехать с ребёнком, никто не знает…

Постараюсь помочь Клаве, чем смогу, — это как помочь Олечке, о которой нет никаких вестей. Но сейчас передвигаться по городу всё сложнее — обстрелы, бомбардировки… А телефона у них в квартире нет, да если бы и был, то вряд ли работал бы в данных условиях.

Что у Вас? Есть ли что-то от Ивана Игнатьевича? Как учится Вилен?

Всего Вам самого доброго,

Фаина.

10/X/41

Дорогая Фаиночка!

Право, не знаю дойдёт ли до Вас это письмо — говорят, что в Ленинград письма не доходят, поскольку город в окружении и доставка затруднительна. Ваше письмо шло больше месяца, но огромное спасибо за него. Наконец-то узнала о Клаве и Левочке.

Я писала Клаве, но она не отвечает. Наверное, ей сейчас не до писем. У меня нехорошие предчувствия, говорят, что «пропал без вести» — это почти наверняка значит, что погиб. Клаве, конечно, это говорить не нужно — надежда на возвращение мужа теперь то немногое, что поддерживает её…

Трудно смириться с той трагедией, которую переживает наш родной город. Клавино нежелание уехать, не зная, что с мужем, мне понятно. Но это было неразумно, а для местных руководителей непростительно. Они должны были эвакуировать принудительно всех детей и стариков, которые никакого вклада в оборону города не могли внести. Не понимаю, почему это не было сделано? Разве они не понимали, что население может быть заблокировано?

Как такое возможно? За два месяца до начала сентября можно было легко эвакуировать всех ненужных для обороны… Разве это не так?

Это правда, что фашисты уничтожают евреев и коммунистов без суда и без разбора. Об этом мы здесь знаем из рассказов беженцев с Украины. А вот о проявлениях антисемитизма в среде нашего советского народа слышу от Вас впервые. Не являются ли эти проявления результатом подрывной работы фашистских агентов, заброшенных к нам?

Очень беспокоюсь за Клаву и Левочку, они совсем беспомощные в этой трагической ситуации. Надеюсь на Ваши мудрость и добросердечие: если представится возможность эвакуировать их, Вы поможете сделать это. Я, конечно, смогу принять их здесь, если это потребуется.

У нас дела тоже невесёлые… От Вани было одно письмо с оказией ещё до войны. Из письма ясно, что он где-то на Севере, а где точно — не пишет. Письмо, как всегда у Вани, оптимистичное. Пишет, что здоров… А ещё пишет, что неожиданно встретил там старшего брата Семёна и даже работает с ним вместе. Вилен заканчивает военное училище, после чего, наверное, будет отправлен на фронт в звании младшего лейтенанта. В связи с войной их выпускают в ускоренном порядке…

Вот такие дела, Фаиночка… Передайте привет Вашему мужу. Я восхищена его и Вашим мужеством в той работе, которую Вы проводите в осаждённом городе. Не люблю пафосных высказываний, но, поверьте, мы все здесь в далёком тылу считаем всех ленинградцев героями, защищающими нашу родину от фашистов на переднем крае…

Передайте Клаве и Левочке привет от меня, если будет такая возможность. Будьте здоровы и берегите себя!

Ваша Соня Прокопьева.

Клава с Левочкой жили в доме рядом с бывшей церковью Знамения Пресвятой Богородицы на Тверской улице. Когда церковь ещё работала, Клавдия туда иногда ходила помолиться или свечку поставить. Это был храм старообрядцев, но она не очень разбиралась в православных конфессиях: церковь как церковь, и можно тихо постоять, за близких про себя помолиться…

Храм был величественный, в старонвгородском стиле, с кровлей золотисто-коричневого цвета и фасадом молочно-белого цвета, с одним большим куполом и четырьмя малыми под восьмиконечными древними крестами. При храме была богадельня для престарелых и немощных, лазарет и училище… В 1933-м церковь закрыли, но не разрушили, как обычно, и даже не разграбили иконы и церковную утварь, как было принято, а передали всё в Русский музей.

Клава видела, как в церкви ещё в июле расположилась какая-то воинская часть, через ворота во двор въезжали военные закрытые грузовики, а у входа круглосуточно стоял часовой с винтовкой. Клаве казалось, что те беды, которые на неё и всех ленинградцев обрушились, каким-то непонятным образом связаны и с закрытием церкви, и с тем, как её используют... Если бы церковь была открыта, она бы за Кирилла помолилась и он не пропал бы без вести. И может быть, нашёлся бы и вернулся, пусть и раненый... Её надежда на возвращение мужа умирала долго и мучительно.

Трагична судьба ленинградских дивизий народного ополчения, в большинстве своём состоявших из людей, впервые взявших в руки ружьё. Не имея достаточного числа кадровых войск Красной армии, командование затыкало ополченцами неприкрытые рубежи под Ленинградом. На Лужском рубеже немцы встретили такое стойкое и отчаянное сопротивление плохо организованной смеси остатков Красной армии и ополченцев, что застряли на нём, неся при этом огромные потери, почти на месяц. Тем не менее в начале августа фашисты, подтянув три свежие танковые дивизии, в стремительной фронтальной атаке всё же взломали Лужский оборонительный рубеж, окружили и уничтожили Лужскую группировку советских войск и устремились к Ленинграду. Группа армий «Север» охватывала город широким кольцом со стороны Луги и Новгорода.

На том страшном Лужском рубеже погиб рядовой красноармеец-ополченец, муж Клавдии Кирилл. Погиб неизвестно где, неизвестно когда — не было у оставшихся в живых возможности разбираться с убитыми, потому что немецкие танки размели их, неумелых и необученных, так, что нельзя было уже понять, кто мёртвый, а кто ещё живой.

После захвата Таллина и разгрома Балтийского флота вся мощь группы армий «Север» была направлена на захват Ленинграда.

Восьмого сентября гитлеровцы замкнули клещи: на западе они вышли на берег Финского залива в районе Петергофа, а на востоке — на южный берег Невы на всём её протяжении от Колпино до Шлиссельбурга, что на берегу Ладожского озера. Ленинград потерял сухопутную связь со страной и фактически попал в окружение, которое позже назовут блокадой. Немцы со всех сторон рвались в окружённый город. Командующий группой армий «Север» генерал-фельдмаршал фон Лееб торопил свои войска, и те, озверев от бессмысленного, на их взгляд, упрямства, казалось бы, давно разгромленных советских войск, рвались к хорошо видимому в бинокль городу, круша всё на своём пути. В руинах, объятые огнём пожаров, лежали всемирно известные царские дворцы и парки Петергофа и Царского Села. Самым тяжёлым днём обороны города было 15 сентября. В этот день немцы прорвали оборону в районе Царского Села и вышли к Пулковским высотам на южной окраине города в 15 километрах от Эрмитажа. На высотах, с которых открывалась панорама великого города, горела всемирно известная Пулковская обсерватория с провалившимся куполом над главным телескопом Академии наук СССР.

Положение города становилось критическим — немцы вот-вот могли ворваться вглубь городских кварталов. Началось паническое бегство солдат из окопов на южной окраине города. Заградительные отряды НКВД задержали в эти дни у Средней Рогатки более пяти тысяч бойцов, оставивших поле боя. Из города через Ладогу усиленно вывозились остатки военной промышленности и продовольствия. По улицам летал бумажный пепел — власти приказали жечь архивы. Немцы готовились к захвату города, советские власти — к его сдаче.

Однако в те критические для города дни середины сентября Гитлер вывел из состава группы армий «Север», наступавших на Ленинград, 4-ю танковую группу генерал-полковника Эриха Гёпнера, включавшую несколько танковых и моторизованных дивизий, — танки нужны были ему для наступления на Москву. После этого у фашистов уже не было никаких шансов захватить Ленинград, о чём генерал-фельдмаршал фон Лееб доложил фюреру 25 сентября. Колонны танковых и моторизованных германских дивизий повернули от Ленинграда на юг в сторону Москвы. Гитлер изменил свой план: вместо захвата города он решил удушить его голодом…

Восьмого сентября 1941 года, когда немецкие дивизии сомкнули вокруг Ленинграда смертельные клещи, жители города увидели дым гигантского пожарища — это горели взорванные немецкими бомбами Бадаевские продовольственные склады, в которых хранилось 3000 тонн муки и тысячи тонн масла и других продуктов. Совпадение дат полного окружения Ленинграда и пожара на Бадаевских складах было страшным предзнаменованием Блокады. Очевидцы вспоминали, что над городом образовалось красивое белое облако. Поднимаясь ввысь густыми, рельефными «клубами, как хорошо взбитые сливки, оно росло, розовело в лучах заката и наконец приобрело гигантские, зловещие размеры». Бело-розовое облако было дымом горевшего масла. Зловещее бело-розовое облако — словно леденящее душу библейское пророчество о гибели Вавилона — «мене... мене... текел... упарсин» — на стене дворца Валтасара.

Жестокий голод в городе начался 19 ноября 1941 года. В этот день постановлением Военного совета Ленинградского фронта, подписанным членом Военного совета секретарём ЦК ВКП(б) Ждановым, устанавливались нормы выдачи населению единственного продукта питания — хлеба. Служащим, иждивенцам и детям по этим нормам полагалось 125 граммов хлеба в день...

Клаве с Левочкой полагалось 250 граммов хлеба в день. С этим выжить было невозможно — в ленинградском блокадном хлебе было только 50 % муки, а остальное составляла целлюлоза и другие примеси. В ноябре, декабре и даже январе их спасала рачительная запасливость Клавдии. Она всегда поддерживала в доме запас круп, муки, сахара, и у неё поддоны всех домашних шкафов и кухонные полки были заставлены мешочками и пакетами с этими продуктами. Когда Кирилл собирался на фронт, она на всякий случай закупила всё, что ещё было в магазинах, даже рыбий жир в аптеке — словно чувствовала, как это пригодится... А ещё Клава насушила Кириллу с собой целый мешок сухарей. Кирилл сухари, конечно, не взял, и они очень помогли выстоять в первые месяцы голодной зимы. Даже в конце января 42-го, когда от голода ежедневно умирали тысячи ленинградцев, Клава давала Левочке две ложечки настоящего довоенного сахара каждый день. Сахар она хранила в мешочке наверху шифоньера, доставала его потихоньку и насыпала одну ложечку в стакан кипячёной воды — это был Левочкин «чай с сахаром»... Так они пережили первые два голодных месяца блокады...

В ту первую блокадную зиму, казалось, сама природа ополчилась на жителей города. В середине октября намного раньше обычного выпал снег, а затем ударили неслыханные морозы, не ослабевавшие до конца марта. В конце января 1942 года температура опустилась до −40 °C. Остановилась последняя электростанция «Красный Октябрь» — нечем было топить котлы. Прекратило передачи ленинградское радио. Город онемел и погрузился в ледяной мрак, словно Солнце остыло и Землю охватил космический холод, словно жизнь на планете прервалась. И только вой и разрывы немецких бомб и снарядов да залпы кронштадтских батарей напоминали о страшной войне, о гигантской схватке, бушевавшей вокруг умирающего города.

Массовый мор от голода начался в первых числах января 42-го, но пик смертности от голода пришёлся на конец февраля — начало марта, когда начали умирать женщины, как правило, переносившие голод легче мужчин. В эти месяцы 1942 года Ленинградский похоронный трест вместе с выделенным для этих целей полком НКВД не успевал убирать мёрзлые трупы с улиц и вывозить к местам общих захоронений обглоданные голодными крысами трупы из ленинградских квартир. Трупы сотен тысяч ленинградцев сбрасывались в общие могилы-ямы на Пискарёвском кладбище, сваливались на землю Волковского кладбища. Десятки тысяч мёртвых ленинградцев ждали захоронения в снежных сугробах и в промёрзших квартирах. Неделями и месяцами лежали трупы умерших от голода и замёрзших людей на улицах и площадях красивейшего города мира — на стрелке Васильевского острова, на Кронверке у Петропавловского собора, в Александровском саду, на Марсовом поле и у решётки Летнего сада. Трупы умерших от истощения людей были настолько сухими, что почти не разлагались и могли лежать долго в промёрзших квартирах. Родственники умерших не хоронили близких и продолжали жить в одной комнате вместе с трупами. Они отоваривали хлебные карточки умерших — так многие и выжили.

Немыслимые трагедии разыгрывались в тёмных, зловонных от грязи и неубранных экскрементов блокадных квартирах — этом последнем круге кромешного ада. Люди жили без электричества, без воды и канализации, без радио и газет. Они не знали, что происходит на фронте, в городе, в стране и в мире. Люди жили невыносимой для живых существ жизнью. Нечеловеческий быт, голод, смерть вокруг, жизнь без надежды размывали остатки нравственности и порядочности. Люди грабили квартиры умирающих и комнаты умерших соседей. По городу катилась волна повального грабежа и убийств. Люди, доведённые голодом до тупого отчаяния, отнимали еду у своих близких, переставали кормить стариков, чтобы выжили дети, переставали кормить одного ослабевшего ребёнка, чтобы выжил другой.

Благодаря своим запасам и помощи Фаины Клава сумела продержаться всю страшную зиму того первого года Блокады. Перед уходом на фронт Кирилл вопреки возражениям Клавы перетаскал заготовленные во дворе дрова в комнату и уложил их плотной кладкой вдоль одной из стен своей комнаты — словно предвидел, что все дрова во дворе растащат. Дрова высохли, и Клава всю зиму топила ими большую железную печку в углу комнаты. У печки было небольшое ответвление в виде полочки, на котором можно было разогревать воду и еду. Была ещё керосинка для готовки еды, но для неё нужен был керосин. Клава умело приспособилась к блокадному быту. Левочкин горшок она выносила на чердак и там же справляла свои надобности — всё это тут же замерзало, а что будет весной — никто об этом не думал...

Каждый день Клава ходила за хлебом. Хлеб выдавали по хлебным карточкам в бывшей булочной в доме с башней на углу Тверской и Таврической. Она запирала Левочку в комнате и уходила в очередь за хлебом. За хлебом нужно было идти затемно, чтобы хватило. Чтобы, упаси Господь, не услышать от продавца: «Хлеб кончился, остальные карточки будут отоварены завтра». Важно было надёжно спрятать карточки, чтобы их не отняли, а на обратном пути — и полученные кусочки хлеба. Идти было недалеко, через дорогу, и чёрные тени очереди проступали из темноты. Когда бы она ни приходила, чёрные тени уже стояли. В очереди тихо говорили о разном, очередь была источником информации. Говорили о температуре и о радио, говорили, что ночью было минус 40 — такого никто не припомнит, и что без радио перед немцем не устоять. Ещё говорили: Сталин послал генерала Кулика освободить Ленинград, генерал Кулик с целой армией идёт от Москвы к Ленинграду. И ещё говорили: якобы на Мойке органы поймали людоеда, который убил соседку и варил её мясо.

Раз в неделю Клава ходила за водой — это было нелегко. Воду можно было набрать в Неве, которая протекала за Смольным. Нужно было дойти по Тверской до площади перед Смольным собором, обогнуть его и выйти к реке — больше полкилометра. Там был спуск к проруби, из которой черпали воду. Ведро с водой Клава возила на санках, положив в него деревянные рейки, чтобы вода не расплескалась. По дороге вода замерзала вместе с рейками. А ещё раз в неделю она ходила за керосином — его давали в ларьке на углу Суворовского проспекта.

Так и жили в ежедневных заботах о хлебе, воде, керосине, дровах, в надежде раздобыть какую-нибудь пищу с калориями. Левочка очень не любил, когда Клава уходила за хлебом или за водой, особенно за водой — тогда ждать приходилось очень долго. Каждый раз, когда она одевалась, он спрашивал: «А ты придёшь?» Клава обнимала его и успокаивала, что, конечно, придёт. Но Левочка снова спрашивал: «А ты скоро придёшь?» Он очень боялся, что

Клава не придёт, и спрашивал её об этом снова и снова, пока она не закрывала и запирала дверь. Пока Клавы не было, Левочка стоял у двери и прислушивался, не идёт ли Клава… А когда она входила, он бросался к ней, восклицал «Мама», и глаза у Клавы становились мокрыми от слёз.

Клава тем не менее не забывала, что Левочка должен учиться в первом классе. Короткими зимними днями, когда было ещё светло, она раскрывала школьные учебники и тетрадки, которые были предусмотрительно заготовлены ещё перед войной, и проводила с Левочкой уроки по русскому языку, чистописанию и арифметике. Задавала ему уроки, вместе с ним проверяла выполненные задания. Левочка учился старательно и охотно — иногда Клавдия прерывала занятия сама вопреки его желанию — хватит, мол, на сегодня. Вечерами при свете лампы, когда ещё было электричество, а потом при свечке читали они детские книжки. У Левочки была феноменальная память — он мог воспроизвести прочитанное через несколько дней почти дословно… Но особенно способным он был в арифметике — Клавдия с удивлением вскоре поняла, что задачки он решает быстрее неё и что скоро, похоже, этот ребёнок будет ей объяснять, как их решать…

Несколько раз на медицинской машине приезжала Фаина. Она работала в госпитале где-то на Суворовском проспекте. Приезд Фаины всегда был праздником — она привозила кастрюльку настоящего мясного супа и какие-нибудь сладости для Левочки. Фаина оставалась у них ненадолго, быстро расспрашивала, чем может помочь, торопилась на работу. Клава разогревала суп, наливала в тарелку Левочке, и он ел суп с хлебом. Потом сама ела немножко супа со спасительными калориями. Супа Фаины хватало на три-четыре дня, но это были счастливые дни…

Продуктовые подарки Фаины нужно было скрывать от соседей. Все голодали, но голодали по-разному, утаивали от других, если доводилось раздобыть что-то сверх положенного всем. Общие коммунальные кухни были теперь пустыми, все готовили пищу в своих комнатах, кто что мог и что имел…

Во второй половине декабря 1941 года в городе иссякли последние запасы пищи — всё, что можно было есть, было съедено, включая дуранду и жмыхи — остатки пищи для уже давно съеденного скота. Заканчивались запасы столярного клея, из которого готовили студень. Были съедены все голуби, кошки и собаки, в том числе знаменитые павловские собаки в Институте физиологии Академии наук. Начали есть варёную кожу и так называемый «дрожжевой суп» — вонючее месиво из горячей воды с забродившими древесными опилками. Уже в течение месяца дневной рацион стариков и детей состоял из 125 граммов хлеба. В этот момент, где-то в двадцатых числах декабря, Государственный комитет обороны отозвал в Москву в распоряжение Верховного главнокомандования несколько автотранспортных батальонов с Ладожской ледяной дороги, по которой осуществлялась большая часть поставок, а ещё — приказал немедленно перевести снабжавшие Ленинград продовольствием с аэродрома Хвойное американские транспортные самолёты типа «Дуглас» под Москву. Вследствие этого в последние дни 1941 года и в первые дни нового, 1942 года многие ленинградцы вообще ничего не ели. В эти трагические дни у большинства из них были сломлены последние силы и остатки физиологической защиты от смертельной голодной болезни.

Клавдия заметила, что соседка по квартире — ещё молодая женщина, работавшая до войны экскурсоводом в Эрмитаже, стала опухать от голода, и опухшее лицо её налилось какой-то синеватой водой. Клава советовала соседке пойти в больницу, но, к счастью, в первых числах января к ней приехал муж, командированный на несколько дней в Ленинград с Большой земли. Он привёз жене хлеба и консервов, а главное — целую лошадиную ногу. Соседка потом подвешивала эту ногу в мешке за окном, отрезала от неё куски и варила мясной суп — так и спасалась от голода.

Другой сосед Клавдии — немолодой уже одинокий мужчина, кандидат наук, работавший старшим научным сотрудником в Институте литературы, был не столь удачлив. Он тоже сначала распух, а потом спал с лица и почернел лицом, и почерневшая кожа, истончившись, иссохнув, обнажила зубы во рту, из которого всё время вытекала слюна. В конце января все заметили, что сосед перестал ходить на работу и даже не выходит за хлебом. Вызвали милицию, вскрыли комнату и нашли его мёртвым с объеденным крысами лицом. Смерть была везде вокруг, смерть была массовой и являлась на каждом шагу в самом безобразном обличье, смерть уже никого не удивляла, но сосед без лица ужаснул всех...

Голод затмил все другие беды мучеников ленинградской блокады. А бед было немало, но следующим после голода испытанием являлись, конечно, артиллерийские обстрелы и авиационные бомбардировки города. Тверская улица, на которой в доме № 6 жили Клавдия с Левочкой, примыкала на востоке к комплексу

Смольного, где располагалось политическое и военное руководство Ленинграда. С начала июля в течение полугода фашисты с особым рвением пытались разбомбить Смольный, совершая почти ежедневные групповые и одиночные налёты с помощью своей бомбардировочной авиации. Преодолевая противовоздушную оборону города, они искали Смольный и сбрасывали на предполагаемый район его нахождения зажигательные и фугасные бомбы. Поразить Смольный немцам не удалось — он был мастерски спрятан под защитной сеткой, которая создавала эффект парка с деревьями и кустарниками. Для убедительности в маскировочные сети вплетались настоящие ветви деревьев. Ленинградские учёные-ботаники разработали технологию консервирования срезанной растительности: ветви, кусты и даже срубленные деревья на целый сезон сохраняли естественный цвет и вид. Маскировка Смольного была безупречной.

Смольный немецкие ассы так и не нашли, но возвращаться на свои аэродромы с грузом бомб было нежелательно, и они сбрасывали их куда попало в предполагаемом районе расположения Смольного. Доставалось всему району между Смольным и Таврическим садом. Досталось и Тверской улице…

Особенно жестокими бомбардировки были с сентября до конца декабря… Настоящего бомбоубежища в доме Клавдии не было, но при объявлении воздушной тревоги жильцам рекомендовалось спуститься в подвальное помещение, где были расставлены скамейки. Клава с Лёвочкой спускались в подвал. Лёвочка пугался и плакал, когда раздавался грохот взрывов, Клава пыталась его отвлечь… Почему-то при взрывах он со слезами вспоминал родителей. «Ты обещала, что мама зимой приедет… Почему её нет?» — спрашивал он Клаву. Она объясняла, что сейчас в городе война и приехать сюда нельзя, что нужно подождать, когда война закончится, что мама обязательно приедет… «И папа приедет?» — снова спрашивал ребёнок. И Клава говорила, что, наверное, и папа приедет, но мама приедет раньше… Так было при каждой бомбардировке, каждый раз, когда они спускались в подвал: «А мама приедет?.. Когда приедет папа?» Каждая бомбардировка сопровождалась упорными вопросами ребёнка о маме и папе, и Клава боялась этих вопросов больше, чем самих бомбардировок. Она ничего не знала о судьбе Лёвочкиных родителей, она ничего не знала о судьбе своего мужа. Она знала, что все они где-то пропали без вести, что они куда-то сгинули…

В январе обстрелы и бомбардировки ослабли, на время почти прекратились. Фашистам было не до Ленинграда, они терпели поражение под Москвой, а ещё они полагали, что этот город и без того вымрет...

Сигнал воздушной тревоги звучал теперь редко, Клава и Левочка вообще перестали ходить в проклятый подвал, где всё тяжёлое неотвратимо наваливалось и угнетало неумолимо.

20/II/42

Дорогая Соня!

Пишу Вам сразу же после страшного несчастья, которое постигло наших друзей Олечку и Семёна Шерлинг. Все мы здесь привыкли к ужасам блокады, стали толстокожими, нечувствительными к страданиям окружающих, но сегодня я испытала мучительную душевную боль и чувство вины... Не могу это держать в себе, должна поделиться хотя бы в письме с Вами...

В середине дня была объявлена воздушная тревога, к чему все здесь давно привыкли. От одной медсестры я случайно услышала, что бригаду спасателей нашего госпиталя отправили на Тверскую улицу, где что-то случилось. Вы понимаете, что я сразу же побежала туда. Это было ужасно — до́ма, в котором жили Клавдия с Левочкой Шерлингом, просто не было... Его руинами была завалена вся улица, а на месте дома дымились остатки фундамента и рухнувших перекрытий. Наши спасатели рассказали, что фугасная бомба попала точно в этот дом, соседние дома и церковь почти не пострадали. Выживших всего несколько человек, Клавы и Левочки среди них нет...

Виню себя, что мало сделала для их спасения. Хотя — что я могла сделать? Привозила им еду, видела, что они здоровы, что не голодают. Они пережили самые страшные полгода блокады. С продуктами питания положение стало улучшаться, бомбардировки почти прекратились. Казалось, что всё самое плохое позади. Что я ещё могла сделать для них? Теперь кажется, что могла бы что-то...

Вы не представляете себе, Сонечка, все ужасы ленинградской жизни в условиях блокады. Врачам ещё предстоит изучать феномен ленинградских дистрофиков — людей в состоянии крайнего, предсмертного истощения, но ещё живых. Такого не знала история медицины. Ленинградская дистрофия, как правило, необратима. Эта болезнь доводит организм человека до столь тяжёлого состояния, что его невозможно спасти даже с помощью нормального питания. Получив такое питание, многие дистрофики тем не менее умирают от дистрофического поноса. Они являют собой нечто ужасное, никогда и нигде прежде не наблюдавшееся. Не далее как вчера я видела у нас в госпитале одного такого человека. Рот у него не закрывался, изо рта текла слюна, лицо было чёрное с кожей, обтянувшей кости. Кожа у рта была тонкой-тонкой и не прикрывала зубов, которые торчали и придавали голове сходство с черепом. Слышала я и о случаях людоедства, но реально не сталкивалась. Это нельзя осуждать огульно — для многих ленинградцев людоедство было единственным способом выжить или спасти от смерти близких людей.

Не знаю, для чего всё это Вам пишу... Наверное, от горя по убитым Левочке и Клаве, которые стали мне близкими людьми...

Ваша Фаина.

* * *

Место на Тверской улице, где жили Клава и Левочка, потом расчистили. Но дом этот никогда не был восстановлен — он канул в Лету вместе со своими жильцами, останки которых свезли на Пискаревку и захоронили в общей с тысячами других ленинградцев могиле.

Не быстро всплывает на поверхность правда о советской истории — слишком много камней привязано к её скрученным ногам. После той войны прошло более двадцати лет, прежде чем один из блокадников — академик Дмитрий Лихачёв — написал в своих воспоминаниях:

«Правда о ленинградской блокаде никогда не будет напечатана. Из ленинградской блокады делают «сюсюк»... Что-то похожее на правду есть в записках заведующего прозекторской больницы Эрисмана... Что-то похожее на правду есть и в немногих закрытых медицинских статьях о дистрофии. Совсем немного и совсем всё прилично... Были ли ленинградцы героями? Нет, это не то: они были мучениками...»

Вилен

Дорогая Фаина!

Страшное, жуткое письмо Вы прислали... Какое несчастье, какая дикая несправедливость... Единственный сын Олечки и Семёна погиб. Маленький мальчик, такой талантливый, только начинающий свою жизнь. Даже не представляю, как можно будет сказать об этом Олечке и Семёну, когда, я всё ещё надеюсь, они вернутся.

Сердце сжимается от горя, а кулаки — от ненависти к немецким фашистам, убивающим маленьких детей. Какой смысл в этом убийстве? Какое значение имеет эта, так сказать, военная операция? Никакого! Они поняли, что Ленинград им не покорить, и мстят бессмысленно и жестоко. Прав Илья Эренбург, сказавший громко и публично: «Убей немца!»

К нам сюда добираются некоторые беженцы из Ленинграда, измученные блокадой и долгой дорогой. Но, конечно, такого, как Вы описываете, мы не видели и даже не представляли, что такое возможно. Это ужас... Мне кажется, что такого масштаба страданий, которые выпали на долю ленинградцев, вряд ли знает история. Наши тоже хороши... Не могу понять этого... Почему не вывезли детей и стариков? Уже писала Вам об этом, но вопрос гложет снова и снова... Глупость? Подлость? Бесчувствие? Безразличие? Некомпетентность? Хаос?

У меня, Фаиночка, к сожалению, хороших новостей тоже нет. От Вани давно нет писем. Видимо, у них там на Севере тоже военное положение и переписка ограничена. Хочется так думать... От Вилена было только одно письмо — жив, здоров, воюет с фашистами. Где он на самом деле, я не знаю. На конверте только номер полевой почты. Я туда писала, но ответа пока не получила. Знаю, что после окончания военного училища его курс в срочном режиме был отправлен на фронт. Думаю, что под Москву, где решалась судьба страны. Так Вилен говорил мне сам перед отправкой. Ещё говорил, что военных специалистов не хватает и что он в звании младшего лейтенанта будет командовать каким-то военным подразделением...

Я убеждённая атеистка, но ловлю себя на том, что, вспомнив подходящие слова из детства, постоянно молюсь про себя за моих родных. Ничего другого не остаётся… В первую очередь молюсь за Вилена — он на переднем крае, потом за Ваню — ему очень тяжело, за Олечку и Семёна, за Вас с мужем — Вы тоже на переднем крае, а ещё — за своих родственников, оставшихся в тылу… Вы ведь знаете, что я родом из местечка Любавичи на Смоленщине. Зная расистскую теорию нацистов, их животную ненависть к евреям, с ужасом думаю о судьбе тех, кто остался там…

Ваша Соня.

После отражения немецкого наступления на Москву Верховное командование Красной армии решило осуществить прорыв на Волховском фронте и снять блокаду с Ленинграда. С этой целью в январе-марте 1942 года 2-я ударная армия прорвала немецкую оборону северо-восточнее Новгорода и глубоко вклинилась в оборону противника почти до железнодорожной станции Любань в 80 километрах от Ленинграда. Однако все попытки прорваться к станции были безуспешными. Немецкая авиация доминировала в этом районе, и армия снабжалась неоперативно, ибо единственным путём её связи со страной был узкий коридор в районе деревни Мясной Бор. В конце марта немцы блокировали и этот коридор, фактически окружив 2-ю ударную армию. После этого все усилия 2-й ударной армии были направлены не на движение к Ленинграду, а на попытки вырваться из немецкого окружения.

Второго апреля рота младшего лейтенанта Вилена Ивановича Прокопьева в составе пехотной дивизии Красной армии прорвала немецкий передовой заслон, блокировавший коридор в районе Мясного Бора. Солдаты роты шли за танками, и, когда те приблизились к окопам противника, перекрывавшим коридор, Вилен подал сигнал атаки. Рота цепью ворвалась в окопы противника и в кровавой схватке уничтожила немецкий заслон. Успешными были действия и других подразделений дивизии, и к концу дня советские войска расширили коридор до двух километров, что позволило восстановить снабжение армии боеприпасами и продовольствием.

Бойцы роты Вилена были направлены на восточный фланг коридора у деревни Мясной Бор. Им вместе с остатками дивизии надлежало сдерживать попытки немцев снова закрыть коридор. Бойцы получили пару дней передышки, да к тому же из штаба полка сообщили, что в связи с успешным прорывом коридора все могут отправить письма своим близким. Вилен как-то очень остро почувствовал, что должен написать маме именно сейчас, немедленно, когда так неожиданно и сча́стливо представилась такая возможность…

5/IV/42

Моя дорогая, любимая мамочка!

Прости, что долго не писал. Поверь, у меня не было такой возможности.

Сообщаю тебе главное: я жив и здоров. Бьём врага, освобождаем нашу Родину от проклятых фашистов.

Возможно, теперь опять некоторое время не будет возможности написать тебе, но ты только не волнуйся — у меня всё в порядке.

Как ты живёшь, здорова ли? Что слышно от папы? Где сейчас Левочка Шерлинг?

Напиши мне, хотя я не уверен, что в нынешней наступательной операции твоё письмо догонит меня. Так что не обижайся, если не отвечу — значит, нет такой возможности. А главное, не волнуйся слишком…

Прости, что пишу так кратко. Поверь, нет ни времени, ни возможности для подробностей…

Обнимаю и целую тебя крепко.

Твой любящий сын Вилен.

Несмотря на временное открытие коридора, 2-я ударная армия начала испытывать нехватку в боеприпасах, пище, топливе, и эта нехватка с течением времени только обострялась. Тем не менее командование продолжало ставить задачи армии на наступление, что было абсолютно нереально. Планы командования изменились только 20 апреля 1942 года, когда генерал-лейтенант Андрей Андреевич Власов был назначен командующим 2-й ударной армии. Генерал Власов был одним из признанных организаторов и героев победы советских войск под Москвой, которому доверял сам товарищ Сталин. Не иначе как спасителем Москвы называли его в печати. Назначая Власова командовать армией, которая фактически находилась в окружении, Верховное командование, вероятно, надеялось на чудо. На чудо, которое совершит этот талантливый и храбрый генерал… Но чуда не случилось…

В мае 1942 года Знамя 2-й ударной армии было отправлено самолётом в тыл — это фактически означало, что на этой армии поставлен крест. Под командованием Власова она начала поэтапно сниматься с позиций и отходить к коридору у Мясного Бора. Немцы усилили нажим на войска армии в районе коридора, чтобы завершить её окружение. В жестоких боях вплоть до конца июня, под непрерывными авиационными ударами фашистов, к Мясному Бору стекались остатки армии из окружения. Двадцать первого июня войскам 2-й ударной армии с огромными потерями удалось пробить коридор шириной около трехсот метров, и в него хлынул поток спасающихся бойцов. Весь коридор был завален трупами в несколько слоёв. Советские танки шли прямо по ним, и гусеницы вязли в сплошном месиве человеческих тел. Кровавые куски забивали траки, машины буксовали, и танкисты прочищали гусеницы заранее заготовленными железными крючьями...

В конце июня генерал Власов докладывал по рации в Генштаб и Военному совету фронта, что снабжение армии фактически прекратилось. Он сообщал:

«Войска армии три недели получают по пятьдесят граммов сухарей. Последние дни продовольствия совершенно не было. Доедаем последних лошадей. Люди до крайности истощены. Наблюдается групповая смертность от голода. Боеприпасов нет...»

В те же дни коридор, связывавший окружённую армию со страной, был окончательно перекрыт немцами. Остатки армии, которым не удалось выйти, сгрудились на пятачке площадью два квадратных километра и были уничтожены или взяты в плен.

В те страшные дни конца июня генерал Власов отказался бросить собственных солдат, когда за ним прилетел последний самолёт, чтобы эвакуировать командующего вглубь советской территории. Его и его солдат бросили вышестоящие начальники...

Впрочем, руководству страны было тогда не до окружённых и погибающих в новгородских болотах солдат 2-й ударной армии, им было не до окружённого немцами Ленинграда...

Летом 1942 года Красная армия, вопреки всем надеждам, потерпела не менее тяжёлые поражения, чем в начале войны. В конце мая, в результате бездарно спланированного наступления на Харьков, в «Харьковском котле» были окружены и полностью уничтожены вместе со всем командованием и штабами три армии Юго-Западного фронта. Немецкие войска захватили Севастополь и, разгромив южный фланг советских войск, отрезали от страны Кавказ и вышли в излучину реки Дона в том месте, где Дон ближе всего к Сталинграду. В конце июля германские танковые и моторизованные дивизии прорвали оборону 62-й армии, прикрывавшей Сталинград, и устремились к Волге. Страна стояла на грани национальной катастрофы небывалого масштаба — никогда прежде враг не доходил до глубинной русской реки Волги. Сталин заклинал солдат Красной армии: «Ни шагу назад!» — но это мало помогало…

Не до бойцов 2-й ударной армии, погибавших в окружении от голода и немецких обстрелов в лесах Новгородчины, было советскому руководству. Брошенные и забытые, они отчаянно сопротивлялись, пытаясь выжить и пробиться к своим, постепенно теряя всякую надежду на спасение… Были ли солдаты и офицеры 2-й ударной армии героями? Хочется сказать словами академика Лихачёва о ленинградцах: «Нет, это не то: они были мучениками…» Но нельзя не добавить: «И героями тоже».

Рота младшего лейтенанта Вилена Ивановича Прокопьева была в арьергарде армии, отступавшей к коридору Мясного Бора, прикрывала это отступление от теснивших армию немцев. Она несла огромные потери и на последнем рубеже обороны у деревни Финёв Луг от роты осталось три человека: командир роты Вилен, старшина Степан и боец Алексей. Вилен был контужен, имел несколько осколочных ранений и не мог идти самостоятельно. Степан и Алексей несли командира на изготовленных из лесных веток носилках. Они пытались пробраться через коридор у Мясного Бора, но скоро поняли, что это невозможно — им повстречалось несколько разрозненных бойцов армии, которые говорили, что в коридоре немцы всех расстреливают в упор. Рассказывали, что коридор превращён в долину смерти: сидящие по обоим краям немецкие пулемётчики убивали наших солдат тысячами. Рассказывали, что там уже из трупов образовывался холм — бессмысленно идти туда на погибель. Тогда решили вернуться на последний рубеж обороны в надежде влиться там в какую-то организованную группу армии.

Степану было уже под сорок, он был деревенским жителем и лучше своих городских товарищей понимал обстановку в сельской местности среди лесов и болот. Своего молодого командира он уважал, но ещё и жалел по-отцовски. Молодость Степана пришлась на Гражданскую войну, потом в его деревне была коллективизация, а теперь вот война… Семью свою заиметь не довелось… Мало хорошего познал он в своей жизни и где-то внутри себя поставил на ней крест. Но за Вилена и Алексея переживал — им, молодым, досталось от счастливой жизни ещё меньше, чем ему.

Командира Степан опекал как мог, лечил его раны какими-то листьями и влагой с коры деревьев. Величал командира уважительно

Иванычем — не нравилось ему нерусское имя Вилен. А ещё наставлял на путь истинный, от дури молодёжной пытался уберечь…

— Тебе, Иваныч, погоны-то офицерские надо бы снять… Не ровен час, к немцам попадём, а ты — офицер… Фрицы, не дай-то бог, подумают, что коммунист… Тебе лучше будет за солдата сходить…

— Я, Степан, комсомолец… Немцам не сдамся… Я родину защищаю, пусть фашисты думают, что хотят…

— Ты, Иваныч, дурь-то из головы выкинь… Кому лучше будет, если тебя без разбору расстреляют? Родине твоей? Или тебе с твоими родителями? Или нам с Алексеем? Твоя дурь насчёт «не сдамся» только фрицам и полезна… Никому боле… Ещё тебе скажу: выкинуть документ твой надобно… Фрицы грамотные, сразу поймут, что твоё имя Вилен значит… Неподходящее у тебя ноне имя, Иваныч…

— Мне моё имя, Степан, мои родители дали после революции и Гражданской войны, и не мне его менять…

— Твоего дедушку по отцу как звали?

— Надо полагать, что Игнатием… Папа Иван Игнатьевич по паспорту.

— Ну вот и зовись Игнатом, так-то лучше будет.

— Не хочу имя менять, Степан, и не проси…

— Не хочешь менять — не меняй, но поостеречься надо… Ради тех твоих родителей, если сам себя не жалеешь… Тем более что… Ты не обижайся на меня, Иваныч, но ноне сказать тебе должон: сильно ты на еврея похож, уж извини… Так что поостеречься надо, маскировку какую ни есть военную принять… Фрицы еврея за версту чуют…

— Я, Степан, и есть еврей по маме… У меня мама — замечательная женщина. В Гражданскую санитаркой в бронепоезде работала, потом врачом стала. Мы, к счастью, в Советской стране живём, где все народы равны, где интернационал… Ты что — против интернационала?

— Не против я… Живем-то мы в Советской стране, да вот — по лесам голодные бродим, а вокруг фрицы… Ты их, фрицев, сагитируй за интернационал… Чего меня агитировать… Я против евреев ничего не имею… Для меня, чтоб человек был… А потом уж интернационал…

Алексей в этих дискуссиях не участвовал. Слушал, молчал — похоже, уже ни в какие слова и ни во что хорошее не верил. Перед войной он учился на физика в Московском пединституте. Война всё поломала, он был мобилизован в первые дни, чудом выжил в страшном котле под Витебском, когда две немецкие танковые армии окружили группировку советских войск, и вот снова котёл...

Степан добился своего — поставил Вилена на ноги. Втроём они тащились ещё несколько дней на северо-восток, продираясь по хлябям через заросли новгородского леса. Несколько раз встречали таких же, как они, одичавших красноармейцев, убеждались, что ни армии, ни командования уже нет. В одном месте вышли было на просёлочную дорогу, а там оказался немецкий патруль. Залегли за кустами в мокрую придорожную канаву, чтобы не выдать себя. Немцы установили на дороге какой-то знак и собрались уходить... В этот момент Алексей не выдержал напряжения и сорвался: встав на колени, начал стрелять из ружья по немцам последними патронами. Немцы ответили шквальным огнём из автоматов. Степан схватил Вилена в охапку и затащил его вглубь канавы... Немцы не стали их преследовать, решили, что это был солдат одиночка. Когда они ушли, Семён с Виленом огляделись и увидели, что Алексей убит.

Они похоронили Алексея в той же придорожной канаве, засыпали тело землёй, укрыли ветками как могли — сил на полноценную могилу уже не было. Из карманов гимнастёрки взяли воинские документы и письмо от матери — там был обратный московский адрес, по которому можно было сообщить близким солдата о его смерти. Вряд ли его могилу кто-нибудь когда-нибудь найдёт. Степан был мрачен и зол... Зол на себя, что не уберёг парнишку, зол на проклятых фрицев, которые его убили, зол на всех, кто устроил эту кровавую мясорубку...

— Вот ты объясни мне, Иваныч, зачем умер Алёшка, кому это нужно было?

— Война, Степан... Война идёт не на жизнь, а на смерть против фашизма. Алексей погиб геройски, защищая свою страну... Ты же всё, Степан, понимаешь... Зачем спрашиваешь?

— Всё, да не всё... Не могу я в толк взять, какая такая польза стране нашей от смерти Алёшки. Ну бы он цельное отделение фрицев положил или ихнюю атаку на нашу роту отбил... А какая польза от доходяг, что голодные по лесу тащатся, пока их не перебили?

— Польза, Степан, ясная... Алексей, да мы с тобой, да вся наша армия сковываем большие силы фашистов, отвлекаем их от других фронтов, где, может быть, судьба войны решается.

— А моё деревенское понимание такое, что это фрицам очень выгодно, чтобы наша армия не там, где, ты говоришь, судьба решается, а здесь в мешке сидела и битая-перебитая сама себе издыхала. Вот ты, Иваныч, академию кончал... Разъясни мне, солдату необразованному, зачем было цельную армию посылать вглубь между фрицевских войск, где её окружить легче, чем два пальца обоссать. У нас на селе и свинья не пойдёт на убой меж двух мужиков с ножами длинными...

Вилен не отвечал... Понимал, что Степан не прав, что сержант мыслит не стратегически, что всё не так просто, но слов подходящих в ответ на Степанову простоту не находил. А Степан и не ждал ответа, знал, что командиру его крестьянское понимание происходящего не подходит. Это понимание, которое Вилену казалось непониманием, имело длинную предысторию, уходило корнями в религиозность многих поколений предков. В того карикатурного Бога, в которого не верили большевики, Степан тоже не верил, но воинствующие безбожники, поклонявшиеся своим новым идолам, ему не нравились. Не нравилось ему вознесение пролетариата и опускание крестьян, ещё много чего не нравилось... Не любил он советскую власть... Не разбираясь в военных делах, народным своим чутьём угадывал ещё с довоенных времён, что большевики плохо к войне готовятся. А теперь видел и на своей шкуре испытывал, как бездарно они войну ведут. Сформулировать это в чётких и логических постулатах, конечно, не мог, но всем своим естеством чувствовал...

Когда Вилен со Степаном подошли к какой-то глухой деревушке, которая и на карте не была обозначена, силы совсем оставили их. Неделю назад они зажарили и съели вытащенную Степаном из норы лесную полёвку, которая Вилену показалась обыкновенной крысой, а накануне разделили последний сухарь из командирского запаса. Залегли на опушке леса, долго разглядывали ближайшие к лесу хаты. Степан сказал:

— Надо, Иваныч, идти в деревню, а то совсем подохнем... Фрицев не видать, а свои как-никак накормят. Ты, Иваныч, посиди здесь, а я пойду проверить, что и как...

Степан ушёл, и Вилен видел, как он скрылся за забором ближней хаты. Он сидел, прислонившись спиной к стволу берёзы...

Совсем, совсем не такой представлялась ему война ещё несколько месяцев назад...

Политзанятия в училище, из которого вышел Вилен, вёл молодой офицер, присланный из Москвы взамен старому, ещё с Гражданской войны, политруку, который оказался врагом народа. Молодой учил курсантов:

«Почему наша рабоче-крестьянская армия всегда побеждает? А потому, что она за всех угнетённых в мировом масштабе. Потому что пролетарии всех стран на нашей стороне. Пролетарий в империалистических армиях не желает воевать за своих буржуев, не желает сражаться против своих классовых союзников из пролетариев других стран. Какой мы делаем вывод из этого марксистского положения? А такой, что наша Красная армия непобедимая… Вот смотрите… Стоило Германии ввести свои войска во Францию, как хвалёная французская армия разбежалась — не захотели французские рабочие защищать своих капиталистов… Какой мы делаем вывод из этого на современном этапе мировой революции? А такой, что стоит нашей доблестной рабоче-крестьянской армии чуть-чуть поднажать, и весь капиталистический мир империализма рассыплется в пух и прах…»

В этом месте молодой политрук придавал своему лицу загадочное выражение и заговорщицки подмигивал курсантам, словно выдавал им секрет государственной важности, известный в этой аудитории ему одному…

Вилен верил политруку так же, как с детства безоговорочно верил всем своим учителям. Даже арест отца не поколебал его веру в непогрешимость коммунистической партии и её вождей — Вилен для себя объяснил арест недостойными коммунистов интригами администрации завода. Он был из того поколения советских людей, которые не знали никакой альтернативной точки зрения на политику партии и, более того, даже не подозревали о возможности её существования. В школе он был председателем совета пионерской дружины, одним из первых вступил в комсомол. В военном училище Вилен сразу же записался на факультативный курс углублённого изучения диалектического и исторического материализма, ибо полагал, что без этой фундаментальной теории невозможно освоить никакую науку и даже военную профессию. Правда, лекции этого курса несколько разочаровали его, потому что преподаватель, очень похожий на попа, в основном занимался доказательствами отсутствия Бога, что Вилену казалось само собой разумеющимся и не требующим никаких доказательств. В начале войны Вилен не сомневался в скором разгроме фашистов Красной армией, с нетерпением ожидал, когда же немецкие пролетарии обратят оружие против своих эксплуататоров. Эти наивные мечтания быстро рассеялись, когда его вместе со всеми сокурсниками отправили на фронт не на границу с Германией, а под Москву...

Вилен приехал в Москву в ноябре 1941 года и сразу же был направлен командиром роты в одну из стрелковых дивизий только что сформированной 20-й армии, входившей в состав Западного фронта.

Эта армия должна была остановить рвавшуюся к столице 4-ю танковую группу вермахта под командованием генерал-полковника Эриха Гёпнера. Танки Гёпнера принимали участие в разгроме советских войск в Прибалтике и под Ленинградом, а в сентябре 1941 года были по указанию Гитлера переброшены под Москву. Танковая группа Гёпнера угрожающе приближалась к столице, и Сталин назначил командующим 20-й армии хорошо зарекомендовавшего себя в Киевской оборонительной операции генерала Андрея Власова.

В начале декабря 20-я армия под командованием Власова остановила части 4-й немецкой танковой группы в тридцати километрах от Кремля. В этой операции участвовала и рота младшего лейтенанта Вилена Прокопьева. У Вилена это был первый бой, тяжёлый бой с противником, о котором он прежде знал понаслышке. Рота Вилена отрезала от танков группу немецких автоматчиков и заставила их отступить. В бою погибли двадцать рядовых бойцов роты, было много раненых — эта цена победы стала для Вилена первым некнижным военным уроком. В последующие дни армия генерала Власова в кровавых боях выбила немцев из пригорода столицы — города Волоколамска. Это был один из переломных моментов обороны Москвы, фактически означавший провал немецкой операции «Тайфун» по её захвату. С тех памятных боёв генерал Власов, портрет которого опубликовали все центральные газеты, стал для Вилена образцом военачальника, героем, которому хотелось подражать. Поэтому, когда уже в окружении Вилен узнал о назначении Власова командующим 2-й ударной армией, радостное предчувствие победы снова овладело им...

И вот он — израненный, оборванный, грязный, обессиленный и голодный — сидит на опушке леса в центре своей родины и ждёт, накормят ли его в родной русской деревне... Он погружался в тупое бесчувствие, где всем заправлял только голод.

Степан вернулся скоро. Он рассказал, что это деревня староверов, что старик со старухой согласились накормить двоих солдат, но только при условии, что они придут без оружия... «Я знаю ихнюю веру — они не держат в доме оружия... Но так думаю, что поболее боятся немцев... Ежели фрицы найдут у них красноармейцев с оружием, то и расстрелять могут...» — разъяснял Степан. Вилену было уже всё равно... Они подождали, когда стемнеет, спрятали оружие в лесу и пошли в деревню.

Немногословная пара староверов приняла их без эмоций, но с пониманием — дали воды обмыть лицо и руки, усадили за стол, поставили перед каждым по большой миске с варёной картошкой с маслом и по кружке молока. Вилен и Степан так разомлели от этой роскошной еды, что попросились у хозяев переночевать в хате. Староверы отвели гостей на сеновал. Изнурённые долгим скитанием по мокрому лесу, Вилен и Семён заснули там мертвецким сном...

Они одновременно проснулись ранним утром от громких выкриков — прямо над ними с винтовками в руках стояли три полицая. Вилен рванулся в сторону выхода, но был сбит прикладом винтовки... «Не дури, падла большевистская, а то пристрелим, как собаку» — сказал старший полицай. Степан вступился за друга:

— Чего придумали... Какая такая большевистская? Солдат он нанятый, больной... Контуженный... Не видишь, что ли?

Старший полицай сказал неопределённо:

— Ладно болтать, там разберутся... Пошли без фокусов, а то застрелим без предупреждения...

Им связали руки за спиной и повели по деревне — один полицай спереди, двое сзади.

— Ты, Иваныч, более помалкивай... Строй контуженного, не лезь на рожон... Я буду и за себя, и за тебя, меня они скорее поймут, — тихо нашёптывал Степан Вилену.

— Сволочи твои староверы, предатели... С фашистами заодно, расстрелять гадов мало, — невпопад отвечал Вилен.

— Не могу знать... Может, кто видел нас, а стариков заставили признать, где мы... Кто знает?

— Всё они, предатели, продумали... Оружия нас лишили обманом. Если б мы оружие не оставили, мы бы не дали себя захватить, перестреляли бы сволочей...

— Не кипятись, командир... Я так думаю, что с оружием мы бы с тобой уже убитые на сеновале лежали...

— Лучше убитые, чем вот так...

— Убитым быть, Иваныч, не лучше и не хуже, а просто без надобности рассуждения... А неубитые мы с тобой идём, разговариваем и надёжу имеем...

Вилен не ответил, замкнулся в себе, словно выполняя рекомендацию Степана «более помалкивать». Их втолкнули в большой полутёмный сарай и, ни слова не говоря, закрыли наглухо входную дверь.

Они осмотрелись... Свет из двух узких зарешётчатых окон под потолком тускло освещал сарай. В дальнем углу на досках сидели, подстелив под себя ватники, мужчина и женщина. Они были в цивильной деревенской одежде. Мужчина с небритым лицом в очках без интереса посмотрел на вновь прибывших, а женщина помоложе испуганно смотрела то на них, то на него. Степан вежливо поздоровался — здравствуйте, дескать, граждане-товарищи. Мужчина что-то буркнул в ответ и рукой обвёл вокруг, словно приглашая прибывших располагаться, где угодно по их усмотрению. Вилен и Семён устроились на полу в углу сарая напротив мужчины и женщины. Степан нашёл какие-то тряпки и остатки двух старых ковриков, разложил их, чтобы было поудобнее присесть. Мужчина и женщина молчали, не проявляя ни любопытства, ни желания узнать что-либо у прибывших.

Но со Степаном этот номер не проходил... Обращаясь к мужчине, он начал издалека излагать свою версию случившего с ним и Виленом. Мол, они солдаты из окружения, искали пристанища, да вот почему-то арестованы, можно сказать — невинно пострадали... Потом он рассказал, что его зовут Степаном, а его племянника, контуженного, зовут Игнатом, что они из крестьян-колхозников вологодских, что вот, дескать, попали, как кур в ощип... В этом месте Степан начал подробно рассказывать, как они с племянником хорошо жили в своей вологодской деревне, даже вспомнил, какой хороший клёв у них был на рыбалке и какую вкусную уху мать Игната им сготовила... Закончив свой рассказ, Степан с полным на то основанием спросил мужчину, откуда, дескать, они, граждане хорошие, будут...

Мужчина, без малейших эмоций прослушавший рассказ Степана, посмотрел на женщину, словно советуясь с ней, отвечать ли — ведь люди совсем незнакомые, а потом очень кратко изложил свою историю. Он работает учителем в Любани, освобождён от службы из-за плохого зрения... Они с женой собрались навестить её родственников в деревне, да были задержаны наступавшей Советской армией, потом попали в немецкое окружение, а теперь вот арестованы, поскольку все документы у них ещё раньше отняли...

Степан внимательно слушал мужчину, который не захотел назвать своё и жены имена, а Вилен почти и не слушал рассказ учителя. Он переживал, как нелепо, по-дурацки попал в плен, не предвидя возможного предательства, — чужие истории сейчас меньше всего интересовали его.

Днём двери в сарай распахнулись, и один из полицаев принёс арестованным еду — по ломтю хлеба и миске щавелевого супа. Когда свет из распахнутых дверей получше осветил внутренность сарая, Вилену показалось, что он где-то видел лицо учителя. Определённо видел, но где, вспомнить не смог, отмахнулся и снова ушёл в себя...

К вечеру в сарай вошли немцы — два офицера и два солдата с автоматами, а ещё один из русских полицаев с винтовкой. Всем четырём пленным было приказано встать и выстроиться в ряд посередине сарая. Один из офицеров, бывший за главного, осмотрел пленных, с помощью своего помощника освещая каждого по очереди фонарём. Задержавшись на Вилене, он вытянул в его сторону указательный палец и спросил: «Du der Jude?» Степан, не знавший немецкого, тем не менее мгновенно понял, о чём речь, и быстро-быстро заголосил:

— Да какой такой еврей... Племянник это мой Игнат, божий человек... Деревенские мы, православные, с Вологодчины, от большевиков натерпелись... Никакой не еврей, а русский он...

Полицай перевёл офицеру монолог Степана, тот что-то спросил у него, и полицай перевёл вопрос Степану: «Господин офицер спрашивает, почему твой племянник сам не отвечает, что он не еврей?»

Степан снова заголосил:

— Так он... это самое — контуженный... Временно речь потерял... Вот лечу травками по-деревенски... Может, конечно, сказать, но понятно будет плохо.

Офицер, потеряв интерес к Вилену и Степану, направил фонарь на учителя и спросил, кто он такой... Учитель, не ожидая перевода, изложил ему по-немецки то, что накануне рассказывал Вилену и Степану по-русски. Офицер спросил, откуда тот знает немецкий, и учитель ответил, что преподавал немецкий в школе.

Внезапно офицер оживился, подошёл с фонарём к учителю вплотную, потом отступил на два шага, вынул из внутреннего кармана какой-то бумажный листок, посмотрел в него. Потом велел учителю снять шапку и долго смотрел на него и прямо, и сбоку... Что-то сказал на ухо помощнику, и тот помог ему, обустраивая свет фонаря с нужной стороны. Повторил процедуру осмотра несколько раз в полном безмолвии...

И тут случилось нечто чрезвычайное... В полутёмном грязном сарае все увидели, как немецкий офицер словно вспыхнул, зарделся, заулыбался и, обращаясь к учителю с полупоклоном, громко провозгласил:

«Ich beglückwünsche Sie, Herr der General! Willkommen in die Verfügung des Kommandos der germanischen Armee!»[1]

У Вилена словно сердце оборвалось, перехватило дыхание, закружилась голова, он с трудом устоял на ногах, уцепившись за рукав Степана... Вилен понял смысл сказанного офицером и тут же вспомнил, где видел лицо учителя — на портрете героя обороны и спасителя Москвы в газете «Правда». Это был его кумир — заместитель командующего Волховским фронтом, командующий 2-й ударной армией, орденоносец генерал-лейтенант Андрей Андреевич Власов.

Власов молчал, как бы признавая правильность слов офицера. Офицер обвёл пальцем всех четверых пленников и, обращаясь к своему помощнику, приказал:

«Bringen Sie alle vier Häftlinge sofort und schnell zum Hauptquartier der Armee. Sie sind für die Ausführung mit Ihrem Kopf verantwortlich!»[2]

Так Вилен Прокопьев попал в плен к немцам, так состоялось его знакомство со своим военным кумиром генералом Власовым. Это знакомство оказалось не просто разочаровывающим — оно было крушением выдуманного им самим идеального мира, мира справедливого и возвышенного. Героический советский генерал, командир непобедимой Красной армии, пребывая в деревенских лохмотьях, бессловесно и добровольно сдаётся фашистскому офицеру... И нет таких сил у этой великой страны — светоча коммунизма, которые защитили бы советского генерала. Что могло быть хуже этой жалкой картины, свидетелем которой он оказался.

Вилен не мог предвидеть, что случится с генералом Власовым... И он даже представить себе не мог, как удивительно прекрасно и вместе с тем безмерно трагически сложится его собственная жизнь в то недолгое время, которое судьба оставила для него...

---

[1] «Поздравляю вас, господин генерал! Добро пожаловать в распоряжение командования германской армией!»

[2] «Немедленно и быстро доставить всех четырёх задержанных в штаб армии. За выполнение отвечаете головой!»

Последнее письмо в никуда

Это письмо из найденных Соней уже после войны писем Ивана Игнатьевича не имело даты, но зато имело заголовок. Судя по всему, оно было последним из написанного им незадолго до ареста... Вот это письмо:

Обманутое поколение

Погром старой прослойки партийных и хозяйственных руководителей и командного состава Красной армии был только первым актом трагедии, разыгрываемой теперь на наших просторах от Балтийского до Охотского морей. Во втором акте начали исчезать учёные, инженеры, конструкторы, писатели — вообще все, кто способен думать и что-то изобретать, творить. От ленинградских друзей слышал, что гноят в тюрьме академика Вавилова, что расстреляли молодого физика Бронштейна, необыкновенно талантливого... Знаю из своих источников, что расстреляли разработчиков новой артиллерийской системы невиданной мощности... Слышал, что арестовали и, думаю, уже убили писателя Бабеля... Теперь наступил третий акт — хватают кого попало для выполнения плана по ликвидации врагов народа. Планы спущены местным палачам из Москвы. Но нельзя не заметить — хватают кого попало, но попадаются почему-то в основном толковые, талантливые — как говорят, с творческим потенциалом.

Из всего сказанного делаю вывод: идёт целенаправленное уничтожение лучших кадров, на места которых приходят худшие. Идёт тотальная замена полноценных неполноценными. Насмерть запуганных оставшихся, нерепрессированных превращают в серую массу, которая не способна самостоятельно мыслить — это раз, которой дозволяется только славить великого отца и учителя — это два, и которые будут исполнять любые приказы начальства без обсуждения — это три. К чему ведёт этот процесс? К общей деградации во всех областях — от науки и литературы до промышленного производства... К особенно быстрым негативным результатам приводит замена полноценных неполноценными в военном деле. Знаю об этом и по собственному опыту, и по сведениям из перво-источников... Вместо уничтоженных военачальников с огромным военным опытом к руководству пришли либо молодые неопытные командиры, либо старые опытные ретрограды... Уничтоженные старались сделать армию современной и технически перевоору-жённой: новые самолёты, танки, артиллерия. Выдвинулись бездар-ные, многие из которых всё ещё считают главным стратегическим оружием лихую кавалерийскую атаку с саблей в руках... И ещё одно, тяжёлое: новые кадры не способны к самостоятельному принятию решений, а проще говоря, боятся этого, ждут, что скажет началь-ство. И это на всех уровнях... А если война? Жутко подумать, что будет с таким командным составом...

Мне кажется, что происходит резкое понижение интеллектуаль-ного уровня нации. Уход из жизни любого талантливого учёного, литератора, преподавателя, инженера и т. д. ведёт к понижению этого уровня, но не к его провалу. Когда же значительная часть мыслящей прослойки народа уничтожается, как происходит сей-час, а остальная масса превращается в дрожащих от страха холуёв, то этот уровень падает до постыдных для нации значений, а глав-ное — падает необратимо... Поэтому думаю, что в ближайшие десятилетия творческий потенциал нации будет падать, а отста-вание от других стран увеличиваться. Читал, что талант во многих случаях передаётся по наследству — этот источник уничтожается вместе с уничтожением полноценных. Вероятно, талант может про-явиться и у наследников неполноценных — но сколько придётся этого ждать? Нас ждёт интеллектуальная яма. Народ, совершив-ший величайшую социальную революцию, превращается в серую безынициативную массу, которую ждёт деградация...

Сейчас заговорили об обманутом поколении... Это поколение, к которому принадлежим я, мой друг Семён. Это поколение, к кото-рому принадлежат многие репрессированные.

Наше поколение добровольно и осознанно пошло в революцию — мы были её опорой и движущей силой. Мы боролись за диктатуру пролетариата, мы поддержали большевиков, мы агитировали народ за большевиков, и народ пошёл за нами. Почему народ, воспитанный на триединстве самодержавия, православия и народ-ности, почти мгновенно проклял самодержавие, затоптал православие, отказался от народности и пошёл за большевиками? Одним красным террором это не объяснить… Ответ достаточно прост: большевики выдвинули потрясающей силы идею, перед которой массы простых людей не могли устоять. Две главные составляющие этой идеи — социализм и интернационализм — отнюдь не были изобретением большевиков, но большевики с огромным пропагандистским мастерством слили их воедино и получили в итоге мощнейший результат. Большевики предложили изгнать эксплуататоров и поделить все богатства страны и мира поровну между трудящимися — рабочими и крестьянами, и полунищая, голодная Россия, доведённая войной и разрухой до отчаяния, пошла за большевиками. Большевики предложили объединить трудящихся всех национальностей в братстве интернационала, и униженные царским самодержавием народы многонациональной России пошли за большевиками. Пример — евреи: царское самодержавие загнало евреев в угол, сделало их людьми второго сорта, не оставило им никакого выбора, кроме революции. Российские евреи увидели в революции выход из бесправия и унижения.

Что же случилось потом? Прошло всего двадцать лет после революции, и почти все её идеи извращены до неузнаваемости. Диктатура пролетариата превращена в диктатуру вождя, опирающуюся на прикормленных вождём опричников. Партия большевиков превращена в бессловесную массу, для которой определяющими являются не идеалы революции, а указания диктатора. Крестьянство с помощью колхозной системы снова загнано в крепостную зависимость, в госкрепостничество. Рабочие отнюдь не начали владеть заводами и фабриками, а стали наёмными работниками, эксплуатируемыми ныне не капиталистами, а государственной номенклатурой. Недавний закон о запрете перехода рабочих с одного предприятия на другое без разрешения начальства превращает пролетариев в подобие государственных крепостных.

И вот завершающий акт извращения революции — поколение революционеров и участников Гражданской войны, поколение строителей социализма уничтожается. Это поколение обмануто сталинским режимом самым гнусным образом. Это поколение называют обманутым, и это правда, но не вся…

Вся правда включает ещё то неудобное для обманутого поколения обстоятельство, что оно является соучастником сталинского обмана. Я исключаю годы Гражданской войны — её кровавая история на совести обеих сторон конфликта.

Но вот Гражданская война завершилась полной победой партии большевиков. Прекратили ли мы террор? Возражали ли мы, революционеры и герои Гражданской войны, против расстрелов побеждённых, против высылки из страны выдающихся представителей её культуры, против создания концлагерей? Нет, не возражали...

Возражали ли мы против свёртывания НЭПа и репрессий против законопослушных предпринимателей? Нет, не возражали...

Возражали ли мы против насильственной коллективизации и уничтожения наиболее работоспособных и трудолюбивых слоёв крестьянства? Не только не возражали, но, напротив, полностью поддерживали борьбу с кулачеством.

Хоть одно слово в защиту умирающих от голода крестьян России и Украины услышали власти от нас? Нет, не услышали...

Хотя бы одно слово осуждения рабского труда заключённых на Соловках и на строительстве Беломор-Балтийского канала мы произнесли? Нет, не произнесли, а, напротив, целиком и полностью рабский труд одобрили.

Возражали ли мы против уничтожения в стране судебно-правовой системы, позволившего тирану творить никем не контролируемое беззаконие? Нет, не возражали — полагали, что это не для нас...

Услышал ли тиран хоть одно слово нашего протеста против убийства лидеров революции и соратников Ленина? Нет, не услышал...

По всему поэтому мы — соучастники сталинских преступлений, и нам не следует прикидываться обманутыми... Мы рады были обманываться. Как у Пушкина:

> Ах, обмануть меня не трудно!..
> Я сам обманываться рад!

Мы с энтузиазмом декламировали: «Мы не рабы, рабы не мы!» — а в итоге помогли диктатору превратить и себя, и всех в этой стране в рабов. Мы — соучастники создания рабовладельческого строя в своей собственной стране...

Конечно, я не приемлю огульного очернения всех, кто участвовал в революции или поддерживал большевиков — это противоречит моему пониманию истории. Обманутое поколение не было поколением преступников. В подавляющем своём большинстве это поколение искренне поверило в идеи большевиков и пошло за большевиками из лучших побуждений. Я отнюдь не снимаю с обманутого поколения вины за соучастие в сталинских преступлениях, но отвергаю корыстную заданность этого соучастия.

Не снимаю вины и с себя лично, и со своих революционных друзей. Я участвовал во всём, что делала партия под руководством вождя-преступника… Я был секретарём райкома партии. Да, мы ошиблись… Мы боролись за диктатуру пролетариата, полагая, что это дорога к свободе трудящихся, а на деле это получилась дорога в рабство. Мы думали, что коллективизация — это путь освобождения крестьян от пут частной собственности и превращения их в свободных пролетариев, но этот путь привёл к массовому голоду и разорению селян. Мы думали, что созданная вождём госбезопасность будет бороться со шпионами, диверсантами и классовыми врагами, а госбезопасность стала выкашивать лучших людей страны. Да, вождь и его холуйское окружение систематически обманывали нас, но мы были рады обманываться…

Мы не отказывались от тех привилегий, которыми нас отделили от простых трудящихся. Начиная с 20-х годов вся советская партийная и хозяйственная номенклатура, а также прислуживающая им верхняя прослойка интеллигенции имеют белую книжечку с талонами на продукты, которые отсутствуют в магазинах. Талоны отоваривают в секретных специальных распределителях, называемых для камуфляжа столовыми лечебного питания. Там на один ужинный талон можно получить полкило сосисок, полкило настоящей колбасы и кусок сыра, а на обеденный талон — порцию парной говяжьей вырезки, которую советские люди старшего поколения не видели много лет, а молодёжь не видела никогда. Я сам, будучи секретарём райкома партии, мог получить по своим талонам зеркального карпа, копчёный язык, экзотические фрукты и свежеиспечённые пироги. Прибавочную стоимость, с помощью которой, согласно Марксу, капиталисты извлекали свой нетрудовой доход от эксплуатации пролетариев, советская власть заменила социалистическим прибавочным продуктом — результатом эксплуатации трудящихся социалистическим государством. Советская номенклатура получает прибавочный продукт, который цинично называют «Корытом», в форме разнообразных привилегий через спецраспределители, спецмагазины, спецбуфеты, спецсанатории и спецбольницы.

Мы ошиблись в основополагающих принципах, почерпнутых из марксизма… Экономическая теория Маркса оказалась несостоятельной — социализм не может конкурировать с капитализмом на рынке товаров и услуг, социализм не расковывает производительные силы трудящихся, а, напротив, превращает трудящихся в незаинтересованную в результатах своего труда массу людей, стремящихся стать иждивенцами государства. Активно поддержанная нами идея Маркса и Энгельса о необходимости диктатуры пролетариата оказалась мифом, из которого, на самом деле, выползла диктатура тирана, окружённого неполноценным сбродом карьеристов.

Осознаю: не все из моих соратников по партии согласны с такой оценкой. Многие оправдывают сталинские репрессии, массовые убийства невинных людей. «Не забывайте, — говорят они, — страна находится в капиталистическом окружении, идёт жестокая классовая борьба». Они гордятся членством в партии, погрязшей в преступлениях... Даже перед тройкой партийных монстров, приговаривающих их к расстрелу, они не позволяют себе говорить о партии что-либо отрицательное.

Да, нелегко признать, что лучшие годы жизни отданы служению режиму, который оказался абсолютным злом. Четверть века, вся жизнь отданы идеям, которые обернулись гнусным обманом. Это очень тяжело, это очень страшно понять на закате жизни, что всё время шёл ложной дорогой. Не все могут выдержать это тяжелейшее испытание, не все в состоянии признать своё банкротство. Такое признание требует огромного мужества.

Заледенелое коммунистическое мировоззрение значительной части обманутого поколения не поддаётся простому и однозначному толкованию. Ряд необычных причин и уникальных обстоятельств лежит в основе такой заледенелости. Среди них и искренняя приверженность идеям социализма и интернационала, и личный положительный опыт освобождения от сословной и национальной дискриминации в 20-е и 30-е годы, и глубинная советская промывка мозгов в сочетании с тотальным госстрахом, и подсознательное нежелание остаться у разбитого корыта, и сознательный страх признания жизненного банкротства.

Поэтому значительная часть обманутого поколения идёт по другому пути — банкротство не признавать, до конца цепляться за идеи своей молодости, до последнего вздоха петь «Интернационал»:

Вставай, проклятьем заклеймённый,
Весь мир голодных и рабов!

Так и уходят они из жизни под дулом пистолета со ставшим смехотворным «Интернационалом» на устах.

Северо-Енисейск

Уже две зимы пережил Иван Игнатьевич в далёком Северо-Енисейске. Первая зима была особенно тяжёлой — главным образом из-за непривычной снежной пурги, почти постоянно, с короткими перерывами, накрывавшей посёлок. Когда он выходил из барака, дыхание перехватывало от порывов ледяного ветра и сорокаградусного мороза. Путь до конторы, где Иван работал, проходил по узкой колее, пробитой между сугробами. Если ветер дул в лицо, то идти было очень тяжело, и он должен был держаться за попутчика, чтобы не упасть... Ещё нужно было беречь лицо, чтобы не отморозить, — шапку-ушанку натягивать поглубже и обматывать шею и лицо тряпкой или шарфом, оставив нечто вроде отверстия для дыхания. Обычно Иван ходил в контору вместе с Захаром Борисовичем Гвилем, который был определён ему в начальники. Поддерживая друг друга под порывами пурги, они думали, что их свёл в таёжной ссылке сам Господь Бог, в которого они оба равно не верили... Замёрзшие и заснеженные приходили в помещение конторы, снимали в прихожей и отряхивали от снега шапку и ватник. В конторе было тепло — здесь круглосуточно топили печки, а в течение рабочего дня это входило в их обязанности.

Захар на правах старожила опекал Ивана во всех бытовых делах, смягчая своей спокойной рассудительностью и практической смёткой тяжесть приспособления к каторжной жизни в этом суровом краю, больше похожем на преисподнюю, чем на место для жизни человека. Захар был уважаемым зэком, лагерное начальство ценило, как чётко и безукоризненно ведёт он непростые финансовые дела треста. Лагерные начальники знали, какую ответственную должность занимал зэк Гвиль в бывшем Наркомтяжпроме до ареста, и считали, что им повезло с таким бухгалтером. Это давало возможность Захару получать мелкие поблажки и даже просить начальство о чём-нибудь... Эти поблажки невольно распространялись и на Ивана, которого Захар охотно взял себе в помощники. Они теперь жили рядом в одном бараке, они работали вместе за соседними столами в конторе треста «Енисейзолото», они имели возможность общаться без всяких ограничений.

Иван понимал, как повезло ему встретить в ссылке Захара — родного брата его лучшего друга Семёна Шерлинга, большевика с дореволюционным стажем, с которым на параллельных курсах прошли они и Революцию, и Гражданскую войну, и все тяготы социалистического строительства. И вот теперь оба они «враги народа», сосланные страной, которую они создавали, в места бывшей царской каторги. Эта ссылка остро подчёркивала сходство их судеб, принадлежность к одному и тому же обманутому поколению.

С началом войны значение этого ссыльного сибирского края резко возросло — стране остро требовалось золото, а Енисейский округ Красноярского края занимал первое место среди золотодобывающих районов Сибири. Здесь, на правобережье Енисея, бесчисленные золотоносные речки стекали с горных хребтов, образуя вместе со своими притоками богатейший золотоносный район. В Северо-Енисейске золото находили даже в огородах…

Иван Игнатьевич писал жене:

10/VII/42

Родная моя Сонечка!

Это письмо опустит в твой почтовый ящик один мой знакомый, который по служебным делам будет в Красноярске. Не спрашивай, кто он, — не в этом дело, а в том, что я бесконечно благодарен этому человеку. Посылать письмо официальной почтой, где будут читать мои нежные слова тебе, не хочется — противно… А тут случилась такая оказия, конечно, не без помощи Захара Гвиля — родного брата Семёна, как ты помнишь.

Кратко о моей жизни здесь, на Севере… Пережил уже две суровые зимы и даже ни разу не заболел. Это ты, как врач, оценишь весьма положительно — значит всё в порядке, значит хорошо приспособился. Я тебе уже писал о нашей чудесной и даже судьбоносной встрече с Захаром. Всё положительное в моей жизни здесь случилось благодаря этой встрече. Мы работаем и живём вместе. Он занимается бухгалтерией местного предприятия, а я ему помогаю. Как-никак, а опыт финансового планирования у меня тоже немалый. Пишу об этом, чтобы ты не думала, что у меня тяжёлая непосильная работа. Нет, благодаря Захару, которого здесь все уважают, живу я хорошо. Работаем мы с ним в помещении конторы, которое зимой отлично отапливается. И бытовые условия, и питание нормальные. Сейчас, в военное время, снабжение продуктами даже стало лучше, потому что местное производство очень нужно стране — поверь мне без подробностей. Конечно, зимой были перебои в снабжении из-за погоды, но сейчас, когда работают все пути сообщения, обстановка нормализовалась.

Летом здесь довольно тепло, в районе 20 градусов, но очень донимают местные кусачие комары. Поэтому вне помещения приходится закрывать руки и лицо… Но мы с Захаром всё же умудряемся устраивать пробежки по территории, чтобы не терять физической формы, — эта привилегия, данная Захару, распространяется благодаря его протекции и на меня.

Нам с Захаром есть о чём поговорить и что обсудить, наши судьбы и взгляды формировались сходным образом ещё с дореволюционных времён. Потом, после Гражданской, учились мы почти одновременно в Коммунистическом университете имени Свердлова, а познакомились позже в Наркомтяжпроме на каком-то совещании у Серго Орджоникидзе. Здесь выяснилось, что наши взгляды на предвоенные события в стране разошлись. Захар считает, что в целом всё было правильно, хотя и не без ошибок, к которым он относит свою и мою судьбу. Это, как ты понимаешь, резко отличается от моей позиции. Не хочу вдаваться в детали, но Захар в некоторых вопросах очень, как бы это помягче сказать, консервативен. Поняв это, я прекратил попытки переубедить его, и в наших разговорах на небытовые темы мы избегаем текущей политики, но теоретизируем вокруг основ марксизма-ленинизма и, конечно, много говорим о волнующих событиях на фронтах.

О событиях на фронтах мы с Захаром узнаём в основном из передач по радио, которое, хотя и с перебоями, работает в помещении конторы. Газеты сюда приходят с большим опозданием. Оперативная связь с центром есть только у начальства, и нам это недоступно. Последние сведения о движении немцев к Сталинграду ужасают… Страшные события 41-го Захар объясняет вероломством и неожиданностью нападения фашистов. Возможно, он прав, но только отчасти… Ты помнишь мои опасения в связи с репрессиями командного состава армии и положением в оборонной промышленности. Но теперь, в 42-м, когда фактор внезапности отсутствует… Как фашисты смогли зайти так далеко вглубь страны? Захар по моей просьбе выяснял, есть ли у меня шансы быть отправленным на фронт, если я сам попрошу об этом. Ему дали понять, что нет — слишком старый и совсем неблагонадёжный…

Твоё письмо о трагической гибели Левочки Шерлинга я получил. Это ужасное событие за пределами моего понимания. Разделяю твою горечь и боль, равно как и твоё недоумение по поводу оставления в Ленинграде детей и стариков. Это уже нечто из разряда политической уголовщины… Мы здесь очень мало знаем о блокаде Ленинграда, а в том, что знаем, много ужасающе непонятного… Есть ли какие-либо сведения об Оле и Семе? Если они живы, то смерть Левочки убьёт их. Даже страшно подумать об этом…

Наш Виленчик… Не могу представить его воином, офицером, защитником отечества. Перед глазами мальчик… Такой самостоятельный, такой целеустремлённый, такой преданный нашей революции идеалист, но, по сути, ещё ребёнок. Как он выдержит столкновение с реальной жизнью, да ещё в такое роковое время? Где он воюет? Нет ли письма от него? Если нет, нужно сделать запрос через военкомат. Да что я тебе диктую, родная… Как будто ты сама не знаешь, в какое время мы живём и что можем, а чего не можем. Мне кажется, я стал больше понимать верующих. Они могут хотя бы помолиться за близкого человека, они верят, что это поможет, их не оставляет надежда… У нас, неверующих, тоже есть надежда, только мы не знаем, откуда она…

Напиши мне сразу же… Человек, который доставил тебе моё письмо, или кто-нибудь от него придёт через несколько дней. Передай ему или ей, не знаю кому, твоё письмо для меня в конверте без надписи. Не спрашивай ничего, просто отдай письмо, и всё…

Люблю тебя очень… Редко тебе говорил это… Наверное, потому, что ты всегда была рядом, а теперь вот такая долгая разлука и хочется говорить это тебе снова и снова. Хочется обнимать и целовать тебя снова и снова, и думается, почему делал это не так часто — тоже, наверное, потому, что была всегда рядом… Годы нашей молодости ушли, годы зрелости проходят в разлуке…

Когда всё безобразное, что видим вокруг, кончится? Всё это бесчеловечное, жестокое, разуму людей противное… Ведь мы с тобой боролись за счастье человека и человечества… А что мы видим вокруг? Вокруг смерть и кровь, фашисты у берегов Волги под Сталинградом, мы жестоко и бессмысленно разлучены неизвестно насколько, сын на фронте… Где они, счастливые люди?

Прости за это нытьё, но иногда накатывает, а поделиться душевно, откровенно, на самом деле, не с кем.

Обнимаю и целую.

Твой Иван.

27/VII/42

Дорогой мой!

Отвечаю сразу, жду твою оказию, боюсь не успеть, поэтому кратко…

Главное: получила письмо от Виленчика — пишет, что здоров, но без всяких подробностей. Где воюет — не пишет. Думаю, что под Москвой. Пишет о какой-то наступательной операции, из-за которой письма могут не найти адресата… Может, он под Ржевом? Там что-то наступательное происходит… Теряюсь в догадках… Прилагаю подлинник письма Вилена — тебе будет приятно увидеть его почерк. Себе я письмо переписала.

Хочу молиться вместе с тобой за сына. Говорят, Господь помогает даже тем, кто в него не верит. Вот ведь молилась потихоньку за тебя, с трудом вспоминая слова благословения из детства в доме родителей в Любавичах… И, как видишь, помогло — ты встретил там друга, который помог тебе. Чем не чудо?

Очень беспокоюсь за своих родственников, не успевших или не пожелавших уехать из Любавичей. Здесь у нас появилось несколько еврейских семей, эвакуированных из Украины. Они рассказывают о зверствах, которые немцы творят по отношению к евреям на оккупированных территориях. Убивают всех, в том числе маленьких детей… Мне поначалу не верилось, что такое вообще возможно, но они приводят факты от очевидцев. Это, как ты правильно пишешь, нечто «бесчеловечное, жестокое, разуму людей противное…». Вероятно, разум нацистов растворился в бесчеловечном… Все мои родственники по линии отца уехали из Любавичей в своё время, а вот по линии матери, полагаю, ещё остались там. Семья маминого брата, большая семья, осталась… Немцы в Любавичах с августа 41-го… Что они там творят — страшно подумать…

У меня, Ванечка, всё нормально — работаю в той же больнице, которая перепрофилирована в военный госпиталь. Меня назначили заведующей терапевтическим отделением. К нам со всех фронтов присылают только тяжёлых больных. Работы очень много, но это хорошо — за работой невольно забываешь о несчастьях, которые обрушились на нашу страну, на наших близких и друзей, на нас с тобой…

До слёз растрогали меня, Ванечка, твои слова любви… Вспомнила всю нашу историю, начиная от знакомства в военно-медицинском бронепоезде. Ты был раненый, слабый, а я сразу же увидела в тебе сильного и мужественного человека, настоящего мужчину, влюбилась с первого взгляда. Всё боялась, что ты поймёшь это и запрезираешь меня. А когда ты без всякого предисловия прихватил меня около своей кровати, так обрадовалась… Но виду не подала, строго предупредила, что «больному не положены такие резкие движения»… Помнишь? Люблю тебя, родной мой, безмерно… Только пережить бы нам эти тяжёлые времена да встретить сына победителем…

Обнимаю и целую.

Твоя Соня.

Надежда на лучшее теплилась у всех, даже у каторжников советских концлагерей. Была она и у Ивана с Захаром, только несколько разная… Иван надеялся, что после войны и партия, и вся страна выйдут обновлёнными и вернутся к справедливым нормам партийной и человеческой жизни, попранным ещё до войны тираном. Он надеялся, что победа над нацистским варварством освободит людей от ошибочных догм насилия как необходимого инструмента движения к социальной справедливости. Надеялся, что победа освободит и его, и Захара, и всех других жертв насилия. Захар тоже надеялся на скорое личное освобождение, но по всем другим пунктам содержание его надежды не совпадало с тем, о чём мечтал Иван.

Иван очень скоро понял, что его взгляды на сталинскую репрессивную политику не находят поддержки у Захара. Он заметил, что при малейшем упоминании ошибок вождя или его окружения Захар замыкался или резко обрывал разговор. В конце концов, Захар как-то сказал Ивану напрямую, что одобряет все действия Политбюро и ЦК партии и обсуждать возможные ошибки этих органов не желает. Тем более, добавил он, что эти ошибки самим руководством партии были признаны и по возможности исправлены, когда был арестован и расстрелян Ежов и осуждена «ежовщина». Иван не знал, в какой мере эти суждения товарища по партии искренни, а в какой — следствие его осторожности...

— Не кажется тебе, Захар, что Гитлер не был бы сейчас под Сталинградом, если бы Красную армию возглавляли расстрелянные в 37-м военачальники? — пытался разговорить товарища Иван.

— Ничего такого мне не кажется, Иван... Они признали себя фашистскими шпионами... Дай им право командовать, Сталинград был бы уже давно немецким...

— Я имел в виду более широкий слой репрессированных командиров, на которых держалась боеспособность армии. Разве их уничтожение не ослабило Красную армию?

— Не знаю, я не военный эксперт... А эксперты писали, что командный состав армии значительно укреплён по сравнению концом 30-х.

— Да, Захар, это «значительное укрепление» хорошо демонстрируют результаты прошедшего года... Планировали вести войну исключительно на чужой территории, а ведём её на берегу Волги... Тебе не кажется, что командный состав на самом деле не укреплён, а ослаблен? — спрашивал Иван, но Захар не отвечал и только пожимал плечами, показывая нежелание продолжать дискуссию по этой теме. — А я так думаю, — говорил Иван уже больше для себя, чем для собеседника, — что войны, может, и совсем не было, если бы всех командиров мы сами не убили. Об этом Гитлер мог только мечтать. Не посмел бы фюрер напасть на такую армию с такими командирами. А ещё думаю вот что: если бы мы новую артиллерийскую установку сделали в количестве нескольких тысяч да поставили всё это вдоль границы, то не только Гитлер, а сам

Наполеон не посмел бы на нас пойти с войной... Но мы, вместо того чтобы новое оружие производить, конструкторов расстреляли, а чертежи, ясное дело, без них закончить не сумели.

У Ивана была постоянная потребность обсуждать с кем-то теснившие его мысли. Сони рядом не было, а единственный возможный собеседник Захар избегал опасных тем, которые поднимал его товарищ, — о политике партии и НКВД, о войне... Иван видел, что Захар отвечает ему цитатами из газеты «Правда», но не верил, что такой образованный и многоопытный человек не имеет собственного мнения. Вероятно, полагал он, Захару известно много больше — ведь он немало лет работал в самом эпицентре принятия политических и экономических решений в жизни страны, рядом с одним из её руководителей Серго Орджоникидзе.

— Вот разъясни мне, Захар, — начинал Иван издалека, — Маркс построил свою экономическую теорию капитализма на понятии прибавочной стоимости. А что прибавочная стоимость означает в наше время?

— То же, что и при Марксе, — это часть стоимости продукта, создаваемого трудом наёмного рабочего сверх стоимости его рабочей силы, безвозмездно присваиваемая капиталистом.

— Но ведь цена продукта, создаваемого рабочим, в капиталистической рыночной экономике образуется в результате спроса и предложения этого товара. Как капиталист может присваивать себе часть стоимости, которую определяет не он, а рынок?

— Очень просто... Капиталист знает, сколько стоит товар на рынке, вычитает для себя его прибавочную стоимость и платит рабочему остаток. В этом механизм эксплуатации...

— В наше время в создании товара принимает участие множество работников. Рабочий, скажем, делает какую-то деталь, потом она становится частью изделия, потом это изделие нужно упаковать и где-то хранить, перевозить к месту продажи или потребления, рекламировать, распространять... В этом участвует много работников и капиталистов. Не кажется тебе, что Марксова теория прибавочной стоимости слишком упрощённо описывает реальный процесс рыночной экономики?

— Нет, не кажется... Маркс выявил основу механизма экономической эксплуатации, а дальше нетрудно проследить, как капиталисты извлекают прибавочную стоимость на каждом этапе создания товара.

— А не кажется ли тебе, что у нас, в стране победившего социализма, происходит то же самое… Только прибавочную стоимость присваивает безвозмездно не капиталист — владелец завода, а номенклатурная руководящая цепочка, включая директора завода, начальника главка, наркома, начальника отдела ЦК и так далее… Разве у нас рабочему платят зарплату в полном объёме стоимости произведённого им изделия?

— У нас нет владельцев заводов, а зарплата рабочим устанавливается исходя из её реальной ценности и возможностей социалистического государства на данном этапе экономического развития…

— А по мне, так рабочему лучше отдавать прибавочную стоимость капиталисту, чем нашему бюрократу… Там труд рабочего — это такой же товар на рынке, как и все другие товары. Поэтому, если рабочему капиталист недоплачивает, то рабочий может уйти на другой завод, к капиталисту, который платит больше. А у нас куда уйдёшь, если везде зарплата установлена бюрократами из наркомата…

— При социализме прибавочная стоимость идёт не в карман капиталисту, а государству трудящихся, и используется в интересах повышения благосостояния не капиталистов, а самих трудящихся… Вот в чём разница…

— Не смеши меня, Захар… Мы-то с тобой знаем, кому у нас идёт прибавочная стоимость, сами получали талоны на продукты, которые нашим пролетариям и во сне не снились… Свежая говядинка, копчёный язычок, сыр, шоколад да фрукты заморские… Мне-то не надо лапшу на уши вешать… Мы с тобой прибавочный продукт, слава богу, немалый имели от эксплуатации наших рабочих и крестьян… И в виде спецраспределителей, и в виде спецсанаториев да спецполиклиник… Рабочие у нас и понятия не имеют обо всём том, как их грабит номенклатура… У тебя, Захар, спецраспределитель прямо во дворе дома был… Врать-то зачем самим себе… Народу врать — это само собой, а себе зачем…

— Партия народу не врёт… Трудности наши открыто обсуждает… Да, дефицит продуктов у нас ещё есть, капиталисты задушить хотели бы… Сейчас идёт война, всё для фронта, всё для победы… Какие здесь талоны, какие спецраспределители…

В таком ключе проходили у них беседы, внешне напоминавшие дискуссию людей с разными точками зрения, а по сути — бывшие разговорами двух глухих, которые тем не менее хорошо знали, что скажет другой. Иван всё реже заводил разговор с Захаром на политические темы, ограничивался темами войны, семьи и быта.

Захар хотя и очень редко, но получал письма от жены с Большой земли. Только через полгода после ареста он узнал, что у него родилась дочка Любочка. Потом, уже в Северо-Енисейске, узнал, что его жена Вера с дочкой выселены из Дома правительства и живут в коммуналке вместе с родителями Веры в посёлке завода Сталина. После большого перерыва, уже в 42-м году, Захар получил от Веры большое письмо из Чкаловской области, куда она с дочкой и родителями бежала из Москвы. Конечно, в письме не было деталей того бегства, а детали были такими...

Пятнадцатого октября 1941 года началось генеральное наступление вермахта на Москву. Немецкие танки прорвались на волоколамском направлении и достигли точки в нескольких десятках километров от центра столицы. В тот же день Государственный комитет обороны под председательством Сталина принял секретное решение об эвакуации Москвы. Шестнадцатого октября началась эвакуация из Москвы в Куйбышев и другие тыловые города в Заволжье управлений Генштаба, военных академий, наркоматов и других учреждений, а также иностранных посольств. По указанию Сталина и распоряжению Берии под Куйбышевом без суда были срочно казнены арестованные ранее высшие офицеры Красной армии. Палачи НКВД повсюду добивали остатки старых политзаключённых. В Москве спешно минировались заводы, электростанции, мосты — власти готовили город к сдаче. По городу поползли слухи о немецком танковом прорыве в районе Волоколамска. Из-за отсутствия достоверной информации в Москве возникла жуткая паника, сопровождавшаяся хаотическим бегством населения из города. Сталин издал «приказ о расстреле паникёров на месте без суда», но это не остановило поток беженцев...

Одной из капелек этого панического потока была семья Захара. Вера со своими родителями и трехлетней дочерью Любой, поддавшись панике, втиснулись в первый попавшийся поезд, уходивший на восток, и в начале ноября добрались до городка Бузулук в Предуралье, где жил с семьёй дочери бежавший из Белоруссии старший брат Захара. Вскоре оказалось, что Верины родители в дороге подхватили инфекционную дизентерию. В течение недели в местной больнице боролись за их жизнь, но ничто не помогло — отец и мать Веры скончались. Из самого последнего письма Захар знал, что после смерти родителей Вера недолго прожила в Бузулуке, дождалась разгрома немецких войск под Москвой, получила в милиции пропуск и уехала с четырехлетней Любочкой в Москву — она опасалась, что у неё отберут комнату родителей в посёлке ЗИС, куда она переселилась из Дома правительства после ареста мужа.

Иван ещё реже, чем Захар, получал письма из Красноярска от жены. Он знал, что не все письма преодолевают лагерную цензуру и доходят до адресата. Письмо от Вилена Соня переслала ему в конце 42-го, после этого о судьбе сына он ничего не знал. В конце 44-го Соня написала мужу о трагической гибели своих родственников в Белоруссии. Иван Игнатьевич знал, что гитлеровская расовая доктрина направлена на уничтожение евреев, он не раз обсуждал это с Захаром Борисовичем, и здесь их взгляды, основанные на советском интернационализме, полностью совпадали. Но то, что описала ему Соня, было так ужасно, что буквально взорвало Ивана. Он рассказал Захару о судьбе родственников Сони. Захар сам был родом из белорусского города Витебска, но его родственники ещё в 20-е годы уехали оттуда. Последним из Витебска уже в начале войны уехал его старший брат Исай.

— Скажи, Захар, советское руководство знало, что гитлеровцы уничтожают евреев?

— Про руководство у меня нет информации… Возможно, и не знало в полном объёме…

— В полном, в неполном… Не могло не знать… С 39-го года немцы зачищают Польшу от евреев, а советское руководство об этом ничего не знает… Разве советская разведка не докладывает товарищу Сталину о ситуации на оккупированных немцами территориях? Почему евреев хотя бы тайно через местные парторганы не предупреждают о возможной акции нацистов? Почему не эвакуировали еврейских стариков и детей из Белоруссии?

— Сам знаешь, Иван, что Белоруссия была оккупирована за один месяц. Думаю, что там не было ни времени, ни средств для эвакуации населения… И потом, знаешь… Выделять какую-то группу советских людей по национальному признаку и предоставлять этой группе преимущество в эвакуации — это как-то не вяжется с нашими интернациональными принципами…

— О, да… Преимуществом в эвакуации воспользовалось республиканское начальство. А с нашими интернациональными принципами, как оказалось, вяжется оставить какую-то национальную группу советских людей на убой нацистским выродкам. Так же, как с нашими принципами вяжется оставить в Ленинграде стариков и детей умирать от голода. Такое впечатление, Захар, что в нашем руководстве заправляют бессердечные подонки, а точнее говоря, уголовные преступники...

В этом месте Захар обычно прерывал разговор, давал понять, что не только не согласен с Иваном, но и не желает слушать подобное. Иван давно смирился с таким поведением товарища, загонял внутрь свои ярость и горечь, которыми не было с кем поделиться. Соня между тем писала ему:

Ванечка, дорогой мой, когда узнала о гибели родственников в Белоруссии, не сдержалась и пошла в церковь... А куда ещё пойти, где найти сочувствие, поддержку и понимание? В парткоме госпиталя не до моих горестей, дел невпроворот, а ежели вспомнят, где ты, так ещё и исключат...

У меня здесь близких людей не осталось. Нас, как ты знаешь, уплотнили, в нашу бывшую спальню вселили семью инженера с женой и взрослой дочкой. Они — беженцы из Харькова, он работает на вашем заводе... Они евреи, люди образованные и приветливые, он — член партии, но такой близости, чтобы рассказывать о своём горе, у меня с ними нет. Может, и придёт, но пока нет...

Моих погибших родственников надо бы помянуть в синагоге по старой, детской ещё памяти, но синагоги здесь нет, а церковь открыли и вход свободный. Поставила свечку погибшим за упокой... Потом пошла к иконе Божьей матери и там поставила свечки за твоё и Вилена здравие... Помолилась по памяти на еврейском языке — Она, должно быть, поймёт, ведь еврейкой была и по отцу, и по матери.

Поверь, родной мой, полегчало... И надежда вернулась, что ты и сынок вернётесь ко мне. Без надежды человек жить не может... Полегчало, а то такая на сердце тяжесть, что только и спасалась работой без выходных по 12 часов в сутки...

После этого письма жены Иван Игнатьевич взял себя в руки, слегка успокоился... Написал ей письмо, объяснил: гибель родственников в Белоруссии есть часть той трагедии, которую переживает ныне советский народ, есть следствие того бесчеловечного насилия, в которое ввергли народ варвары внешние и внутренние... Письмо это никогда не достигло адресата...

Увы, надежда, о которой писала Соня, к Ивану не приходила. Надежда на светлое будущее, напротив, уходила. Это не было похоже на линию горизонта, которая удаляется по мере приближения к ней. Это было чёрной тучей, навсегда закрывающей горизонт. С того победного 1944-го надежда на послевоенное обновление уходила вместе с победами. Надежда, которая долго теплилась в его душе, надежда, без которой человек не может жить, уходила от Ивана Игнатьевича вместе с самой жизнью, которая становилась бессмысленной, ненужной и невыносимой...

Любавичи

Девичья фамилия Сони Прокопьевой была Рубина. Она родилась в раввинской семье хасидов в местечке Любавичи Оршанского уезда Могилёвской губернии Российской империи. Собственно, раввином был дед Сони по отцовской линии. Её отец Моисей Рубин тоже учился на раввина в знаменитой Любавичской ешиве — центре еврейской учёности всей Белоруссии. Он, однако, раввином не стал, а избрал светскую профессию учителя и преподавал математику в Любавичском ремесленном училище. В семье Сони еврейские религиозные законы соблюдались не так ревностно и строго, как в предыдущем поколении, синагогу родители посещали только по праздникам, но субботние свечи мать зажигала непременно.

Соня ещё до революции уехала из Любавичей. Училась в гимназиях Велижа и Витебска, жила у дальних родственников по материнской линии. Там она сблизилась с революционно настроенной молодёжью, вступила в еврейскую социал-демократическую партию БУНД, а после революции примкнула к большевикам. Родители Сони покинули Любавичи сразу после Февральской революции 17-го года и переехали в Самару, где у матери были какие-то дальние родственники. Многие другие родственники и друзья детства Сони тоже покинули Любавичи и переехали в крупные города Советского Союза. Из близких родственников Сони в Любавичах осталась только семья её дяди — брата отца по имени Борух, который работал мастером на местной кожевенной фабрике. У Боруха и его жены Ривки было двое детей — дочь Фаня и сын Давид. До войны Соня изредка переписывалась с ними и знала, что Фаня вышла замуж и родила мальчика, которого звали Ильёй. Все жили вместе в доме Боруха.

Местечко Любавичи было религиозным и культурным центром хасидизма, и детство Сони совпало с его расцветом. В то время в Любавичах проживало около 3000 человек, в том числе почти 2000 евреев. Здесь регулярно устраивалась известная во всей округе ярмарка, процветали торговля льном, кожевенное и швейное производство. Это был центр религиозного и профессионального образования. В Любавичах существовало большое народное мужское училище с ремесленным отделом. Здесь работала известная Любавичская ешива, выпускники которой впоследствии возглавляли многие синагоги Европы и США. Поколения цадиков собрали в Любавичах уникальную библиотеку из 25 тысяч старинных книг и 50 тысяч редких документов по истории, философии и религии.

В тёплое время года хасиды-паломники приходили сюда пешком и приезжали семьями на подводах, чтобы помолиться в местной синагоге вместе с праведником-цадиком, посмотреть библиотеку цадика, прикоснуться к его одежде, вкусить кошерную пищу с его стола, услышать слова Ребе и набраться святости и духовной силы. Жизнь в местечке была наполнена трудом, учёбой и молитвами. Религиозные книги и светские учебники были в каждом доме, и их чтение являлось непременным атрибутом повседневной жизни. Православная церковь Успения Пресвятой Богородицы соседствовала с синагогой – Любавичи не знали ни погромов, ни межрелигиозной вражды. Высокий интеллект и образованность сочетались с простотой сельской жизни — удивительное чудо в маленькой деревеньке, затерявшейся на гигантских пространствах нашей грешной планеты, чудо под названием Любавичи!

В середине XX века это чудо, это тихое местечко — центр религиозной мудрости и житейского добросердечия, где веками в уважении друг к другу жили евреи и христиане, попало в эпицентр гигантского кровавого разлома мировой истории...

В июле 1941 года крошечное местечко Любавичи оказалось на оси главного удара чудовищной железной армады германского вермахта — мощнейшей группы армий «Центр» под командованием генерал-фельдмаршала Фёдора фон Бока, двигавшейся на Москву. Разгромив и уничтожив советские войска Западного фронта и захватив Минск, моторизованные части этой отлаженной, как часовой механизм, гитлеровской машины убийства, включавшие две танковые армии, устремились к Смоленску. Одна танковая армия под командованием генерал-полковника Германа Гота в составе четырёх танковых и четырёх мотопехотных дивизий двигалась в направлении Полоцка и Витебска. Другая танковая армия под командованием генерал-полковника Гейнца Гудериана в составе пяти танковых дивизий, двух мотопехотных дивизий, кавалерийской дивизии и моторизованной дивизии СС «Рейх» двигалась в направлении Могилёва и Орши. Железными клещами танковых армий Гота и Гудериана командование вермахта охватывало район Смоленска с севера и с юга. Между этими железными клещами оказались Любавичи и другие еврейские местечки восточной Белоруссии — их судьба была предрешена.

Для противодействия наступлению немцев советское командование срочно разворачивало на смоленском направлении войска Второго стратегического эшелона Красной армии в составе армий реанимированного Западного фронта. В первых числах июля командующим этим фронтом был назначен бывший нарком обороны маршал Семён Тимошенко. Фронт на дуге Витебск–Орша–Могилёв, где наступали танки Гота и Гудериана, защищала 20-я армия генерал-лейтенанта Павла Курочкина, включавшая два механизированных корпуса, три стрелковых корпуса и несколько отдельных стрелковых дивизий. Для укрепления обороны Витебска и Смоленска с Украины срочно перебрасывались 19-я армия генерал-лейтенанта Ивана Конева и 16-я армия генерал-лейтенанта Михаила Лукина. В нескольких километрах от Любавичей, на станции Рудня, разворачивались штабы этих армий и выгружались свежие советские дивизии. Тем временем механизированные корпуса армии Павла Курочкина попытались остановить немцев, вклинившись между танковыми частями Гота и Гудериана. Сотни советских и германских танков столкнулись в невиданной на этой земле смертельной схватке. Поля неубранного льна и пыльные просёлки по тихим берегам Березины и Западной Двины стонали от грохота и огня корёживших землю железных монстров.

Советское контрнаступление, однако, не было успешным, и 8 июля 20-я танковая дивизия группы Гота ворвалась в Витебск. Советское командование предприняло отчаянную попытку вернуть город силами 19-й и 20-й армий. Командовать этими армиями был назначен заместитель командующего войсками Западного фронта генерал-лейтенант Андрей Ерёменко.

12 июля генералы Ерёменко и Конев бросили советские войска в наступление на Витебск, что привело к ужасной катастрофе уже на следующий день. 13 июля наступавший на Смоленск с северо-запада 39-й немецкий танковый корпус достиг Велижа, а 12-я танковая дивизия группы Гота пробилась южнее Витебска на Смоленское шоссе и взяла Рудню. Советские войска фактически оказались в окружении, командный пункт 19-й советской армии в районе Рудни подвергся мощному удару, генералы Конев и Ерёменко чудом избежали гибели и плена. В страшном Витебском

котле погибли и были взяты в плен сотни тысяч солдат и офицеров Красной армии, в районе Любавичи–Лиозно был взят в плен сын Сталина Яков Джугашвили — лейтенант гаубичного артполка одной из танковых дивизий.

Пятнадцатого июля 7-я танковая дивизия группы Германа Гота вышла на Московское шоссе в районе Ярцево, а 29-я моторизованная дивизия группы Гейнца Гудериана ворвалась в Смоленск — местечко Любавичи осталось на оккупированной фашистами территории позади уходившего на восток фронта.

Дым и гарь от пожарищ и танковых моторов постепенно рассеивались, звуки артиллерийской канонады затихали, уходя всё дальше на восток, сельская тишина и покой возвращались в местечко, но это были ложные тишина и покой... Вслед за боевыми частями германского вермахта на эту беззащитную землю шли подразделения профессиональных нацистских убийц — зондеркоманды СС, а вместе с ними выползало на поверхность местное отребье, почуявшее острый дурманящий запах безнаказанного грабежа и кровавого насилия...

Немцы пришли в Любавичи 21 июля 1941 года, через две недели после взятия Витебска и через неделю после падения Смоленска. В местечко прибыл стандартный набор новой оккупационной власти, специально подобранный для уничтожения евреев, коммунистов, комсомольцев и представителей советской власти, для борьбы с партизанами и тыловой поддержки наступающих войск вермахта: комендатура, наделённая неограниченной властью, команда жандармерии, в основном из местных советских добровольцев, и группа тайной полиции. Нестандартным в этой своре убийц было вот что: они знали из инструкций эсэсовского руководства айнзацгруппы «В» и из оккупационной «Минской газеты», что предоставленное в их полное распоряжение местечко Любавичи является священным местом для евреев, «святым городом Иеговы и раввинов». Это предопределило особую глумливую жестокость уничтожения не успевших эвакуироваться евреев местечка...

Прошло более двух лет, прежде чем Красная армия вернулась в эти края и погнала фашистов на запад. В октябре 1943 года представитель военной юстиции в присутствии немногочисленных переживших оккупацию жителей местечка Любавичи осмотрел место захоронения любавичских евреев и составил нижеследующий протокол:

«...в двадцати пяти метрах восточнее здания скотобойни раскопан курган длиной 25 метров, шириной 11 метров и высотой 5 метров. Была произведена эксгумация. Трупы мужчин, женщин и детей от грудного возраста и до глубоких стариков. Трупы детей по большей части в объятиях взрослых. В большинстве трупы имеют пулевые повреждения в области затылочных, теменных и височных костей с дефектами разной величины. Часть трупов имеют обширные разрушения черепа от ударов тупыми предметами. Некоторые не имеют на себе каких-либо следов повреждений...»

Майор военной юстиции зафиксировал, что всё еврейское население Любавичей, составлявшее в начале войны примерно полтысячи человек, изуверски уничтожено выстрелами в голову, ударами прикладов, ломов и палок по голове, а также путём закапывания людей, главным образом детей, живьём... Протокол майора юстиции Красной армии подвёл черту под более чем трехвековой историей еврейского местечка Любавичи, которое больше не существовало...

Узнав об освобождении Витебска и Смоленска от фашистов, Соня написала письмо своему дяде в Любавичи с просьбой сообщить ей в Красноярск, все ли живы и здоровы. Ответа не последовало, и Соня написала второе письмо... Через несколько месяцев, уже в середине 44-го, она получила письмо из Любавичей:

Уважаемая Софья Моисеевна!
Пишет Вам учительница Любавичской начальной школы Марфа Давыдовна Трофименко. Мой дом расположен невдалеке от дома Ваших родственников Рубиных, и я была с ними хорошо знакома. Мне передали Ваше письмо Борису Рубину с обратным адресом, и я решилась написать Вам.

К сожалению, все Ваши родственники погибли от рук фашистских извергов — Борис и Рая Рубины, их дети Давид и Фаня и внуки — восьмилетний Илюша и двухгодовалая Адочка. Муж Фани Элиезер был мобилизован в армию ещё до начала войны, и я ничего не знаю о его судьбе. А остальные все убиты... Мы были с Рубиными добрыми соседями, а Илюша был моим учеником.

Я уже давала показания военному следователю о зверствах нацистов и наших полицаев. Хочу, чтобы Вы тоже знали об этом...

Сразу же, как только в Любавичах появились немцы, они создали управу (вроде прежнего сельсовета) и полицию. Комендантом был назначен неместный, а в полиции были и пришлые, и местные жители — молодёжь, которая совсем недавно училась с друзьями-евреями в одной школе. То ли из-за пропаганды, то ли по другой причине их, этих бывших школьников, пионеров, комсомольцев, словно подменили. В полиции они озверели, вместе с немцами строили людей в колонны, вели и расстреливали и любавичских, и попавших сюда из других мест евреев, а также семьи партизан и коммунистов. Комендант Любавичей заявил, что Любавичи должны быть особенно сурово наказаны. Он составил две группы евреев — из более молодых и более пожилых. «Из более молодых» — это неточно, потому что молодые все были на фронте, а там были, в сущности, дети, мальчики 14–17 лет или больные. Первая группа была расстреляна тут же на месте, среди них был убит Давид шестнадцати лет — сын вашего дяди Бориса Рубина. Вторая группа евреев, которых немцы назвали раввинами, была брошена в страшный лагерь пыток за деревней Рудня. Здесь фашистские изверги в течение многих недель разными рафинированными способами пытали стариков, били палками, выдёргивали щипцами волосы из бороды, ежедневно устраивали публичную порку, заставляли танцевать на пергаменте из свитков Торы и т. п. Все те, которые были в состоянии выдержать эти пытки, были, в конце концов, расстреляны.

До ноября 1941 года оставшиеся в живых евреи Любавичей — старики, женщины и дети — подвергались издевательствам и грабежу со стороны нацистских садистов и их пособников из местного населения. Не буду называть местных полицаев — их имена Вам ничего не скажут, а следователю я их всех назвала...

4 ноября 1941 года евреев стали собирать в одно место. Неевреям в этот день было запрещено выходить из дома. Сбор был на Шиловской улице, на выгоне, где пасли обычно скот. Но немцы и полицаи с евреями обращались хуже, чем со скотом. Непослушных расстреливали на месте. Колонну евреев погнали к месту казни. Старых, ослабленных, а также тела расстрелянных на месте сбора, везли на телегах. Их доставили в район старой скотобойни, где местные полицаи приготовили большую яму. Там в тот день погибла вся семья Рубиных за исключением восьмилетнего Илюши.

Илюше поначалу удалось скрыться. Его мать Фаня готовила мальчику побег. Она приготовила ему смену белья, баночку масла и хлеб. Но мать не сказала сыну самого главного, чтобы он бежал подальше от деревни, в лес, в поле. Илюша бежал, полз и добрался до ближайшего огорода, где его забрал полицай. То же произошло и с некоторыми другими детьми. Их собрали в один дом, потом расстреляли, тела бросили на тела расстрелянных матерей и родных.

Будучи учителем, я собирала данные по истории Любавичей, и вот как менялось еврейское население деревни в этом веке: в 1908 году — 2325 человек, в 1921-м — 1320, в 1939-м — 1069, в 1941-м — 500 человек, после 4 ноября 1941 года евреев в Любавичах нет... Мне так думается, что без евреев Любавичей тоже нет. Жизнь деревни поддерживалась деловой, культурной и религиозной активностью евреев. Не вижу, как эта жизнь продолжится без них. После победы над фашистами кто-то из наших вернётся с фронта, но прежних Любавичей они не найдут... Я с детьми (муж на фронте) собираюсь уехать отсюда, как только представится такая возможность. Не могу жить в месте, где всё напоминает о кровавых убийствах и подлых предательствах, где я потеряла веру в людей — не божеские это создания, а дьявольские…

Простите, что описала Вам все ужасы, свидетелями которых мы здесь оказались… Но я посчитала, что лучше будет, если Вы узнаете об этой трагедии от человека, который Вам искренне сочувствует, а не от совсем постороннего.

М. Д. Трофименко.

Соня читала это письмо несколько дней — не могла прочитать в один присест. После первых фраз, поняв, что все родственники в Любавичах погибли, отложила чтение. Словно пыталась уйти от душевной травмы, с которой невозможно жить. Какой смысл знать подробности, если самое главное сказано — все погибли… На следующий день, однако, вернулась к письму и поняла, что самое главное в нём — это не сам факт, а чудовищные детали гибели любавичских родственников. Картина убийства Фани с двухлетней дочкой Адочкой на руках терзала её, жуткий образ не выходил из головы… Не то чтобы Соня не понимала — эта война сопровождается морями крови и гибелью огромной массы людей. Конечно понимала… Знала о невиданной в истории трагедии миллионов ленинградцев, знала о гибели защитников Одессы и Севастополя, о страшном сталинградском побоище… Но в трагедии Любавичей ей раскрылась ещё одна особенность этой войны — целенаправленное, организованное убийство людей определённой национальности. Прежде глухие слухи от беженцев с Украины вдруг обрели ясные черты материального факта — нацисты убивают не только солдат и офицеров противоборствующей армии, не только своих политических противников — коммунистов и комсомольцев, но и ВСЕХ евреев, включая стариков, женщин и малолетних детей…

Нечто тревожное и гнетущее поселилось в Соне после письма из Любавичей. Так бывает: человек всё время чувствует некоторый давящий душевный дискомфорт. Но не может понять, отчего это… Соня пыталась разобраться в самой себе: что её мучает? Это было не от ужасного факта гибели любавичских родственников — она пережила потерю многих родственников и друзей и до войны, и во время войны, её муж в ссылке, а сын на фронте, и от него нет никаких сведений… Страдания и тревога за жизнь близких стали привычным атрибутом её жизни. Так в чём же дело?

Может быть, в ней взыграли националистические чувства — убивают народ, к которому она издревле принадлежит? Соня подумала об этом, но тут же отвергла такое объяснение. Нет, это не так… И она, и её муж, и все их друзья — истинные интернационалисты, и для них неприемлемы как дискриминация людей по национальному признаку, так и возвышение или выделение какой-либо нации среди других. Из этих размышлений стала вырисовываться Соне причина её душевной травмы. Этой причиной, она скоро поняла, был отнюдь не национализм, а, напротив, интернационализм, а вернее, то, как зримо и чудовищно грязно пошатнулась и стала разваливаться главная составляющая её мировоззрения — интернационал.

Интернационал во всемирном масштабе был одной из тех влекущих идей марксизма-ленинизма, благодаря которым она ещё в молодости отреклась от обычаев предков и пошла за большевиками. Основатели марксизма чётко и ясно сформулировали причину национального угнетения народов — эксплуататорские классы, буржуазия, натравливают народы разных национальностей друг на друга, чтобы отвлечь трудящихся от классовой борьбы. С ликвидацией эксплуатации человека человеком, с построением социалистического общества национальная рознь исчезнет сама собой, ибо при социализме не будет антагонистических классов, нуждающихся в межнациональной розни для достижения своих классовых интересов. Интернационал ликвидирует национальное угнетение, инспирируемое буржуазией, и заменит его братством пролетариев всех стран и народов. Вся жизнь Сони и её семьи после пролетарской революции подтверждала эти теоретические выводы марксизма. Ни разу в своей взрослой жизни ни она, ни её знакомые и коллеги из евреев не испытывали никакой дискриминации из-за своей национальности.

Все проявления антисемитизма ушли на Запад, где пока ещё властвовала буржуазия, где империалистические государства притесняли народы зависимых от них стран. Буржуазной идеологией объясняла Соня самой себе рецидивы антисемитизма в фашистской Германии и других капиталистических странах. В Советском Союзе такое невозможно, потому что здесь построено бесклассовое социалистическое общество. Её личный опыт подтверждал этот вывод…

И вот письмо свидетеля кровавого еврейского погрома на её родине в Любавичах…

Очевидным стало: не только немецкие нацисты готовы убивать еврейских стариков, женщин и детей. Оказалось, что при первой возможности некоторые советские люди охотно присоединились к процессу убийства евреев… Говорят, что это пережитки капитализма в сознании трудящихся. Позвольте, какие такие пережитки могут быть у молодых людей двадцатилетнего возраста? Они родились уже при советской власти, они учились в советских школах, они впитывали идеи нерушимой дружбы народов из передач по радио, из газет, пионерских и комсомольских собраний, из всего строя советской социалистической жизни. Однако как только в Любавичи пришли фашисты, местная молодёжь, которая совсем недавно училась с друзьями-евреями в одной школе, пошла служить в гестаповскую полицию. Оказалось, что бывшие советские школьники и пионеры вместе с немцами собирали на казнь и расстреливали любавичских евреев. Более того — полицаи из бывших советских людей, из советских пролетариев в своём зверстве превзошли эсэсовских убийц...

Как это все могло случиться, как такое вообще стало возможным? Соня пыталась найти ответ на этот вопрос и не могла... Все мыслимые ответы отторгались тем идеализированным образом советского человека, который она создала в своём воображении. Моральное превосходство этого советского человека — строителя светлого будущего всего человечества — над людьми капиталистических стран казалось Соне само собой разумеющимся. Что же касается сравнения советских людей с немецкими нацистами, то здесь и вопроса нет — это нравственные антиподы. Но оказалось, что немецкие нацисты и полицаи из бывших советских граждан сошлись на уничтожении еврейских детей. Это было для Сони настолько чудовищным, что не поддавалось объяснению. Она подумала, как хорошо было бы посоветоваться с Ваней... Написала ему письмо о гибели родственников. Написала без подробностей — Ване и так нелегко...

Письмо из Любавичей изменило Соню навсегда... Арест мужа надломил одну из опор её духовного существования — веру в непогрешимость партии, а под тяжестью письма треснула другая опора — интернационализм. Судьба ещё не раз преподнесёт ей подлую ухмылку советского антисемитизма, но его первая отвратительная гримаса пришла с письмом из Любавичей. Соня, в конце концов, поймёт, что идея интернационала была утопической, что великодержавный шовинизм оказался живучее мифологического интернационала. Поймёт, что на её веку идея интернационала не просто провалилась, а потерпела сокрушительное поражение в мировом масштабе от презираемого ею национализма. Но это не скоро пришедшее понимание уже не сможет ничего изменить в её жизни — поздно будет...

Тридцатилетие Великого Октября

В 1945 году закончилась Вторая мировая война. Советский Союз, Соединённые Штаты Америки и Великобритания одержали великую для судьбы всего человечества победу над германским фашизмом и японским милитаризмом. Однако пришедшая долгожданная мирная жизнь была нелёгкой. Города и промышленные объекты европейской части СССР, Восточной Европы, Великобритании, Германии, Австрии, Голландии и других стран Европы лежали в руинах. Средств на их восстановление не было. В 1947 году США предоставили европейским странам экономическую помощь — План Маршалла. Советское руководство от помощи отказалось по политическим причинам.

Советский Союз оказался в особенно бедственном положении. Собственных ресурсов на восстановление разрушенных городов и промышленности без помощи Запада недоставало. Огромные средства уходили на срочное развёртывание работ по созданию атомного оружия и систем его доставки. Квалифицированных рабочих рук не хватало, труд немецких военнопленных и собственных заключённых был дешёвым, но непроизводительным.

Невероятно тяжёлые условия сложились в сельском хозяйстве страны. Тысячи сёл и деревень были разрушены, разграблены и сожжены. Миллионы деревенских мужчин не вернулись с войны, а многие вернувшиеся были инвалидами. Из-за недостатка рабочих рук, техники и лошадей, а также катастрофического снижения поголовья скота и без того неэффективное колхозное сельское хозяйство разваливалось... К тому же на крестьян взваливалась основная тяжесть экономической разрухи. Дефицит продовольствия привёл к тому, что государство фактически перестало снабжать сельское население продовольствием — ему предлагалось выживать исключительно за счёт собственного подсобного хозяйства. Во многих колхозах оплата трудодней зерном была прекращена, а в некоторых была прекращена и денежная оплата труда.

Через год после победы в стране разразился голод... Сказались тяжёлые последствия войны, засуха 1946 года, а также провальная колхозная система и послевоенная политика властей. Несмотря на голод, правительство экспортировало за рубеж большое количество зерна, создавало неоправданные резервы зерна, которое портилось в неприспособленных для хранения складах. В деревнях и посёлках центральных и южных районов России люди готовили суп из крапивы и пекли лепёшки из листьев деревьев. В ряде областей Украины и Черноземья были отмечены случаи каннибализма и трупоедства. К весне 1947 года более миллиона людей умерли от дистрофии и болезней, связанных с употреблением в пищу неубранного зерна и различных пищевых суррогатов. Особенно высокой была детская смертность. Война закончилась, но убыль населения продолжалась — смертность перекрывала рождаемость.

О голоде советские газеты и радио — единственные в то время средства массовой информации — не сообщали. Они были заняты прославлением вождя и праздниками, недостатка которых на пике голода в 1947 году не наблюдалось, — Первомай, Вторая годовщина Победы в Великой Отечественной войне, 800-летие Москвы, 30-летие Великой Октябрьской социалистической революции. Особенно торжественно отмечались юбилеи столицы и Советского государства.

Сразу же после юбилейных торжеств Сталин отменил официальное празднование дня победы над фашизмом.

Вождь был крайне разочарован результатами войны с Гитлером и победу над ним настоящей победой не считал. В его грандиозных предвоенных планах война с Гитлером должна была завершиться захватом всей Европы и её присоединением к Союзу Советских Социалистических Республик — в точном соответствии с великой марксистско-ленинской идеей мировой социалистической революции. Мечтая стать властителем мира, вождь упорно работал, не жалея ни сил, ни средств, ни жизней своих подданных. И что он получил в итоге? Несколько жалких стран Восточной Европы. Конечно, в этих странах он построит социализм, силой заставит их подчиняться ему лично... Но разве это то, о чём он мечтал? Европа восстанавливается американскими империалистами, и противопоставить им нечего, у них атомная бомба...

В своих ещё довоенных воспалённых видениях вождь представлял себе, как тысячи советских самолётов сбрасывают многотысячный десант в тылу захваченных фашистами стран Европы, как вслед за ними десятки тысяч советских танков, круша всё на своём пути, доходят до Атлантики, как миллионы европейских пролетариев приветствуют Красную армию, освобождающую их от ига фашистов и капиталистов. А вместо этого что он получил? Разорённую дотла страну с миллионами безногих и безруких инвалидов, с миллионами овдовевших и одиноких женщин, чьи мужья и сыновья погибли... Стоит ли пышно праздновать победу на глазах у этих миллионов?

Если мы гордимся победой, то должны платить калекам и инвалидам войны хорошую пенсию, чтобы они не побирались на улицах. А у страны на это денег нет. Вождь распорядился отлавливать безногих и безруких инвалидов-попрошаек, освобождать от них города, ссылать в спецлагеря, чтобы не портили общий вид и радостное настроение трудящихся. Но всех не отловишь... И горе людское, и плач всенародный по убитым и искалеченным никакими праздниками не подсластишь... Так зачем же тогда праздновать победу, напоминая миллионам их горе, вызывая слёзы и слёзы?

Вождь отменил праздник победы...

Тысяча девятьсот сорок седьмой год был богат и другими праздниками и памятными юбилейными датами — например, 110-летие убийства Пушкина, 10-летие убийства командного состава Красной армии, 10-летие убийства тех, кому вышел приговор «10 лет без права переписки». Юбилей убийства Пушкина отмечался без помпы, а о прочих, десятилетних юбилеях, конечно, не было сказано ни слова. Кому положено, понимали почему... Взять, скажем, командиров Красной армии... Гитлеру со всей военной махиной его вермахта за 4 года войны удалось убить советских маршалов, генералов, адмиралов, полковников и прочих высших советских командиров меньше, чем Сталину с его НКВД за 4 предвоенных года... Чего об этом вспоминать, когда страна лежит в развалинах от германского нашествия? А взять, скажем, тех, кого в 37-м приговорили к 10 годам без права переписки... Почему-то никто из них через 10 лет в юбилейном 47-м не вышел на волю и письма родственникам не написал... С чего бы это? Не газете же «Правда» давать по этому поводу разъяснения оболваненным остаткам народа...

В лагерях ГУЛАГа по всей стране, особенно на Крайнем Севере, в Сибири и на Дальнем Востоке, окончание войны заметили по небывалому притоку новых заключённых. Голод в стране привёл к росту преступности, в частности к увеличению числа расхитителей хлеба и других продуктов, — государство получило дополнительную возможность более масштабного использования труда рабов. Но появился и совсем новый и необычный контингент зэков — изменники родины с оккупированных фашистами территорий, предатели из власовских и казачьих дивизий вермахта, а также советские военнопленные, депортированные из стран Европы.

Большие изменения происходили и в Северо-Енисейске, где отбывали срок Иван Игнатьевич и Захар Борисович. Как и предвидел Иван Игнатьевич, победа над фашизмом не принесла ни свободы, ни ослабления тирании. Одну за другой присылали в лагерь партии новых заключённых, а вместе с ними пришло и новое начальство. Новый начальник лагеря подполковник Корошейкин взялся за дело круто — видимо, имел инструкции с предателями родины не церемониться. Он лично обходил с помощниками все бараки и производственные помещения, везде оставляя следы ужесточения режима. Зашёл и в комнатку конторы, в которой работали Захар и Иван. «Кто такие?» — спросил грозно. Захар и Иван встали и ответили по очереди, как положено: осуждённый такой-то... статья такая-то... «Чем здесь занимаетесь... вашу мать...?» — выпалил начальник с лёгким матерком, не оставляя надежды на благополучный исход его визита. Захар, как старший, вежливо объяснил, что и как они делают в рамках своих обязанностей по ведению бухгалтерских документов треста «Енисейзолото».

Корошейкина словно взорвало изнутри... С перекошенным от злобы лицом он начал орать на заключённых, а ещё больше — на своего заместителя, что, мол, устроили здесь санаторий для изменников родины, доверили предателям и шпионам важную документацию, что вместо наказания тяжким трудом дозволяют преступникам прохлаждаться бумажными писульками... Начальственный ор подполковника перемежался таким виртуозным матом, который наверняка заинтересовал бы профессиональных филологов. Испуганные помощники Корошейкина и оба зэка с ужасом выслушали начальственную речь, которая прервалась в конце концов не потому, что оратор исчерпал свой матерный запас, а потому что устал от собственного крика. Сбывались предсказания Ивана Игнатьевича о негативных последствиях великой победы над фашизмом — ужесточение репрессий пришло быстрее, чем он ожидал, в виде этого брызжущего слюной и матерщиной хама... Подполковник вытер трофейным шёлковым платком мокрый рот и вспотевший от натуги лоб и, обращаясь к своему заместителю, приказал уже спокойно, но повелительно: «Обоих на общие работы... их мать... Немедленно... Заменить вольнонаёмными... Об исполнении доложить». Развернулся и ушёл...

Приказ начальника подлежал немедленному исполнению. В тот же день осуждённых друзей лишили общения — Ивана перевели в другой барак, а утром вручили лопату и погнали на уборку территории. Захара лишили бесконвойного статуса, два дня мурыжили в неизвестности, а потом неожиданно вернули на прежнее место работы, понизив в должности до помощника бухгалтера. Новый бухгалтер из вольнонаёмных, ознакомившись с делами, заявил, что без помощи бывшего бухгалтера ему потребуется много времени для вхождения в должность. Тогда зам Корошейкина убедил шефа, что лучше всего в интересах руководства оставить заключённого Гвиля в конторе в качестве помощника бухгалтера, исключив, конечно, все прочие поблажки. Так Захара и Ивана развели по разным сторонам забора, отделявшего жизнь от смерти... Они теперь не могли общаться, а Иван лишился даже тех скудных привилегий, которые ему обеспечивала работа с Захаром, — их жизни покатились по разным дорогам...

Ивану Игнатьевичу было уже под шестьдесят — как непригодного к тяжёлой физической работе, не погнали его на рудник таскать тачки с золотоносной породой. Однако эта старческая привилегия лишь в малой степени облегчила его участь. Снег в тот год Тридцатилетия Великого Октября выпал в Енисейском округе рано — именно в том самом октябре. В ноябре под вой сибирской метели территорию лагеря заносило снегом за одну ночь, так что утром выйти из жилых помещений, равно как и выгнать заключённых из барака, было затруднительно. Ивана Игнатьевича в составе бригады стариков назначили разгребать снежные завалы. Их поднимали затемно, чтобы к общему подъёму дороги от жилья до производственных помещений были проходимыми. За невыполнение плана расчистки уменьшали дневную пайку хлеба. Иван Игнатьевич выдержал пытку с лопатой на жестоком морозе в свирепую пургу почти месяц, но к Новому году простудился и заболел. С вечера одолевали его раздирающий сухой кашель, боль в груди при дыхании, озноб и жар. Утром он встал было со всеми, оделся с трудом, тяжело пошёл к выходу и... упал без сознания... По приказу ВОХРа товарищи отнесли Ивана Игнатьевича в санчасть лагеря.

Очнувшись, Иван Игнатьевич увидел санитара, укрывавшего его одеялом. Санитар, по-видимому из зэков, сочувственно сказал:

— Температура у тебя, браток, видать, высокая… Попей пока тёплой водички… Врача сегодня не будет, поскольку Новый год… Завтра, думаю, посмотрит… Я тебя в книгу записал со слов ВОХРы… Иваном тебя зовут, знаю… Вот дам тебе, Ваня, пока аспирину.

Он помог Ивану Игнатьевичу приподняться, вложил ему в рот таблетку, дал запить. Больной закашлялся, потом с одышкой сказал что-то благодарственное… «Ты вот что — пей водички поболее, а потом я тебе поесть тёплого супчику принесу, отдыхай…» — сказал санитар и перешёл к соседней койке. Иван Игнатьевич закрыл глаза, постарался забыться… Услышал, как рядом кто-то спросил санитара: «Он не заразный?»… Санитар ответил: «Заразный, незаразный — не твоего ума дело… Ты поболее о себе думай… Доктор велел тебя на горшок сажать, чтобы в кровать не обосрался… Когда надо будет, скажешь, понял?»

Ивану Игнатьевичу в тепле казалось, что ему полегчало… Засыпал тревожно, просыпался от кашля, в полузабытьи вспоминал Соню и Вилена, вдруг подумал: надо попросить санитара сообщить Захару, что болен… Ночь прошла беспокойно, кто-то в помещении вскрикивал громко со сна. Ивана мучил кашель, но температура вроде спала. Утром санитар принёс миску тёплого супа с хлебом, потом уже к вечеру пришёл врач. Он поставил Ивану Игнатьевичу градусник, послушал его трубочкой…

— Ну, что же, осуждённый Прокопьев… Пневмония у тебя, а по-простому — воспаление лёгких, — сказал врач.

— Пневмония крупозная? — спросил Иван Игнатьевич с одышкой.

— Откуда знаешь слова такие?

— У меня жена — врач, от неё слышал…

— Думаю, что крупозная, да ещё и двусторонняя. Будем лечить, раз жена врач… Дам тебе стрептоцид и аскорбинку, раз такой грамотный… Кем был на воле?

— Начальником цеха на оборонном заводе.

— Вот видишь, был начальником, а здесь снег лопатой гребёшь. Неисповедимы пути Господни…

Иван Игнатьевич не ответил — слов не было подходящих, да и сил тоже. Понял, что дела его плохи… Но спокойно принял это, без паники… Проглотил прописанные доктором лекарства. На следующее утро, когда проснулся, ему показалось, что полегчало — температура спала и дыхание не такое учащённое. Попросил у санитара попить воды, подтянул повыше подушку, полуприсел и впервые осмотрелся.

На койке рядом лежал его знакомый по стариковской бригаде лагерных дворников — мужик по имени Степан. Иван Игнатьевич слегка повернулся к нему, не зная и не ведая ещё, что поворачивается, может быть, к главной тайне своей жизни. В бригаде все знали друг друга по имени и за что кто посажен. Иван Игнатьевич помнил: Степан служил в армии предателя Власова. Власова повесили ещё год назад — в газетах писали, а Степан получил 15 лет за измену родине.

— Стало быть, фамилия твоя, мил-человек, Прокопьев? Так доктор сказал? — внезапно спросил Степан.

— Да, точно Прокопьев, — ответил Иван, удивившись, что кого-то заинтересовала его фамилия.

— Стало быть, ты, мил-человек, есть Прокопьев Иван, а по отцу ты, надо думать, Игнатьич...

— Да, это так... А ты, Степан, откуда знаешь?

— А коли так, я тебе должен сказать, что знаю твоего сына Прокопьева Вилена Ивановича.

Иван Игнатьевич резко повернулся, задохнулся, и на него напал приступ тяжёлого кашля... Степан замолчал, хрипло дыша, словно после тяжёлой работы, сморщился от боли — его прихватило с животом. Доктор говорил, что там у него в животе какая-то опухоль. Когда живот отпустило, а Иван Игнатьевич перестал кашлять, Степан сказал:

— Ты, Игнатьич, не бойся... Не предатель твой сын... Вилен Иваныч был моим командиром... Мы служили в советской ещё армии Власова, когда он Москву от фрицев защищал, а потом, как Сталин приказал, старался до Ленинграда дойти. Да вот, не получилось... Окружили фрицы всех нас вместе с Власовым... Так мы с твоим сыном в плен попали, в Винницком лагере сидели, в солдатском. Я твоего сына за солдата выдал, за племянника своего, Игнатием называл, как батюшку твоего. Вилен для плена имя неподходящее... Убежал сын твой из лагеря, а я вот пошёл служить к Власову, с голоду пошёл, да и без того на большевиков шибко обиженный был по случаю колхозов... А сын твой геройский был, но не от мира сего, идейный... Я его как своего сына любил.

Степан замолчал, устав от долгой речи, прикрыл глаза, задремал обессиленный...

Иван Игнатьевич тоже молчал, словно парализованный. Уже семь лет он не видел сына и ничего толком не знал о нём. Последнее письмо было в 42-м... Потом ничего не было... Пропал без вести... И вдруг здесь, в глухом углу Сибири, он лежит рядом с человеком, который всё знает о сыне. Вдруг вся страшная судьба сына раскрылась в нескольких скупых фразах бывшего советского солдата, а потом предателя из власовцев. Иван Игнатьевич молчал, не в силах задать страшный вопрос, жив ли сын… Не в силах принять в воспалённую голову какие-то ещё подробности.

Степан сам продолжил свой рассказ после долгого перерыва. Рассказал о страшных боях за Любань, об окружении, в которое попали они со всей армией Власова, о гибели роты старшего лейтенанта Прокопьева, о скитаниях по новгородским болотам и о том, как были они пойманы местными полицаями, как попали к немцам в плен вместе с генералом Власовым.

— Нас с Виленом Иванычем и повезли на Украину, в Винницу, поскольку думали, что мы из штаба Власова. А там его взяли в офицерский лагерь, а нас с Виленом Иванычем в солдатский. Я сына твоего при всех Игнатием называл и за солдата выдавал для маскировки. Дескать, мы с ним крестьяне с Вологодчины… В солдатском лагере тяжко было, фрицы кормить не желали, потом тех, кто согласился к ним служить пойти, прикармливать стали… Но сын твой тогда сбежал уже… Меня уговаривал беч с ним, но у меня сил не было… А я его, грешным делом, уговаривал послужить у Власова… Так, недолго, чтобы выжить только… Но он ни в какую… Дюже идейный был…

— Как ему удалось бежать? — выдавил из себя Иван Игнатьевич.

— Где-то лаз под оградой нашёл, ночью и выполз на волю… Так полагаю, что какая-то девица из местных ему помогла, видел я её пару раз за проволокой с той стороны, еду ему подбрасывала… Вилен мне ничего об этом не говорил, только обещал помочь, если решусь, но я нет…

— Он жив?

— Не знаю, Игнатьич, не знаю… С тех пор не виделись, не знаю… Это 43-й год шёл, ещё больше года было до Красной армии. Не знаю, выжил ли…

— Отчество у тебя какое, Степан?

— Батюшку, светлой памяти, Николаем звали… В коллективизацию помер… Кузьмины мы…

— Вот что, Степан Николаевич… Просьба у меня к тебе будет… Если я не выживу, ты это всё о Вилене расскажи Захару Гвилю. Запомни — Захар Борисович Гвиль. Он, как и мы, из зэков, только в конторе работает. Если его допустят меня навестить, сам расскажу, а если что, ты ему передай всё это для жены моей…

Той ночью после разговора со Степаном не спал Иван Игнатьевич совсем, мучился видениями и вопросами неразрешимыми. Вот ведь как сложилось всё у сына! Вот как вывернулись наизнанку благородные идеи, в которые верил Вилен, которыми он жил. Вывернулись и показали своё гнусное бесчеловечное нутро. Бедный мальчик... Где он? Прошло уже больше четырёх лет с того Винницкого лагеря... Если бы выжил, то дал бы знать... Погиб? Или попал снова в плен? А может быть, бежал на Запад? Как всё это рассказать Сонечке? Под утро забылся неспокойным сном, метался, выкрикивал что-то несуразное: «Срезай их... Не пускай... По коням... Семка, беги, мой приказ... Справа пусть пулемётом срежут... Скорее...»

Проснувшись и придя в себя, Иван Игнатьевич почувствовал, как худо ему... Кашель, прежде сухой, сопровождался теперь выделением желтовато-красноватой мокроты, тяжело и больно было дышать. Врач послушал его, пробурчал что-то невнятное... На немой вопрос санитара, что, мол, делать, только отмахнулся и ушёл...

Захару Борисовичу разрешили навестить товарища в санчасти в середине следующего дня, но, когда он пришёл, всё уже закончилось — Иван Игнатьевич скончался ночью. Врач сказал Захару про Ивана: «Умер от сердечно-лёгочной недостаточности...» А когда врач ушёл, сосед Ивана Игнатьевича по койке добавил:

— Помер Игнатьич не от лёгочных недостатков, а от поганой жизни этой... Вот и я скоро помру от того же.

Потом Степан Николаевич выполнил просьбу Ивана Игнатьевича и пересказал Захару Борисовичу историю Вилена Ивановича Прокопьева. Пересказал из последних сил, с трудом преодолевая невыносимую боль в животе. Успел донести эту удивительную историю до близких Вилена за несколько часов до своей смерти...

Захар присел рядом с койкой умершего товарища...

Иван Игнатьевич лежал мёртвый с лицом чистым и спокойным — словно закрыл глаза и задумался. Седоватая недельная щетина дополняла облик уснувшего мудреца. Низкое зимнее солнце, вышедшее днём из-за туч после пурги, проникло сквозь маленькое окошко в комнату санчасти и упало лучом на лицо Ивана Игнатьевича, образовав на подушке вокруг его головы сияние наподобие нимба. Захар вздрогнул — ему почудилось и подумалось, что Иван похож на христианских пророков-мучеников с картин классиков...

Зэки похоронили Ивана Игнатьевича Прокопьева и Степана Николаевича Кузьмина рядом в общей могиле на лагерном

кладбище. Пробили ломами в мёрзлой каменистой сибирской земле яму так, чтобы можно было хоть чуть-чуть засыпать покойников. Так и легли они рядом — бывший пролетарий из первых большевиков, революционер и герой Гражданской войны, создавший эту страну, и бывший крестьянин, власовец, эту страну предавший. Смерть в далёком сибирском лагере уравняла их. Прошлое Ивана Игнатьевича и Степана Николаевича было опорочено и вымарано из истории, а осталось только одно, общее — оба они оказались жертвами бесчеловечной кровавой диктатуры, которой не знали предыдущие поколения людей на планете Земля. А ещё осталась общая яма-могила, к которой никто никогда не придёт ни помянуть их, ни помолиться за упокой...

Ванечка

История двух советских семей приближается к своему естественному концу по причине быстрого убывания героев этой повести.

Год 30-летия Великой Октябрьской социалистической революции был тяжёлым для Сони Прокопьевой. Письма от мужа давно не приходили, а надежда на счастливое возвращение сына с войны таяла. В первый год после окончания войны Соня жила этой надеждой — да, сын пропал без вести, однако теперь, когда война ушла, он найдётся, даст знать о себе, ведь сколько советских солдат и офицеров, попавших без вести, внезапно объявились... Но прошёл уже второй послевоенный год, все, кто выжил, объявились, а о Вилене нет никаких сведений — надежде, которая умирает последней, оставалось всё меньше времени.

Наступивший 1948 год убил все Сонины надежды окончательно. Она писала Ивану в лагерь отчаянные письма, но ответа не было. Наконец в конце февраля оттуда пришло письмо. Когда Соня увидела на конверте свой адрес, написанный незнакомым почерком, она поняла: в этом письме ничего доброго не будет... Долго не решалась открыть его...

Захар Борисович Гвиль писал ей канцелярским языком, но с положенными соболезнованиями, как и надлежало в подцензурной переписке, что Иван Игнатьевич Прокопьев скончался 4 января 1948 года в возрасте 56 лет от тяжёлой пневмонии и что он похоронен на кладбище посёлка Северо-Енисейский Красноярского края. Далее Захар излагал рассказанную неким С. Н. Кузьминым историю пленения Вилена немцами и его бегства из Винницкого лагеря советских солдат-военнопленных. В конце письма Захар выражал уверенность, что Соня мужественно перенесёт кончину Ивана Игнатьевича и сохранит надежду на скорое возвращение Вилена...

Едва оправившись от стресса, Соня пыталась следовать советам Захара, но к ночи у неё случился гипертонический криз, и она была отвезена по скорой в госпиталь, где работала... Неделю Соня пролежала в палате госпиталя, прежде чем пришла в себя — врачам удалось сбить высокое давление и предотвратить тяжёлые осложнения. Как жить дальше? — был её первый вопрос к самой себе. Оставаться здесь в Красноярске теперь не имело смысла — Ваня никогда уже не вернётся... Надо уезжать в Ленинград... Выйдя из госпиталя, Соня сразу же написала письмо Фаине в Ленинград и заявление начальнику госпиталя. В письме Фаине она сообщала, что собирается вернуться в Ленинград и надеется на её с мужем помощь и в устройстве на работу, и с жильём. В заявлении начальнику госпиталя Соня просила уволить её по собственному желанию в связи с семейными обстоятельствами.

Не дожидаясь ответа от Фаины, Соня начала готовиться к отъезду. Собрала в дорогу свои вещи, альбом с семейными фотографиями и дорогие ей письма. Нашла под потолком в шкафу в коридоре Ванин тайник, забрала с собой его заметки. Раздала ненужные вещи своим медсёстрам, передала соседям по квартире остатки своего нехитрого домашнего скарба. Соседей попросила переслать ей письма, если таковые будут, в Ленинград до востребования. Оформила выписку из квартиры, получила официальные характеристики с места работы и из парткома госпиталя, а главное — неофициальную рекомендацию главврача с очень высокой оценкой её профессионального уровня. Постояла на берегу Енисея, который — теперь она знала — течёт туда, где навсегда остался Ваня, сходила в церковь, поставила свечку за упокой и... уехала в Ленинград.

Пожалуй, не уехала, а бежала... Бежала из квартиры, где её настигли несчастья, бежала от этой сибирской реки Енисей, на берегу который погиб её муж, бежала из этого сибирского города, откуда послали на смерть её сына. Бежала в город на Неве, где когда-то была счастливой... Соня понимала всю иррациональность этих действий, но ничего рационального не могла им противопоставить. Бежала в неизвестность, но знала твёрдо, что без этого жить дальше не может...

В Ленинграде всё сложилось на удивление удачно. Соню поначалу приютили Фаина и её муж Осип. Они жили в отдельной двухкомнатной квартире вместе с дочкой-школьницей. Поставили в столовой, где на диванчике спала Ирочка, ещё и раскладушку для Сони. Вопрос с работой тоже решился довольно скоро — в Ленинграде после Блокады остро не хватало врачей.

Осип Абрамович заведовал кардиологическим отделением в госпитале Ленинградского военного округа на Суворовском проспекте. Посмотрев Сонины характеристики и рекомендацию главврача Красноярского госпиталя, он попытался взять Соню к себе в отделение в качестве дежурного терапевта. Соне он ничего определённого не обещал и о своих действиях не рассказывал, но, судя по всему, руководство госпиталя ему отказало. У Осипа Абрамовича была безукоризненная репутация среди медиков города, и он договорился, что Соню возьмут участковым врачом в поликлинику неподалёку от госпиталя, в котором он работал. Осип Абрамович объяснил Соне:

— Дела обстоят вот каким образом, Софья Моисеевна... Хотел бы взять Вас к себе в отделение, но здесь имеются трудности... Госпиталь, где я работаю, — режимная организация. Там при приёме на работу особый отдел будет копать под Вас и докопается, не сомневайтесь. Что муж был репрессирован и прочее... Нам это надо? Нам это не надо... Поэтому рекомендую поначалу пойти врачом в поликлинику. Там никто копать не будет, дадут стандартную анкету, напишете — муж скончался от пневмонии тогда-то, сын — офицер Красной армии, пропал без вести тогда-то, родители скончались тогда-то, и всё... Вопросов нет... Я, в принципе, договорился с главврачом поликлиники на улице Красной конницы, она может взять Вас участковым врачом. Поликлиника хорошая и район хороший, рядом со Смольным. Советую согласиться... Поработаете, а потом посмотрим... Как только получите работу, нужно пойти в Горздрав и подать заявление на жилплощадь, восстановить постоянную прописку. Я там попрошу за Вас...

Соня согласилась, понимала, что без такой мощной поддержки она и в поликлинику не устроилась бы со своей анкетой. Благо есть такие друзья, как Фаина и Осип. Конечно, работа участковым нелёгкая, весь день на ногах в её-то возрасте, но что поделаешь — это лучшее из возможного в её положении. Согласилась и скоро получила справку о приёме на работу. С этой справкой пошла в Горздрав просить о жилье. Не иначе как Осип Абрамович уже звонил туда — чудесным образом ей сразу предложили комнату в коммунальной квартире на улице Марата, в конце её, на углу со Звенигородской. Соня съездила туда, посмотрела квартиру и свою комнату...

Комнатка ей понравилась — почти 15 квадратных метров, светлая, с окном на угол Марата и Звенигородской. С железной печкой... Правда, трамваи прямо под окном на повороте со Звенигородской скрежещут и пятый этаж без лифта, но для разрушенного города неплохо. В комнатке даже старая мебель осталась — потёртый кожаный диван, стол, два стула и шкафчик с зеркалом. Соседи сказали, что это осталось от женщины, умершей от голода в Блокаду. Комнатка была прямо напротив входа в большую квартиру на шесть семей, в начале длинного коридора, который заканчивался общим туалетом с унитазом и сливным бачком. Справа от туалета начиналась деревянная лестница, ведущая на второй этаж квартиры под самой крышей дома, там была общая кухня. Не очень удобно, подумала Соня, но чудо как хорошо… Она почему-то вспомнила родительский дом в местечке Любавичи до революции, где прошло её детство, — там тоже не всё было удобно, но, пожалуй, получше…

Так удачно складывалась жизнь Сони в Ленинграде… Уже через месяц после приезда она имела работу по специальности и крышу над головой — мечта миллионов обездоленных войной людей. По утрам она садилась в трамвай прямо под окном своего жилья, доезжала на нём до Невского проспекта, пересаживалась в троллейбус, который шёл по Невскому и Суворовскому до улицы Салтыкова-Щедрина. А там уже было рукой подать до её поликлиники. Работа участкового врача оказалась для неё профессионально несложной, но очень тяжёлой физически — за день приходилось пешком обходить несколько километров да ещё подниматься по бесконечным лестницам. Возвращалась домой уже затемно без ног, а ещё надо было сходить в гастроном на углу Загородного проспекта. Уставала… В воскресенье ходила в коммунальную баню, а потом иногда ездила в гости к Фаине и Осипу, которые жили у Некрасовского рынка. К бывшим коллегам по роддому и сослуживцам Ивана по райкому партии идти не тянуло — слишком много наносного стало между ней и ими. Да и живы ли?

Осенью Соня направила запрос в Винницкий горком партии Украины относительно сына. Она писала, что, по имеющимся у неё сведениям, полученным от очевидца С. Н. Кузьмина, её сын, старший лейтенант Красной армии Вилен (Игнатий) Иванович Прокопьев находился в Винницком лагере военнопленных советских солдат в 1942–1943 годах. Известно, что он бежал из лагеря с помощью девушки из местных комсомольцев, но о дальнейшей его судьбе ничего не известно. Соня просила сообщить ей, нет ли у винницких коммунистов или организаций ветеранов войны каких-либо сведений по данному вопросу. Соня подписала письмо — С. М. Прокопьева, член КПСС с 1917 года.

Ответ пришёл не скоро, но он был неформальным и даже обнадёживающим. Инструктор Винницкого горкома сообщал, что имеются сведения о нескольких местных женщинах-подпольщицах, помогавших советским военнопленным в Винницком лагере. Одна из них — бывшая преподавательница Винницкого медицинского института, сообщила, что её студентка Мария Кличко действительно помогла бежать из лагеря на ул. Чехова одному из солдат Красной армии в конце 1942-го или в начале 1943 года. Преподавательница сообщила также, что сама студентка умерла, а о дальнейшей судьбе того солдата сведений нет. Однако в отделе кадров мединститута сохранился адрес студентки и данные о её семье, жившей в посёлке Стрижавка вблизи Винницы. Инструктор прилагал адрес и рекомендовал тов. С. М. Прокопьевой написать туда письмо на имя матери умершей студентки Галины Богдановны Кличко.

Соня так и сделала. В письме Галине Богдановне Соня писала, что её сына звали Вилен Иванович Прокопьев, но в лагере военнопленных он был известен по имени Игнат или Игнатий и числился простым красноармейцем, хотя на самом деле был старшим лейтенантом Красной армии. Она просила Галину Богдановну сообщить, не ему ли помогла бежать из лагеря её дочь Мария и не знает ли Галина Богдановна что-либо о судьбе Вилена?

Ответа долго не было, и Соня, и без того не возлагавшая больших надежд на сведения из Винницы, перестала его ждать. Мало ли что случилось с семьёй Кличко в далёкой Виннице под фашистской оккупацией. А если и жив кто-нибудь из очевидцев, помнят ли они солдата, который если и был в том посёлке, то тщательно скрывался. Ответ, однако, пришёл, и это письмо, написанное крупными буквами на обеих сторонах листков из школьной тетради в полоску, ошеломило Соню и изменило путь её жизни…

Уважаемая Софья Моисеевна!
Я, Галина Богдановна Кличко, грамоте не обучена, поэтому письмо это пишет с моих слов дочка соседей, школьница. Я ей говорю и по-украински, и по-русски, а она, умница, всё пишет грамотно по-русски.

Вашего сына Виленчика я знала, его привела к нам в дом и спрятала от фашистов и полицаев моя доченька Марусечка. Полгода он днём прятался у нас на чердаке, а ночью спускался в хату. Сначала был сильно слабый, больной, кожа да кости. Но потом Маруся его подлечила, поскольку училась ранее на врача и в лечении много понимала. А я уж старалась подкормить, чем Бог послал, и доченьку Марусю, и вашего сына Вилена. Трудно это было, продуктов не было, только что с огорода, да и скрывать приходилось, что ещё один едок в доме.

А потом случилась у них большая любовь, такая, что я раньше и не ведала. Жить они стали, как муж и жена. Я Марусе говорила, что негоже так, без венчания, но она меня и слушать не хотела, потому что война и враги вокруг… У Маруси Вилен был первый мужчина в жизни. Она его ласково называла Виленчик мой любимый. Да и у Вилена, так думаю, до Маруси никого не было. Он её всё на руках по дому норовил носить.

У Маруси объявился здешний знакомый, немолодой, говорили из партизан; так она, на свою беду, свела его с Виленом. И тогда, уж это было в 43-м году, Вилен сказал, что должен уйти к партизанам. Что не может, когда народ с фашистами воюет, сидеть дома. Тем более что офицер, военному делу обученный. Маруся его, конечно, не хотела отпускать, тем более уже тогда понесла от него. Говорила, что Виленчик родной, как же я без тебя. Но, конечно, понимала его, не дюже препятствовала, сама была такой же идейной. А Вилен, когда уходил к партизанам, всё говорил ей, чтобы, если мальчик будет, назвать его Иваном в честь деда, отца своего, а если девочка, то Софьей в честь бабки, матери своей. Трудно они прощались, со слезами, всё сговаривались, как встретятся после победы. Да и я наплакалась, на детей этих глядя.

О Вилене ничего с тех пор не известно. В конце 43-го немцы очень зверствовали здесь. На фронте их били, так они местным мстили. Почти всех мужиков, кто не в полицаях, забрали или поубивали, всё партизан искали. С партизанами связи не стало, и Маруся очень переживала, что от Вилена никакой вести нет. Она родила мальчика в декабре 43-го, а сама померла от потери крови. Никто здесь помочь не мог, никакой медицинской помощи не было. Бедная девочка, вечная ей память.

Когда в 44-м наши пришли, я записала мальчика, как положено: Иван Виленович Прокопьев от отца Вилена Ивановича Прокопьева и матери Марии Гордеевны Кличко. Искала Вилена, но не нашла, потому что все партизаны, которых в посёлке знали, погибли. И спросить стало не у кого.

Рада я, уважаемая Софья Моисеевна, что у Ванечки появилась ещё одна бабушка и не останется он теперь сиротой. Я Ванечку с первых дней одна поднимала, трудно было без материнского молочка, но справилась, слава Господу. Теперь уже не в той силе, что раньше. Болею, ноги еле ходят. Соседка Настасья помогает, дай Бог ей здоровья. Прошлый год сильно голодно было, хлеб и картошка не уродились. Уж и не знаю, как выжили мы с Ванечкой, благо соседи помогли, не оставили старуху с сироткой без еды.

А теперь вот так я думаю, что дни мои кончаются и надо Вам приехать и внука забрать в Ленинград, чтобы не попал он в казённый дом, как сирота, если я помру, а родственников никаких нет.

А ещё Вилен оставил письмо для вас, уважаемая Софья Моисеевна, чтобы, если будет такая возможность, отправить его в Красноярск по месту Вашего жительства, а если нет, то он и сам напишет Вам другое. В Красноярск я не посылала, всё ждала, что сам объявится. Теперь вот письмо Вилена я Вам тоже посылаю по Вашему новому адресу в Ленинград.

Остаюсь Ваша Г. Б. Кличко.

Соня сначала словно оцепенела от этого письма, а потом забилась в рыданиях… И со слезами читала письмо снова и снова, читала эту невероятную историю светлой любви своего сына в том чёрном круге ада, где только зло и ненависть имели право быть… Прочла и окончательно загубила свою надежду: если сын написал ей своё последнее письмо пять лет назад, значит он умер. Но вместо убитой надежды у Сони появился новый свет в жизни: Вилен не ушёл бесследно, он оставил ей внука Ванечку, которому уже пять лет, ровно столько же, сколько и последнему письму от сына. С этим новым светом ей легче было прочитать последнее письмо Вилена.

Дорогая, родная моя мамочка!

Мне чудом удалось вырваться из лагеря советских военнопленных в украинском городе Виннице. Не по своей воле попал я сюда — знаю, что ты мне поверишь. Моя рота вместе с другими частями оказалась в окружении при попытке нашей армии прорваться к Ленинграду. При попытке выйти из окружения мы с сержантом Степаном Кузьминым (запомни это имя — он не раз спасал меня от смерти, тащил раненого по новгородским болотам) были преданы местными пособниками фашистов и попали в плен к немцам вместе с командующим нашей армией. В Винницком лагере у нас был выбор между смертью от голода и предательством, причём второе было для меня равносильно той же смерти. Мне повезло избежать смерти — местная девушка-комсомолка по имени Мария нашла лаз из лагеря, помогла мне бежать и спрятала у себя в доме. Она с матерью Галиной Богдановной выходили меня — больного, полуживого доходягу.

А теперь хочу тебе сказать о главном, что случилось в моей жизни: я полюбил Марусю и она полюбила меня. Я счастлив, мамочка! Я, как ты знаешь, много читал о жизни и о любви, но никогда не думал, что такое сильное чувство придёт ко мне, да ещё во время этой кровавой войны. Но оно пришло, и у нас с Марусей скоро будет ребёнок — твой внук Ванечка или твоя внучка Сонечка. Напиши об этом папе и расскажи ему, что у него ожидается внук Иван Виленович Прокопьев — пусть эта весть будет для папы подарком судьбы

215

за всё то большое, что он сделал для нашей Родины. Напиши, как я люблю его и как горжусь им, несмотря ни на что...

На днях ухожу к партизанам, чтобы помочь Красной армии, которая скоро придёт и в эти края добить фашистов и освободить нашу Родину.

Маруся шлёт тебе привет вместе с надеждой на скорую встречу после победы! Целую тебя, родная моя, крепко, крепко.

Твой сын Вилен.

Страшно тяжело получить письмо от близкого человека, которого уже давно нет... Соня с усилием дочитала письмо сына. Холод пустоты сгустился за её спиной — у неё нет ни мужа, ни сына, их отняли силы зла, с которыми она не могла бороться. Соня выключила свет, в темноте подошла к окну... Тусклые фонари раскачивались на проводах под ветром, трамвай проскрипел на повороте, одинокий грузовик прогромыхал по булыжной мостовой... Всё, как обычно... Вокруг всё неизменно, всё, как всегда... Иван умер, Вилен убит, а вокруг всё, как всегда... Жизнь, в которой прежде её окружали близкие люди, о которых она заботилась, волновалась, переживала, теперь продолжается без них... И теперь она обязана жить в этом продолжении... Мысль о том, что внука Ваню нужно забрать в Ленинград, превратилась в твёрдое решение: это нужно сделать как можно быстрее.

Соня отправила Галине Богдановне письмо и денежный перевод. Зарплата у Сони была более чем скромная, но она почти ничего и не покупала для себя — только самое-самое необходимое. Небольшие суммы откладывала, словно догадывалась о возможном появлении такой доброй и нужной статьи расходов, как забота о внуке. Соня писала, что постарается приехать летом и забрать Ванечку. Надо было бы забрать в Ленинград и Галину Богдановну — так думала Соня. Но она не могла себе представить, как обустроит и сумеет обслужить больную женщину вместе с внуком в своей крошечной комнатёнке. А ведь Галина Богдановна выходила и Вилена, и Ванечку в самое тяжёлое военное время, не прикидывала, как и что будет, а дело делала, близких людей спасала — так корила себя Соня за свои сомнения. Надо забирать и Ванечку, и бабушку — решила наконец она.

Летом 1949 года Соня собрала нужные документы, взяла в поликлинике отпуск, сходила в Елисеевский магазин, купила круг копчёной колбасы, головку сыра, ленинградских конфет для внука и уехала поездом в Винницу с пересадкой в Киеве.

Поезд пересекал страну с севера на юг, проезжал по знакомым Соне с детства местам через Витебск и Могилёв, а потом по Украине через Чернигов в Киев. В Киеве она провела сутки, прежде чем уехала местным поездом через Фастов в Винницу. Вид разрушенного Киева потряс её. Соня уже привыкла к разрушенным дворцам и домам Ленинграда, но то, что она увидела по дороге на Украину и потом в Винницу, было ещё ужаснее. Деревни были сожжены, города лежали в руинах. Всё вокруг подверглось многократным разрушениям — во время отступления Красной армии и наступления вермахта, в годы немецкой оккупации, во время наступления Красной армии и отступления вермахта. Всё вокруг крушили и отступавшие, и наступавшие, и оккупанты, и подпольщики. Взрывали дома, общественные здания, промышленные предприятия, электростанции, мосты и всё, что могло представлять хотя бы малейшую ценность для врага. Разрушение было основой этой войны…

В посёлок Стрижавка Соня добралась на ветхом старомодном автобусе, чудом пережившем войну. До дома Галины Богдановны Кличко её проводила местная жительница, ехавшая в том же автобусе. По детским воспоминаниям Соня помнила, что такой дом в России называли пятистенным срубом или деревянной избой — четыре внешние стены и одна внутренняя, разделявшая помещение на две части с общей каменной кладки печкой между ними. Дом был по деревенским понятиям хороший, но сильно обветшавший.

Соня постучалась в дверь. Ей открыла женщина средних лет, явно не хозяйка…

— Я к Галине Богдановне, — сказала Соня.
— Галя в хате лежит, болеет… А вы кто будете?
— Я родственница Галины Богдановны… Из Ленинграда приехала. Зовут меня Софья Моисеевна. А вы, наверное, соседка Настасья? Галина Богдановна писала о вас…
— Настей меня зовут, правильно… Заходите, давайте чемоданчик помогу занести.

Настя провела Соню через сени в пустую комнату, сказала: «Подождите, я Гале помогу…» И ушла через дверь у большой печки. Соня присела на длинную лавку вдоль стены, осмотрелась… Комната, видимо, использовалась, для хозяйственных нужд и как кухня, хотя у небольшого окошка стояла убранная с одеялом железная кровать. На полках и под лавками лежала посуда и прочая утварь.

На плоской части плиты стояла керосинка. В углу висел бачок с водой для умывания, а под ним было ведро. Другое ведро с чистой водой стояло у входа. На столе около печки видны были какие-то нарезанные овощи и другая снедь, которую Настя, видимо, готовила к обеду или ужину. Соня вынула из чемодана привезённые гостинцы, положила всё на стол...

В это время Настя ввела в комнату Галину Богдановну — полноватую, болезненного вида женщину с огромной копной совершенно седых волос. За её руку держался худенький мальчик, черноволосый, с удлинённым бледным лицом и большими тёмными глазками. Соня едва не вскрикнула: «Виленчик...», но словно ком застрял у неё в горле, перехватило дыхание — она не могла вымолвить ни слова... Галина Богдановна первой сказала по-украински: «Ласково просимо». Соня встала навстречу и обняла её: «Спасибо вам, Галина Богдановна... За всё, что вы сделали для сына и внука, спасибо...» Галина Богдановна была мягкой и тёплой, от неё веяло добротой. «Вот внука вырастила, скоро уже в школу идти...» — сказала она и потянула Ванечку за руку вперёд: «Пидийди до бабуси своей, не бийся». Соне хотелось погладить ребёнка по головке, но он испуганно отпрянул. Галина Богдановна сказала: «Привыкнуть ему надо... Здесь у нас он редко кого нового видит, а детей совсем мало...»

Пока знакомились, Настя собрала стол, выставила котелок горячей картошечки, сметану, свежие огурчики и квашеную капусту, нарезала привезённую Соней колбаску. Потом пили чай с ленинградскими конфетами. Ванечка был посажен рядом с новой бабушкой, всё косился на неё, привыкал, даже отвечать стал на её вопросы. По-русски говорил он плохо и, как Соне показалось, слегка заикался... «Это он переживает, волнуется», — словно оправдывалась Галя. А Соня едва сдерживала слёзы, гладя по головке мальчика, на которого свалилось всё зло этой жизни — гибель родителей, война, разруха... Конфеты он, судя по всему, видел первый раз...

Когда уложили Ванечку спать и Настя ушла, две бабушки — Софья Моисеевна и Галина Богдановна — сели рядышком, чтобы поговорить по-родственному. Договорились называть друг друга на «ты» и по имени. Соня просила рассказать как можно подробнее о жизни Вилена в этом доме. Галя охотно рассказывала, перемежая русский и украинский, но Соня всё хорошо понимала и даже кое-что записала...

Маруся привезла Вилена ночью из Винницы на телеге, запряжённой лошадью. Потом рассказывала, как ехала в объезд, по мало

218

кому известной лесной дороге, чтобы, не дай бог, не встретить кого-нибудь. Уложила его на кровать, вот на эту самую, что у окошка, а сама ушла — лошадь и телегу надо было обязательно вернуть добрым хозяевам до рассвета. Сказала им, что вещи свои из общежития перевозила. Вернулась Маруся ещё затемно и помогла Вилену забраться по лесенке на чердак. Эту лесенку потом днём прятали в сенях, чтобы и подозрения никакого не было, если кто в дом зайдёт. Вилен был очень слабый и худой — Маруся сказала, что у него дистрофия. Она кормила его понемножку, чтобы оклемался, — знала, что дистрофику нельзя сразу давать есть много, помрёт... Кашу жиденькую сама готовила, а потом картопляне пюре — из картошки, значит. А ещё давала ему много пить чая из полезных травяных настоев. Так и выходила парня... Он первое время с чердака и не сходил, а Маруся всё таскала воду туда наверх, чтобы его обмыть да прибрать... А одежду его казённую, грязную всю забрала и во дворе ночью закопала. А ему одеться принесла, что от отца осталось. С грехом пополам подошло... А потом Вилен стал вниз сходить по вечерам, когда темнело. Сидели они прямо вот у печки и говорили, говорили без конца... И как учились, и что читали, и про родителей, и про друзей... Было им о чём поговорить, много общего нашлось. Любовь у них случилась там, на чердаке, — так думала Галя. Поначалу Вилен после разговора и чая наверх уходил, а потом они с Марусей так порешили, что он остаётся ночевать в Марусиной комнате.

Соня спросила, как удалось скрыть от местных полицаев пребывание в доме беглого красноармейца. Галя объяснила, что их семья не вызывала подозрений, и полицаям не было резона заходить к ним и проверять дом. Она рассказывала:

— Мы с мужем в партии не состояли... Все знали, что Гордей Данилович был мобилизован ещё до войны и погиб в 41-м. А Маруся училась на врача в Виннице, здесь редко бывала. Я одиноко жила, небогато, что за дело ко мне ходить. Так и обошлось схорониться...

Потом Галя рассказала, как Вилен ушёл к партизанам. Поначалу Маруся и Вилен решили вместе уходить, всё говорили, что нельзя дома отсиживаться, когда война с фашизмом идёт. Встретились тайком с партизанским связным, договорились, что он придёт ночью и незаметно отведёт их, куда надо, чтобы никто ничего не смог заподозрить. А кто спросит про Марусю, так Галина Богдановна будет говорить, что Маруся в Виннице живёт, как и полагалось студентке. Но дело повернулось не так, как они задумали, — Маруся поняла, что беременна, и Вилен ушёл один. Когда пришло время рожать, Галя сказала соседям, что дочь понесла от своего преподавателя в мединституте, немолодого уже... Принимать ребёнка Гале помогала одна из соседок, местная повитуха. Роды были у Маруси тяжёлые, мальчик родился большой, но Марусе после совсем плохо стало, и померла она в бессознании... По рассказу Гали Соня решила, что, вероятно, Маруся умерла от внутреннего кровотечения, вызванного задержкой отслойки плаценты. В больнице кровотечение можно было бы остановить, но война беспощадна... Галя рассказывала:

— Когда Марусенька померла, я чуть руки на себя не наложила, только жить и осталась, что для Ванечки... Как его выходила — не знаю, Господь, видать, помог сиротке... Кормила молоком разбавленным, давала тюрю из хлеба в молоке сосать через марлю... Повитуха наша, Бог не забудет, помогала... Выходили, уберегли... Потом, в 44-м, когда наши пришли, оформила его, как положено, с отцом и матерью в метриках.

В тот первый вечер Соня помогла Гале лечь в постель, а сама уснула в кровати, постеленной для неё Настей, — в той, на которой лежал Вилен в ночь своего бегства из лагеря. Спала крепко без сновидений — устала сильно с дороги.

Утром Соня осмотрела Галю, мысленно поставила диагноз — высокое артериальное давление и тяжёлый тромбофлебит обеих ног. Гале объяснила, что у неё воспаление вен на ногах, что надо принимать разжижающие кровь лекарства и делать ножные компрессы с мазью Вишневского. Потом раскрыла свой план...

— Хочу забрать тебя, Галя, и Ванечку в Ленинград. Мальчику надо подготовиться к школе, привыкнуть к жизни в большом городе, подучить русский язык... А тебя надеюсь подлечить...

— Велике спасибе, Сонечка! Ванечку забирай, не против я... Ему у тебя в Ленинграде лучше будет... Тут у нього немае доброго майбутнього... Накажи ему только не забывать своих маму и бабусу, — ответила Галя и всхлипнула...

— Да что ты, Галиночка, как же он тебя забудет, когда жить будете вместе...

— Нет, не поеду я, Сонечка... Тут останусь доживать, где жила с Гордеем Данилычем и Марусенькой. Не багато мени вже залишилось жити...

— Тебе, Галя, лечиться надо, в Ленинграде я смогу помочь...

— Что пропишешь мне, я и здесь буду лечиться… А Настя поможет, не бойся, моя ридна…

— Настасья, вижу, очень помогает тебе… Надёжный она человек?

— Вона хороша людина, дюже надийна… Скажу тебе ещё: я Клаве обещала отписать дом. Она дюже тесно живёт с двумя своими детьми и старшей сестрой, а у той ещё муж и дочь на выданье.

— Подумай, Галя, подумай… Я тебя могу с собой взять в Ленинград… Как-нибудь справимся…

— Ванечку забираешь, за то тебе уклин низький и спаси тебе Бог. Плохо ему здесь будет, коли я помру…

— Помирать в любом случае не надо… Подумай, Галя, насчёт Ленинграда, подумай…

Следующие несколько дней прошли в семейных хлопотах. Соня готовилась к отъезду с внуком в Ленинград. Ванечка начал привыкать к новой бабушке — уже не чурался её, слушался. Соня съездила с ним в Винницу — они провели там весь день, гуляли, разговаривали. Она накормила Ванечку в столовой, угостила мороженым, а потом купила ему в дорогу новые ботиночки и матросский костюмчик — бело-голубую рубашку и тёмные штанишки, немного великоватые, на вырост, но если чуть подшить, то в самый раз. В городской аптеке накупила Гале лекарств и мазь для ног. А ещё купила Гале и Насте подарки — оренбургские тёплые платки.

На обратном пути в автобусе Ванечка прижался к бабушке и заснул, переполненный впечатлениями. Соня обняла его спящего, и снизошла на неё благодать… Божья благодать спасения от одинокого и страшного существования в мире, который отнял у неё, казалось, всё дорогое, без чего и жить-то нет смысла…

Через несколько дней она уехала с внуком в Ленинград…

Расправа с интернационалом

Соня вернулась в Ленинград с внуком Ванечкой в разгар «Ленинградского дела». Фаина и Осип рассказали ей по секрету, что почти все, кто руководил городом во время блокады и после неё, арестованы. Рассказали ещё, что аресты проходят в университете, в Музее обороны Ленинграда и в других организациях. В печати и по радио ничего не сообщалось ни об арестованных, ни о предъявленных им обвинениях, но люди видели, кто внезапно исчез, и хорошо знали, что исчезнувших ожидает в таких случаях... Соня не пыталась вникать в суть происходящего — её полностью поглотили заботы о внуке, да к тому же необъяснимые исчезновения людей стали такими привычными, что не вызывали особого интереса.

Ваня поначалу нелегко привыкал к жизни в большом городе, даже трамвай пугал его... Соня почти каждый вечер читала ему детские книжки, учила русскому языку — ведь через год внуку надо идти в первый класс. Жившая неподалёку Сонина коллега по поликлинике, по профессии логопед, стала раз в неделю заниматься с Ваней. Соседка по квартире — одинокая пенсионерка, согласилась за небольшую плату опекать Ваню, пока Соня на работе.

Как-то так наладился новый для Сони быт... По выходным она старалась показать внуку город, сводила его в зоопарк, в Музей Арктики, Зоологический музей и Музей Военно-морского флота. Соня радовалась тому, как успешно мальчик развивается, быстро усваивает новое. Прежде нелюдимый, как казалось — из породы молчунов, Ваня оказался смышлёным, дружелюбным, охотно идущим на контакты. Он подружился с соседским мальчиком Мишей из семьи инженеров, играл с ним в войну, бойко оспаривал своё право быть красноармейцем. Игрушек в те годы не было, и мальчики использовали в роли ружей палки и кочергу. Соне в Ванечке всё время виделся Виленчик, она находила много общего у внука и сына и во внешности, и в характере.

В сентябре 1950-го Ваня пошёл в школу, которая была неподалёку — на Звенигородской улице. Поначалу Соня отводила его сама, а забирала после занятий соседка, сын которой Миша учился там же. Вскоре, однако, мальчики стали ходить в школу самостоятельно. Им не надо было переходить улицу — завернули с Марата на Звенигородскую, а там и школа на этой же стороне.

Соне пришло время уходить на пенсию, но главврач поликлиники попросила её остаться, и она согласилась. Времена наступили нелёгкие...

Уже несколько лет длилась кампания борьбы с «безродными космополитами», которые обвинялись в «низкопоклонстве перед Западом». Этим людям противопоставлялся советский патриотизм, в догматы которого партийным агитпропом были насильственно вмонтированы абсурдные, доходившие до полного идиотизма претензии великодержавного шовинизма — всё ценное в мире изобрели русские, равно как и почти все законы природы открыли великие русские учёные. В патриотическом раже невежественные партийные боссы объявили генетику и кибернетику буржуазными лженауками, предопределив тем самым хроническое отставание страны от цивилизованного мира. В образах антипатриотов и поклонников Запада, которые «наше хают и бранят, а сало русское едят», легко и очевидно просматривались советские евреи. Навешанный на них ярлык «космополиты плюс пособники сионизма» приобретал зловещий смысл. В 1950 году случился один из первых послевоенных кровавых еврейских погромов — на Московском автомобильном заводе имени Сталина чекисты раскрыли сионистский заговор, пятнадцать человек, связанных с заводом, были расстреляны, десятки отправлены в многолетнюю каторгу. Советский государственный антисемитизм ещё не залил дурно пахнущим потоком всю страну, однако напор нечистот уже явственно ощущался.

Ни на работе, ни в квартире Соня, конечно, ни с кем об этих событиях не говорила — советские люди были достаточно выдрессированы, чтобы ясно понимать, что и с кем можно обсуждать. Только от Фаины и Осипа доходили до неё те крохи информации, которые просачивались или преднамеренно сбрасывались народу. Фаина Михайловна всё ещё работала преподавателем на филфаке университета и много знала из кухонных рассказов своих ленинградских и московских коллег. Она была беспартийной и расценивала кампанию против космополитов как преднамеренное разжигание национальной ненависти и подготовку каких-то действий по дальнейшему ограничению прав евреев. Более того, считала, что проведение политики государственного антисемитизма стало постоянной заботой руководства компартии. Осип Абрамович, будучи членом партии и вращаясь в кругах военных врачей, располагал большей информацией, недоступной простому советскому люду. Тем не менее он считал, что всем видные проявления антисемитизма не поддерживаются в верхах, а скорее, инициируются местным начальством в своих чисто карьерных целях. Доказательством своего заключения он считал очередной список лауреатов Сталинской премии, который тщательно изучал с карандашом в руках...

— Посмотрите, — говорил Осип Фаине и Соне, — во всех разделах лауреатского списка, и в производстве, и в науке, и в искусстве, есть евреи. Их непропорционально много по сравнению с еврейским населением. Здесь никак не просматривается негативная предвзятость, скорее наоборот... Список утверждается на самом верху партийного руководства, там, где формируется политика государства. Следовательно, наблюдаемые проявления антисемитизма не являются политикой партии...

— Неужели ты думаешь, что кампания типа «безродные космополиты» могла пройти без одобрения на самом верху? — возражала Фаина.

— Такого масштаба кампания, конечно, утверждалась в Политбюро, но она не задумывалась как антисемитская. Это потом чересчур ретивые писатели внесли в неё антисемитский душок. Вот и список лауреатов это доказывает, так я думаю, — стоял на своём Осип.

— Не понимаю, почему тебя, интернационалиста, радует, что в списке много евреев...

— Потому что Сталин лично утверждает списки лауреатов. Значит, партия в лице её руководителя против антисемитских проявлений на местах, а идея интернационала жива и невредима.

Обычно эти домашние дискуссии не приводили к согласию — Фаина и Осип оставались при своём мнении. Соня редко участвовала в спорах, больше отмалчивалась, слушала... В её представлении советский интернационализм, которому она отдала лучшие годы своей жизни, пошатнулся и затрещал ещё во время войны, когда она узнала о судьбе своих родственников из местечка Любавичи. Теперь, слушая рассказы о «безродных космополитах», она уже не сомневалась, что присутствует при похоронах интернационализма в его советском обличье. После гибели мужа и сына у неё не было чрезмерных иллюзий относительно роли партии большевиков в этом похоронном процессе. Соне ещё хотелось верить в правоту Осипа Абрамовича — партия против антисемитизма, но интуиция и пережитые трагедии вели её в сторону Фаины Михайловны: партия является главным организатором антисемитской кампании.

На самом же деле ни Соня, ни советские евреи, ни весь многонациональный советский народ не знали ни истинных планов партии, ни того, на краю какой пропасти они стоят. А главное, не знали сокровенного замысла того единственного, кто принимал важные решения в этой огромной, измученный тиранством и войнами стране. Не знали, какой кровавый спектакль он им готовит. Сценарий этого спектакля был воистину драматическим, и действие по нему растянулось более чем на десять лет...

Товарищ Сталин не любил никого, но к евреям у него было особо неприязненное отношение. Поразительно при этом, что среди многих страхов, до конца жизни преследовавших этого садиста-маньяка, одним из наиболее острых был страх быть обвинённым в антисемитизме. Это заставляло его виртуозно маневрировать среди подводных рифов своего собственного юдофобства. Когда он в своё время понял, что может стать единоличным властителем этой огромной страны, а потом и всего мира, главным препятствием на его пути оказались все эти троцкие-бронштейны, зиновьевы-радомысльские, каменевы-розенфельды... Товарищ Сталин понимал: они образованнее и талантливее его, а кроме того, ближе к самому Ленину, и это разжигало его ненависть. В конце концов он разобрался с этими троцкистско-зиновьевскими врагами, отомстил им так, что все другие, затаившие своё превосходство над ним, великим, содрогнулись... Тут, правда, при ближайшем рассмотрении выяснилось, что и сам Владимир Ильич тоже не без еврейской примеси. Советовал, видите ли, своим бронштейнам и прочим убрать товарища Сталина из секретарей ЦК. Но с товарищем Лениным было сложнее. Люто ненавидя Ленина, который, как никто другой, понимал его ничтожество и не скрывал этого, Сталин в политических целях сделал его посмертно главным советским святым, непогрешимым вождём всех трудящихся мира. Себя самого Сталин назначил верным учеником и великим продолжателем дела Ленина, поэтому самым строгим образом наказывал за попытки найти у Владимира Ильича хоть каплю еврейской крови.

Уже к концу 30-х годов отец советских народов пришёл к парадоксальному выводу: вся история партии большевиков — это история борьбы с евреями. Он начал планировать постепенное вытеснение евреев из всех сфер жизни во время подготовки договора с Гитлером. Когда министр иностранных дел фашистской Германии Иоахим Риббентроп, через 7 лет повешенный по решению международного трибунала, выразил озабоченность Германии большим числом советских специалистов еврейской национальности, Сталин успокоил его:

— Пока ещё есть необходимость пользоваться услугами специалистов еврейского происхождения. Но как только будут подготовлены свои кадры, необходимость в этой обузе отпадёт».

Устранение «этой обузы» начали с Наркомата иностранных дел. Назначив наркомом вместо еврея Литвинова своего ближайшего подручного Молотова, вождь приказал ему: «Убери из наркомата евреев». Ясное дело, холуй немедленно выполнил и перевыполнил указания хозяина — многие евреи-дипломаты были «убраны» в братские могилы расстрельных центров НКВД.

Хозяин же готовил грандиозный процесс дипломатов-шпионов, который должен был завершиться всеобщим еврейским погромом. Однако погром пришлось временно отложить. Для этого были веские причины. Во-первых, необходимость в еврейской «обузе» не только не ослабевала, но, напротив, в преддверии войны возрастала, особенно в науке и оборонной промышленности. Во-вторых, готовя мировую пролетарскую революцию, Сталин планировал прийти в Европу гитлеровским антиподом — кристально чистым интернационалистом. Он не мог появиться со своей армией в Европе с теми же антисемитскими установками, что и Гитлер. К тому же в этом походе в Европу ему остро понадобятся евреи-интернационалисты, авторитетные на Западе евреи-интеллектуалы вроде Ильи Эренбурга, космополитизм которых есть лучший цемент для строительства мировой советской социалистической республики. Вот почему он отложил расправу над евреями до «лучших времён».

К концу 1942 года Сталин окончательно разуверился в возможности скорой мировой революции. Если даже и удастся победить Гитлера, то захватить всю Европу не получится — американцы и англичане не позволят. И евреи для этого не понадобятся. Тогда и началось развёртывание советского государственного антисемитизма, принявшее чёткие формы имперской политики сразу же после Сталинградской победы. В 1943 году Сталин ликвидировал международную организацию Коммунистического интернационала, приказал усилить антисемитские настроения в народе и убыстрить вытеснение евреев со всех значительных и ответственных позиций. Полного вытеснения, однако, опять не получалось — советские евреи срочно понадобились для разработки атомной бомбы и других вооружений, да и в искусстве без них было скудновато.

Вожделенные «лучшие времена» для еврейского погрома пришли в год 30-летия Великой Октябрьской социалистической революции. К тому времени вождь имел большой положительный опыт депортации и физического уничтожения многих народов Советского Союза — крымских татар, чеченцев, калмыков, карачаевцев, ингушей, балкарцев и прочих... Во всех этих операциях по уничтожению народов вождя весьма впечатлили, во-первых, блистательная работа славных чекистов, которые провернули все дела так, что никто и пикнуть не посмел, а во-вторых, отсутствие какой-либо серьёзной реакции империалистического Запада, который скушал всё это без каких-либо последствий для вождя. Так что и еврейский погром скушают...

Задача, поставленная Сталиным самому себе, была, надо признать, достаточно сложной, ибо, в отличие от фашистской Германии, где антисемитизм прямо вытекал из расистской государственной доктрины, советская идеология базировалась на интернационализме и антисемитизм рассматривался, как буржуазный предрассудок. Как можно разжечь антиеврейские настроения с позиций интернационализма? Очень просто: следует приписать евреям буржуазный национализм. Это даст хорошую затравку, обособит евреев в интернациональном союзе советских народов, придаст им зловредную антисоциалистическую, антисоветскую окраску. А с другой стороны, нужно представить евреев безродными космополитами, забывшими о Родине, их вскормившей. Но всего этого мало — нужны процессы, в которых евреи были бы врагами народа, шпионами и вредителями. Тут надо действовать аккуратно и осторожно, ничуть не подчёркивая поначалу еврейство обвиняемых, — народ сам постепенно дозреет до понимания, кто его истинный враг. Сначала нужно брать их и расстреливать тайно, чтобы только слухи расходились кругами, чтобы страх сковал всех. А затем, в финале, — громкий процесс над шпионами и убийцами с публичными казнями, после которых народ советский не пожелает более жить и работать рядом с еврейским националистическим отродьем, с извергами рода человеческого. Так фашистское юдофобство перебазировалось в Советский Союз и здесь, под мудрым водительством партии коммунистов, получило новую жизнь…

Прикидывая так и эдак завязку всего дела, Сталин постоянно натыкался на одно и то же препятствие, мешавшее начать тайные убийства еврейской интеллигенции и явные разоблачения еврейского буржуазного национализма. Таким препятствием был великий еврейский актёр Соломон Михоэлс. Этот не промолчит, этот не поддержит товарища Сталина в его нелёгкой борьбе. Этот, наоборот, пожалуется на товарища Сталина своим заграничным друзьям. И ничего с ним сделать нельзя — слишком авторитетен здесь, слишком хорошо известен на Западе.

Так созревал в голове вождя народов план окончательного решения еврейского вопроса в СССР. В отличие от размытых и неопределённых временных рамок советского государственного антисемитизма, этот сталинский план имеет точную дату своего начала — в ночь с 12 на 13 января 1948 года в Минске по личному приказу Сталина был убит Соломон Михоэлс. Вследствие государственной важности поставленной вождём задачи, убийство актёра было выполнено лично начальником госбезопасности Белоруссии, которого вскоре наградили орденом Ленина за «образцовое выполнение специального правительственного задания». Словом «образцовое» подчёркивался особо зверский и садистский, то есть «образцовый» с точки зрения вождя, способ убийства Михоэлса, лицо и голова которого были чудовищно до неузнаваемости изуродованы. В физике есть понятие абсолютного нуля температуры, ниже которого опуститься в принципе невозможно. Сталинский режим располагался на уровне абсолютного нуля морали, ниже которого опуститься невозможно, ибо дальше этой предельной аморальности ничего более аморального просто не существует.

Убийство Михоэлса было первым актом задуманного вождём кровавого спектакля. Второй акт не заставил себя ждать: в том же году в соответствии с указанием Политбюро ЦК КПСС был ликвидирован Еврейский антифашистский комитет (ЕАК) и начались аресты его членов. В застенках Лубянки оказались известные писатели и поэты Перец Маркиш, Давид Бергельсон, Лейб Квитко, любимый советскими кинозрителями актёр Вениамин Зускин, главный врач больницы имени Боткина Борис Шимелиович, академик Лина Штерн, дипломат Соломон Лозовский и многие другие.

Почти четыре года дело ЕАК держалось в непроницаемом секрете от всего мира — даже родственники арестованных ничего не знали о их судьбе. Почти четыре года арестованных тайно пытали физически и нравственно, прежде чем расстрелять, — ужасающий пример государственного садизма. Сталин подгонял дело ЕАК к завершающей стадии большой антисемитской кампании и намеревался раскрыть «злодеяния» узников под занавес всего спектакля. Но поскольку спектакль всё не развивался так, как того хотелось главному режиссёру, то он, в конце концов, приказал их всех расстрелять без огласки.

Сталин решил, что юдофобский плод должен созреть к определённому времени, лучше всего — ко времени паритета с Америкой в ядерном оружии. Это время пришло в конце 1952 года, когда руководители советского атомного проекта доложили вождю, что готова водородная бомба, которой ещё нет у Америки. Однако вождь был недоволен состоянием подготовки рабоче-крестьянских масс к еврейскому погрому. Другое дело — советские писатели, эти вполне готовы к самым решительным действиям, на них произвели достаточно возбуждающее действие и тайные процессы над еврейскими буржуазными националистами, и бурная полемика о безродных космополитах. Но с писателями большой каши не сваришь. Чтобы полаять — для этого они, конечно, годятся, а вот чтобы настоящий погром устроить, да с грабежами, да с убийствами, — тут писатели не годятся. Здесь нужен гегемон революции — пролетариат. Но вот беда: гегемон и другие широкие массы трудящихся, пригодные для разбоя, не возбуждаются в достаточной степени от каких-то там космополитов, если даже им разъяснить, что космополиты — это мойши и абрамы. Плохо работает среди совслужащих и в рабочей среде даже такое испытанное зелье, как еврейский буржуазный национализм вкупе с сионизмом, — все эти сложные байки гегемон пропускает мимо ушей и не возбуждается. Конечно, усилия не пропали даром: теперь всякий знает, что евреи — плохие люди и враги нашей социалистической Родины. Но настоящего погромного энтузиазма всё нет и нет.

В октябре 1952-го в Кремле проходил XIX съезд КПСС. Когда Сталин вместе с другими членами Политбюро входил в зал и скромно садился в стороне от Президиума, делегаты вставали и устраивали бесконечную овацию с выкриками: «Слава великому Сталину!» Вождь о чём-то думал. Конечно, не о том, что говорили ораторы, его слегка утомляли потоки лести, в искренность которых он не верил. Он думал о своём. Тогда очень немногие догадывались, о чём думал вождь.

Сталин, всё более впадавший в маразм, изобретал остро действующее средство, способное возбудить ударную волну еврейского погрома. Ему подсказали путь к успеху славные чекисты; они доложили о заговоре врачей, коварно решивших извести руководителей страны злостным неправильным лечением. И тогда вождя озарило: врачи-убийцы, убийцы в белых халатах. Это было гениально: евреи-врачи, у всех на виду планомерно подрывающие своим вредительским лечением здоровье простых советских людей и их любимых вождей. Это было именно то, что необходимо для погромного возбуждения масс.

После гениального сталинского изобретения течение времени ускорилось — на всю подготовку еврейского погрома вождь отвёл партийным органам и госбезопасности всего несколько месяцев. Уже в октябре 52-го были арестованы выдающиеся профессора медицины, известные всей стране московские врачи, включая личного врача Сталина академика Виноградова и главного терапевта Советской армии, профессора, генерал-майора медицинской службы Вовси. В камерах Лубянки для них ввели круглосуточное содержание в металлических наручниках. Затем по личному указанию вождя в кабинете начальника внутренней тюрьмы оборудовали для врачей-вредителей специальную пыточную камеру, а для применения к подследственным надлежащих мер физического воздействия по личному распоряжению министра госбезопасности были привлечены двое особо опытных садистов. В январе 53-го по указанию вождя были арестованы новые группы врачей — антисемитский характер акции приобретал всё более определённые контуры. Партийные чиновники всех рангов и работники госбезопасности приняли к руководству и исполнению недвусмысленные и чёткие, как короткие автоматные очереди, указания вождя народов: «Любой еврей-националист — это агент американской разведки. Евреи-националисты считают, что их нацию спасли США... Среди врачей много евреев-националистов».

Соня впервые услышала об аресте врачей в декабре 52-го от Осипа Абрамовича. Он сам знал об этом от своих коллег — военных врачей госпиталя. Новость эта было столь неправдоподобной и чудовищной, что поначалу Соня и Фаина не согласились верить этому. Известные врачи, выдающиеся учёные, авторы книг и научных методов лечения, которыми пользовались повсеместно медицинские работники, обвиняются в преднамеренных убийствах советских руководителей. В это невозможно было поверить. Но невозможно было поверить и в то, что такая большая группа врачей ложно обвинена в столь чудовищных преступлениях, несовместимых с врачебной этикой. Соня и Фаина ждали каких-то разумных объяснений от Осипа — он был лучше всех осведомлён, он был мудрее их. Но Осип молчал... Он лично знал некоторых из арестованных, и он был в тупике — не мог поверить ни в виновность известных ему врачей, ни в возможность столь дикого ложного обвинения. Соня первой поняла суть происходящего: это подготовка еврейского погрома. Она похожее уже проходила и на примере своего мужа, и на примере массовых арестов невинных людей по совершенно нелепым и алогичным обвинениям.

Время сгущалось и сатанело, и очень скоро омерзительный план уничтожения евреев начал выползать из ящика Пандоры — секретного сталинского ящика зла и ненависти — на всеобщее обозрение...

Девятого января 1953 года на заседании Бюро Президиума ЦК КПСС под руководством самого товарища Сталина был утверждён текст сообщения в печати об аресте «врачей-вредителей». Пахан банды, как это и положено по понятиям, мазал своих подельников кровью будущих жертв. Тринадцатого января газета «Правда» опубликовала статью «Подлые шпионы и убийцы под маской профессоров-врачей». В статье, как и в правительственном сообщении, делался упор на еврейский характер дела:

«Большинство участников террористической группы — Вовси, Коган, Фельдман, Гринштейн, Этингер и другие — были завербованы филиалом американской разведки — международной еврейской буржуазно-националистической организацией «Джойнт». Грязное лицо этой шпионской сионистской организации, прикрывающей свою подлую деятельность под маской благотворительности, полностью разоблачено».

Действия большинства арестованных напрямую связывались с идеологией сионизма и с уже давно тайно убитым председателем Еврейского антифашистского комитета Соломоном Михоэлсом. В стране развернулась антисемитская кампания — на многолюдных собраниях трудящиеся требовали сурового наказания извергов рода человеческого, шпионов и террористов, которые под личиной врачей калечили и убивали советских людей.

Через неделю после публикации в газете «Правда» соседка Сони по квартире, та, что прежде помогала ухаживать за Ванечкой, пришла, швырнула Соне на стол несколько пачек лекарств и, не здороваясь, выпалила:

— Вот тебе лекарства, которые мне прописала... А я-то всё думаю, чего так плохо мне... Сама принимай своё зелье, вражина жидовская...

— Ты что, Матвеевна, совсем спятила... Нельзя тебе без этих лекарств, давление у тебя, помрёшь...

— А хоть и помру, да не от вас... Читала я всё в газете, и по радио про вас рассказали, правду народу раскрыли...

— Да что ты такое говоришь, Матвеевна, про кого и что тебе рассказали?

— Про вас, про евреев, как извести нас захотели да квартиры наши забрать... Да вот не получилось у вас... Говорят, скоро выселят вас всех, комната твоя русским людям честным отойдёт... Запомни...

— Пошла вон, — не выдержала наконец Соня...

— Я-то уйду, а ты... ты запомни, — задохнулась от злобы соседка...

Через две недели после публикации в «Правде» Ваня пришёл домой из школы с синяком под глазом, а соседский мальчик Миша — с опухшим лицом и разбитым в кровь носом... Соня сразу подумала: в классном журнале написано, что Миша еврей... Неужели мальчика побили за это школьные товарищи, пионеры? Потом помогла промыть Мише нос, наложила повязки на лицо обоим... Когда Миша ушёл, усадила Ваню рядом и спросила: что случилось? Ваня рассказал, что переросток Борька Галышев на переменке велел побить жидов, но пришёл учитель... Потом после уроков Борька со своими, тоже переростками, поджидал Мишу во дворе. Мишу побили, а заодно досталось и Ване, который сидел с Мишей за одной партой... Соня подумала: Миша, наверное, не знал, кто такие жиды, теперь знает... Обещала Ванечке сходить к директору, но про себя решила, что делать этого не следует — Ване и Мише придётся жить в другой стране, в фашистской стране...

Через три недели после публикации в «Правде» Соня сходила в гости к Фаине и Осипу. Осип Абрамович был подавлен и неразговорчив... Сказал только, что у них в госпитале все требуют смертной казни врачам-убийцам. Осип Абрамович лично знал профессора Мирона Семёновича Вовси ещё по военным временам, когда тот был главным терапевтом Красной армии. Вовси разработал основные положения военно-полевой терапии, во время Великой Отечественной войны внедрял систему терапевтических мероприятий в войсках, спасшую жизни тысяч военнослужащих в действующей армии. Осип не верил, что Вовси врач-убийца, никак не складывалась такая картина, а значит... Значит это антисемитская провокация. Кто за ней стоит? Вопрос был скорее риторический: ясно, кто стоит за акцией такого масштаба... Осип Абрамович сослался на усталость и рано ушёл спать. Фаина на кухне рассказала Соне, что в госпитале, где работает Осип, несколько больных потребовали заменить лечащих врачей еврейской национальности... В медицинских вузах идут повальные увольнения преподавателей-евреев, а ещё ходят совсем жуткие слухи... якобы принято решение депортировать всех евреев в районы Крайнего Севера, Сибири и Дальнего Востока. Сначала будет публичная казнь убийц в белых халатах прямо на Красной площади, а потом приказ о депортации... Фаина полагала, что Соня, как и она, ужаснётся и скажет, что не верит этим слухам... Но Соня не ужаснулась, спокойно сказала, что ничуть не удивлена, что уже лет десять эта страна идёт по пути фашистской Германии... Что она лично уже ничего хорошего не ждёт и ничего не боится... Только внука жаль, в царской России ему было бы лучше... У них в Любавичах при царях погромов не было, а попытка погрома в Велиже и Витебске ещё при Николае I была правительством пресечена...

Через четыре недели после публикации в «Правде» Осип Абрамович был арестован. Соня приехала к Фаине... В квартире был погром, на полу валялись книги и вещи, почему-то были сорваны гардины с окон. Фаина сидела на стуле посередине всего этого и плакала. Дочка Ирочка ходила по комнате и собирала с пола разбросанные вещи. Соня вспомнила день после ареста Ивана Игнатьевича — та же картина, ничего не меняется в этой стране. Даже арестовать не могут по-человечески, без этого грубого хамства, без наглой демонстрации того, что им всё дозволено... Фаина всё ещё не оправилась от шока, глаза красные, заплаканные, всхлипывала:

— За что это нам, Соня? Ося не знал ничего, кроме работы, сколько людей спас от смерти, всю блокаду в Ленинграде проработал... За что?

— Ни за что, Фаиночка… Не кори себя, ни твоей, ни его вины нет, — пыталась успокоить подругу Соня.

— Вины нет, так за что? Совсем невинного человека… Так грубо, как уголовника…

— Моего Ваню точно так же взяли. За что? А за то, что старый большевик, слишком много знает… А Осю взяли за то, что еврей… Ни за что больше…

— Я понимаю это, но не могу принять такую данность… Что это, Соня, фашизм?

— Строили коммунизм, построили фашизм… Парадокс? Оказалось, что закономерность… Фашистское юдофобство перебазировалось в Советский Союз и здесь получило новую жизнь, нашло, так сказать, благодатную почву. Мы, Фаиночка, вместе с верой отторгли рай на небе, поверили в рай на земле… Всё, что имели, — и силы, и душу — отдали постройке этого земного рая… А построили, сами того не понимая, земной ад… Привели к власти над нами дьявола… Теперь вот опомнились, плачем по потерянному. Поздно, поздно…

— Соня, что такое говоришь, поостерегись…

— А мне уже нечего бояться, у меня всё дорогое давно отняли — и мужа, и сына… Только и живу ради внука… Обещай, Фаиночка, что не оставишь мальчика, если я уйду из этого ада в мир иной… Олечка обещала усыновить Ванечку, если что… Да не знаю, когда она вернётся, тоже жертва обмана…

Через пять недель после публикации в «Правде» сосед Сони, отец Миши Григорий Савельевич, со слов своего знакомого из райкома партии рассказал, что их соседи Митрохины написали в райком просьбу улучшить жилищные условия за счёт выселяемых из квартиры евреев. Митрохины действительно жили скверно. В комнате площадью 35 квадратных метров ютились шесть человек и намечались ещё двое. У матери семейства были две взрослые дочери и сын-школьник. Одна из дочерей была на сносях и привела жить в комнату своего мужа — бывшего матроса Балтфлота. Вторая дочь тоже собиралась замуж за приезжего парня без жилья. Митрохины жаловались в письме, что две семьи евреев в составе пяти человек занимают в квартире две комнаты большей площади, чем они — русские рабочие люди при восьми членах семьи. Просили при выселении евреев предоставить им освободившуюся площадь. Знакомый Григория Савельевича ещё сказал, что в райкоме обещали рассмотреть просьбу Митрохиных.

Через шесть недель после публикации в «Правде» Соню уволили с работы. Гавврач поликлиники — женщина деловая и вполне доброжелательная — объяснила Соне, что в сложившихся обстоятельствах ей лучше самой подать заявление об уходе на пенсию. Соня тут же написала заявление, но попросила объяснить, какие-такие обстоятельства требуют её немедленного ухода... Главврач ответила:

— Вы, Софья Моисеевна, не хуже меня знаете эти обстоятельства... В стране раскрыт сионистский заговор врачей-вредителей...

— Какое лично я имею отношение к этому?

— Может быть, и не имеете, но больные с подозрением относятся к врачам еврейской национальности... Поскольку вы спросили, не могу не сказать, что и на вас лично есть жалоба...

— Любопытно какая?

— Вы помните своего больного по фамилии Лазарев? Он генерал в отставке, живёт на Суворовском...

— Конечно помню... Гипертоник, ишемия... Пьющий, да ещё с очень тяжёлым характером, привык командовать, дочь свою взрослую не слушает... Еле-еле уговорила его принимать лекарства, просила дочь следить, чтобы соблюдал диету...

— Генерал написал на вас жалобу самому товарищу Сталину. Мне её переслали из обкома партии. Пишет буквально вот что... Сейчас вам зачитаю: «Дорогой товарищ Сталин! Еврейские убийцы в белых халатах с помощью своего ставленника, некоей Софьи Моисеевны Прокопьевой, пытаются убить Вашего самого верного солдата...»

— Но ведь вы, Вероника Александровна, прекрасно понимаете, что это чушь собачья...

— Я всё понимаю, — сказала Вероника Александровна, — но это ничего не меняет... Обком требует ответить на эту жалобу... Ничего личного, Софья Моисеевна... Скажу вам больше: таких специалистов, как вы, в нашей поликлинике больше нет и, боюсь, не будет. Я всегда ценила вашу работу, но... сами понимаете, не всё мне подвластно...

Соня вернулась домой в состоянии какого-то ступора... Её, казалось, ничто больше не волновало и не заботило. Что будет с ней, что будет с теми высокими идеями и со страной, которой она отдала всю жизнь, — всё это ушло куда-то и больше не имело к ней никакого отношения. Если бы не Ванечка, то и сама жизнь больше не представляла бы для неё никакого интереса... Она вспомнила Ивана

Игнатьевича и подумала, как хорошо, что он ушёл из этой жизни и не видит и не знает, какой мерзопакостной стороной она, эта жизнь, обернулась для всех тех, кто за неё боролся... К вечеру Соня почувствовала себя совсем плохо — боль в груди, головокружение, тошнота. С трудом дошла до коммунального телефона в коридоре, позвонила Фаине, рассказала об увольнении и что чувствует себя нехорошо. Потом снова попросила не оставлять Ванечку, если с ней что-то случится... Фаина следующим утром вызвала Соне врача, приехала сама... Врач рекомендовал госпитализацию, подозревал инфаркт, но Соня ехать в больницу отказалась.

Через семь недель после публикации в «Правде» Соня скончалась.

Она не дожила до смерти Сталина всего два дня. Агрессивный психоз маньяка был отягощён гипертонией и мозговым атеросклерозом. Лечить его было некому, поскольку все серьёзные врачи по его приказу пребывали в кандалах на Лубянке. Вождь умер в полном одиночестве, свалившись с дивана, на полу своей дачи в луже собственной мочи.

После возвращения Осипа Абрамовича из тюрьмы и его реабилитации Фаина Михайловна забрала к себе Ванечку.

Бедный мальчик... Появившись на свет, он не застал в живых ни маму, ни папу, ни своих дедушек... Потом он пережил смерть обеих бабушек, у него не осталось на этом свете ни одного родственника...

Может быть, сироте выпадет больше счастья, чем его предкам, «посетившим сей мир в его минуты роковые»? Может быть, этот мальчик и есть тот лучик света из будущего, которого так ждали и не дождались его родители? Наверное, он — знак надежды, поданный людям самим Провидением в дни беспросветного мракобесия...

Эпилог

Это было, когда улыбался
Только мёртвый, спокойствию рад.
И ненужным привеском болтался
Возле тюрем своих Ленинград.
Анна Ахматова

Туман всё ещё не рассеялся, но низкое осеннее солнце пробивалось сквозь него, странными бликами прыгая по поверхности надгробных памятников. Ольга всего этого не замечала. Сидя напротив гранитной стелы, только надпись и видела — Семён Борисович Шерлинг...

Тихо, тихо Ольга Ивановна Шерлинг рассказывала своему мужу Семёну, как жила все эти годы после ареста. Говорила с волнением, с перерывами, с одышкой, которая уже несколько лет не оставляла её...

Вот, мой родной Семушка, теперь есть место, где могу тебе рассказать о себе. Как давно нас разлучили... Если посчитать, то больше пятнадцати лет. Как ушёл ты тогда на работу, так и сгинул. Меня поцеловал, энергичный такой, радовался, что план работы института идёшь представлять в райком партии. И не вернулся... У меня в ту ночь обыск был, а потом арестовали, в «Кресты» посадили, в Казахстан отправили в женский концлагерь АЛЖИР. Успела только Левочку к тётке Клавдии пристроить, плакал маленький, маму и папу звал...

Я на каторге, а потом на поселении чуть ли не 15 лет провела... Самым тяжёлым там была не жизнь и работа каторжная, а неизвестность — что с тобой и с Левочкой... Переписка была под запретом, только после войны разрешили письма получать. Поначалу всё надеялась, что ты жив, что вернёшься, ведь всего 10 лет дали, другим и побольше давали... Дурой была, но в АЛЖИРе умные люди просветили — убили тебя выродки энкавэдэшные, тогда же в 37-м и убили... А меня как держали за дуру, так и до сих пор

238

держат — последний раз сказали, что ты скончался в 46-м от рака, сволочи поганые… Всё на вранье в этой стране стоит, даже смерть человеческая. Потом жила я надеждой обнять сына нашего Лёвочку, когда срок кончится и вернусь в Ленинград. Только в 47-м узнала, что Лёвочка с Клавой погибли в блокадном Ленинграде. От прямого попадания фашистской бомбы в их дом на Тверской…

Ольга замолчала, задумалась… Она узнала о гибели сына Лёвочки от Сони Прокопьевой, когда разрешили переписку. Тогда Ольга руки на себя наложить хотела… Подруга Зоя Панина её спасла, отвела от края смертельного. В те страшные дни вспомнили Оля и Зоя свою соседку по нарам Майю Ильиничну, за полгода до того умершую. Как она за жизнь боролась, как им объясняла, что жизнь есть дар божественный… «Что это за дар такой, если его любой вонючий вертухай может отнять?» — возражали они. «Не идите на поводу у зла, — отвечала им Майя Ильинична. — Зло фашизма мы победили, а теперь и у нас в стране зло победим… Всё у нас изменится… Вы молоды, доживёте до лучших времён, вот попомните мои слова».

Вот, наверное, эти лучшие времена пришли, и она здесь, на кладбище…

Меня, Сенечка, сразу после войны должны были освободить, но не освободили, сказали, что стране и без нас, ссыльных, тяжело, дайте стране оправиться, посидите ещё, родине помогите, вину свою исправляя. Знаю, почему не хотели освобождать — понимали, как я их ненавижу… Потом, уже в 50-м, освободили, поняли, что я их ещё больше боюсь, чем ненавижу. Но освободили без права уезжать, куда хотим… На поселение в Казахстане определили. Вроде мало что изменилось, только что без конвоя и собак… А в Ленинград я приехала после смерти бога нашего рукотворного… Имя его не могу произнести всуе — скулы сводит от ненависти, тошнит, как от рвотного… В Ленинграде у меня права жить пока нет. Сходила на нашу квартиру на Ракова, постояла у дверей в наше с тобой, Сенечка, бывшее счастье… Как я любила тебя там, до сих пор сердце заходится, как вспомню… Ни разу в жизни я тебе не изменила, никогда… Как тебя арестовали, так для меня мужчины перестали существовать. Только ты был единственным мужчиной в моей жизни, только ты, которого любила и люблю, который лучше всех…

Ольга замолчала, дыхание перехватило, словно воздуха не стало… Поднялась со скамейки, чтобы раздышаться. Ноги болели, отекли… Постояла немного, снова присела…

О наших друзьях должна тебе рассказать… Иван Игнатьевич умер в ссылке в Сибири ещё в 48-м. Сонечка пережила его ненамного — умерла от инфаркта во время «Дела врачей» — думаю, не выдержала издевательств, да будет проклята эта антисемитская чернь советская… Сын Вани и Сони Вилен пропал без вести на войне, считают, что погиб героем где-то на Украине. У него остался сын Ванечка, которому 10 лет. Ванечка живёт пока в семье моей сокурсницы Фаины — ты её семью, конечно, помнишь… Но я обещала Сонечке усыновить ребёнка, когда выйду, если переживу её… Собираюсь сделать это как только получу право проживания в Ленинграде. Ты, конечно, одобрил бы… Иван Игнатьевич отбывал срок в Сибири вместе с твоим братом Захаром. Захар, кажется, жив, но ещё не освобождён. Его жена Вера умерла после войны от инсульта, а дочка Любочка живёт в Москве у Вериных родственников. Вот, родной, всё тебе описала как есть…

Ольга подумала, что надо бы связаться с Любочкой. Уже школу оканчивает… Фаина говорила, что Люба ездила в Северо-Енисейск к отцу. Разрешили наконец… Захар первый раз увидел дочку, а она привезла в Москву его прошение об освобождении. Сегодня нужно узнать у Фаины Любочкин московский адрес. Фаина собиралась сходить вместе с Олей на могилу Семёна, но Оля сказала, что хотела бы одна побыть с мужем. Договорились, что потом встретятся у конторы кладбища и вместе сходят на могилу Сонечки Прокопьевой. Оля посмотрела на часы — времени у неё ещё много… Вдруг подумала: с усыновлением Ванечки сложно будет. Как забрать его у Фаины? Он, наверное, уже привык, опять травма… Но ведь Сонечке обещала…

О своей жизни в ссылке рассказывать не люблю, да и боюсь — опасно это, чего-нибудь опять пришьют. Только тебе могла бы всю правду рассказать… Перед этой историей длиной в пятнадцать лет бледнеют все круги Дантова ада. Может быть, в отдалённом будущем, лет через сто, кто-нибудь и напишет некую «Дьявольскую комедию», но очевидцев уже не будет. А из тех, кто там был, никто не напишет, слишком тяжело это, болезненно… Помнишь, Семушка, в Кисловодске в санатории смотрели мы с тобой кино «Цирк», где Любовь Орлова пела: «Молодым везде у нас дорога…» Прошла я в АЛЖИРе эту дорогу от доцента университета до прачки. И вправду, цирк с конями — «везде у нас дорога»… Была и чернорабочим на строительстве, и уборщицей… Работала на заготовке топлива по пояс в воде… Работала в поле и при сорокаградусной жаре, и при сорокаградусном морозе.

Короче — «молодым везде у нас дорога». Во время войны была и на чистой работе в швейном цеху. Последняя моя должность — прачка. Этим и сейчас занимаюсь в прачечной города Волхова, совершенствуюсь в мастерстве…

Про себя в АЛЖИРЕ могу ещё рассказать тебе, что довелось мне общаться там с людьми необыкновенно высокой культуры и таланта. Такого собрания умных, интеллигентных женщин мне не приходилось встречать даже в университете… Вышла я оттуда совсем другим человеком — вошла одним, а вышла совершенно другим. Концлагерь стал для меня настоящим университетом, не чета здешним. Моей соседкой по нарам оказалась Майя Ильинична из Москвы — профессор, женщина ещё прежнего образования. От неё я узнала о настоящей, немарксистской философии, о великой литературе, что не из поделок соцреализма, да о настоящей истории без вранья про роль партии и классовую борьбу. А ещё узнала о подлинной сути религии, а не той карикатуры на Бога, что нам втюхивали наши воинствующие атеисты. Майя Ильинична скончалась в 46-м — вертухаи поленились ватники подвезти, вот она и простудилась смертельно на морозе при ветре шквальном. Какую массу талантов загубил этот АЛЖИР! Скольких открытий и великих произведений искусства лишил он весь мир! Страшно подумать…

Тебе, может быть, это не понравится, мой дорогой, но те утопические идеи, с которыми мы с тобой жили и с которыми меня в лагерь привезли, там рассеялись «как дым, как утренний туман». Вошла я в лагерь с преданностью и великой любовью к советской власти и коммунистической партии, а вышла с лютой ненавистью к этим двум монстрам. Монстры убили моего любимого мужа и искалечили мою жизнь. Если бы они не лишили нашего сыночка родителей, то мы, конечно, увезли бы его из блокадного Ленинграда, а значит, они, монстры, убили и нашего Лёвочку. Да разве только это? Они убили нашу мечту о свободе и справедливости, обманули, искалечили физически и нравственно целое поколение… Но признаюсь тебе, родной мой, — у меня просто животный страх перед этими монстрами. Они ведь вечные… Мне самой, кажется, и терять-то больше нечего, а боюсь их, очень боюсь…

Пойду я, Сенечка, меня Фаина уже, наверное, ждёт… Приду, как только смогу, ехать далеко… Поговорим ещё, родной мой…

Ольга встала, тяжело пошла по дорожке между могилами. Туман уже совсем рассеялся, солнце поднялось невысоко и осветило уходящие вдаль бесконечные ряды могил с памятниками, редко — с крестами, оградками, скамеечками… «Наверное, *здесь много кенотафов*», — подумала Ольга. Ещё со студенческих времён, из курса древних языков знала она, что слово «кенотаф» означает «надгробный памятник над пустой могилой» — от древнегреческих слов κενός («пустой») и τάφος («могила»). Здесь только она да директор кладбища знают, что под памятником профессору Семёну Борисовичу Шерлингу пустота. Ольга подумала:

«Надо на стеле добавить надпись: Лев Семёнович Шерлинг (1934–1942) — в память о Левочке, погибшем в Блокаду. У него ведь тоже нет могилы...»

Внезапно Ольга остановилась, поражённая странной мыслью, и у неё довольно громко вырвалось:

— А ведь на самом деле весь этот режим — гигантский кенотаф, вычурный монумент над пустотой, куда уходят души замученных, расстрелянных, убитых и погибших, куда сплавляются загубленные таланты и планы...

Одинокая женщина уходила по дорожке кладбища, и солнце подгоняло её в спину. Ещё не пенсионерка, но уже старушка... Когда-то — нижегородская красавица, боец революционного бронепоезда, кандидат филологических наук, преподаватель Ленинградского университета, заключённая Акмолинского лагеря жён изменников родины, а ныне — работница волховской прачечной.

Потом, ближе к конторе, начали появляться люди: её обогнала группа молчаливых мужчин и женщин в трауре, видимо, с похорон, молодой парень провёл под руку старуху, прошли работники кладбища с тачкой и лопатами... Жизнь на поверхности кладбищенской земли продолжалась. Жизнь как жизнь, ничего особенного...

МЕЛОДИИ ЮНОСТИ

Повесть о любви

Посвящается
моим друзьям и коллегам — творцам
«бури и натиска» шестидесятых годов
XX века.

Знаете, симпатия с первого взгляда многого стоит — она, как и любовь с первого взгляда, не бывает ни преходящей, ни банальной. Юрий Андреевич понравился мне сразу же, как только познакомились мы с ним в Транссибирском экспрессе, по дороге на Дальний Восток. Когда он представился именно так — по имени и отчеству, я, помнится, на американский манер назвал только своё имя Юрий — мол, дескать, тёзки мы, чего церемониться, но Юрий Андреевич моей американской простоты не принял, настоял называть меня по имени и отчеству и строго этого правила держался всю дорогу почти до Омска. Был он красив, высок, широкоплеч, с признаками надвигающейся полноты, но ещё статен, с густой, но совершенно седой шевелюрой, и очень чистым и гладким лицом, делавшим его возраст неопределённым. Это потом, из рукописи Юрия Андреевича, узнал я, что было ему уже сильно за шестьдесят. «Вы, Юрий Андреевич, стихи не пишете?» — пошутил я, намекая на совпадение его имени и отчества с главным героем пастернаковского романа. «Нет, я пишу очень прозаические вещи» — ответил он серьёзно и добавил с усмешкой — «Вы, москвичи, склонны видеть черты доктора Живаго в каждом интеллигентном петербуржце. Согласитесь, что Юрий Андреевич Живаго лишь по недоразумению стал москвичом, а на самом деле, он — типичный петербуржец из Башни Вячеслава Ива́нова». Поразительно точно угадал Ю.А. моё впечатление — я тогда действительно примерял его к образу пастернаковского героя, причём отнюдь не по одному лишь имени или внешности. Как это обычно бывает при знакомстве коренных москвича и петербуржца, поспорили мы и пошутили на тему, какая из двух столиц лучше.

Я-то сам действительно коренной москвич, окончил журфак МГУ, работал в редакции журнала «Музыкальная жизнь», сам сочинял и в публицистике, и в беллетристике... В начале 90-х меня пригласили преподавать русскую литературу в одном из американских университетов в Новой Англии, за мной потянулись взрослая дочь с мужем, я женился второй раз на коренной американке датского происхождения и окончательно осел в Америке. Всё это не имеет решительно никакого отношения к настоящей истории и упоминается исключительно для того, чтобы объяснить, как я на склоне лет попал в Транссибирский экспресс. А дело было так. Моя жена, никогда не бывавшая в России, вдруг загорелась посмотреть эту страну, да к тому же — не просто посетить пару столичных городов, как все нормальные туристы делают, а проехать через всю Сибирь от Москвы до Владивостока на поезде. Я поначалу ужаснулся этому плану, вспомнив по своим многочисленным командировкам, какие в российских поездах «туалеты» и «рестораны», пытался отговорить её, но безуспешно. Тогда связался я с известной туристической фирмой и… был посрамлён — выяснилось, что существует ныне в России частный Транссибирский экспресс для комфортабельных путешествий иностранцев, что идёт он из Москвы до Владивостока две недели, что в нём двухместные купе-номера с туалетом и горячим душем, что в ресторане кухня пятизвездочного отеля, что в поезде есть два банкетных вагона-зала и спецвагон для сотрудников охраны, что на остановках гиды из местных интеллектуалов проводят уникальные экскурсии, а народные русские ансамбли и сибирские казаки развлекают заграничную публику песнями и плясками…

Так мы оказались в Транссибирском экспрессе и там познакомились с Юрием Андреевичем. Он один занимал соседнее купе и, по всему было видно, принадлежал к российской VIP элите. Мы тотчас подружились и много времени проводили вместе — и в ресторане поезда, и у окон вагона, и на остановках. Жена моя, конечно, не пропускала ни одной экскурсии, а в купе неотрывно глядела в окно, оживляясь и даже приподымаясь с дивана при каждом появлении какого-либо необычного пейзажа или населённого места в сплошной стене леса по обеим сторонам дороги. Ю.А. охотно давал ей пояснения на английском языке, которым владел не хуже меня. Мы же с ним безостановочно разговаривали, посматривая без особого интереса в окно на много раз виденное. Иногда же мы уходили в его купе, чтобы не отвлекать мою жену от созерцания и поговорить спокойно по-русски. Юрий Андреевич располагал к раздумчивой, откровенной беседе, и я с удовольствием, подробно рассказывал ему о работе в американском университете, о своих издательских делах и о своих книгах. Сам же он, как я вскоре заметил, очень скупо и даже неохотно рассказывал о себе, своей семье и, особенно, о своей работе. Памятуя это, я воздержусь излагать здесь даже то немногое, что узнал о его частной жизни. Когда мы неожиданно, даже толком не попрощавшись, расстались, я подумал — как мало, в сущности, знаю об этом удивительном человеке. Он не оставил ни визитки, ни адреса, и исчез, как призрак чего-то несбыточного… Из его редких обмолвок я узнал только, что в советское время Ю.А. был то ли Главным, то ли Генеральным конструктором какого-то очень большого и очень секретного «почтового ящика» — НИИ или КБ — в Ленинграде, где-то на Васильевском острове, а теперь является совладельцем и директором крупной радиоэлектронной фирмы в Питере. Он также занимал какую-то важную должность в Академии наук, но подробностей я так и не узнал…

Однажды я спросил, куда и зачем он едет. Ю.А. ответил очень лаконично — «Еду в Омск по личным делам» — и добавил, как бы сглаживая неловкость от своего явного нежелания развивать эту тему — «У меня в тех краях много памятного». Я не стал настаивать на подробностях. У нас оказалось много других общих тем, наши взгляды на многое, в первую очередь, в истории, искусстве и религии, совпадали поразительно. Но особенно близкими оказались наши вкусы и предпочтения в музыке — и в классической, и в раннем джазе, и в эстраде со времён Элвиса и Битлз… Как-то я упомянул о своём недавнем посещении джазового клуба Birdland в Манхэттене, где когда-то бывали Гарри Купер, Мэрилин Монро, Фрэнк Синатра, Марлен Дитрих, Ава Гарднер… Юрий Андреевич с внезапным интересом и даже с какой-то ревностью, как мне показалось, стал выспрашивать подробности. Проявив удивительное знание предмета, он интересовался, сохраняют ли в клубе память о Чарли Паркере, Джордже Ширинге и Диззи Гиллеспи… Реакция Ю. А. показалась мне неожиданно романтической и даже сентиментальной, он вдруг ушёл в себя, как бы перестав слушать меня, а потом спросил невпопад: «Там ещё исполняют «Lullaby of Birdland»?» Я ответил, что не знаю, и мы больше не возвращались к этой теме. Интересно, что Ю.А. никогда не бывал в США, хотя объездил полмира. Ещё в советские времена был он, как говорили, «выездным», не раз посещал Францию, и теперь с увлечением рассказывал об этой стране, об Иве Монтане, Симоне Синьоре, Эдит Пиаф…

В ночь перед остановкой в Омске Юрий Андреевич исчез. Утром, уже при подъезде к Омску, проводница рассказала, что он сошёл на какой-то станции ещё затемно, что его встречали, и что он просил передать нам небольшой пакет. В пакете оказалась стопка бумаги с отпечатанным на компьютере текстом и небольшая записка от руки для меня:

«Прошу прощения за то, что ухожу по-английски — на мою станцию Москаленки поезд прибывает слишком рано, и я не хочу беспокоить Вас. Оставляю копию рукописи, благодаря которой Вы, надеюсь, поймёте и снисходительно оцените мотивы моей поездки — то личное, о котором не хотелось говорить, потому что в устном пересказе всё это звучало бы или слишком романтично и, может быть, даже пафосно, или, наоборот, неоправданно приземлённо. Я сам никогда не опубликую эту историю, но, вместе с тем, не хотелось бы, чтобы она бесследно канула в Лету. Поэтому доверяю этот текст Вам, как профессиональному литератору, можете его опубликовать, если сочтёте интересным, без упоминания обо мне — литературное авторство меня не интересует… Жму руку, поклон Вашей милой супруге — Ю. А.»

247

Мы были весьма озадачены таким поворотом дела, тепло вспоминали Ю.А. всю оставшуюся дорогу и строили всевозможные теории его загадочного исчезновения. Вернувшись из поездки, я пытался найти Ю.А. через своих друзей в Санкт-Петербурге, но из этого ничего не получилось… В стопке отпечатанных листов из переданного мне пакета оказалась печальная любовная история на фоне очень эмоциональных размышлений и воспоминаний о жизни студенческой молодёжи 50-х годов. Рукопись не содержала имени автора и была озаглавлена «Лилия». Я публикую её под названием «Мелодии юности» с добавлением без согласования с автором одной фотографии и моих вставок о создателях и исполнителях мелодий, звучащих в повести Юрия Андреевича. Вот эта повесть…

* * *

Звуки музыки… Их странное воздействие — ошеломляющее и возвышающее, возбуждающее или, напротив, угнетающее — пытались объяснить и композиторы, и психологи, и поэты, и философы. И всё напрасно — какая-то глубокая, непостижимая тайна в музыке всё равно остаётся. Страстную юношескую любовь нередко сопровождает некая мелодия, навсегда с нею связанная, и это тоже одна из загадок музыки.

Считается, что технические изобретения и научные открытия, даже самые неожиданные и гениальные, являются неизбежными, ибо они отражают незыблемые законы природы. Если бы неизвестный древний изобретатель не придумал колесо, то раньше или позже люди всё равно сконструировали бы его — неодолимое стремление к быстрому передвижению однозначно вело к этому решению. Если бы Нильс Бор не предложил физическую модель атома, то это вскоре сделали бы другие — мощный поток новых знаний о природе микромира буквально выдавливал эту модель. В противоположность научным открытиям, произведения искусства, в первую очередь музыки, не подвержены этому закону неизбежности возникновения. Нужен был неповторимый гений Людвига ван Бетховена, чтобы составить магическую музыкальную фразу начала Пятой симфонии — знаменитый Call to Attention. Не случись бетховенское озарение, никто и никогда не сочинил бы эту тревожную четырехнотную фразу, и через полтора века, во время Второй мировой войны, союзники не смогли бы использовать её в качестве позывных к своим антифашистским радиопередачам; они, конечно, нашли бы другие подходящие позывные, но не те — бетховенские.

Необязательные и неведомо как возникшие, звуки музыки приходят к нам путями неисповедимыми. Кажется невероятным, что мелодии юности настигли нас случайно. Неужели они не были предопределены? Мне иногда кажется, что мелодии моей юности, пришедшие вместе с первой и очень сильной юношеской любовью, не могли быть другими, что они были неизбежными. Та далёкая любовь давно уже ушла, растворилась в тумане времени, исчезла, как древний прекрасный город, под многочисленными пластами жизни, а мелодии, когда-то накрепко привязанные к ней, не развеялись, не затуманились, а, напротив, — оторвавшись от первоосновы, пробились сквозь все пласты жизни нетронутыми и живут, и волнуют, как прежде...

Это случилось в далёком 1957-м. Годом раньше населению Советского Союза, зомбированному жестокой сорокалетней диктатурой, впервые дали глоток правды, от которого оно начало приходить в сознание, как от нашатыря. Правда пришла с вершины партийного руководства — оказалось, что «вождь, отец и учитель», которому население поклонялось с неистовством религиозных фанатиков, являлся отнюдь не отцом и учителем, а злодеем и мракобесом. Вскоре после разоблачения сталинских преступлений народ Венгрии первым восстал против своих венгерских сталинистов, но советские войска подавили восстание. Население Советского Союза не заметило противоречия между осуждением сталинских преступлений и подавлением восстания против сталинизма — оно с трудом выползало из затянувшегося на десятилетия наркотического бреда. Я тоже не заметил этого противоречия, я в то время был, как все...

Тем не менее мы тогда пытались раскрыть засвеченные глаза и прочистить забитые враньём уши. Из-за океана донеслись до нас отзвуки неистовства американской молодёжи на концертах нашего сверстника, короля рок-н-ролла Элвиса Пресли — простого парня, водителя грузовика с берегов Миссисипи. Подпольная запись одной его песни на рентгеновских снимках (говорили — «на костях») стоила в Ленинграде половину месячной зарплаты инженера. Уже на подходе к нам была легендарная британская рок-группа Битлз из Ливерпуля. Эту лавину новой, по-существу народной, музыки XX века уже нельзя было остановить никакими партийными запретами. Помню, что на студенческих вечерах категорически запрещённый рок-н-ролл исполняли как-бы в форме пародии на «их нравы»: один из моих сокурсников стремительно выскакивал на сцену вместе с изящной хорошенькой студенткой в короткой юбчонке, и они «отрывали» рок-н-ролл так, что весь зал стонал и ревел от восторга. Мы тогда пытались освежить свои мозги, промытые лживой пропагандой. Повесть Ильи Эренбурга «Оттепель», давшая имя целой эпохе, стала литературной сенсацией (бестселлером — как сказали бы сейчас), а роман Владимира Дудинцева «Не хлебом единым» казался чуть ли не политическим вызовом коммунистическому режиму, и его невозможно было достать. Сейчас, с высоты прошедших десятилетий, диву даёшься — до какой степени нужно было отлучить людей от правды, до чего нужно было замордовать и унизить интеллигенцию, чтобы та маленькая повесть и тот отнюдь не выдающийся роман, приоткрывшие микроскопическую щёлочку в сплошном потоке лжи, вызвали столь огромный общественный резонанс.

Короче говоря, была холодная хрущёвская оттепель, но мой рассказ не об этом...

Летом того необыкновенного года я окончил второй курс радиотехнического факультета, и весь наш поток вместо дальнейшего освоения науки отправили на «освоение целинных и залежных земель» в Омскую область, что в Южной Сибири на берегах Иртыша у границы с Казахстаном. Бредовая, но вполне советская идея — отправить тысячи ленинградских студентов за тысячи километров в далёкую Сибирь для выполнения примитивных сельхозработ — заслуживает отдельного обсуждения, но в те времена мы, честно говоря, не задумывались об этом — тогда «мы были молодыми и чушь прекрасную несли». Я крутил романы с несколькими девушками, но настоящая любовь обрушилась на меня в длинном поезде по пути из Ленинграда в Омск — там, по дороге в Сибирь, я неожиданно, безоглядно и безумно влюбился, забыв мгновенно и безоговорочно все свои прежние увлечения...

У неё было редкое имя Лилия, а я звал её на английский манер Лили́. Трудно описать словами любимую женщину — у слов свои возможности и свои пределы, они далеко не всегда пересекаются с тем, что дают нам зрение, слух, осязание и обоняние. Самым искусным мастерам слова не удаётся описать даже простую мелодию, слова бессильны объяснить колдовское обаяние любимой женщины... Лилия была высокой тёмной шатенкой с правильными чертами лица и большими темно-карими, почти чёрными, глазами. Говорят — черноглазые женщины обожают находиться в центре внимания и полагают, что окружающий мир создан исключительно для исполнения их желаний. Когда Лилия направляла взгляд на предмет своих желаний, её глаза светлели и лучились, а прелестная лукавая улыбка наполнялась иронией по отношению ко всему, на что падал этот искрящийся, с лёгким прищуром взгляд.

Мне тогда казалось, что она похожа на знаменитую итальянскую киноактрису Сильвану Пампанини. В те годы Сильвана была мировым секс-символом, и после фильма Джузеппе де Сантиса «Утраченные грёзы» вырезки её фотографий из журналов висели во многих советских квартирах и молодёжных общежитиях.

До сих пор считаю Сильвану Пампанини самой красивой женщиной XX века, но здесь я, конечно, пристрастен...

Длинный пассажирский поезд, составленный из старых, ветхих плацкартных вагонов, медленно тащился с Запада на Восток по бескрайним равнинам России, среди бесконечных лесов, полей и невысоких холмов. В редких разрывах сплошной стены хвойного леса проплывали неяркие позднелетние северные пейзажи, неширокие речки и болотистые озёрца, поляны с одинокими берёзками на пригорке, заросшие крапивой и лопухами овраги, небольшие поля и огороды с ещё неубранными картошкой и капустой. Изредка появлялись в отдалении деревеньки, чудом пережившие все былые лихолетья. В послесталинские времена гонения на религию усилились, хотя казалось, куда уж больше, поэтому в северных старинных деревнях не осталось церквей, а кресты мы видели только на сельских погостах — советская власть оставила эту привилегию лишь для ушедших в мир иной. Мелькали унылые придорожные строения с покосившимися заборами и тощей коровёнкой во дворе, а ещё — станции, шлагбаумы и разъезды со стандартным железнодорожным хозяйством. Нас везли в объезд Москвы по бедному Северу страны: Ленинград — Волхов — Тихвин — Череповец — Вологда — Галич — Киров — Глазов — Пермь — Свердловск — Тюмень — Ишим — Омск. Называю только самые крупные пункты; на самом деле, мы останавливались почти на всех полустанках, а иногда и в чистом поле или среди хвойного леса — наш поезд шёл вне расписания и пропускал все остальные пассажирские и товарные поезда.

Было весело... Никакого радио, никаких магнитофонов, никакой связи с внешним миром. Бренчали на гитаре, пели песни, пили водку, закусывая взятыми в дорогу крутыми яйцами, жареными цыплятами и твердокопчёной колбаской, играли в преферанс на деньги в долг — это называлось «расписать пульку», закручивали студенческие романы и, конечно, отсыпались всласть на жёстких трехэтажных полках после всех передряг экзаменационной сессии второго курса — экзамены тогда были не чета нынешним.

Мы ехали на «освоение целинных земель» как бы по комсомольскому призыву, а на самом деле — по приказу ректората, и комсомольское начальство не очень тревожило нас своей агитацией. Руководил всей операцией высокий массивный парень с большой вихрастой головой и широкими мускулистыми плечами — инструктор райкома комсомола. Мы называли его «одноногим боссом» — у босса не было одной ноги до колена, и он передвигался на костылях. Надо было видеть, как наш босс виртуозно поднимался по лестнице в вагон без посторонней помощи, подтягиваясь за поручни сильными руками. На остановках он быстро передвигался по перрону, зорко оглядывая своё хозяйство и мощно выбрасывая перед собой костыли. Одноногий босс часто заходил и в наш вагон, но вся его агитационно-организационная работа, как правило, сводилась к весёлым шуткам на тему нашего дорожного быта — нормальный был парень.

Главным развлечением в пути были, конечно, многочисленные остановки, подчас довольно длительные. На больших станциях нас кормили в вокзальных столовках или в огромных бараках бывших пересыльных пунктов советского Гулага — суп картофельный или щи капустные, якобы мясная котлетка с макаронами, компот из сухофруктов. Местные продавали нам горячую картошечку, завёрнутую в листы из школьных тетрадей, малосольные огурчики в газетном кульке — отличная закуска под водку... Все высыпа́ли из вагонов, таскались вдоль поезда, знакомились с соседями. Нашими ближайшими соседями по поезду были студенты педагогического института — девушки с филологического факультета и парни с факультета физкультуры. Это сочетание оставляло нам, будущим инженерам, мало шансов на близкое знакомство с будущими учительницами, ибо их жёстко опекали крепкие, рослые парни — будущие физруки. Меня, впрочем, это поначалу ничуть не беспокоило — я сам был тогда стройным широкоплечим парнем с роскошной вьющейся шевелюрой, отнюдь не обделённым девичьим вниманием. В светлом свитере с высоким воротом и тёмных брюках, туго заправленных в кирзовые сапоги, с сигаретой в зубах, я неторопливо вышагивал по перрону, обсуждая с друзьями соседских девушек и наслаждаясь хорошей погодой и внезапно свалившимся бездельем.

Это безмятежное, расслабленное состояние души и тела сопровождало меня до остановки в городе Галич на берегу Галичского озера в Костромской области. В этом городке все во мне перевернулось мгновенно, и покой мой рухнул навсегда, как только я увидел её...

Когда мы приехали в Галич, уже вечерело, на перроне вокзала горели жёлтые фонари, и их свечение смешивалось с розовыми отблесками заката. В этом розовато-золотистом свете я увидел темноволосую высокую девушку, грациозно сходившую по ступенькам вагона, в котором ехали студентки пединститута. Она показалась мне пантерой, спускающейся с дерева. Тёмное приталенное платье, небрежно накинутая на плечи светлая шерстяная кофточка, быстрые гибкие движения, красивое подвижное лицо с искрящимися глазами в обрамлении темно-каштановых прядей. На перроне пантеру мгновенно окружила толпа высоких парней-физкультурников. Было видно, что каждый из них старается привлечь к себе её внимание, мне послышалось, что они называют девушку то ли Лилей, то ли Лелей. Стоя чуть-чуть в стороне, я слышал её смех и низкий голос, видел, как она управляет и повелевает этой мужской стихией. Окружавшие девушку поклонники что-то бурно обсуждали, я догадался — они уговаривают её спеть, и один из парней в яркой пёстрой куртке начал наигрывать на гитаре пока неясную мелодию...

Я ещё не понимал причину своего томительного волнения, ещё пытался остаться равнодушным наблюдателем происходящего, ещё цеплялся за высокую успокоительную самооценку, но... внезапно вся предшествующая жизнь показалась мне ничтожной, мелкой, бесцветной... Такого со мной никогда прежде не бывало — словно на огромной сцене, обыденно раскрытой передо мной, вдруг кто-то поднял второй занавес, и там, в глубине, открылась другая, неведомая мне жизнь, о существовании которой я даже не подозревал. В той жизни царила обаятельная стройная черноглазая девушка, и все окружавшее её было ярче и талантливее, чем в привычном мире, там был другой, вершинный уровень интеллекта и красоты…

Сюжет, между тем, развивался стремительно, не давая мне возможности оправиться от шока, — девушка-пантера сделала пару мягких шагов вперёд, как бы раздвигая пред собой пространство для звуков музыки, и низким голосом запела под гитару пленительные «Опавшие листья» на французском языке.

Я был сломлен, покорён и порабощён…

* * *

Автор бессмертной мелодии «Опавших листьев» композитор Жозеф Косма́ происходил из венгерских евреев. В детстве он был музыкальным вундеркиндом, учился в музыкальных академиях Будапешта и Берлина, а в 1933 году эмигрировал в Париж. Однако вскоре фашизм настиг его и здесь — в годы Второй мировой войны он скрывался на юге Франции. В те тяжёлые времена поэт Жак Превер опекал Жозефа и помогал ему публиковать свои произведения под чужими именами. Мать и брат композитора были зверски убиты венгерскими фашистами в 1944-м, а Жозеф чудом пережил немецкую оккупацию — как будто само Провидение ограждало его от гибели, чтобы мир не остался без «Опавших листьев». Косма сочинял музыку ко многим спектаклям и кинофильмам, но его звёздный час настал в 1946 году, когда он написал музыку к фильму Марселя Карне «Ночные двери» — одна из мелодий этого фильма со словами Жака Превера и стала знаменитыми «Опавшими листьями» — «Les Feuilles Mortes»:

> Oh, je voudrais tant que tu te souviennes
> Des jours heureux où nous étions amis
> En ce temps-là la vie était plus belle
> Et le soleil plus brûlant qu'aujourd'hui
>
> Les feuilles mortes se ramassent à la pelle
> Tu vois, je n'ai pas oublié
> Les feuilles mortes se ramassent à la pelle
> Les souvenirs et les regrets aussi.
>
> Et le vent du Nord les emporte
> Dans la nuit froide de l'oubli
> Tu vois, je n'ai pas oublié
> La chanson que tu me chantais

C'est une chanson qui nous ressemble,
Toi tu m'aimais, moi je t'aimais
Nous vivions tous deux ensemble,
Toi qui m'aimais, moi qui t'aimais.

Mais la vie sépare ceux qui s'aiment
Tout doucement, sans faire de bruit
Et la mer efface sur le sable
Les pas des amants désunis

Рассказывают, что впервые «Опавшие листья» спела тогда ещё совсем юная, ставшая знаменитой впоследствии шансон-певица Жюльет Греко. «Опавшие листья» пела в своей неповторимой манере великая Эдит Пиаф, но всеобщую известность и мировую славу песня, безусловно, получила благодаря Иву Монтану. Авраам Ливи родился в бедной еврейской семье в маленьком тосканском городке в Италии. Мать ласкательно называла его Иво; по утрам она будила сына на языке сефардских евреев ладино словами «Иво, манатана», что означает «Иво, поднимайся» — впоследствии отсюда родился псевдоним: Ив Монтан. Семья Ливи эмигрировала во Францию по той же причине, что и Жозеф Косма — спасаясь от фашизма. Для юного Иво переезд во Францию оказался судьбоносным, здесь он стал знаменитым эстрадным певцом и киноактёром Ивом Монтаном, здесь он был вознесён на самую вершину мировой славы. Песню «Опавшие листья» Монтан включал в репертуар каждого концерта, а на вопрос — Ваша любимая песня? — неизменно отвечал — «Опавшие листья». Ив Монтан пел «Опавшие листья» более сорока лет, он исполнял эту песню незадолго до смерти, в возрасте около 70-ти, так же прекрасно, как и в 25 — может быть, чуть-чуть глуше, но с той же нежной страстью, с теми же мягко замирающими звуками «le sable», от которых сжимается сердце. Его любили знаменитые женщины XX века, назовём лишь троих — Эдит Пиаф, Симона Синьоре, Мэрилин Монро. Можно понять женщин, сражённых с первого взгляда обаянием Ива Монтана, бросавших ради него мужей и любовников, — для этого достаточно послушать его «Опавшие листья»…

* * *

«Опавшие листья» жестоко преследовали меня на всём отрезке нашего пути от Галича до Перми. Они звучали во мне днём и ночью, терзали меня неразделённой страстной любовью к ней, сводили с ума. Долгими бессонными мутными ночами, на верхней полке вагона, под назойливый стук колёс приходило ко мне отчаяние — нет у меня никакого пути к ней, нет ни малейшей надежды даже на то, что она хотя бы узнает о моей любви. Эта девушка — моя призрачная, несбыточная мечта, мелькающий поблизости романтический фантом. Она недоступна потому, что на самом деле существует отнюдь не здесь, а где-то в бесконечной дали, в недосягаемом для меня мире за вторым занавесом. Под утро я засыпал с твёрдым намерением отказаться от бессмысленных попыток проникнуть в тот недоступный мир, отрешиться от иллюзорной мечты, отбросить это наваждение, стать самим собой... Но едва наступал рассвет я снова, как маньяк, ждал очередной остановки, чтобы увидеть её. Как маньяк, я таскался повсюду за окружавшей её компанией счастливых, на мой взгляд, поклонников. Не смея подойти близко ни к ней, ни даже к её ближнему кругу, я ощущал себя ничтожеством. Я уже знал — Лилия окончила третий курс филфака. Её окружали, как мне казалось, сильные, умные и достойные её парни, не чета мне. Я считал, что у меня нет никаких шансов, резко снизил свою самооценку, едва ли не презирал себя. Мои друзья не могли понять, с чего это я «съехал с катушек», а девушки поняли скоро, что я влюбился не на шутку, и, осудив моё предательство, неодобрительно и холодно взирали на мои переживания.

Поезд тащился на Восток, время работало против меня, отступать было невозможно — из беспросветного отчаяния вызревала во мне исступлённая решимость добиться своего...

Не помню, как долго добирались мы до города Пермь на берегу Камы в Предуралье, но там, на перроне Пермского вокзала, моё безумие стало невыносимым, а «Опавшие листья» зазвучали с болезненным надрывом. Я, как всегда, плёлся за компанией, окружавшей Лилию, одержимый навязчивой идеей добиться её любви любой ценой. Нужно взломать эту задохнувшуюся в неподвижной безысходности ситуацию, нужно что-то делать немедленно...

Случай помог мне — в одном месте пространство перрона сужалось, и я оказался рядом со всей компанией, почти рядом с нею. Нервный озноб бил меня изнутри, и вместе с ним злость поднималась против этих будущих физруков, зачем-то допущенных в её близкий круг. Внезапно один парень из этого круга — красивый блондин с кустистыми усиками над большими влажными губами, которого я тайно ненавидел, — глубокомысленно изрёк:

«Между прочим, Пермь знаменита тем, что здесь родился Афанасий Никитин и отсюда он уехал путешествовать по Индии».

Я среагировал мгновенно, как это бывает в моменты высочайшего нервного напряжения, и громко, чтобы она услышала, проговорил:

«Между прочим, Афанасий Никитин родился и жил не в Перми, а в Твери, а в Индию он отправился из Нижнего Новгорода».

Лилия улыбнулась и взглянула на меня с интересом. В толчее перрона мы оказались совсем рядом, мне нечего было терять, и я, в каком-то горячечном бреду, без всякого предисловия то ли прошептал, то ли прохрипел: «Выйди в полночь в тамбур по ходу поезда».

Она ничего не ответила, а лишь снова взглянула на меня, теперь уже вполне серьёзно, без своей традиционной ироничной улыбки — видимо, в моём нелепом, но отчаянно страстном призыве было что-то гипнотическое.

Так и случилось, что средневековый тверской купец Афанасий Никитин, автор знаменитого «Хождения за три моря», помог мне назначить первое свидание девушке моей мечты. Она пришла ровно в полночь, и я запомнил тот неуютный тамбур старого разболтанного плацкартного вагона на всю жизнь.

— Почему же ты так долго не подходил? — спросила она с упрёком.

— Меня зовут Юрием — глупо ответил я.

— Я это знаю.

— Как знаешь?

— У меня есть друзья в вашем институте.

Рассмеявшись, она призналась, что наш одноногий комсомольский босс рассказал ей обо мне, что она уже давно заметила, как я хожу вокруг, что хотела подать мне какой-нибудь знак, но не знала, как это сделать, что Афанасий Никитин — это судьба.

Той ночью поезд шёл ровно, почти без остановок, в тамбуре было темно, нам никто не мешал. Мы ошалело целовались и торопливо говорили друг другу слова любви. Меня била дрожь от прикосновения к её телу, казавшемуся страшно далёким и совершенно недоступным ещё несколько часов тому назад. Произошло чудо, и моя, казалось бы, абсолютно неосуществимая мечта вдруг реализовалась во всей своей чувственной полноте... Вагон ровно постукивал по рельсам, словно отбивая ритм нежной и страстной мелодии «Опавших листьев»:

257

C'est une chanson qui nous ressemble, Toi tu m'aimais, moi je t'aimais — Эта песня похожа на нас, когда мы любим друг друга.

Отблески пролетавших мимо фонарей плясали по стенам и потолку тамбура, высвечивая на мгновение её лицо с полузакрытыми глазами — тогда, в том тёмном тамбуре я нежно назвал её Лили, моя Лили...

Утро мы встретили среди светлых вершин Уральского хребта, отделившего друг от друга гигантские унылые равнины Восточной Европы и Западной Азии. Солнце выкатилось из-за гор навстречу поезду и раскрыло перед нами этот сказочный край, о немыслимых богатствах которого мы знали из школьных уроков географии и «Малахитовой шкатулки» уральского сказителя Бажова. Здесь всё было ярче, богаче, живее, чем в прежних северных краях, даже бесконечные хвойные леса теперь не утомляли своим однообразием — ели, пихты, лиственницы, уральские кедры и даже могучие сосновые боры пролетали мимо окон вагонов, а над ними вдали медленно проплывали невысокие каменистые вершины Уральских гор, а под ними, в низинах, в скалистых разломах хребтов бурлили горные речки. Сонное царство малонаселённых пространств осталось позади, а здесь повсюду — на дорогах, в посёлках и городах, в каменных карьерах и рудниках, на подъездах к заводам и электростанциям, дымные трубы которых виднелись вдали, — всё энергично двигалось, перемещалось, работало...

Помню хорошо тот солнечный день: наш поезд прибывает на станцию Первоуральск в нескольких десятках километров от столицы Урала города Свердловска (Екатеринбурга) — поблизости, по перевалу у горы Берёзовая проходит граница между Европой и Азией. Все высыпали на перрон, чтобы постоять на границе между двумя великими континентами, размяться и погреться на солнышке. Лили у своего вагона, как всегда, окружена компанией поклонников. Ещё вчера я мечтал быть среди них, но после ночного свидания мне решительно не хотелось этого. Почтительное отношение к этим парням быстро улетучилось — меня раздражало их назойливое топтание вокруг Лили. В этом раздражении слились и зависть, и ревность, а теперь ещё и презрение к неудачливым соперникам, ведь любовь к женщине — собственническое, эгоистическое чувство. Впрочем, я отнюдь не ощущал себя победителем — напротив, меня одолевало неверие в подлинность происходящего за вторым занавесом, мне требовалось какое-то дополнительное подтверждение того, что всё случившееся не есть фантастическое наваждение, что ночь в тамбуре не была случайным эпизодом... Правда ли то, что она мне шептала в том тёмном тамбуре? Можно ли верить мерцающим звёздам? Чуткая звезда, очевидно, поняла моё состояние и немедленно, тут же на вокзальном перроне, на границе между Европой и Азией я получил желанное подтверждение, оставшееся со мною на всю жизнь.

А случилось вот что — компания снова просила Лилию петь, она сначала заупрямилась, но потом сказала что-то тихо гитаристу в пёстрой куртке, улыбнулась лукаво, кошачьим движением поправила волосы, сверкнула глазами в мою сторону и запела: «Oh, lullaby of birdland». Это была песня о любви, знаменитая джазовая пьеса «Колыбельная птичьего острова», и я понял — Лили поёт для меня, и это её ответ на мои невысказанные вопросы и сомнения...

* * *

История создания «Колыбельной птичьего острова» удивительна. Этот признанный шедевр классической джазовой музыки был написан слепым пианистом-виртуозом Джорджем Ширингом однажды поздним вечером 1952 года в его доме поблизости от Гудзона. Жена Джорджа вспоминала, что он в тот вечер был молчалив, но внезапно резко встал из-за обеденного стола, оставив недоеденным свой любимый бифштекс, и, вытянув руки перед собой, буквально бросился к фортепиано — через 10 минут пьеса была полностью готова. В это десятиминутное гениальное озарение композитор вложил всё очарование джаза, накопленное им годами. Джордж Ширинг родился в Лондоне в бедной английской семье. Он учился в школе для слепых, увлекался джазом и уже в 18 лет стал одним из лучших джазовых пианистов Англии. Когда Джорджа позднее спрашивали, как он стал музыкантом, он шутливо отвечал, что в предыдущей жизни был собакой — поводырём слепого Иоганна Себастьяна Баха. В 1947 году Джордж эмигрировал в США, где попал в самый кратер нью-йоркского джазового вулкана. «Колыбельную птичьего острова» со словами поэта Джорджа Дэвида Вейса он посвятил великому альт-саксофонисту Чарли «Бёрду» Паркеру, ибо Птичий остров — Бёрдлэнд — был, на самом деле, нью-йоркским ночным джазовым клубом, названным так в честь Бёрда Паркера. «Колыбельную птичьего острова» исполняло несчётное множество джазовых оркестров, выдающихся инструменталистов и певцов, среди них — Элла Фицджеральд и Сара Воган.

Oh, lullaby of birdland
That's what I always hear,
When you sigh.
Never in my wordland
Could there be ways to reveal
In a phrase how I feel.
Have you ever heard two turtle doves,
Bill and coo, when they love?
That's the kind of magic music we make with our lips,
When we kiss.
And there's a weepy old willow
He really knows how to cry,
That's how I'd cry in my pillow
If you should tell me farewell and good bye.
Lullaby of birdland whisper low,
Kiss me sweet, and we'll go
Flying high in birdland, high in the sky up above
All because we're in love.

Уже более полувека люди очарованы этой чудной мелодией, рвущейся в небо вместе с молодой любовью и буквально искрящейся радужным светом, которого автор никогда не видел. В ней гармонично все, начиная с этого невыразимо прелестного вздоха — «Oh, lullaby of birdland» — и кончая сладостно простым признанием — «All because we're in love».

* * *

Наш поезд пересёк Уральские горы и помчался по равнинам Западной Сибири, распевая «Oh, lullaby of birdland». Эта джазовая пьеса, спетая Лили́ для меня, молнией распространилась по всему эшелону, её текст переписывали и передавали дальше, его наигрывали и напевали во всех вагонах. Наши ночные свидания в тамбуре продолжались. Я шептал ей: *Lullaby of birdland whisper low, kiss me sweet, and we'll go...*. Она тихо продолжала: *«flying high in birdland, high in the sky up above, all because we're in love»*. Однажды нас застукал одноногий комсомольский босс. Он внезапно появился в тамбуре, гремя своими костылями, навёл на нас фонарик, философски констатировал — Любовь! — и пошёл дальше, виртуозно преодолевая на костылях переход в следующий вагон.

До Омска мы не доехали, нас начали сгружать на мелких степных станциях в Прииртышье — бесплатных рабов распределяли по заявкам местных совхозов. Нашу группу будущих инженеров и учёных сгрузили на станции Москаленки, в ста километрах от Омска, а будущих педагогов повезли дальше — так нас с Лили разлучили. Вместе с ней увезли и песни моей юности — начались, как говорят, «нелёгкие трудовые будни». В открытых кузовах грузовиков нас повезли со станции Москаленки по пыльной степной дороге в совхоз «Элита». Был разгар жатвы, мы ехали вдоль бесконечных пшеничных и ржаных полей. На некоторых полях урожай уже убрали, и они золотились на солнце свежими стогами соломы, на других комбайны скашивали и обмолачивали зерно, на третьих ещё колыхалось под ветром море нескошенной пшеницы. Потрясающая картина плодородной прииртышской степи раскрывалась перед нами.

В совхозе «Элита», куда нас привезли, мы вскоре поняли, что разговоры об «освоении целинных и залежных земель» были не более чем пропагандистским блефом — все земли в этой прииртышской степи были давно освоены ссыльными переселенцами из немцев Поволжья, депортированных сюда ещё в начале войны. В том году в Прииртышье случился невиданный урожай, местное население не справлялось с его переработкой — поэтому и привезли нас сюда из Ленинграда. Мы выполняли, конечно, самую неквалифицированную физическую работу с чрезвычайно низким КПД — разгружали лопатами грузовики с зерном (самосвалов тогда, конечно, не было), таскали трехпудовые мешки с зерном из грузовиков в железнодорожные вагоны, загружали зерно в зерносортировочную машину. Девушки собирали картошку, лопатили зерно — так называлась операция по переворачиванию зерна и его переброске с места на место лопатой, чем достигалась, как нам объясняли, первичная просушка зерна, а ещё — в наклонку перебрасывали зерно из одной кучи в другую с помощью черпака в виде разрезанного пополам ведра с двумя ручками, называвшегося почему-то «плицей». Все к вечеру сильно уставали. Парней поместили жить в строительных вагончиках, а девушек — в совхозном клубе. Одевались мы по-рабочему, серо и однообразно: брюки, шаровары или военного покроя штаны заправлялись в высокие кирзовые сапоги, а сверху — тёмные рубашки с длинными рукавами, кофты на молниях или свитера. По вечерам, когда холодало, надевали ватники или морские бушлаты, добытые по случаю нашим ректором у военных.

Джинсов и джинсовых курток тогда и в помине не было. Девушки в рабочее время мало отличались от парней — только, может быть, косынкой на голове вместо кепки, да ботинками вместо сапог. По вечерам они приводили себя в порядок — одевали платья или юбки с кофточками, возвращая свой женский облик.

Мы старались не думать о странностях жизни на нашей Родине, хотя совсем не думать об этом было невозможно. Невольно приходило осознание какой-то запрограммированной абсурдности использования ленинградских студентов для примитивной физической работы в далёком Прииртышье. Вся эта афера приобретала зловещие, иррациональные черты вымышленного кафкианского мира. Многие из нас — городские жители — впервые столкнувшись с провинциальной, сельской советской действительностью, были поражены примитивным уровнем механизации крестьянского труда. Я тогда, в Прииртышской степи впервые засомневался в преимуществах социализма перед капитализмом. Концепция бесспорного преимущества социалистического способа производства была вбита в наши головы столь основательно, что даже самые толковые и бескомпромиссные критики сталинского режима останавливались перед этой красной чертой: социализм–капитализм. Мол, конечно, сталинский социализм аморален и неприемлем, но, в принципе, настоящий, незамутнённый культом личности социализм более эффективен, чем капитализм. Я, помнится, даже рассчитал, когда СССР перегонит США по объёму производства, исходя из официальных цифр его прироста в обеих странах и пользуясь формулой сложных процентов. Этот мой расчёт произвёл на партийное начальство столь сильное впечатление, что меня заставили несколько раз делать на эту тему доклад на различных собраниях — может быть, потому что мой расчёт случайно совпал с намеченной Хрущёвым датой окончательного построения коммунизма. Я был тогда искренен в своей вере в социализм. И вот тут, в Сибири, эта вера пошатнулась. Как же так получается, что американские фермеры, составляющие несколько процентов населения страны, производят несравненно больше сельхозпродукции, чем огромное советские колхозное крестьянство, причём производят без помощи принудительно мобилизованных студентов, инженеров, служащих и научных работников из Нью-Йорка и всех других американских городов? Такие крамольные мысли приходили мне в голову, но... по-настоящему меня тревожило отнюдь не это...

Я тосковал по Лили. Никакой телефонной связи между группами ленинградских студентов не было, и мы даже не знали, кто где работает. И вот однажды, примерно через неделю после приезда в «Элиту», нас навестил одноногий комсомольский босс. Он одобрительно высказался о нашей работе, похвалил нас, побалагурил, как всегда, на бытовые темы, а потом внезапно повернулся ко мне, кивнул головой в сторону двери и сказал: «Выйдем, поговорить надо».

— Тебе привет от Лилии — начал он миролюбиво, когда мы вышли, а потом резко развернул меня к себе — Ты что, парень, поматросил и бросил? Это у нас не пройдёт...

— Она спрашивала обо мне? — обрадовался я — Я даже не знаю, где она.

— Не знаешь, спроси... — он объяснил мне, где найти Лилию.

— Как же я доберусь до неё?

— А это уж твоё дело. Коли есть любовь, доберёшься. Иди на дорогу, голосуй, авось какой-нибудь шофёр и подвезёт. Только знай — девушка ждёт тебя, переживает, что забыл...

Хороший у нас был комсомольский начальник, душевный парень — наш ангел-хранитель на костылях. Было ещё не поздно, я наскоро привёл себя в порядок, схватил ватник и побежал на дорогу в полукилометре от нашего вагончика. Первый же шофёр согласился подбросить меня в кузове своего грузовика — минут через сорок я был у школы, где жила она. Моё появление вызвало переполох и бурное одобрение всего женского общежития, Лили не скрывала своей радости.

Мы ушли в степь, которая одна только делает человека безмерно свободным...

Низкое заходящее солнце освещало поля, словно разрисованные полосами скошенных и уложенных в расстил стеблей пшеницы, золотило свежие стога и огромные скирды соломы, отбрасывая в сторону восхода их длинные тени. Фантастическая картина животворной степи дополнялась её дурманящими запахами. Знаете ли вы, как пахнут сухие стебли пшеницы, как опьяняют они? Вообще — знаете ли вы, как прекрасен свежий стог светлых, блестящих и упругих стеблей пшеницы?

Солнце коснулось степного горизонта и быстро скрылось, преследуемое ночной тьмой. В сентябре в степях Южной Сибири тёплый солнечный день быстро переходит в довольно холодную тёмную ночь. Я согревал её руки своим дыханием, над нами колыхался бездонный чёрный свод сияющего яркими звёздами сибирского неба…

Чтобы измерить силу любви к женщине, нужно уединиться с нею в ночной бескрайней степи…

Ночью не всегда удавалось поймать на шоссе попутный грузовик, и обычно я возвращался со свидания в «Элиту» под утро, когда народ уже одевался и умывался, готовясь идти на работу. Я безмолвно и покорно присоединялся ко всем, как бы сглаживая очередной разрыв непрерывности моей жизни в коллективе. Друзья, естественно, подшучивали надо мной добродушно, а девушки устроили мне бойкот и едва разговаривали со мной. Откуда брались силы — не могу толком объяснить. Днём я, как и все парни в нашей группе, таскал трехпудовые мешки с зерном, а вечером уезжал на свидание, дремал урывками в пшеничных стогах и в кузове грузовиков. Не знаю, как надолго хватило бы у меня сил, но эта степная сказка однажды резко прервалась — нас отправили обратно в Ленинград, степную свободную любовь ждало впереди испытание городским бытом…

Мы вернулись в Ленинград ровно в день начала новой, космической эры, в день, когда первый в мире искусственный спутник Земли был выведен на орбиту советской ракетой. Сейчас вокруг Земли вращаются тысячи огромных искусственных спутников, оснащённых сложнейшей аппаратурой, но тот был первым — полуметровый шарик с четырьмя усиками антенны одиноко вращался вокруг планеты, посылая на Землю трогательно беспомощные сигналы «бип… бип… бип…». Сиротливая красавица Луна, ещё не знавшая человеческого прикосновения, недоверчиво глядела на своего первого крошечного новорождённого брата. В тот день началась борьба двух сверхдержав за космос — гигантская технологическая и духовная схватка, от исхода которой зависели судьбы сотен миллионов людей. Я тогда не догадывался ни о масштабах этой схватки, ни о том, как скоро буду сам в неё вовлечён…

* * *

Петербургский этап нашего романа пришёлся на позднюю осень и зиму. Романтика сибирского приключения с его свободой и беззаботностью быстро развеялась, вытесненная городской суетой и студенческими неотложными делами. Сразу выяснилось, что нам и встречаться-то негде. Поздняя петербургская осень с её дождями, мокрым снегом и холодным ветром оставляла мало возможностей для влюблённых на природе. Я не хотел приглашать Лили в нашу убогую коммунальную квартиру у Пяти углов на Загородном проспекте — это я исключил сразу же. Она привела меня в свою маленькую квартирку на Петроградской стороне, где жила вместе с родителями — мне показалось, что это для неё неудобно... У нас не было общей компании, мы были двумя одинокими влюблёнными волками из разных стай и интуитивно понимали несовместимость с прежней стаей каждого. Мне снились фантастические картины нашей будущей жизни — мы выходим вдвоём на сцену красивого концертного зала, Лили в длинном бальном платье направляется под аплодисменты к сцене, а я в чёрном смокинге сажусь за рояль, чтобы аккомпанировать ей. Эти нелепые инфантильные сновидения настолько замучили меня, что однажды я не выдержал и спросил маму, занимавшуюся в юности музыкой, не поздно ли мне учиться игре на фортепиано. Мама распознала мой недуг мгновенно: «Сынок, ты влюбился!» Мне не хотелось раскрывать истинную подоплёку своего интереса к игре на фортепиано, и я замял разговор.

Недостаток сибирской романтики я пытался возместить художественной мощью петербургских театров, переживавших в те годы невиданный взлёт. Георгий Товстоногов, только что назначенный главным режиссёром Большого драматического театра, поставил спектакль века — легендарного «Идиота» по роману полузапрещенного тогда Фёдора Достоевского с блистательным составом артистов: Иннокентий Смоктуновский, Нина Ольхина, Евгений Лебедев, Владислав Стржельчик. Леонид Якобсон, ломая традиционные балетные схемы, поставил в Мариинском театре великолепный балет Арама Хачатуряна «Спартак» с героико-монументальным Аскольдом Макаровым в главной роли. Попасть на эти спектакли вместе с Лили стало моей идеей фикс. В то время для этого нужны были либо серьёзный блат, либо очень большие деньги — у меня не было ни того, ни другого. Тем не менее я сделал это... Вместо лекций в институте я простаивал часами в кассе БДТ, заняв очередь ещё с ночи — благо театр был недалеко от моего дома. Я завёл знакомство с билетёршей в театральной кассе на Невском, и она сделала мне два билета на «Спартак» за обещание помочь установить ей в квартире телефон — на этот чистой воды блеф я шёл ради Лили...

Она же как будто не замечала моих подвигов ради неё и принимала их, как должное, не выказывая ни особого восторга, ни даже признательности. Я этого тогда как бы не видел или, скорее, не хотел видеть, я был настолько ослеплён своим чувством, что до самого последнего предела не принимал реальности постепенной деформации наших отношений, медленного, но определённого сползания вниз, каких-то непонятных колебаний и сомнений с её стороны. Как-то я пригласил её в Филармонию, мы договорились о встрече, но накануне она внезапно сказала, что не сможет пойти. Ко дню её рождения я написал белыми стихами целую романтическую поэму, начинавшуюся словами «Не та ли ты Лилия-кувшинка, что тёмной осенней ночью...», но она не пригласила меня к себе домой, и мы наскоро отметили это событие в каком-то невзрачном кафе. В день Нового года я готов был нарушить семейную традицию, лишь бы быть с нею, она поначалу согласилась пойти со мной в компанию друзей, но затем отказалась, сославшись на домашние проблемы. Банальная история, тиражированная бессчётно, простейшая ситуация, предельно ясная с первого взгляда всем... кроме влюблённого безоглядно. Однажды я был представлен её родителями — меня вроде бы примеряли к семье. Не думаю, однако, что я им сильно понравился. А что, собственно говоря, им могло во мне понравиться — нищий студент технического вуза, будущий инженер без ясных перспектив. Пожалуй, это было единственным, что я реалистично осознавал тогда — свою бесперспективность в глазах родителей любимой девушки. Но она, неужели и она так думала обо мне? Вспоминая то время, не могу отделаться от чувства неловкости и за себя, и за неё...

Причудой судьбы последний акт моей любовной драмы оказался связанным со знаменитым в своё время Ленинградским женским хором, в котором пела Лили. Ранней весной случился какой-то юбилей хора, и по этому поводу был назначен торжественный концерт в Юсуповском дворце на Мойке. Я, помнится, узнал о концерте случайно из уличной афиши, прибежал, счастливый и восторженный, к Лили и предложил — в день концерта я зайду за ней, и мы поедем на Мойку вместе. До сих пор испытываю стыд за своё наивно-идиотское поведение. Она отнеслась к моему предложению резко отрицательно — мол, этого делать не следует, поскольку ей нужно быть во дворце заблаговременно, и, кроме того, она не думает, что этот концерт будет мне интересен. Мы поспорили и даже повздорили. В итоге она настоятельно просила меня не ходить на концерт, а я сказал, что пойду на него непременно. Мне бы сообразить, что здесь что-то не так, что у неё была какая-то — да, не какая-то, а вполне определённая и ясная причина избегать моего появления на концерте, но я пребывал в состоянии любовной эйфории и, по-видимому, плохо соображал. Почему Лили тогда не назвала истинную причину своего нежелания видеть меня на концерте, зачем растянула мучительство? Почему не решилась сделать это сразу — одним единственным хирургическим движением? Может быть, она тогда ещё не приняла окончательного решения, или духа не хватило сказать мне правду прямо в глаза — не знаю... Так или иначе, но в день концерта я пришёл один в Белоколонный зал Юсуповского дворца.

Те, кто бывал в беломраморных залах Санкт-Петербургских дворцов, знает, как ошеломительно прекрасны они и какая мощная пассионарная волна захлёстывает там каждого. Раздались аплодисменты, и большой женский хор выстроился на невысоком подиуме. Лили стояла в середине первого ряда в длинном белом платье, а над ним — нежная головка, обрамлённая пышными тёмными прядями, и большие, сияющие счастьем глаза. Это было прекрасно!

Потом произносились какие-то незапомнившиеся официальные приветствия, наконец, появилась ведущая в длинном чёрном платье и объявила: «Начинаем концерт Ленинградского женского хора: Сергей Рахманинов, «Весенние воды», слова Фёдора Тютчева». Художественный руководитель хора вышла под аплодисменты, подняла руки — стремительное, виртуозное фортепианное вступление заполнило сияющий белоколонный зал. Я не знал, что до катастрофы осталось меньше двух минут, я был без остатка захвачен происходящим — Лили поёт «Весенние воды» Рахманинова...

* * *

Предположительно в 1830 году, то есть ещё в пушкинские времена, замечательный русский поэт Фёдор Тютчев написал небольшое стихотворение под названием «Весенние воды»:

> Ещё в полях белеет снег,
> А воды уж весной шумят —
> Бегут и будят сонный брег,
> Бегут, и блещут, и гласят...

Они гласят во все концы:
«Весна идёт, весна идёт,
Мы молодой весны гонцы,
Она нас выслала вперёд!»

Весна идёт, весна идёт,
И тихих, тёплых майских дней
Румяный, светлый хоровод
Толпится весело за ней!…

Вероятно, это прелестное стихотворение осталось бы малоприметной вехой в обширном тютчевском творчестве, если бы в год смерти поэта в 1873-м не родился другой гений — пианист и композитор Сергей Рахманинов, который в 1896 году сочинил романс «Весенние воды».

Напряжённая, рвущаяся ввысь рахманиновская мелодия, под стать его более поздним фортепианным концертам, превратила тютчевские бегущие вешние воды в мощные, бурлящие, пенящиеся потоки, сметающие всё на своём пути, превратила светлую радость пробуждающейся весенней природы в страстное торжество великой любви. Тютчевские слова и рахманиновская мелодия слились в романсе «Весенние воды» так гармонично, что потом уже было невозможно себе представить эти слова без мелодии и мелодию без слов.

Судьба этого едва ли не самого короткого романса — он длится всего 100 секунд — удивительна и прекрасна. Его перелагали для самых разных инструментов — от виолончели до трубы, его любили исполнять и ему подражали в своих композициях корифеи американского джаза XX века. Вот уже больше ста лет «Весенние воды» не покидают репертуары хоровых коллективов и выдающихся солистов. Особенно прекрасен романс в исполнении меццо-сопрано — душа с трудом справляется с завораживающей нарастающей мощью трёх коротких куплетов и, кажется, продлись они дольше, сердце не выдержит…

* * *

Моя любовь, моя мечта и, как мне тогда виделось, сама жизнь рухнули окончательно и бесповоротно за те 100 секунд, в течение которых хор пел «Весенние воды». Соглашусь, что всё это со стороны выглядит несколько романически и даже оперно-театрально — любовная драма молодого человека разыгрывается в роскошном, ярко освещённом великолепными люстрами Белоколонном зале Юсуповского дворца под гениальную музыку

Сергея Рахманинова. Тем не менее именно так это было — жизнь часто оказывается богаче выдумкою, чем любой роман! Я мог бы воссоздать по секундам то, что случилось тогда, начиная от взлёта в заоблачные райские выси и кончая стремительным падением в преисподнюю...

Вначале бурные волны молодого весеннего чувства рождались одна за другой из тревожных фортепианных пассажей вступления, нарастая неотвратимо — Ещё в полях белеет снег, а воды уж весной шумят...

Сливаясь, переплетаясь и стремительно разрастаясь, они обрушивались на меня мощным потоком любви к ней — Они гласят во все концы: Весна идёт, весна идёт...

Тревога, однако, нарастала — я не понимал, куда же она смотрит с такой знакомой мне увлечённостью, но звуки долгожданной и всесильной любви достигли в этот момент немыслимой высоты и силы — Мы молодой весны гонцы, она нас выслала вперёд!

И вдруг... всё сорвалось и обвалилось с той немыслимой высоты — следуя за её взглядом, я повернулся и увидел у одной из беломраморных колонн молодого красавца в морской офицерской форме — Весна идёт, весна идёт...

В эти последние секунды перед торжественным финалом, я молниеносно и однозначно понял всё — и странности её неровного поведения в последнее время, и её метания, и безнадёжность моего положения, и глубину моего провала. Я проиграл, моя Лили полюбила другого, и последние аккорды великого романса — И тихих, тёплых майских дней румяный, светлый хоровод толпится весело за ней! — хлестали меня по спине, я убегал из этого проклятого зала, чтобы никогда больше не видеть её прекрасные, сияющие счастьем глаза...

Был тёмный, сырой и ветреный вечер начала петербургской весны. Я плёлся пешком домой к Пяти углам по набережной Мойки, по Гороховой, по Загородному. При свете тусклых фонарей моя тень, то удлиняясь, то сжимаясь, тоскливо и обречённо тащилась за мной. Было слякотно и холодно, мои выходные ботинки скоро промокли, но я не торопился домой — у меня не было своей комнаты, чтобы укрыться от внимания родителей, и не было сил скрывать от них своё состояние. В голове назойливо вертелось — Мы молодой весны гонцы, она нас выслала вперёд! И ещё — всё время звучало бурное и тревожное фортепианное вступление. Мне было очень одиноко, несчастье застигло меня врасплох, я не был готов к такому фиаско, я не понимал, как буду жить без Ли́ли. Я не винил её в случившемся, я обвинял только себя, самонадеянно возомнившего, что меня может полюбить такая девушка.

Потом я долго болел с высокой температурой, запустил учёбу в институте, с трудом вытянул весеннюю сессию. Ли́ли уходила из моей жизни тяжело, болезненно. Меня постоянно терзало видение — она в длинном белом платье рядом с высоким офицером в элегантном чёрном морском мундире с кортиком на боку. Почему-то — обязательно с кортиком... Много раз порывался позвонить ей, предварительно разыгрывая сценарий предстоящего разговора — позвонить, как ни в чём не бывало, спросить, как дела, проявить весёлую беззаботность, пошутить на тему «Весна идёт!», а, может быть, наоборот, съязвить что-нибудь относительно мощи нашего советского военно-морского флота. Что-то уберегло меня от пошлости — не позвонил. С безрассудной надеждой прислушивался я к звонкам телефона, висевшего в общем коридоре нашей коммунальной квартиры, но она тоже не позвонила. Подчас мне бредилось — следует посвятить моей любви, даже неразделённой, всю оставшуюся жизнь, невидимкой повсюду следовать за нею, делать неожиданные подарки, писать анонимные любовные письма, ограждать её от неприятностей... Я был близок к повторению участи персонажа купринского «Гранатового браслета», так мною презираемого.

Как ни странно, но вытащила меня из того ужасного состояния не другая женщина, как часто бывает в молодости, но другая особа женского рода — научная работа. Летом меня пригласили работать в научно-исследовательскую лабораторию одной из ведущих кафедр института — там проектировали тогда уникальную радиотехническую систему управления летающими объектами. Я увлёкся этой работой чрезвычайно...

Образ Ли́ли постепенно уходил от меня, и так же постепенно приходило осознание незыблемого жизненного принципа — я не могу любить женщину, которая не любит меня.

Прошло десять лет... Хрущёвская оттепель не сумела растопить вечную мерзлоту советского режима, но вызвала нарастающую протестную волну — движение шестидесятников, в среде которых появились открытые противники режима — инакомыслящие, которых назвали на западный манер диссидентами. В подпольном самиздате, а потом и в запрещённых властями заграничных изданиях, доставленных в страну контрабандой, появились стихи Осипа Мандельштама и «Реквием» Анны Ахматовой, «В круге первом» Александра Солженицына и «Колымские рассказы» Варлама Шаламова, зарубежные радиоголоса читали «Размышления» академика Андрея Сахарова о связи прогресса с интеллектуальной свободой. Драматические события сотрясали окружающий мир. На наших глазах лунная гонка между СССР и США вышла на финишную прямую и вот-вот должна была завершиться титаническим рывком одной из сторон. «Пражская весна», задавленная советскими танками, показала неспособность коммунистического режима принять человеческий облик, но восемь отчаянно смелых людей, вышедших на Красную площадь с протестом против преступления властей, доказали, что не всё потеряно. Великие, бесподобные 60-е годы... Я отслеживал их пульс, я жил ими, пройдя «тяжкий путь познания» от одобрительного отношения к советским танкам на улицах Будапешта до презрения к режиму, пославшему их на улицы Праги.

Моя научная карьера развивалась быстро и успешно, я уже был начальником отдела известного в стране НИИ, автором нескольких монографий, защитил кандидатскую диссертацию и заканчивал докторскую. Однажды у меня в кабинете зазвонил прямой телефон, и я услышал тот голос, «знакомый до слёз» — Здравствуй, Юрочка! Ей было легко произнести эти слова столь небрежно, как будто мы расстались вчера, ибо она готовилась к разговору, а каково было мне... Незыблемые принципы и умозрительные схемы — это одно, а реальная жизнь — совсем другое. Сердце дрогнуло, перехватило дыхание — я молчал в трубку, словно парализованный.

— Юра, ты слышишь меня? Это Лилия, ты узнаёшь меня?

— Я слышу тебя, Лили́, отлично и, конечно же, узнаю — взял я себя в руки.

— Знаю от друзей о твоих успехах и рада за тебя.

— Спасибо! К сожалению, не знаю о тебе ничего с тех времён... Как ты?

— У тебя есть возможность узнать всё. Я сейчас ненадолго в Ленинграде. Если хочешь, приходи завтра вечером ко мне... Запиши адрес...

— Адрес нашего тамбура? — позволил я себе издёвку, постепенно приходя в себя.

— Будем считать, что да — ответила она серьёзно после длинной паузы.

Я записал адрес и обещал прийти, ещё не понимая, что всё это значит. Так состоялось наше последнее свидание на её ленинградской квартире, столь же внезапное, как и то первое, далёкое, в тамбуре поезда Ленинград — Омск...

Мы с волнением приглядывались друг к другу, пытаясь, но не решаясь вернуться к тому, что было так резко прервано когда-то. Внешне Лили́ изменилась мало, но мне показалось, что блеска в ней поубавилось. Впрочем, может быть, прежние оценки были слишком восторженными и завышенными. Она рассказала, что пение и всё с ним связанное остались в прошлом, и я тогда спросил: «Поют только счастливые женщины, не правда ли?» «Быть счастливой недостаточно, нужен ещё талант» — ответила она и переменила тему. В динамичном и ломком мире 60-х годов мы, естественно, сильно изменились, но оказалось, что из юношеской исходной точки мы двигались под разными углами и, само собой разумеется, пришли в разные конечные пункты. Оказалось, что наши взгляды на многие проблемы удивительным образом разошлись, как будто мы провели эти годы в разных мирах. Она неохотно и скупо рассказывала о себе — живёт где-то на Севере по месту службы мужа, имеет дочку-школьницу, преподаёт в военном училище — всё довольно стандартно... Мы избегали вспоминать о нашем разрыве, избегали напоминаний о том злополучном для меня и триумфальном для неё вечере в Юсуповском дворце, пытались найти какой-то путь из прошлого в настоящее в обход того вечера и всего, что за ним последовало, но вдоль обходного пути бродил мой юсуповский призрак — призрак старой и мучительной обиды. Может быть, поэтому наше свидание не достигло того прежнего накала. Она определённо старалась восстановить и снова пережить извлечённые из памяти мгновения прежней любви, я чувствовал нежность к этой новой Лили́, но нежность какую-то тихую и жалостливую.

Я остался у неё до утра... Серым петербургским утром разговор не клеился — обходный путь из прошлого в настоящее оказался слишком зыбким. Стараясь сгладить возникшую неловкость, я спросил: «Мы сможем увидеться ещё?» Она обняла меня нежно, прижалась щекой, как когда-то, потом, отстранившись, печально улыбнулась и вдруг... словно плетью хлестнула — «Зачем?». Я промолчал, мой реванш не состоялся — снова, как и десять лет тому назад, она, а не я, ставила точку. Мы больше не виделись никогда...

* *

На этом заканчивалась рукопись Юрия Андреевича. Вероятно, она не нуждалась бы ни в каком послесловии, если бы её герои не напомнили о себе самым неожиданным образом. Я опубликовал повесть-воспоминание Ю.А. в своём журнале — одном из немногих литературных изданий на русском языке, которые ещё сохранились в Америке в старомодном бумажном варианте. Поскольку этот журнал был известен и в России, я, честно говоря, рассчитывал, что автор откликнется на публикацию своего произведения. Этого, однако, не произошло, и память о той встрече в Транссибирском экспрессе начала тускнеть, но однажды на каком-то информационном сайте я увидел окно с заголовком: «В России скончался один из пионеров космической радиотехники». Открыв эту заметку, я прочитал сообщение о том, что «в Санкт-Петербурге в своём рабочем кабинете скончался от обширного инфаркта Генеральный директор СКБ систем радиоуправления космическими объектами, дважды лауреат Государственной премии, Герой труда, академик…» — дальше указывалась неизвестная мне фамилия. Я продвинул курсор — с фотографии на меня смотрел Юрий Андреевич в официальном костюме с геройской звездой и двумя лауреатскими медалями. Такой трагический финал, как мне казалось, обрамил и закрыл всю описанную историю, но я ошибся и на этот раз…

Через пару лет после смерти Ю. А. довелось мне участвовать в международном симпозиуме славистов в Колумбийском университете в Нью-Йорке. Российскую делегацию возглавляла немолодая представительная дама, которую я мельком знал ещё по работе в Советском Союзе. Высокая, статная, в тёмном строгом костюме с изумительным жемчужным ожерельем на шее, она словно создавала вокруг себя поле тяготения, которое, вместе с тем, заставляло окружающих держать надлежащую дистанцию. «Кто эта королева?» — спросил меня коллега, когда она в окружении свиты появилась в зале симпозиума. «Лидия Георгиевна, — объяснил я, — известный филолог, профессор С.-Петербургского университета, член-корр. Академии наук и прочее…» Сам я решил воспользоваться нашим прежним шапочным знакомством и взять у «королевы» интервью для своего журнала, но случай всё не представлялся.

Уже под занавес симпозиума сидел я в университетском кафетерии, когда Лидия Георгиевна остановилась у входа, оглядела небольшой зал, что-то спросила у своего референта или аспиранта и внезапно решительно направилась к моему столику. Я едва успел подняться ей навстречу, как она тепло поздоровалась, обратившись ко мне запросто по имени и отчеству, как обычно обращаются к доброму приятелю после недолгой, но досадной разлуки. Завязался разговор, она похвалила мою новую книгу о прозе

Василия Гроссмана, и я, зная нерасположенность гостьи к пустым комплиментам, сразу же понял, что зачем-то нужен ей. Мы тут же договорились об интервью, и я предложил: «Давайте сделаем это сегодня же вечером, мы с женой будем рады принять вас, Лидия Георгиевна, у себя дома, если это не противоречит вашим планам, — роскошный вид на Манхэттен гарантирую!» Л.Г. согласно кивнула: «Пожалуйста, заезжайте за мной в гостиницу после шести».

В тот вечер мы сидели на обширном балконе нашей квартиры на берегу Гудзона и любовались видами огромного ночного города. Лидия Георгиевна в красивом темно-синем платье с лёгким светлым шарфиком на шее выглядела моложе своих лет. Мы без конца говорили о литературе и вообще — обо всём на свете. Я, как ушлый интервьюер, забрасывал гостью острыми и неразрешимыми, как мне казалось, вопросами, преднамеренно упирался в непростые нравственные писательские проблемы, но она легко разрешала их, не раздражаясь и не уклоняясь, и всё после её слов становилось на свои места, и всё разъяснялось и исправлялось самым естественным образом. Какой интересный, глубокий человек — не переставал изумляться я — из «последних могикан». Она ни о ком не говорила плохо, но все, кого упоминала, каким-то образом сами собой занимали надлежащее место и по уровню таланта, и по человеческому достоинству. Мы договорились, что я оформлю нашу беседу в виде интервью и пришлю ей текст.

Засиделись мы допоздна, но Лидия Георгиевна не выказывала ни малейшей усталости и после десерта попросила рюмочку коньяка. Казалось, всё уже было сказано, и Аделина, как бы обрамляя встречу, продемонстрировала свои успехи в русском языке: «Приезжайте ещё, мы покажем вам такие места, каких не знают туристы».

Лидия Георгиевна кивнула согласно, пригубила коньячный бокал, посмотрела на нас по очереди долгим взглядом с какой-то грустной полуулыбкой и сказала чуть дрогнувшим голосом:

«А я ведь давно знаю вас обоих… Поэтому и напросилась в гости… Юрий Андреевич хорошо говорил о вас… ничуть не сожалел, что перепоручил вам воспоминания о своей юности, хотя, на мой взгляд, поступил опрометчиво».

Она замолчала и снова пригубила бокал, мы тоже молчали, пребывая в шоковом состоянии, и Аделина тронула меня за рукав — правильно ли она поняла то, что гостья сказала по-русски?

— Вы близко знали Юрия Андреевича? — наконец выдавил я из себя.

— Очень близко… — ответила она — Ведь я его жена, вернее, вдова.

Я обернулся к Аделине и повторил почему-то по-английски, что Лидия Георгиевна — жена Юрия Андреевича. После этого все заговорили сразу — бестолково и бессвязно, умилительно и трогательно. Потом мы наперебой задавали Л.Г. уже вполне внятные вопросы, и она терпеливо и сдержанно отвечала на них — штрихи образа Юрия Андреевича, доступные нам прежде из недолгого общения в поезде и рукописи его юношеских воспоминаний, теперь разрастались в полноценный портрет.

Я наконец задал вопрос, который не давал мне покоя со дня известия о смерти Ю. А.:

«Как Юрию Андреевичу удавалось совмещать в те времена столь высокое положение с его взглядами, едва ли не диссидентскими?»

«Всё было и просто и непросто, — ответила Лидия Георгиевна. — Просто, потому что он им был очень нужен. Когда в 70-е годы Юрию Андреевичу попытались навязать «партийное руководство», он поехал в Москву и там, на Старой площади сказал: «Вам нужно, чтобы ракеты летели куда надо, или вам нужно, чтобы партком порхал в моём кабинете? Выбирайте что-нибудь одно». Они выбрали ракеты — парткому, райкому, горкому было велено не вмешиваться в его дела».

Аделина с американской непосредственностью задала вопрос, который я не решался задать: «Вы знаете что-нибудь о Лили?» Лидия Георгиевна, вероятно, ожидала этот вопрос, но ответила, как всегда, неожиданно:

— Лилия Григорьевна была на похоронах Юрия Андреевича, мы познакомились и поговорили. Она, оказывается, всю жизнь не упускала его из виду, отслеживала все перипетии его карьеры… Он, кстати, даже не подозревал об этом, не знал ничего о ней. Говорят, красивая женщина красива и в старости, это к Лилии Григорьевне определённо относится. Я к женской красоте равнодушна, но здесь сразу видно, что в молодости была она необычайно хороша.

— Как сложилась её судьба? — вставил я свой вопрос, чтобы не закрывать тему.

— Кажется, у неё всё нормально, но подробностей не знаю, ничего не могу сказать. Мы ведь с нею коллеги, филологи, учились в близкие времена. Умна, немножко резковата, на мой вкус… Знаете, с таким слегка преувеличенным чувством самодостаточности — это бывает у людей не вполне состоявшихся, где-то — не вполне счастливых.

— Она вам жаловалась?

— Нет, конечно, но я по глазам видела. Глаза у неё до сих пор удивительно красивые и лучистые, но невесёлые…

Мы проговорили далеко за полночь. Уже за рулём машины, по дороге в гостиницу, я со всевозможными извинениями отважился задать Лидии Георгиевне вопрос, который не решился задать лицом к лицу за ярко освещённым столом: «Не испытывали ли вы неприязни или, прямо спрошу, ревности к Лилии Григорьевне?» Она в ответ рассмеялась звонко: «Вы — коварный журналист, но надеюсь, что этот вопрос не войдет в текст нашего интервью».

После длинной паузы Лидия Георгиевна, тем не менее, ответила на него вполне серьёзно и самым неожиданным образом: «Если опустить неинтересные сантименты, то я очень благодарна Лилии Григорьевне». Она снова выдержала паузу, и я ожидал понятного продолжения в том духе, что, мол, поведи себя Лилия иначе, Лидия не стала бы женой Ю.А., но услышал я совершенно другое — нетривиальное и непредсказуемое:

«Возможно, без Лили Юрий Андреевич не стал бы тем, кем он стал. Ведь он тогда под влиянием сильного юношеского чувства построил в своём воображении некий не существующий на самом деле, фантастический мир, помните — мир за вторым занавесом — куда решил пробиться, чего бы это ни стоило. Если хотите, его изначальный дерзкий рывок в науку был следствием той любовной драмы. У Юрия Андреевича случались тогда настоящие научные озарения, уж поверьте мне. Он словно мстил своему прошлому, своему реальному миру за несбывшееся и доказывал всем свою предопределённость к жизни в другом, фантомном мире, который создала в его воображении любовь к Лили».

Лидия Георгиевна замолчала, а я, совершенно обескураженный, глуповато спросил: «Вы действительно так думаете?» Она ответила:

«Я не думаю, я знаю. Возможно, сама Лилия Григорьевна и не понимала этого… Но, может быть, и чувствовала что-то — ведь недаром она всю жизнь скрупулёзно отслеживала карьеру Юрия Андреевича».

Мы подъехали к гостинице, и этот странный разговор прервался сам собой. Когда мы прощались, Лидия Георгиевна предложила: «Приходите завтра вместе с Аделиной проводить меня — я познакомлю вас с моим сыном». Так и порешили, и на следующий день мы заехали за Л.Г. в гостиницу и отправились вместе в JFK. Её сын присоединился к нам уже в аэропорту. Увидав его, мы с Аделиной вздрогнули и переглянулись: он был невероятно, неправдоподобно похож на Юрия Андреевича — молодая копия нашего транссибирского попутчика. Сыну Юрия Андреевича было лет сорок, он занимался компьютерным бизнесом — очень современный, обаятельный и элегантный молодой человек, человек новой эпохи.

Когда они уходили вдаль по длинному коридору перехода, мы заметили, как тяжело Лидия Георгиевна опирается на руку сына и как нелегко ей идти. Она выглядела уставшей королевой, а я подумал — жить с Юрием Андреевичем, вероятно, было не так-то легко, интересно — безусловно, сча́стливо — конечно, но нелегко…

Комок подступил к горлу — уходит поколение шестидесятников, уходит поколение эпохи «бури и натиска» XX века, уходят неповторимые личности того судьбоносного и бессмертного времени…

ДЕЛО ШЕСТНАДЦАТИ

Документальная повесть
с песнями и стихами Владимира Селянинова

Место действия: Советский Союз,
г. Старая Русса — г. Ленинград
Время действия: 1981–1982

«Это самая настоящая банда, которой
не место не только в институте, но и...
Считаю, что надо гнать таких, гнать
и судить, чтобы не повадно было».

Из выступления члена комиссии парткома
по расследованию «Дела шестнадцати»

«Заседал партком, и решили
им объявить выговоры и даже
без занесения в личные дела, хотя их
всех надо было бы уволить, если бы
вопрос решался в духе XXVI съезда
партии. А получилось, что прав
тот, у кого больше прав! И никакой
справедливости нет и не будет».

Из анонимного доноса в горком КПСС
по «Делу шестнадцати»

Посвящается светлой памяти Володи Селянинова — поэта от Бога и человека, с которым жить скучно было невозможно...

О, если б разумел поэзию сполна,
Пред нею трепетал и ею наслаждался
Тогда,
Как это даровал Господь
Сейчас,
То никогда бы руку не занёс
На чистую, как облако, как снег, бумагу.

Одним пред Богом оправдать могу себя:
Не окажись перо и чистый лист под дланью
Тогда,
Сейчас
Мне б быть глухим, немым, слепым,
Обкраденным, обманутым и обойдённым.

Последняя любовь — как первая,
                        взаправду,
Её наговорить и выдумать нельзя,
Не выиграть в лото,
            в бильярд
                        и в карты.
Последнюю любовь изобразить
                        нельзя!

Нельзя её открыть,
            сложить, вновь запечатать.
Она всегда внутри,
            как виноград в вине.
Последняя любовь
            не может мерно капать,
Она струится и кипит
В воде,
        в огне,
            во мне!

Предуведомление

В 2021 году исполняется 40 лет со дня знаменитого дела группы шабашников из Ленинградского электротехнического института связи им. проф. М. А. Бонч-Бруевича, вошедшего в историю как «Дело шестнадцати». Уже сорок лет прошло с тех времён — уму непостижимо... Многие участники дела, как со стороны гонимых, так и со стороны гонителей, увы, уже ушли в мир иной. Светлая память первым и земля пусть будет пухом вторым — они жили и работали вместе в мракобесное время под колпаком одного и того же режима, они были обречены на то, что случилось и с теми, и с другими...

Подлинный автор прилагаемой ниже документальной повести «Дело шестнадцати» не опознан. Достоверно установлен лишь автор включённых в повесть стихов — это известный питерский поэт и бард Владимир Селянинов. Многие из его стихов являются, на самом деле, песнями, которые и сам автор, и его друзья неоднократно исполняли по радио, на шабашках и, конечно, во время многочисленных застолий. Стихи-песни сильно проигрывают без музыки, но и в таком виде замечательно сопровождают лирическую линию повести.

В оригинальном издании повести «Дело шестнадцати», написанной ещё в Ленинграде в 1987 году, а выпущенной в свет уже в Санкт-Петербурге в 2002-м, на титульном листе автором указан Юрий Пёрч. К сожалению, все попытки найти такого человека успеха не имели, и, в конце концов, было признано, что, по-видимому, данное имя является псевдонимом коллектива

авторов, включающего всех подлинных персонажей повести, проходивших по «Делу».

При подготовке старой, чудом сохранившейся рукописи к новой публикации автор-составитель настоящего сборника поначалу заменил ряд имён и фамилий подходящими аббревиатурами, ибо ему показалось, что прошло ещё не так уж много времени, чтобы события этой повести стали для потомков давней историей, которая воистину была, но в которую трудно поверить...

Однако подлинные герои повести, заглянув в свой паспорт, решительно воспротивились такому методу завуалированного сокрытия истины, равно как и любым попыткам навешивания фиговых листков на срамные места...

Итак, авторами-составителями этой повести являются в той или иной степени все участники описываемых событий, ибо наша повесть — это то, что они делали, чувствовали, думали и, в конце концов, то, что они вспомнили...

Однако если кто-либо попытается найти среди них одного-единственного автора, чтобы возложить исключительно на него ответственность за изречённое, то он повторит ошибку прошлого и подтвердит известную истину о том, что история учит лишь тому, что она ничему не учит. Ибо искать среди участников «Дела шестнадцати» одного-единственного автора повести о «Деле» — это значит «Дело» повторить!

Исторический фон

Учили нас не понимать,
А принимать на веру.
Учили нас маршировать,
Скандируя химеру.
Учили признавать врагов
В невинно убиенных
И жить в пространстве дураков,
Во времени смиренных.
Прогулка — строй,
А строй — парад,
Сплошная паранойя:
В цепях наград
Над всеми кат,
Над всеми и над Строем.

Эта повесть — строго документальная, ибо в ней описаны подлинные события, приведены подлинные документы, названы подлинные имена и абсолютно отсутствует какое-либо враньё под видом литературы.

Русское слово «подлинный» исконно означает высокую степень правды, полученной путём битья кнутом «по длине», т. е. вдоль тела. Выше такой правды бывает только «вся подноготная», полученная путём вбивания иголок под ногти.

Авторов-составителей пытали нравственно достаточно изощрённо, чтобы усомниться в правдивости этого рассказа.

Документальная правдивость ограничивает авторов рамками одного конкретного случая и не позволяет делать слишком широкие обобщения. Поэтому представляется совершенно необходимым предварить собственно повесть хотя бы чрезвычайно кратким описанием исторического фона, чтобы не повествовать внеисторически и не отвлекаться всё время на поиски типичного в повествуемом.

Итак, дело происходит в 1981 году, главным образом, в Ленинграде. К тому благословенному времени нашим могущественным государством в одну шестую всей земной тверди уже семнадцатый год благополучно правил некто Леонид Брежнев — личность довольно посредственная, если сопоставлять её с тем высоким местом, которое она, эта личность, вопреки пословице, не красила. К сожалению, в истории такое часто бывает: ведь шапка Мономаха, что прыщ гнойный, — иногда на таком месте вскочит, что стыдно показать.

Главной страстью правителя были звания, почести и награды. К описываемому времени он был Генеральным секретарём всей Коммунистической партии всего Советского Союза, Президентом государства и Главнокомандующим вооружённых сил. Правитель присвоил себе воинское звание Маршала с повешением на шею маршальской звезды в бриллиантах, да к тому же пять раз (!) удостоил самого себя званием Героя с украшением груди пятью золотыми звёздами — беспрецедентный случай в отечественной истории, которая такого героя ещё не ведала. Официальный тщательно отретушированный цветной фотопортрет вождя в маршальском мундире со всеми орденами, густо заполнявшими огромное пространство от кадыка до причинного места, поражал воображение обывателя. Впрочем, мундир этот из-за тяжести носимым быть не мог, тем более что, на самом деле, правитель был рано впавшим в маразм стариком, который не попадал в дверь, плохо врубался в тему разговора и мог выговаривать только самые простые одно- или двусложные слова. Его можно было бы по-человечески пожалеть, если бы это был простой пенсионер. Но он, не зная меры, не ведая, что стал посмешищем, говорил о сложном, и народ должен был догадываться, что «сиськи-масиськи» — это значит «систематически», а «сосиски сраные» — это «социалистические страны». А что он делал со словом «азербайджанский», это нужно было слышать! И все — от школьника до академика — должны были изучать и восхвалять литературные произведения Выдающегося Деятеля, которые, как все понимали, писал не он, а кто-то из членов Союза советских писателей, тоже, кстати, бездарь.

Располагавшаяся вблизи правителя элита и следующие за ней эшелоны номенклатуры безудержной лестью, ирреальным подхалимажем в сочетании с самой беспардонной ложью ограждали свои незыблемые права — деликатесно кушать из спецраспределителей, импортно одеваться в спецмагазинах за спецгосзнаки, лечиться в спецбольницах, отдыхать в спецсанаториях, на госдачах, виллах — всё за государственный, т. е. народный счёт. В Москве правила торгово-партийно-полицейская мафия, в которую входили директор Мосторга со всей своей клиентурой, горком партии со своим огромным аппаратом и сам всесильный министр внутренних дел — генерал и член ЦК КПСС. Последний, кроме того, приторговывал антиквариатом, конфискованным у осуждённых им более мелких, чем он, спекулянтов. Дочь Выдающегося Деятеля вместе с приятелями и мужем, которого добрый папочка произвёл из простых охранников в генералы КГБ, увлекалась валютой и бриллиантами.

Гниль коррупции, взяточничества и блата покрыла страну «от Москвы до самых до окраин, с южных гор до северных морей». В российских городах исчезли мясо, рыба, колбаса, сыр, масло, а книг уже не было давно.

И всё это вместе взятое называлось «развитым социализмом», или ещё круче — «реальным социализмом», словно в насмешку над великой идеей.

И ещё одно...

Заработать на службе чуть побольше смехотворно низкой зарплаты честным, легальным трудом было очень трудно, почти невозможно. Зато сравнительно легко было украсть, особенно тем, кто стоял при власти, при дефицитных товарах или услугах, кто был где-то каким-то образом приблатнён. Поэтому в те времена не верили в заработок, добытый трудом, хотя бы и каторжно тяжёлым. По-видимому, без этого фатального пренебрежения и неуважения к труду и заработку, от труда идущего, без этого неверия в чьё-либо усердие в труде при том, что украсть легче, — без всего этого не было бы нашей истории.

И ещё одно...

Серость господствовала во всём и везде, серость насаждалась принудительно в производстве, в науке и в искусстве. Талантливый, яркий человек не мог рассчитывать на благоволение властей. Железнодорожный лозунг «не высовываться» стал принципом жизни. В то серое двадцатилетие впервые в истории появились «учёные» и «профессора» без научных открытий и даже без научных трудов. Этого не требовалось. По-видимому, без этих заливших страну потоков серости и без тех неожиданных возможностей, которые открылись для людей, не располагавших никакими талантами, не было бы этой истории.

И, наконец, последнее...

В основе вышеназванных явлений застоя и деградации была бредовая идея Выдающегося Деятеля о тотальном партийном контроле всех сфер человеческой деятельности... Без парткома, райкома, горкома и прочих нельзя было решить ни один производственный, хозяйственный, научный и даже морально-бытовой вопрос. Без этого тотального мракобесия не было бы этой истории, впрочем, как и многих других трагедий нашей страны!

Итак, вперёд — правда, одна только правда и ничего, кроме правды!

Мы с вами боремся не за, а против.
Сражаемся себе наперекор.
Расходимся, слова-перчатки бросив,
И сходимся в дуэльный разговор.
К барьеру!
    Секунданты нам излишни.
К барьеру!
    Револьверы не нужны.
Слова заряжены.
    Благословил Всевышний.
К барьеру!
    Да продлится ваша жизнь!

Скотопригоньевск

Не желаю быть святым,
Не желаю быть святым,
Пастор для души моей не нужен —
Лишь бы ты в осенний дым,
Лишь бы ты в осенний дым
Шлёпала со мной по хладным лужам.

В воскресенье 26 июля 1981 года в небольшом русском городке Старая Русса, что в Новгородской губернии, было солнечно, тепло, но не жарко. И в тот день в городке происходили странные события.

Странности начали происходить утром в недавно построенном здании АТС, что расшифровывается как автоматическая телефонная станция. Собственно, АТС ещё не было, но пустое здание уже было, и в одной из больших комнат этого здания первые солнечные лучи осветили странную компанию, которая здесь ночевала и, видно по всему, уже давно жила. Двенадцать мужчин спали на поставленных почти вплотную друг к другу металлических кроватях. В комнате ещё были тумбочки и два заваленных всевозможным барахлом стола; между кроватями и под ними лежали раскрытые рюкзаки и чемоданы. В целом было грязновато...

Вставший первым, по-видимому, на правах дежурного включил магнитофон с модной западной эстрадной вещицей и очень зычным низким голосом предложил остальным подниматься. Проснувшиеся посылали его однообразно, однако начали вставать. Но ещё прежде, чем все встали, дежурный — назовём его так — обнёс всех бутылкой водки, из которой налил каждому по четверть стакана, т. е. как бы подал завтрак в постель. При этом закуской служил огурец — один на всех. В процессе обноса и употребления шёл спор о том, кому раньше, хотя ясно было, что хватит всем. Спор был шуточный, но острый, причём все крепко ругали обносившего, который добродушно огрызался.

Возможное предположение, что в АТС собрались алкоголики, дабы опохмелиться, было бы, однако, отброшено немедленно даже самым недоброжелательным наблюдателем.

Разговор, между тем, шёл о праздновании Дня военно-морского флота, и те из двенадцати, кто мог предложить какие-либо доказательства своей причастности к морю, например тельняшку, имели преимущественное право выпить свою долю первыми.

Возможное предположение, что в АТС живут переодетые матросы или морские офицеры, было бы отброшено наблюдательным человеком тотчас, ибо ничего военного в этих людях не просматривалось, да и ни их внешность, ни обстановка с этим предположением не вязались.

Дежурный называл остальных «товарищи отдыхающие», и тема «отдыха» в явно ироническом смысле непрерывно перекатывалась от одного к другому.

Возможное предположение, что в АТС действительно собрались курортники или туристы, не проходило по многим признакам, включая одежду и инвентарь, не похожие на спортивные. «Отдыхающие» явно жили здесь уже не одну неделю, но вряд ли в такой обстановке кому-либо захотелось бы отдыхать.

> Время в моё окно
> Падает белым,
> Зелёным струится,
> Плещется синим,
> И жёлтым сочится,
> Тихо смеётся,
> Молчит,
> Громко плачет.
> Что это?
> Что это?
> Что это значит?

Между тем все двенадцать уже встали, умылись, а безбородые и побрились, и теперь одевались на выход. Они были разного возраста — примерно от тридцати до сорока пяти, все породистые и красивые, а некоторые даже очень! Здоровые, сильные, а некоторые — даже очень! Разговор их выявлял немалую степень образованности и интеллекта, у некоторых — весьма высокую степень. Вместе с тем их в целом литературная русская речь часто

прерывалась вставками в виде крепких слов тюркоязычного происхождения. Однако легко угадывалось, что эти крепкие слова,
направленные друг в друга, по-видимому, дань некой компаней-
ской традиции. Было видно, что здесь нет ничего более смешного
и противоестественного, как обидеться на такие слова.

Возможное предположение, что наблюдаемая компания есть
группа строительных рабочих или, скажем, монтажников связи,
не подтверждалось содержанием и уровнем разговора, да и возраст, да и состав... Нет, пожалуй, это не рабочий класс, не гегемон!

По репликам, да и по виду можно было понять, что в группе этой
есть русские и евреи, причем русских почему-то называли не иначе, как «коммунистами», а евреев — просто «евреями». Последнее
наблюдение сильно затрудняло выдвижение правдоподобной гипо-
тезы. Если гадать относительно рода занятий, то, судя по разговору
и внешности, это, скорее всего, были либо научные работники, либо
инженеры, либо врачи и педагоги. Но этому всему противоречили
и обстановка жилья, и место, и время, и городишко...

> Значит, значит,
> значит, значит,
> значит,
> Значит, что не может быть иначе.
> Значит, что не может быть иначе.
> Значит —
> это ничего не значит.

Между тем странная компания уже оделась — полугородским-
полуспортивным стилем, но чисто и аккуратно в противовес
обстановке в комнате АТС, — и вышла на улицу; взяли с собой
и магнитофон. Сначала они отправились в столовую, где весело
позавтракали. Затем пошли через весь город в церковь — была
воскресная служба; зашли в церковь, постояли, не крестясь, просто
так, вежливо всё осмотрели, вышли и пошли дальше.

И пришли в дом-музей Фёдора Достоевского.

Здесь нужно сказать, что музей Фёдора Михайловича — одна из
главных достопримечательностей города Старая Русса. Этот дом он
снимал в течение ряда лет и жил здесь с семьёй каждое лето, как на
даче, — здесь было дешевле, чем под Петербургом. Но главное даже
не в этом, а в том, что действие всемирно известного романа «Братья Карамазовы» происходит в некоем захолустном российском

городке Скотопригоньевске. Так вот быт, нравы и даже пейзажи этого вымышленного Скотопригоньевска списаны мастером со старой Старой Руссы. Несмотря на столь замечательный факт, музей посещается мало, здесь нет туристического бума и не проливаются слёзы умиления, как в Михайловском или в Ясной Поляне.

Поэтому появление сразу двенадцати зрелых мужчин вызвало некоторое оживление, и сама директриса повела их на экскурсию по дому. Она была немало удивлена познаниями этих двенадцати в близкой ей области, чувствованием ими некоторых тонкостей творчества Достоевского, требующих, как ей казалось, специальной подготовки... На некоторые вопросы — как, например: не следует ли считать, что в «Бесах» автор предсказал кошмары сталинизма? — вынуждена была отвечать уклончиво. Впрочем, экскурсия прошла превосходно и к взаимному удовольствию сторон.

Прежде чем попрощаться и ответить на выраженные самым интеллигентным образом знаки благодарности, директриса поинтересовалась, чем же уважаемые экскурсанты занимаются и как попали в Старую Руссу. На это наша компания ответила вежливо, что они археологи из Ленинграда и приехали сюда на раскопки. А на уточняющий вопрос о том, что же они раскапывают, ответ был таким же уклончивым, как у директрисы о провидении Достоевским сталинизма, причём в таком странном смысле, что, мол, сначала нужно раскопать, а потом будет видно что.

На этом можно было бы прервать нашу историю, если бы рассказанное в доме Достоевского компанией о роде её занятий было правдой, потому что, если бы это было правдой, то не было бы последующих событий и дела.

> В круговерти суеты
> Бог к моим молитвам глух.
> Сам себе пастух беды,
> Счастья своего пастух.
> И пасутся бок о бок
> Моя правда, моя ложь,
> Словно перепутал бог
> Души грешных и святош.

На следующий день, в понедельник, музей был закрыт, и директриса на работу не выходила. Во вторник она шла на службу рано и на улице Карла Маркса обратила внимание на длинную узкую траншею, тянувшуюся вдоль тротуара насколько хватало взгляда — в воскресенье этой траншеи ещё не было. Тут директриса вспомнила слова соседей о том, что за последние две недели город весь разрыли так, что пройти невозможно. В траншее работали мужчины, работали, как видно, уже давно, хотя час был ещё ранний. Лопатами и ломами они углубляли траншею и выравнивали её дно. По пояс голые, в рабочих штанах и кирзовых сапогах, залепленных грязью, работали быстро, на глаз непривычно быстро, как бы ожесточённо — видимо, спешили.

И вдруг в выполнявших такую чёрную работу директриса узнала воскресных интеллигентов, споривших с нею о Достоевском и назвавшихся археологами. Сначала было движение души — подойти, поздороваться (ведь как прекрасно в воскресенье беседовали!), задать вопрос: «Что делаете здесь, товарищи?». Но что-то остановило... Прежде всего дистанция между тем воскресным и теперешним. А ещё: она-то в прежнем виде, а эти — там в яме, в грязи. А из ямы — непечатные сведения о производственных трудностях! И не подошла, а быстро пошла стороной прочь, унося вопросы без ответа и даже какую-то болезненную горечь. «Наврали про археологию, а сами чернорабочие, может быть, заключённые, — думала она. — Но тогда где охрана? И, кроме того, заключённые в музее?! Странно всё это».

Удивлялась не только директриса музея. Не переставали удивляться многие жители Старой Руссы. Уже скоро месяц, как видели они во всех концах городка нашу компанию — то всех вместе, то небольшими бригадами по два-три человека. Видели с раннего утра до позднего вечера за самой грязной и тяжёлой работой — рытьём траншей и ям, укладкой труб, видели их землекопами, грузчиками, укладчиками и чернорабочими. Эти странные люди работали без выходных (за исключением описанного выше Дня военно-морского флота), работали явно больше положенной восьмичасовой смены, часов по двенадцать и больше в сутки, работали в совершенно немыслимом для «реального социализма» 70-х годов темпе, а ещё более удивительно — работали с интересом (к этому-то грязному делу!), не пытаясь отлынивать, перекуривать, пьянствовать или ждать от кого-то указаний...

Многие местные из любопытства подходили и спрашивали: что, мол, делаете, откуда сами (что не местные — сразу видно!), а главное, сколько за такую работу платят. На последний вопрос наши отвечали уклончиво, мол, идите работать в бригаду — узнаете сколько платят. Никто, между прочим, не шёл, так как работа была, всякому видно, тяжёлая и грязная, а деньги… — зачем они старорусскому обывателю или, например, гегемону, находящемуся в состоянии беспробудного пьянства или в предвкушении оного! На вопрос «откуда сами-то?» — отвечали кратко, что ленинградцы. А вот на вопрос о том, что делают здесь, не скупились на подробности.

В Старой Руссе плохо с телефонами, и наши герои готовили магистрали для прокладки новых телефонных кабелей. Работа эта заключалась в следующем.

Вдоль основных улиц города сначала нужно было вырыть траншеи для укладки кабеля. Траншея должна быть глубиной один метр и более, а шириной — чтобы в ней можно было стоять и работать, да ещё чтобы по крайней мере два трубопровода на дне этому не мешали. Дно траншеи должно быть ровным, чтобы труба для кабеля лежала всей поверхностью без перегибов.

Рытьё траншеи — дело тяжёлое и невесёлое, особенно если улицы заасфальтированы или, не дай бог, забетонированы. Сначала вскрывается асфальт или, ещё хуже, бетон — его нужно бить и колоть отбойным молотком или ломом, а выбитые куски оттягивать в сторону. Затем, если грунт под асфальтом не очень каменистый, можно использовать машину — траншеекопатель, режущая цепь которой взрезает землю и выбрасывает её в сторону. Ну а там, где машина не проходит и сталь не берёт, траншею надо вручную выбивать ломом и штыковой лопатой.

Вырытую любым из этих способов траншею нужно углублять штыковой и ровнять совковой лопатами. В местах, где кабели будут протягиваться через трубы и сращиваться, ямы нужны побольше — для кабельного колодца.

Копать траншеи и ямы под колодцы особенно трудно в дождь — на дне собирается вода, хлюпает грязь, стенки расползаются. Ещё неприятно, когда с канализацией пересечёшься — тогда уже буквально приходится работать в говне. А ещё при прокладке траншеи нужно следить, чтобы не повредить подземный электрокабель или, уж совсем не дай бог, кабель спецсвязи. Бьёшь ломом, рубишь лопатой, а чуть появится подозрительный проводок, землю вокруг руками отгребаешь.

Наконец траншея вырыта и прилизана — можно класть трубы. Асбестоцементные трубы длиной три метра нужно на складе погрузить в грузовик, а затем на месте укладки разгрузить и разложить ровненько вдоль траншеи, чтобы, находясь в ней, доставать их было сподручно. Грузить и раскладывать трубы уже веселее: двое в машине принимают или подают трубы, а остальные быстро бегают и носят их в руках или на плече.

Но ещё веселее трубы в траншею укладывать. Делает это бригада из двух человек. Первый из них на дне траншеи зажимает свободный конец уложенной трубы между колен, придерживая одной рукой. Затем другой рукой достаёт манжету — пластиковый цилиндр диаметром трубы — и обеими руками с силой натягивает её на трубу. Второй из укладчиков в это время снимает в траншею новую трубу, подаёт её конец первому, тот приставляет этот конец к разрыву манжеты, уже надетой на зажатую между колен трубу, а затем оба сильно вдавливают новую трубу в манжету — хоп!

Манжета жёсткая, натянуть её на трубу — кожу с рук обдерёшь. Поэтому лучше сначала манжету в горячую воду опустить — но тогда нужно с собой ведро с горячей водой таскать. Зато процесс идёт быстро: мелькнула над траншеей одна грязная спина — манжета на трубе, мелькнула другая грязная спина — труба в манжете. И обе спины переместились на три метра. Ещё мелькнули по разу — и ещё три метра.

Быстро идёт работа, одна труба — десять секунд! Не то, что рытьё траншеи, да ещё в каменистом грунте ломом, да двумя лопатами — там пока метр пробьёшь, дыханье сорвёшь, и пот глаза зальёт!

Хотя, если вникнуть, и укладка труб — не санаторий: спина болит, руки дрожат от постоянного напряжения, пальцы не разогнуть, колени не согнуть. Особенно, когда в траншею не один, а два, четыре, а то и все восемь трубопроводов уложить надо. Сначала вдоль всего участка от колодца до колодца на дно траншеи укладывают два трубопровода (одновременно укладывать все нельзя — из-за верхних труб не поднимешь для наращивания нижние), затем на них параллельно ещё два и т. д. А стоять в яме, между тем, все труднее — уложенные трубы мешают.

Когда трубы уложены и концы трубопровода выведены в колодцы, можно засыпать траншею. Эта работа лёгкая и весёлая, делается она всей командой, а потому особенно весело под вечер, когда все уже, поработав часов 12—13, слегка устали, и пора пойти отдохнуть и чаю попить, потому что ужин был уже давно.

Да, да! Пора пойти помыться, переодеться, выпить по полстакана водки и крепкого чая с пряником, расслабить спину, руки и ноги хоть на полчаса, а потом ещё успеть на танцы в местном дамском санатории на радость отдыхающим, отчаянно мятущимся между словесными увещеваниями провинциальных докторов и властнонежными прикосновениями мужских ладоней, ещё полтора часа назад сжимавших здоровенные ломы.

Одни сутки взапой,
Одни сутки взахлёб.
Одни сутки — как миг,
Но миг звёздный.
Всё, что было, прошло.
То, что будет, пройдёт.
Дай же бог,
Чтобы было не поздно!

Я сейчас ненавижу себя,
Проклинаю свою человечность.
Как так можно уехать, любя,
Разменяв одни сутки на вечность.
Для тебя ничего мне не жаль
Из всего, что могу, что имею.
Мне любовь, словно звёздный корабль,
Покидающий грешную Землю.
Прежде чем отзвонит, отгорит
И положат к звезде незабудки,
Подари мне любовь, подари
На прощанье последние сутки.

Между тем старорусские обыватели, с утра ворчавшие, что, мол, улицу раскопали — теперь полгода ни пройти ни проехать, к вечеру с удивлением замечали, что всё уже засыпано, и трубы, которые они, умом сноровистым пораскинув, собирались ночью во двор затащить для нужд хозяйственных, уже в землю уложены, и скоммуниздить их, к их вороватому сожалению, не представится возможным. Такого «трудового накала», как говорят наши сладкоречивые журналисты, староруссичи не видали от периода «полной и окончательной победы социализма», произошедшей в благополучное царствование великого вождя, отца и учителя всех времён и народов, до периода «развитого социализма», постепенно перешедшего в описанный выше «реальный социализм» в благословенные времена выдающегося деятеля всего прогрессивного человечества.

Если читатель когда-либо окажется в городе Старая Русса и пройдётся по улицам Минеральной, Карла Маркса, Красных командиров и прочим, пусть знает, что под ними на всём протяжении лежат трубопроводы связи, сработанные в июле-августе 1981 года странной бригадой из двенадцати ленинградцев.

Проницательный читатель, наглотавшийся в своё время «реального социализма», давно уже понял, кто эти двенадцать и как их называть.

Так кто же они?

Они берут гитару, и старорусские красавицы, так толком и не понявшие, кто же это был и как же это случилось, замирают и растворяются в незнакомых звуках и диковинных словах, тревожно влекущих куда-то:

> Не желаю быть святым,
> Не желаю быть святым,
> Пастор для души моей не нужен —
> Лишь бы ты в осенний дым,
> Лишь бы ты в осенний дым
> Шлёпала со мной по хладным лужам.
>> Ты мой звёздный миг,
>> Ты мой добрый маг,
>> Журавлиный клин,
>> Лебедей косяк —
>> Лебедей косяк,
>> Что в вечерний час
>> В небо поднялся
>> И с зарёй погас.
>> Я любовь молю:
>> Дай мне согрешить.
>> Если я люблю,
>> Мне святым не жить,
>> Проще сразу в ад...
>> Над землёй кружит
>> Поздний листопад.
> Не желаю быть святым,
> Не желаю быть святым,
> Пастор для души моей не нужен —
> Лишь бы ты в осенний дым,
> Лишь бы ты в осенний дым
> Шлёпала со мной по хладным лужам.

Шабашники

Я поэт поющий,
Я певец читающий,
Больше отдающий,
Меньше получающий.
Пусть легко ранимый —
Трудно убиваемый,
Чаще в грех гонимый,
Реже — загоняемый.
Для друзей открытый,
Для врагов застёгнутый,
Битый-перебитый,
Слабый, но не согнутый.

В 70-е годы это слово произносилось с широким спектром оттенков и чувств — от ругательных и презрительных до уважительных и восхищённо одобрительных. Некоторые считали шабашников ещё не посаженными уголовниками, рвачами и болячками («пережитками капитализма») на здоровом теле социалистического общества. Другие, наоборот, придерживались мнения, что шабашники едва ли не единственные истинные работяги, на которых можно положиться, и уподобляли их здоровым трудовым мозолям на прыщавом теле худосочного «развитого социализма».

Те, кто знает диалектику, понимает, что истина редко селится в крайних точках зрения. Жизнь тогдашняя, как, впрочем, и теперешняя, была полна сложностей и противоречий, и шабашничество тоже было противоречиво.

Мы к счастью близимся,
        всё время удаляясь,
Не веря в храм,
        стучим в его врата.

На выдохе молясь,
на каждом вдохе каясь,
Не ведая пути,
идём искать Христа.

Будучи диалектиками и романтиками одновременно, сами шабашники оценивали себя иронично-горделиво. С одной стороны, они как бы бросали вызов как тем, кто ленился, стеснялся или боялся заработать хотя бы и честным, но тяжёлым, а главное, властями неодобренным трудом, так и тем, кто не стеснялся и не боялся воровать или получать бесчестные деньги, не работая. С другой стороны, они относились к этому ими брошенному вызову с достаточной иронией, исходившей из понимания некоторой нелепости попыток заработать тяжёлым трудом в обществе блата, коррупции и повального увиливания от труда, в обществе, в котором, к тому же, такие попытки рассматривались исключительно через уголовное увеличительное стекло.

Этимологию слова «шабашники» нетрудно понять.

Слово «шабаш» происходит от древнееврейского «шаббат-шабес», означающего «покой» или «субботний отдых», предписываемый религией иудаизма и четвёртой из десяти великих Библейских заповедей. В русском языке слово «шабаш» означает:

1) языческое ночное сборище ведьм или вообще любой неистовый разгул;

2) окончание работы, прекращение (конец) какой-либо деятельности.

В первом случае — и это следует подчеркнуть — рекомендуется ударение на первом слоге, а во втором — на последнем.

Слово «шабаш» древнего происхождения. Производные от него глаголы «шаба́шить», «шаба́шничать» значительно моложе и означают выполнение какой-либо работы по найму в свободное от основной деятельности время, некая разновидность отхожего промысла.

Таким образом, с лексической точки зрения советский «шаба́шник» — это человек, который «шаба́шничает», т. е. работает по найму в свой очередной отпуск или в отпуск за свой счёт в сфере, как правило, не имеющей ничего общего с его деятельностью по месту основной работы.

Замечательным является тот факт, что слово «шаба́шник» в вышеназванном значении и возглас «шаба́ш!», означающий радость по поводу окончания (успешного, конечно!) работы, являются лексическими родственниками. Это позволяет нам сформулировать следующее определение, в котором отсутствие научной строгости компенсируется эмоциональной наполненностью, основанной на личном опыте.

Шабашники — это работяги, доводящие дело до полного завершения, не прекращающие работу до её заранее оговорённого реального финала, это те, на кого в работе можно положиться, кому можно работу доверить, не беспокоясь, что она будет брошена на полпути. Шабашники — это антиподы тех, кто вместо выполненной работы представляет объяснения (иногда благозвучные и убедительные), почему эту работу нельзя было выполнить!

А кто же такие шабашники с точки зрения социально-экономической и психологической?

В 1960-е и 1970-е годы шабашничество развилось в Советском Союзе чрезвычайно широко. В тёплое время года бригады шабашников из больших городов разъезжались в самые отдалённые концы страны и густо покрывали её экономическую карту. Они брались за любую работу, за которую хорошо платят, но поручали им, как правило, либо тяжёлую работу — строительство, землекопание, лесоповал и тому подобное, либо работу не только тяжёлую, а и требующую к тому же определённой квалификации — прокладку линий связи, сооружение высоковольтных линий, монтаж громоздких конструкций и т. д. Социальный состав шабашников был чрезвычайно пёстрый, однако поразительным является тот факт, что значительную, если не превалирующую, долю среди них составляли люди, как говорили в старину, образованные, специалисты, в первую очередь инженеры, научные работники, преподаватели и врачи — наиболее эксплуатируемая часть общества победившего пролетариата.

Чтобы будущий читатель смог что-нибудь в этом понять, ему следует вообразить, как «легко и беззаботно» жилось миллионам инженеров, учителей и врачей на зарплату 150 рублей в месяц при том, что приличная машина стоила 7000 рублей, приличный телевизор — 700 рублей, приличный костюм — 160 рублей, приличные дамские туфли — 60 рублей, а сходить в приличный ресторан и скромно (т. е. неприлично) поужинать вдвоём — 40 рублей. И ещё: чтобы всё это и многое другое достать или получить по вышеуказанной цене, нужно дать взятку, переплатить, сунуть в лапу!

Как могли существовать при этом инженеры, научные работники, учителя и прочие интеллигенты? Ведь они, в отличие от некоторых других более осчастливленных слоёв новой, как тогда говорили, общности советских людей образца 70-х, отнюдь не состояли при дефиците, им нечего было воровать. Не имея возможности заработать на своей основной работе ни копейки сверх мизерно-смехотворной так называемой зарплаты, они во время своего отпуска, иногда прихватывая дни за свой счёт, уходили на заработки в составе бригад шабашников.

Тем самым эти люди в течение одного-двух месяцев в году осуществляли одновременно два своих конституционных права — право на отдых и право на труд, не воплощённых, хоть и провозглашённых в сталинской, а затем в брежневской конституциях, ибо нельзя же всерьёз воспринимать правом на труд труд инженера, врача или педагога за 150 р., и правом на отдых — отдых за те же деньги.

Зато на «шабашке» права на труд и на отдых, слитые воедино, осуществлялись участниками с максимальным размахом, а главное — совершенно добровольно. Жили шабашники обычно без удобств: в запущенных строительных вагончиках, в паровозных депо, в бараках для временных чернорабочих, в недостроенных зданиях и времянках, в палатках и сараях. Двенадцатичасовой рабочий день был для них нормой; иногда работали шестнадцать часов с перерывами на обед и ужин.

Хозяйственные руководители охотно приглашали на работу шабашников, хотя их оформление и оплата их труда всегда были сопряжены с нарушением нелепых социалистических законоуложений, ограждающих право на свободный труд, и всегда грозили последующей карой. Однако справиться с хозяйством без шабашников страна не могла; они составляли часть огромной «левой экономики», которую можно было замалчивать, но без которой нельзя было функционировать. Шабашнику надо было хорошо платить — он становился довольным с уровня порядка 1000 р. в месяц. И хозяйственники на это шли, потому что бригада 1000-рублёвых шабашников могла в короткий срок осилить работу, практически невыполнимую для собственных 100-рублёвых кадров. А заплатить собственным хотя бы один раз 1000 р. — потом за 100 р. совсем работать не станут.

Тут важно подчеркнуть, что для провинциального начальства весьма привлекательной была способность шабашников самостоятельно осмыслить свою работу, организовать её и достать всё необходимое для её выполнения. Им не нужно было ничего разжёвывать, подносить и подавать, да ещё следить, чтобы не напились и пьяными не сожгли всю стройку, как в случае с обычным гегемоном. Выдал задание — принял работу...

Таким образом, отнюдь не идеализируя шабашников — среди них были и рвачи, и халтурщики, но в значительно меньшей пропорции, чем среди остального контингента так называемых трудящихся, — можно сказать, что это были работники, о которых тайно мечтала и которых тайно вынашивала наша оскудевшая от бесплатных стахановцев экономика. И теперь, когда наши умники наверху наконец-то допёрли, что к чему, формы шабашнической организации, легализованные под благопристойным наименованием «бригадного подряда», всё больше входят в жизнь (1987 год).

Такова социальная и экономическая подоплёка шабашничества. Будучи в глубине души марксистами, мы не можем не отметить, что шабашничество есть явление классовое, суть и корни которого в эксплуатации человека человеком, в паразитировании одного класса за счёт другого. Кто за счёт кого паразитировал, видимо, не нуждается в дополнительных пояснениях, если учесть уже сказанное выше.

Мы, конечно, понимаем некоторую односторонность нашей оценки, смахивающей на вульгарную социологию. Нельзя всё сводить к стремлению побольше заработать или вообще к деньгам. Нельзя, например, не учитывать таких важных психологических факторов шабашнического движения, как стремление к длительному общению в компании близких по духу людей, стремление самоутвердиться в экстремальных жизненных и трудовых условиях, романтическая приверженность к уходу от обыденного. В психологическом плане шабашничество давало возможность сбежать от казённой обстановки, нудной работы и нудных собраний при начальстве, парткоме и прочая, возможность уйти от одуряющего беспросветного быта. Вместе с тем, отдавая должное вышеназванным психологическим факторам, мы считаем, что приведённые социальные и экономические причины шабашничества являются наиболее существенными и коренными.

> Нам лето дарит отпуска.
> И пускай, и пускай
> Вновь сердце гложет грусть-тоска:
> Без куска, без куска.
> А значит ехать
> За туманом и рублём.

Сперва посадка в самолёт
И полёт, и полёт.
А если очень повезёт —
Привезёт, привезёт
Нас в Коми
Лес пилить, валить
Да в дикой чаще жить.
Но нам на это наплевать,
Наплевать, наплевать.
Мы будем лес пилить, валять,
Лес пилить, валять.
А чтоб совсем не захиреть,
Мы будем песни петь…

Пора, однако, кончать затянувшееся лирическое отступление на социологическую тему и вернуться собственно к теме повествования, т. е. перейти от общего портрета типичных шабашников к шабашникам вполне конкретным — героям настоящего повествования. И в этом переходе небезынтересным фактом является то, что по своему социальному положению в обществе наши конкретные шабашники, с которыми читатель уже кратко познакомился, стояли значительно выше среднешабашнического уровня. Все они были связаны со знаменитым гнездом и рассадником шабашничества — Ленинградским электротехническим институтом связи им. проф. М. А. Бонч-Бруевича:

Виктор Ананишнов — ст. преподаватель кафедры экономики, кандидат наук, член КПСС, член парткома;

Юрий Арзуманян — ассистент кафедры теории передачи сигналов, кандидат технических наук, беспартийный;

Моисей Берсон — ведущий инженер кафедры электродинамики, беспартийный;

Игорь Ветров — мл. научный сотрудник кафедры усилителей, беспартийный;

Олег Воробьёв — аспирант, секретарь комитета комсомола института, член КПСС, член парткома;

Евгений Дурец — ст. инженер кафедры радиосистем, беспартийный;

Леонид Карпов — начальник научно-исследовательской части института, кандидат технических наук, член КПСС;

Сергей Корчагин — главный энергетик института, член КПСС;

Николай Кутов — начальник метрологической лаборатории института, член КПСС;

Юлий Лев — зам. начальника отдела института «Гипросвязь», кандидат технических наук, член КПСС;

Михаил Лесман — ст. научный сотрудник кафедры теории передачи сигналов, кандидат технических наук, беспартийный;

Анатолий Наумов — ст. научный сотрудник кафедры теории передачи сигналов, кандидат технических наук, член КПСС;

Юрий Окунев — начальник отраслевой научно-исследовательской лаборатории, кандидат технических наук, беспартийный;

Вячеслав Петров — зам. начальника научно-исследовательской части института, член КПСС, член парткома института;

Владимир Селянинов — главный инженер института, член КПСС;

Борис Черне — главный инженер производственных мастерских института, беспартийный.

Вот и все шестнадцать шабашников, проходивших по «Делу шестнадцати»!

Ну как? Не слабо? Господи, до чего довели нашу державу!

Пусть поведут на эшафот,
Камнями забросают,
Мы сердцем верим: UFO
К нам часто прилетают.
Они в ночи гвоздочками
Небесный купол крепят,
Серебряными точками
Нам светят,
          светят, светят.
Кружат, вальсируя в ночи,
Взмывают, словно смерчи,
Серебряные калачи,
Серебряные свечи.

Космоса каретой
UFO летит,
Скорость больше света —
UFO летит.
Через пыль созвездий
UFO летит.
С неизвестной вестью
UFO летит.

Любознательный читатель XXI века, конечно, интересуется, а как же конкретно организовывалась описанная «шабашка», как она взаимодействовала с местными властями? Хотя обсуждение этих интересных вопросов выходит за рамки нашего повествования, мы считаем необходимым, в интересах истории, хотя бы немножко, хотя бы чуть-чуть приоткрыть завесу над технологией шабашничества и с этой целью предоставляем слово первому свидетелю.

Из показаний Михаила Лесмана:

«История началась с того, что я обратился к А. Ляпину — к тому времени он уже полгода был начальником СМУ-1 треста «Лентелефонстрой» — с просьбой найти нам работу. Через некоторое время он позвонил и предложил собрать бригаду в пять-шесть человек для работы в Старой Руссе. Условия такие: мы делаем канализацию и получаем за фактически выполненные работы; кроме того, нас оформляют на месте и по совместительству доплачивают 6000 рублей. Я сказал, что у нас коллектив 10–12 человек и выделять кого-нибудь не хочется. Мы готовы поехать большим составом при неизменной доплате. Договорились через несколько дней съездить в Старую Руссу.

По-моему, в конце июня Ю. Устинов (зам. начальника СМУ-1), Виктор Ананишнов, Слава Петров и я поехали в Старую Руссу. На месте посмотрели трассы, договорились с оформлением и с обеспечением материалами и техникой, обсудили условия быта, выбрали свои комнаты на станции. 5.07.81 г. Игорь Ветров, Женя Дурец и я приехали в Старую Руссу и начали устраивать быт и размечать трассы. Вызвали экскаватор на первую канаву. 9.07.81 г. приехали Юра Арзуманян, Витя Ананишнов, Володя Селянинов и Коля Кутов. По существу, с этого момента и началась работа.

В памяти осталось, что техника работала вполне сносно, хотя на выделенном тракторе всё время ломалась цепь. Были некоторые перебои с трубами, и мы непрерывно звонили в Ленинград — Ляпин в это время ушёл в отпуск, и я в основном все переговоры вёл с Ю. Устиновым.

Очень много помогал город. Нам выделили «опекуна» — начальника коммунального отдела Горисполкома Г. Голубева, который добивался, чтобы предприятия города давали нам технику. Завод Химмаш должен был выделить нам кран, но всё время не давал его. Помню, на очередном заседании исполкома от директора завода требовали выполнения решения исполкома о выделении нам крана. Он сопротивлялся, говорил, что каждый должен делать своё дело, и он должен выполнять свой план. В ответ прозвучали слова председателя: «А не надоело вам получать премии за выполнение плана?» На что директор послал всех собравшихся на х…й (прямым текстом) и вышел. Кажется, потом его вызывали на бюро Горкома, где он получил выговор. Кран нам, хоть и с перебоями, но давали.

В конце июля — начале августа из отпуска вышел зам. пред. исполкома Сомов. Свой рабочий день он начинал с того, что в 7.40 приходил к нам на станцию, и мы в прорабской обсуждали план дня — необходимую технику, людей с других предприятий и т. д. Мы сразу нашли с ним общий язык, и он очень меня поддерживал. Хорошо помню, как нам легко давали даже поливальную машину — откачивать воду из колодцев. Долго согласовывалась трасса на ул. Красных командиров, мешал водопровод. Оказалось, что гл. инженер водохозяйства — наш студент. Быстро нашли общий язык (потом он защищал у меня дипломный проект), и необходимые разрешения были получены…»

Прервём здесь на одно мгновение свидетеля, чтобы задать себе вопрос: а чем, собственно, объясняется такая неимоверная заинтересованность местных властей в работе вышеназванной бригады шабашников? Определённо можно сказать, что иначе, как с их помощью, город не мог решить стоявших перед ним проблем. Посмотрим, что дальше сказано об этом у Миши Лесмана, выступающего в данном случае в роли эксперта.

«В 1981 г. в СССР насчитывалось 25 млн телефонных аппаратов, т. е. примерно 9 телефонов на 100 жителей. Этот показатель обеспечивал нам «высокое» 32-е место в мире, сразу за Гвинеей (Биссау), которая занимала 31-е место. Отмечу, что в то время средний показатель в мире составлял 13 аппаратов на 100 жителей, а в развитых странах (Швеция, США) достигал 70–80 телефонов на 100 жителей. В этих условиях Старая Русса, в отличие от Нового Орлеана, выглядела совсем скромно — 2000 телефонов на 40 тыс. жителей, т. е. 5 аппаратов на 100 жителей. Более того, перспективы развития были весьма призрачны — строительство соединительных линий планировалось на 1982 г., а введение в строй новой АТС на 6 тыс. номеров — на 1984 год.

Отсутствие телефонов пагубно сказывалось на экономике района — тяжело было связаться с абонентами внутри города и с областью, не говоря уже о том, что практически не было связи с колхозами и совхозами. Кроме того, старое оборудование и кабели (подчас довоенные) непрерывно выходили из строя и требовали мощной ремонтной службы.

Вот почему городские власти были крайне заинтересованы в работах по прокладке труб летом 1981 г. (саму коробку станции к этому времени построили). Эти работы должно было вести СМУ-1 треста «Лентелефонстрой», но в 1981 г. наше согласие поехать в Старую Руссу позволяло СМУ-1 дополнительно освоить 100–150 тыс. рублей (при плане на год порядка 3 млн), тем более что технику должен был в основном обеспечить город.

В результате выполнения нами внеплановых работ впоследствии удалось ввести АТС в действие на год раньше срока. В СМУ и на месте были довольны, и мы почти героями с триумфом возвращались в Ленинград.

После начала «Дела шестнадцати» в январе (или ещё в декабре) мы со Славой Петровым поехали в Старую Руссу, встретились с Сомовым и подготовили отзыв о нашей работе, который привезли в институт. Кроме того, предупредили о тех делах, которые начались в Ленинграде».

Будущий читатель простит нас за пространные цитаты из мало известных авторов второй половины XX века, потому что, если он будет читать только известных авторов того времени, то, чего доброго, подумает, что в начале 80-х годов в городе Старая Русса удалось перевыполнить план по рытью канав не с помощью двенадцати шабашников — научных работников из Ленинграда, а с помощью местных передовиков производства.

Поэтому мы и далее будем приводить всевозможные антихудожественные воспоминания, факты и документы, которые имеют перед изящной литературой только одно преимущество — они есть правда!

> Правда тихо норовит
> Постоять да полежать.
> Правде некуда спешить.
> Правде некуда бежать.
>
> Ноги в путанках любви,
> Светом голова полна.

Как Господь благословил,
Так везде всегда одна.

А когда её впрягут
В плуг, чтоб поле зла вспахать,
Ноги сами побегут,
Так запашет — не догнать.

Всё подрежет на корню,
Вывернет на белый свет.
Слепоту её виню,
Но без кривды правды нет.

Память человеческая несовершенна, детали событий и даты могут стереться. Но мы располагаем подлинником документа, о котором упоминает свидетель, — письмом старорусского горисполкома № 961 от 22 декабря 1981 года. Вот этот документ:

Герб СССР
Старорусский городской совет народных депутатов
175200, г. Старая Русса, Советская наб., д. 1
22.12.81 № 961

Начальнику СМУ-1 треста
«Лентелефонстрой» т. Ляпину А. П.

Исполком Старорусского городского совета народных депутатов выражает благодарность бригаде работников Вашего СМУ (прораб Масленников В. Д., мастер Кичайкин А. А., бригадир Ананишнов В. В.).

В сложных условиях городского хозяйства за короткий срок бригада выполнила большой объём работы по строительству телефонной канализации, что позволит с опережением графика ввести в строй новую АТС и удвоить ёмкость телефонной сети города. Не считаясь со временем, коллектив бригады обеспечивал проведение работ на магистралях города без нарушения существующих коммуникаций и движения транспорта.

Отмечая качественную работу коллектива бригады, служившую примером коммунистического отношения к труду, просим поощрить всех участников строительства телефонной сети.

П. п. Зам. председателя исполкома   С. К. Сомов

Как поощряли бригаду, «служившую примером коммунистического отношения к труду», — об этом наша повесть!

> Косила смерть,
> Косила смерть
> Невинных, грешных, падших.
> А поперву, а наперво
> Поэтов и певцов,
> Жизнь любящих,
> Жизнь любящих,
> Но жить уже уставших,
> Уставших от лжецов,
>   льстецов, глупцов
>   и подлецов.

Фабрикация «Дела»

Ложь жирует в поле зла,
Сладко ест, подолгу спит.
Разомкнув объятья сна,
Продолжателей плодит...

Ленинград, Набережная реки Мойки, дом 61, — большое старинное здание, занимающее полквартала между Мойкой, Большой Морской и Кирпичным переулком. Здание, известное в прошлом своими меблированными комнатами и большим актовым залом, где выступали многие известные писатели, поэты, композиторы.

Мало кто знает, что в 1860 году здесь поставили гоголевского «Ревизора» с любопытным составом актёров и режиссёров: Д. Григорович, Ф. Достоевский, А. Кони, Н. Некрасов, И. Панаев, А. Писемский и И. Тургенев; что в 1877 году здесь играл Ф. Лист, а в 1886 году, между прочим, впервые прозвучала опера «Евгений Онегин», которую репетировал сам Пётр Ильич Чайковский. Здесь бывали А. Рубинштейн, Г. Венявский, В. Курочкин и Н. Чернышевский, а в меблированных комнатах жили Н. Крупская, В. Ленин и Ф. Шаляпин. Да кто здесь только не бывал или не жил! Упоминаем об этом только для того, чтобы подчеркнуть, что великое и смешное — рядом!

С тридцатых годов XX века здесь — Ленинградский электротехнический институт связи им. проф. М. А. Бонч-Бруевича, в котором работали герои настоящего повествования. В описываемом 1981 году из перечисленных выше шестнадцати только Юлий Лев уже ушёл из института; пятнадцать остальных мы застаём осенью 1981 года в коридорах, аудиториях, на своих рабочих местах и в своих кабинетах в здании на Мойке.

308

Над нашим городом родным,
Над быстрою Невой
Туман плывёт, как белый дым,
Подхваченный листвой.
Плывут дома, плывут мосты,
Плывёт весь мир, кружась.
Над нашим городом родным
Плывёт осенний вальс.

Вернись в то время, что златой
Осыпалось листвой,
Но тает крик, как зов пустой,
Лишь дождь — по мостовой.
Лишь клёны, ветвями скрепя,
Зовут меня опять
Совсем в других искать тебя,
Отыскивать, терять…

Наши герои пожинали плоды своего «летнего отдыха», т. е. раздавали долги с полученного заработка, а раздав долги, втянулись в будни последнего квартала года — «отдых» в Старой Руссе стал постепенно уходить в прошлое, которое быстро забывается, если ему не предъявляет счёт будущее.

Витя Ананишнов, он же Бугор по шабашке, бригадир шестнадцати электромонтёров и трубоукладчиков 4-го разряда, ожидал утверждения в учёной степени кандидата наук и перевода в доценты по кафедре экономики.

Володя Селянинов, неформальный лидер бригады, её бард и поэт, втянулся в дурдомовскую хозяйственную деятельность на опасном посту главного инженера института.

Миша Лесман, коммерческий директор и фактический организатор работы бригады, уехал в командировку в Нижний Новгород по делам науки.

Юра Арзуманян, он же Фосгеныч по шабашке, завхоз бригады, интенсивно готовился к чтению нового курса лекций по теории передачи сигналов.

Олег Воробьёв, он же Сынок по шабашке, завершив свою комсомольскую юность на посту секретаря комитета ВЛКСМ ЛЭИС, готовился к защите кандидатской диссертации и к работе на кафедре радиопередатчиков.

Юра Окунев, он же Доцент, он же Сеня по шабашке, защитивший в том году свою вторую докторскую диссертацию, ожидал вызова в ВАК для очередного аутодафе.

Слава Петров, он же Поручик по шабашке, готовил бригады научных работников к проявлению трудового энтузиазма на колхозных полях.

Нам заработать денег не дают,
Чуть что не так, куда-то шлют.
Но не загнил лэисовский народ,
Он тоже их куда-то шлёт.
Такая есть черта в характере —
Он шлёт их всех к далёкой матери.

Короче говоря, ничего интересного в нашей истории не происходило до 3 декабря 1981 года.

В этот исторический день, который можно считать формальным началом «Дела шестнадцати», в бухгалтерию ЛЭИС пришла посыльная — работник бухгалтерии из СМУ-1 треста «Лентелефонстрой» — и передала официальный запрос СМУ администрации ЛЭИС. В этом запросе, который, к сожалению, не удалось приобщить к настоящему делу, перечислялись все шестнадцать шабашников, относительно которых требовалось сообщить, действительно ли они являются преподавателями института и действительно ли имели отпуска в июле-августе. По-видимому, в запросе указывалось, что сделан он в связи с проверкой правильности оформления и оплаты бригады из числа сотрудников ЛЭИС.

Старший бухгалтер расчётного отдела Лидия Васильевна отнесла запрос главному бухгалтеру Людмиле Дмитриевне, а она — прямо ректору института, профессору Юрию Петровичу Куликовскому.

Юрий Петрович всполошился на манер петуха, курей которого гребут посторонние, вследствие чего он далее, фигурально говоря, взял папочку с завязками, написал на ней два слова прописными буквами «ДЕЛО ШЕСТНАДЦАТИ», нажал кнопочку и, уже совсем не фигурально, вызвал через своего секретаря Людмилу Ивановну Куликову претендента на должность доцента Виктора Васильевича Ананишнова, который, как надо понимать, числился в запросе бригадиром шабашников.

Здесь мы подступили к первому ключевому пункту дела, к завязке всей заморочки, и на этом пункте следует остановиться подробнее и изъяснить, откуда и почему запрос взялся и почему из этой мухи, т. е. из него, раздули слона. Однако прежде обратимся к живому слову недолговечной человеческой памяти.

Из показаний Сергея Корчагина:

«Завязка, если это можно так сказать, нашего «Дела» стоит у меня перед глазами так отчётливо, как будто это было вчера. Я уже с трудом вспоминаю число и год (месяц почему-то помню), а вот саму завязку помню отлично.

В тот день я шёл из канцелярии (регистрировал какие-то письма, а их в декабре обычно много) и уже проходил площадку третьего этажа главной лестницы, когда меня окликнула старший бухгалтер расчётного отдела, шедшая со стороны отдела кадров к себе в бухгалтерию:

— Серёжа! Можно тебя?

Я обернулся и подошёл к ней.

— Серёжа, сейчас к нам в бухгалтерию принесли список, где есть ты, другие — всего шестнадцать человек.

— Кто принёс?

— Какая-то женщина из бухгалтерии СМУ «Лентелефонстроя», ей нужно узнать сроки отпусков и оклады тех, кто у неё в списке.

Я машинально сказал: «Спасибо». Лидия Васильевна пошла к себе в бухгалтерию, и тут я вдруг вспомнил, что, когда шёл в канцелярию, на площадке третьего этажа какая-то женщина спрашивала, где бухгалтерия; это была, наверное, та самая. Я тут же спустился вниз, нашёл Володю Селянинова и сказал ему: «Тут одна маленькая заморочка».

После этого колесо «Дела шестнадцати», как его потом назвали, закрутилось полным ходом. Цельной картины у меня в памяти не осталось, остались отдельные эпизоды. Запомнился мой прокуренный кабинет, полный народу, сам постоянно сижу в углу, остальные кто где, что-то пьём (спирт или коньяк), курим и непрерывно спорим о возможных вариантах. И так каждый день в течение почти месяца.

Также прекрасно помню «аудиенцию» в кабинете Куликовского, когда все вставали и говорили, что никаких справок в глаза не видели, и, конечно же, речь Юрия Борисовича Окунева.

Хорошо помню допрос с пристрастием в парткоме — Джакония и Пушкин… Как они мне пристально смотрели в глаза и спрашивали, кто делал справки, а я честно смотрел им в глаза и отвечал, что не знаю.

311

Также мне запомнилось то на редкость доброжелательное отношение ко мне, как к одному из шестнадцати, подавляющего большинства работающих в институте, что было в то время очень рискованно.

Вот и всё, что мне запомнилось наиболее важного из тех дней».

Итак, колесо злопыхательского долбоёбства закрутилось. Размышляя о том, что послужило толчком к его раскручиванию, анализируя, так сказать, причинно-следственные связи, нельзя упускать из виду общую обстановку гнусного подсиживания, часто опиравшегося на анонимное доносительство, которое было в широком ходу в то время. Так что ничего удивительного в таком раскручивании не было. Маленьким оправданием для ЛЭИС является то, что исходный толчок был не внутренним, а внешним, и был он по своей природе прост, как плевок мимо урны.

Дело в том, что у начальника СМУ-1 треста «Лентелефонстрой» А. Ляпина сложились натянутые отношения с главным бухгалтером, которая вследствие этого хотела его скомпрометировать, а ещё лучше — посадить за хищения. Фактов, однако, не было, но тут ляпинские «доброжелатели» подсунули главбуху такой фактик: Ляпин оформил для рытья канав в Старой Руссе бригаду «белоручек» из ЛЭИСа, которые, конечно же, такой объём работ выполнить не могли, а следовательно…

Далее шли простые выводы: либо «белоручки» вообще не работали, а действовали в сговоре с Ляпиным через подставных лиц и деньги с ним поделили, либо объём произведённых работ завышен, либо, наконец, и то и другое. Для проверки первой версии и для затравки — запрос в ЛЭИС об отпусках мнимых работничков, для проверки второй — комиссия по замерам реального объёма выполненных работ.

> Дурдом как был, так есть дурдом —
> Кто бы ни правил в доме том,
> Кто б в доме том ни врачевал,
> Кто ядами б ни потчевал.

Теперь обратимся к ректору ЛЭИС — профессору, доктору технических наук Ю. П. Куликовскому, перед которым лежит запрос из СМУ-1. Чем руководствовался он, когда, вместо того чтобы спокойно ответить на запрос и заняться какими-либо другими более важными делами, например наукой или строительством нового здания института, раскрутил дело и в течение месяца с лишним отдавал ему всю энергию своей стокилограммовой массы?

Темна душа человеческая, и поступки человека не всегда имеют простое объяснение. Мы ещё вернёмся к обсуждению мотивов поведения Ю. П. Куликовского в «Деле шестнадцати», но факт остаётся фактом: он с самого начала, с первой минуты делал всё, абсолютно всё, чтобы придать придуманному им «Делу» максимальную огласку, обострить ситуацию, наказать всех шестнадцать максимальным образом, опорочить их поглубже. Юрий Петрович уже в первые дни «Дела», ещё не разобравшись в нём сам, сообщил всё, что ему известно, а также свои домыслы членам парткома, ректорату, в райком и горком партии и в министерство связи. Он обращался за материалами в СМУ, посылал туда своих людей для вынюхивания обстановки, создал комиссию парткома по расследованию, издал несколько блефовых приказов об увольнении то всех шестнадцати, то некоторых из них, запугивал, шантажировал. Доподлинно известно, что обращался он и к юристам, и в прокуратуру, и в ОБХСС — нельзя ли возбудить уголовное дело, учинив предварительно официальное следствие?!

Боже праведный! Зачем ты создал гомо сапиенс неразумным?

> Ох, зазря трусливый хам во храме молится.
> Не дано ему, бездушному, понять:
> Люстры — в залах тронных, а лампады — в горницах;
> Люстры гасят, а лампадам век пылать.

Вернёмся, однако, к событийной стороне дела, отложив психологию напоследок.

3 декабря к вечеру почти всем членам бригады было известно о развороте дела. Собственно говоря, никаких вдумчивых обвинений пока предъявлено не было, но сам факт разглашения имён шестнадцати шабашников — всем известных в институте лиц — был тогда почти сенсационным, и ясно было, что без последствий дело не обойдётся.

> Всё кругом не так.
> Все кругом не те.
> А может быть, я
> Сам отверженный.

> А быть может, свет
> Мраком кажется?
> А быть может, мрак
> Светом видится?

Было что-то до неприличия стыдное в самом факте: ответственные сотрудники использовали свой отпуск, чтобы подзаработать на тяжёлой физической работе, вместо того чтобы пролежать месяц в гамаке на даче или на пляже на курорте, как это делают все порядочные люди. Мораль общества в те времена была такова, что указанный факт воспринимался исключительно в уголовном аспекте и как деяние безусловно аморальное. Это особенно поразительно, если вспомнить изложенные нами в предыдущих разделах суть и деловую оценку деяния наших шабашников, подтверждённые свидетельскими показаниями и документами. Поразительно и не укладывается в нормальную логику.., а между тем логика ненормальная, но по тем временам обычная, подсказывала шестнадцати, что ничего хорошего им ждать не приходится. Несмотря на это, настроение у собравшихся вечером 3 декабря, чтобы справить день рождения Славы Петрова, было довольно весёлое, а песни пели немножко грустные — о любви, о жизни и мечтах...

> Когда снится мне дождь,
> Он и правда идёт.
> Бьёт по крышам домов
> Для друзей и врагов.
> А моей — не моей,
> Что меня и не ждёт,
> Дождь всю ночь напролёт
> Колыбельную льёт.

> Тротуары вжались в лужи.
> Фонарей промокли души.
> Солнце наземь расплескалось
> Плошкой сказочных чудес.
> Словно конь с златою гривой,
> Рыжий конь с златою гривой,
> Как огонь неукротимый,
> Проскакал в осенний лес.

Когда ветер во сне
Провода в жгуты вьёт,
Значит, он наяву
Рвёт с деревьев листву.
А моей — не моей,
Что меня и не ждёт,
Ветер ночь напролёт
Песню в трубах поёт.

Осень ткёт свой ковёр
Из воды и огня,
Из янтарной пыли,
Из брусничной крови.
А моей — не моей,
Что забыла меня,
Дарят песню друзья:
Дождик, ветер и я.

Рыжий конь,
Как огонь,
Опалил мой покой.
Ты постой,
Рыжий конь,
Ты покой мой
Не тронь!

Только конь с златою гривой,
Рыжий конь с златою гривой
Разметался, распластался
Над заплаканной землёй.

Из показаний Олега Воробьёва:

«Вечером около 20.00 я позвонил на квартиру Петрову, чтобы поздравить его с днём рождения. Сделать мне это удалось не сразу и с большим трудом. Дело в том, что в квартире стоял страшный шум, прерываемый дикими взрывами хохота. Слава объяснил мне, что веселье связано с высоким моральным духом собравшихся там людей и «маленькими заморочками», которые возникли у нас всех в связи с «летним отпуском». Я позавидовал присутствовавшим на празднике и продолжал спокойно болеть дома».

Из показаний Моисея Берсона:

«Трудно вспомнить более полный событиями год в моей жизни, чем 1981. Причём наиболее памятные произошли во второй половине. Аппендицит. Отчаяние от того, что невозможно поехать в Старую Руссу с родной бандой… И поездка!!!

По возвращении всё пошло своим чередом. Пришёл черёд и дня рождения Славы Петрова. Волею учебного отдела у меня были вечерние занятия, и свои поздравления я сделал по телефону, прямо из лаборатории. Реакция была неожиданно резкой: «Срочно, как освободишься, приезжай. У нас тут заморочка». Вопрос не обсуждался. Около одиннадцати вечера я был на месте. Как выяснилось позже — это был вечер дня первого.

На 12.00 следующего дня все были вызваны к Юрию Петровичу. В 11.00 — предварительный сбор у главного энергетика. Отношение к происходящему пока несерьёзное. Поэтому и я явился лишь в 11.30. С утра были дела много, как казалось в тот момент, важнее. Но очень, очень скоро «Дело шестнадцати» заняло всё время и все мысли».

Как видно, первое впечатление и первое настроение у членов бригады были довольно благодушными и легкомысленными. Опасности и вообще какой-либо серьёзности в том, что произошло 3 декабря, ещё не усматривалось. Была, пожалуй, какая-то неловкость в том, что всё это приходится или ещё придётся обсуждать с ректором. Эта неловкость преодолевалась в общении друг с другом бурными взрывами остроумия на тему «доцент-шабашник».

> Отмерил Бог,
> Отмерил Бог
> Для жизни свою меру.
> Сполна дал тем,
> Кто мается в тиши,
> Кто кается,
> Ругается,
> Кто не бывает первым,
> Кто никогда,
> Кто никогда
> На финиш не спешит.

Однако уже на второй день «Дела» Ю. П. Куликовский сформулировал официальное обвинение, которое базировалось, главным образом, на обнаруженных в сейфе СМУ-1 справках об отпусках членов бригады. Эти справки стали стержнем всего дела, его движителем, и именовались далее не иначе, как «подложные (или фиктивные) справки, содержащие поддельную подпись и изображение гербовой печати института». Для того чтобы будущий читатель понял, что к чему и из-за чего сыр-бор, мы приводим одну из шестнадцати чудом сохранившихся справок — исторический документ «Дела шестнадцати».

СССР

Министерство связи

Ленинградский Электротехнический Институт Связи

им. проф. М. А. Бонч-Бруевича

191065, г. Ленинград, наб. р. Мойки, дом 61

«26» 06 1981 г.

СПРАВКА

Выдана тов. … в том, что он действительно работает в Ленинградском электротехническом институте связи им. проф. М. А. Бонч-Бруевича в должности преподавателя.

Очередной отпуск с 1.07 по 31.08.

Справка дана по требованию.

Начальник отдела кадров (подпись)   Гербовая печать

Как видно из текста, каких-либо особых прав или привилегий эти справки не давали. Вообще, они и не очень-то были нужны, однако при оформлении шабашников на работу ушлые администраторы любили такие справочки к делу подшить. То есть и без них бы оформили, но для собственного покоя — лучше подшить.

Итак, первое, что следует сказать о пресловутых справках — козырной карте Ю. П. Куликовского в «Деле», так это то, что ни денег, ни пайка обкомовского на халяву, ни путёвок в спецсанаторий по ним получить нельзя. И урвать чего-нибудь от соцсобственности тоже невозможно. Справки давали возможность вкалывать на грязной работе в поте лица своего во время отпуска, что, как известно из Библии, было разрешено и даже предписано Богом всему роду человеческому совсем даже безо всяких справок. Так зачем же было, спрашивается, огород городить и прокурора выкликать? И где здесь криминал?

А! — страшным голосом отвечал Юрий Петрович — так ведь в справке сказано, что вы преподаватель, а на самом деле вы кто?

Ну и что! — вторили мы Юрию Петровичу. Предположим, что товарищ Петров или, там, скажем, товарищ Лесман отнюдь не преподаватели, а зам. начальника НИЧ института или, скажем, с. н. с., к. т. н.! Так что же, тов. Петров, написав заявление с просьбой принять его на работу трубоукладчиком 4-го разряда с тем, чтобы в первый же день своего отпуска поскорее залезть в яму грязную, тут же справочку представит, что он зам. начальника научно-исследовательской части крупнейшего вуза отрасли? Или, аналогично, тов. Лесман, попросившись траншею копать и трубы в неё укладывать, справочку предоставит, что он, между прочим, старший научный сотрудник, да ещё к тому же кандидат технических наук? Некрасиво как-то и для вашего института, милейший Юрий Петрович, непристижно — у вас получается, даже начальники и с. н. с.-ы не могут на отпуск заработать! Уж лучше написать, что тов. Петров и тов. Лесман — преподаватели.

Преподаватель — мышь нищая. Это всем понятно! Оформят-то в яму кого угодно — и с. н. с.-а, и доцента, но лучше написать «преподаватель»! С точки зрения эстетической — лучше! Да к тому же большой неправды в этом нет, т. к. все с. н. с.-ы преподают — кто лекции читает за 2 р. 50 коп. в час, кто упражнения ведёт за 1 р. в час, кто дипломниками руководит, т. е. в вузе все сотрудники — преподаватели, как вы, Юрий Петрович, нас учите!

Так что на этом пункте, Юрий Петрович, дело пришить не удастся — криминал ничтожный!

А-а! — ещё более страшным голосом отвечает Юрий Петрович, — так ведь в справке сказано, что у вас отпуск с 1.07 по 31.08! А на самом-то деле один месяц!

Ну и что?! — вторили мы ему. Когда у кого отпуск был, тот тогда и работал! Но все отпуска в интервале с 1.07 по 31.08 укладывались. А для оформления удобнее было указать весь интервал, чтобы людям и в июле зарплату заплатить, и в августе! Но, в любом случае, заметьте, строго за выполненную работу и ни копейки больше. Так что справочки ваши и в этом пункте ничего похитить-то не помогли, и криминал, опять же, ничтожный!

А-а-а! — уже совсем страшным голосом вопрошает Юрий Петрович, — а кто вам эти справки давал?

Вот тут нельзя с Юрием Петровичем не согласиться — никто не давал, сами взяли! То есть взяли 16 бланков, написали одной рукой 16 идентичных текстов, подписались той же рукой 16 раз за нач. отдела кадров и в приёмной ректора приложили 16 раз гербовую печать! Вот это да — криминал! Уж что есть — то есть! Это ведь, вдумайтесь только, что сделали? За самого начальника отдела кадров расписались, за самого начальника!!! А-я-я-я-яй! Да ещё в чём расписались! Что, мол, преподаватели, да ещё отпуск имеют от и до! Наглость какая! Да сверх того ещё святая святых — гербовую печать — приложили! Украли, можно сказать, невинность честную и непорочную! Запятнали! Эдак каждый себе оттиск с изображением государственного герба на чём хочешь поставить может!

Правда, на это можно было бы возразить в том смысле, что, мол, «это молот, это серп — государственный наш герб, хочешь жни, а хочешь куй — все равно получишь х…й», в смысле... зарплату. А поскольку, мол, ничего, кроме зарплаты, не получишь, то какая разница — сами оттиснули печать или это сделал нач. отдела кадров?

Но формально, конечно, Юрий Петрович в этом пункте был прав: оттиск гербовой печати подлинный, подпись поддельная, справки липовые! Деяние неразумное и безответственное, и даже удивительно, что столь серьёзные люди с этими справками связались, не продумав последствия хотя бы на два хода вперёд. А посему следовало ему — Юрию Петровичу — вызвать предполагаемых виновников, устроить им разнос по первому разряду в тиши кабинетной, ответить на запрос СМУ без балагана, чётко и по существу, а затем заняться делами, ректору приличествующими. Вместо этого Юрий Петрович схватил топор и закричал: «Запорю!» То бишь «уволю и в тюрьму засажу!».

Опасность вижу в том, что есть,
Ты видишь в том, что будет.
Колоколов литые груди,
Вздымаясь, выдыхают весть.

Мои предчувствия сильней,
Твои предвиденья точнее.
Нас тащит времени теченье
По речке уходящих дней.

319

Впрочем, наша повесть историческая, и пора дать слово одному из очевидцев. Секретарём ректора в то время была Людмила Куликова — очаровательная молодая женщина, ангел-хранитель Банды шестнадцати. Юрий Петрович заподозрил её в причастности к делу — ведь гербовая печать находилась у неё. Фактически она стала семнадцатой в «Деле шестнадцати».

Из показаний Людмилы Куликовой:

«3 декабря 1981 г. Время — от 14 до 15 часов. В приёмную ректора вошла гл. бухгалтер института и решительно направилась к кабинету ректора. По её решительной походке, по выражению лица было видно, что весть ректору она несёт чрезвычайную. Через несколько минут на моём столе зазвонил телефон прямой связи с ректором. Решительным тоном мне было предложено разыскать и пригласить к нему В. Петрова или В. Селянинова, или М. Берсона. Далее он мог не продолжать, остальных я знала сама и могла продолжить перечень фамилий. На месте оказался, по-моему, В. Ананишнов. Где искать остальных, я тоже знала: у Петрова день рождения.

Надо сказать, что я сразу поняла, что случилось ЧП, связанное с печатями на справках, которые дважды на моих глазах штамповал… один из шестнадцати. У меня внутри всё похолодело.

Вскоре ректор пригласил меня в кабинет. Кроме него, в кабинете уже находился О. С. Когновицкий — секретарь парткома. Я знала, о чём со мной будут говорить, но не могла предположить, в каком тоне. Не успела я войти, как мне с порога было заявлено, что меня посадят в тюрьму за то, что я участвовала в подделке документов. На моё удивление мне объяснили суть дела.

Я потом много раз возвращалась к этому первому разговору и до сих пор не знаю, как бы я себя повела, выбери он другой тон и другие слова.

А потом закрутилась машина, да так стремительно, что остановить её было уже невозможно при всём желании. Звонки ректора юристам, в прокуратуру, в министерство, в партийные органы сделали невозможным закрыть этот вопрос «без крови». Четыре недели нервотрёпки всем участникам и многим другим.

Спустя некоторое время у ректора нашлись нормальные слова для разговора со мной, но они уже не воспринимались. Мне чуть ли не с извинениями, кроме всего прочего, было сказано, что я должна согласиться с наказанием в виде выговора в приказе и воспринимать это должна как нормальный акт. А мне было всё равно, хотелось только, чтобы всё это скорее кончилось, всё равно как, но кончилось.

К сожалению, все остальные перипетии этого месяца — разговоры с участниками «Дела шестнадцати», с Пушкиным — членом комиссии, назначенной парткомом для расследования дела, попытки многих в частных беседах выяснить истину, перепечатка многочисленных вариантов приказа о наказании и многое другое — не носят в моей памяти системного характера.

Хочу сказать, что я ни разу в жизни не пожалела о том, что оказалась семнадцатой, хотя эта история и оказала влияние на мою дальнейшую судьбу, как и на судьбу многих других из шестнадцати. Не далее как вскоре после Нового года на одном из заседаний ректората Куликовский предложил проректорам подыскать мне в институте другое применение».

Итак, первый допрос первого свидетеля, первые угрозы, первая неудача Юрия Петровича, ведь Люда Куликова знала «изобретателя» справок, но не выдала его, хотя честно признаётся, что, пожалуй, могла это сделать, если бы и подход, и тон, и обстановка были бы другими.

> О женщины, коварные в прекрасном!
> Мы с вами, как на пропасти краю.
> Нам рядом с вами быть всегда опасно,
> Опасно, как в проигранном бою.

Нужно сказать, что Юрий Петрович как-то сразу, вероятно, не подумав, избрал в «Деле шестнадцати» крайне неинтеллигентный, а подчас просто хамский стиль поведения, не говоря уже о сути этого поведения. На самом-то деле выявлять того одного-единственного, кто ставил печати на липовые справки, было совершенно бессмысленно. Ответственность все шестнадцать делили поровну вне зависимости от того, кто какую работу выполнял. Им представлялось очевидно невозможным выделить в деле со справками кого-то одного, свалив тем самым на него общую вину-беду.

> Солнце! Помоги не спечься!
> Помоги не стать лучиной,
> Нужной людям лишь во мраке!
> Помоги мне быть мужчиной
> В краткой жизни — долгой драке!

Иначе думал Куликовский. Собрав бригаду у себя в кабинете, он сформулировал свою позицию следующим образом:

а) он поставлен государством управлять институтом и не может быть добреньким;

б) деяние с подложными справками оставить без последствий нельзя;

в) все шестнадцать будут за это уволены;

г) если бригада назовёт одного виновника, то будет уволен и отдан под суд только он, а остальные будут наказаны иным, более мягким способом.

На этом последнем пункте, который по иронии пришёлся точно на букву «г», Юрий Петрович впоследствии замыкался всё более определённо и маниакально. Этот «г» пункт стал его навязчивой идеей. Этот кусок «г» он пытался реализовать уже на первых индивидуальных допросах в своём кабинете с глазу на глаз. Профессор Куликовский — «интеллигент» советского розлива — не мог поверить, что никто из шестнадцати не расколется, не предаст и не продаст. Он полагал делом своей «чести» и делом государственной важности доказать, что такого быть не может, потому что, по совковой психологии, такого не может быть никогда!

Купола, вы мои купола!
Золотые вериги России,
Вас толпа пропила, прокляла,
В грязь втоптала ногами босыми.
Звонарей чёрный год отстрелил,
Вороньё в колокольнях жирует.
То, что красный террор не спалил,
Сам народ разорит, разворует.

Первыми допрашиваемыми были Виктор Ананишнов, Владимир Селянинов и Вячеслав Петров. Все трое отказались сказать что-либо определённое о справках, пытались успокоить Юрия Петровича и в мягкой форме урезонить его: особых причин для беспокойства нет, работали честно и хорошо, зарплату получили законно, сделали полезное дело, никаких справок не оформляли, никому эти справки не нужны, а поэтому всё дело со справками, если они вообще существуют, — простое недоразумение. Нужно подчеркнуть, что этой линии придерживались более или менее и остальные допрашиваемые.

Предоставим, однако, слово свидетелям первых допросов. Пусть оживут события тех дней.

Из показаний Виктора Ананишнова:

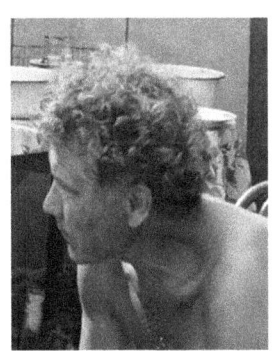

«3 декабря 1981 года. Утром по звонку из канцелярии был обрадован сообщением о появлении открытки из ВАК — мне утвердили звание доцента.

Во второй половине дня, часа в четыре, опять же по телефонному звонку, был вызван к ректору. Редкое приглашение до последующих событий. Шёл, вернее, бежал к ректору с благостной мыслью — хочет поздравить с доцентством.

Как я был наивен: между Куликовским по его речам на заседаниях парткома и настоящим Куликовским оказалась дистанция, как говорят, огромного размера.

У приёмной встретилась взволнованная Люда Куликова, она зашептала быстро, из чего я понял лишь отдельные слова: «печать»… «справки»… «я тут ни при чём».., и ещё мне стало ясно, что поздравлений не будет.

В кабинете сидели ректор и главбух Людмила Дмитриевна Гусева.

— Посмотрите этот список, — примерно так сказал Куликовский и протянул мне листок бумаги с перечнем шестнадцати фамилий.

Я посмотрел и понял: список всех тех, кто был оформлен в «Лентелефонстрое». Как он мог появиться?

— Не знаете, кто возглавлял их? — прямой вопрос ректора требовал прямого ответа.

Сказал, что я. Кажется, он был удовлетворён, и мне показалось, что вопрос исчерпан. Меня отпустили. Но уже через несколько минут стала проясняться картина, потому что о списке уже знали Петров, Селянинов и, возможно, Карпов».

> Ставят к кресту и гвозди вбивают.
> Гвозди-слова. Нет больнее гвоздей.
> С верой в святое нас распинают
> Наши враги — наши друзья.

Из показаний Владимира Селянинова:

«Запрос из СМУ-1 был доставлен посыльной. Она обратилась в бухгалтерию… Её направили к главбуху ЛДГ. ЛДГ с бумагой полетела к ректору ЮП, а тот — к скоротечному маразму. Вот тут-то и вызвали уважаемого ВВА на ковёр, но отнюдь не по случаю присвоения доцентства. ВВА, как божий ангел, подтвердил все факты трудоустройства, окромя справочной эпопеи, и выдвинул себя в главное действующее лицо по руководству шабашническим движением.

Первым после ВВА беседу с ЮПом пришлось иметь мне. В простых выражениях я пояснил, что дело не стоит того. Работы выполнены в полном объёме, бригадный подряд позволил отсутствующим на работах по уважительной причине соблюсти коэффициент трудового участия КТУ=0, и это не является использованием подставных лиц. О справках я ничегошеньки не знаю, ибо знаю, что они не имеют юридической силы для оформления. Я сомневаюсь в наличии этих справок и полагаю, что если отнестись к делу не спеша, не делая опрометчивых шагов, то оно так, видимо, и есть.

Что показала встреча первая с ЮПом? Он желал, чтобы на блюдце с голубой каёмочкой ему преподнесли товарища некоего. Репрессии будут применены только по отношению к этому товарищу, ибо он — ректор — не может допустить, чтобы изображение оттиска гербовой печати вместе с фирменными справками института порхали где-то. По отношению ко всем оставшимся он предполагал применить малые репрессивные меры: выговоры и т. п. Он не сомневался, что определит одного из шестнадцати при помощи остальных пятнадцати. Кичился этой уверенностью…

Таких индивидуальных встреч было несколько. Давления в мой адрес не было. При работе бригады Поэта, то бишь Пушкина, ЮП свидания прекратил и возобновил их после того, как ему стало ясно: ничего он не сможет выяснить и жертвы не будет».

> Гвоздь за гвоздём, удар за ударом.
> Небо грузнеет, на плечи давя.
> Не за серебряник бьют — задаром —
> Наши враги — наши друзья.

Из показаний Вячеслава Петрова:

«После обеда появился в институте. На площадке второго этажа, как обычно, встретил кого-то из наших и получил информацию о списке, лежащем на

столе у Куликовского. Особого страха не было, но под ложечкой засосало. Придя на место, хотел проконсультироваться с вождями, но не успел. Раздался телефонный звонок. Звонила Людмила Куликова: «Тебя вызывает шеф». Затем, чуть помедлив, спросила: «Тебе не кажется, что нам следует поговорить?» О том, что её волновало, было понятно, но даже в голову не приходило, что кто-то может её приплести.

В кабинете Куликовского разговор звучал примерно так:

— Здравствуйте. Присаживайтесь. Вам знаком этот список?

— Знаком.

— Ну, и что же вы там делали?

— Работали. Прокладывали телефонную канализацию.

— Интересно. А кто же у вас был начальником?

— Собственно говоря, у нас такого не было. У нас демократия, хотя и числился бригадиром Ананишнов.

— Это мне известно. Так же, как и то, что идеолог у вас Селянинов, а кормилец Арзуманян. А что же делали лично Вы?

— Работал трубоукладчиком 4-го разряда.

— А здесь вы кем работаете?

— Зам. начальника НИЧ.

— А почему значились преподавателем?

— Да как-то неудобно зам. начальника НИЧ оформляться трубоукладчиком. И потом — сильной неправды в этом нет. Раньше я действительно вёл занятия по кафедре.

— Сколько времени вы там, так сказать, работали?

— Ровно весь отпуск. Как и все другие.

— Конечно же, вы всё там сделали и деньги возвращать не собираетесь?

— Естественно.

— Ну, что же, идите. Откровенного разговора у нас не получилось.

А потом был вечер у меня дома, неестественно наполненный чёрным юмором.

Через пару дней жена приносит с завода «Россия» известие:

— У вас в институте группа сотрудников свистнула документы по первому отделу и продала их за 70 тысяч. Ты не знаешь, кто это?

— Конечно, знаю — это мы!»

Ложь жирует в поле зла,
Сладко ест, подолгу спит.
Разомкнув объятья сна,
Продолжателей плодит.
Щиплют враки, сплетни пьют
Злобные врунята лжи,
Всласть насытившись, бегут
Вдоль правдивости межи.
Лгут, клевещут, льстят, хитрят,
Подлость стелют на пути,
Перейти межу хотят,
Но никак не перейти.

Не сойти им с поля зла
На дорогу доброты.

Юрий Петрович допросил подобным образом почти всех, некоторых по несколько раз. К великому сожалению, допросы не стенографировались, достоверных свидетельств о них у нас не сохранилось, и богатейший материал эпохи, отражающий «куликовщину» в широчайшем спектре и со всеми нюансами в разрезе «начальник — подчинённый», канул в Лету. Допросы шли на разных уровнях вежливости, пиетета, резкости, жёсткости, жестокости в зависимости от положения допрашиваемого относительно допрашивающего. Применялись различные степени давления, увещевания, запугивания, угроз и шантажа. Соответственно, в ответ раздавались различные, нами безвозвратно утерянные формы отпора, отповеди, сопротивления, непротивления, признания, покаяния, раскаяния, как правило, неискренних, поскольку противопоставлялись они ничем не прикрытой демагогии.

Одно можно сказать достоверно: все отказались пролить свет на историю возникновения справок, все от них отреклись категорически!

Ничего существенного в продвижении «справочного вопроса» не дали и визиты обеих противоборствующих сторон в СМУ-1. Куликовский направил туда ходоков, чтобы справки забрать и обследовать (может быть, на отпечатки пальцев?), но его ходокам справок не дали, хотя показали. Среди официальных ходоков — сыщиков доморощенных, направленных Ю. П. Куликовским в СМУ, главной была Валентина Ивановна Михайлюк — проректор института по строительству, и мы её славы герострaтовой лишить не можем. Валентина Ивановна поехала в СМУ с образцами подписей работников отдела кадров и ещё кое-кого, подписи на справках с образцами сличала.

Шабашники тоже не бездействовали. Лесман и Селянинов сходили к известному адвокату Ноткину — мол, там нам поддельные справки шьют. Так что же об этом в законе сказано? Ноткин разъяснил, что за подделку документов по статье 175 УК РСФСР положено до одного года, а за повторную подделку (!) — до трёх. Правда, тут же добавил, что по этой статье никого не сажают, если нет сопровождающего криминала, связанного с использованием подделанных документов. После этого наши сходили в СМУ-1 и попросили справки уничтожить; это им сделать обещали, но не сразу.

Из показаний Владимира Селянинова:

«ЮП побежал вперёд паровоза, погнал сыскарей-любителей определить, кто слепил справки, действительны ли они, чья на них подпись, чей почерк и что там за оттиск печати.

Ознакомление с документами показало: справки есть, ВВА и ЮВА их взяли на два месяца законно, остальные — «преподаватели» липовые. Оттиск гербовой печати действительный, подпись похожа на подпись работницы отдела кадров Наталии, оказалось — не факт. Работники отдела кадров подтвердили, что указанных справок они не давали.

МЯЛ находился в г. Горьком. Смылся в столь серьёзный момент в командировку. Ляпкин-Тяпкин заверил, что бумаги ветром сдует, как только будет нужно. Однако, прикрывая свою заднюю часть, этого не сделал. С листочками ознакомились представители института, и после этого Ляп-Тяп запрятал их в сейф. Опять же, после последующей встречи уже со мной и с МЯЛом он заверил в их последующем физическом уничтожении, но при критической ситуации».

Под критической ситуацией понималось возможное судебное следствие по делу. Начальник СМУ-1 опасался уничтожать справки — его испугала активность Ю. П. Куликовского. Ведь последний узнал о справках от самого начальника «Лентелефонстроя» тов. Иванова и, чтобы упредить возможные доносы наверх, раззвонил о них по всему городу, доложил министерскому начальству!.. Чего он ещё выкинет, никто не знал, но ожидать можно было всего.

Подходила к концу первая неделя «Дела шестнадцати», а состояние «Дела» было таково: справки лежат в сейфе СМУ-1, их происхождение не выяснено, коллективные и индивидуальные допросы ничего не дали, жертва не выдана. Учинённое Ю. П. Куликовским следствие забуксовало, и он начинает нервничать, делать очередные благоглупости… Одно из свидетельств тому — нижеследующий приказ.

СССР

Министерство связи

Ленинградский Электротехнический Институт Связи

им. проф. М. А. Бонч-Бруевича

191065, г. Ленинград, наб. р. Мойки, дом 61

« » 12 1981 г.

ПРИКАЗ

3 декабря 1981 года ЛЭИС получил запрос из треста «Лентелефонстрой» с просьбой подтвердить время отпусков 16 сотрудников института, оформ-

ленных на работу по бригадному подряду в СМУ-1 этого треста в июле-августе 1981 г. во главе с бригадиром — ст. преподавателем Ананишновым В. В.

При проверке выяснилось, что на неработающего в ЛЭИС Юлия Льва, двух преподавателей и 13 научных сотрудников представлены в СМУ-1 подложные справки, из которых следует, что все они — преподаватели и все имеют отпуск с 1 июля по 31 августа. Справки содержат поддельную подпись и изображение гербовой печати института.

В связи с изложенным ПРИКАЗЫВАЮ:

1. УВОЛИТЬ с … декабря 1981 года по статье 254, п. 3, КЗОТ РСФСР за совершение аморального поступка — организацию и участие в работе бригады по подложным справкам (далее идет список бригады шабашников, приведённый выше).

2. ОБЪЯВИТЬ строгий выговор за халатное отношение к хранению институтской печати ст. инспектору Куликовой Л. И.

3. И. о. начальника отдела кадров Сикорской Л. М. принять неотложные и действенные меры к предотвращению незаконного использования бланков справок.

Сообщить на место работы Льва Ю. М. существо настоящего приказа.

Ректор, профессор   Ю. П. Куликовский

СОГЛАСОВАНО:
Председатель месткома   Э. П. Перфильев
Секретарь парткома   О. С. Когновицкий

Этот неизданный, но разрекламированный приказ был чистейшим блефом, средством давления на слабонервных; он должен был продемонстрировать серьёзность ситуации.

Все напряжённо ожидали новых акций с обеих сторон!

Ты, любовь моя, меня вызвони!
Ты, любовь моя, меня вызови!
Ты, любовь моя, меня высвети!
Ты, любовь моя, меня вызволи!

На душе пожар
Дождик не зальёт.
Может долго ждать
Тот, кто долго ждёт.

Может долго ждать
Он единственный,
И она его
Всё же вызвонит.

В снах иду с тобой
Рука об руку
Я по радуге
И по облаку.
Возвернусь из снов, —
Ты опять вдали.
Ты из снов, любовь,
Меня вызволи.

Ты, любовь моя, меня вызвони!
Ты, любовь моя, меня вызови!
Ты, любовь моя, меня высвети!
Ты, любовь моя, меня вызволи!

Куликовщина

Ох, зазря трусливый хам во храме молится.
Не дано ему, бездушному, понять:
Люстры — в залах тронных, а лампады — в горницах;
Люстры гасят, а лампадам век пылать.

День 9 декабря 1981 года является второй после 3 декабря важной датой в «Деле шестнадцати». В этот день состоялось решение парткома о создании «комиссии по расследованию вопроса о работе бригады», на этот день, кроме того, пришёлся, как мы вскоре увидим, эпицентр личной активности Ю. П. Куликовского в дознании.

К 9 декабря «Дело» было полностью сфабриковано, поставлено на рельсы, и все ждали, что добровольные толкачи-палачи разгонят и спустят вагонетку с «шестнадцатью» под откос. Приятно подставить подножку ближнему своему, ещё приятнее подтолкнуть его (ближнего!) слегка, чуть-чуть, когда он сам падает, а совсем уж замечательно наблюдать, как ближний самостоятельно в грязь скатывается. Вроде бы ты чист, а вокруг вон какие безобразия творятся…

И кто бы только мог подумать? Это ж надо! Евреи и коммунисты! Вместе воровали, документы с печатями кому-то продавали!

Косила смерть,
Косила смерть
Невинных, грешных, падших,
А поперву,
А поперву
Поэтов и певцов,
Жизнь любящих,
Жизнь любящих,
Но жить уже уставших,

> Уставших от лжецов,
>> льстецов,
>>> глупцов и подлецов.

Сначала по институту, а затем, перехлестнув его непрочные стены, по городу потекли слухи и сплетни — самые невероятные, но у нас вполне возможные. Спектр этих слухов был необычайно широким — кажется, только убийства шестнадцати не приписывались!

Об одной из ходовых версий мы уже упоминали: группа высокопоставленных сотрудников ЛЭИС, пользуясь своим служебным положением, похитила в первом отделе секретные документы и продала их. Кому продала, при этом не указывалось, однако намекали на политический характер деяния — мол, продали Родину за деньги.

Чтобы не возвращаться к этому вопросу, отметим, что попытки политической компрометации некоторых членов бригады имели место и впоследствии, когда собственно «Дело» уже давно закончилось. Сомнительное с точки зрения совковой «морали» тех времён участие в шабашничестве, да ещё в полусионистской, т. е. жидовской, среде помешало некоторым из шестнадцати занять более высокое положение, стало непреодолимым препятствием в их карьере. Однако это уже другая история, и мы не будем отвлекаться на смежные вопросы поганой советской общности.

Из других не менее тяжких версий преступления шестнадцати наиболее популярной была следующая. Подделав документы об отпусках с помощью украденной гербовой печати института, они выписали (отписали, приписали) себе огромную сумму денег за строительные работы, которые якобы выполнили. На самом же деле работы выполнялись нанятыми «неграми» из числа студентов и чернорабочих, которым жулики заплатили мизерную сумму. Сами же они украли… Тут назывались разные суммы, но наиболее популярной была сумма в 70 тысяч рублей, причём в некоторых версиях утверждалось: 70 тысяч каждому! Эта версия процветала и в различных смягчённых вариантах. Например, не украли, а только собирались украсть, но ничего не получилось. Или не 70, а всего 7 тысяч, и не каждому, а всем вместе.

Кстати, любознательный и вполне доброжелательный читатель вполне вправе спросить, а сколько же заработали наши герои на самом деле? И мы, взявшись за перо правдивое и бескомпромиссное, не можем отказать читателю в удовлетворении его законного интереса. В действительности бригаде было выплачено всего 10 720 рублей, то есть в среднем по 670 рублей, а максимальный размер зарплаты составлял около 1000 рублей.

«Как?!» — воскликнет изумлённый и разочарованный читатель, который хорошо помнит, как круто воровали в те времена власть или дефицит предержащие.

«Всего-то??!! За изнурительную работу по 12 часов в день??!!» Да ведь это меньше недельного заработка американского инженера ниже средней квалификации! Да ведь столько какой-нибудь грузинский или азербайджанский цеховик в день получает! Да ведь самый незначительный взяточник на самой незначительной партгосдолжности брал больше!

Однако факт остаётся фактом, и замкнутый круг деяний именно таков: работа тяжкая плодоносная — оплата чуть выше смехотворной — преследование и наказание за оформление на ту работу, тяжкую и плодоносную, за зарплату чуть выше смехотворной...

Вернёмся, однако, к слухам и их последствиям. Источники и распространители слухов были многочисленными, но первоисточники — это, безусловно, ректорат и партком ЛЭИС, в частности секретарь парткома Когновицкий, который получал информацию непосредственно от Куликовского. Вот тому одно из доказательств.

Из показаний Вячеслава Петрова:

«Заседание парткома. Последний вопрос — информация Когновицкого по «Делу шестнадцати». Выступая, постоянно оглядывается на Куликовского, в конце путается, сбивается, заявляет, что через подставных лиц, не работая, мы получили значительную сумму денег. Куликовский недовольно морщится. А нам с Виктором это даёт возможность учинить галдёж о несоответствии информации действительности. Тем не менее — создали комиссию и начали раскрутку».

Самые нелепые вымыслы по «Делу» фабриковались не только против шестнадцати, но и с ориентацией на Куликовского: любая скандальная история в институте дискредитировала его как ректора, а в этом многие были заинтересованы. Юрий Петрович, по-видимому, понимал это, но уже ничего не мог сделать — джин был им из бутылки выпущен. Выпестованный им в институте партийно-государственный клубок змей начал его же и обволакивать.

Собственно, членов бригады беспокоили не крайности, нелепость которых была более-менее очевидна, а необходимость объяснять, что ты не верблюд, вполне доброжелательным людям и даже своим друзьям.

Из показаний Юрия Окунева:

«Мне позвонил один знакомый из Академии связи — это было в середине декабря — и спросил, что у меня стряслось. В деликатной форме он пояснил: в НТОРЭС (Научно-техническое общество радио, электроники и связи) рассказывали, что Окунева втянули в какое-то дело, связанное с хищением крупной суммы, и что у него теперь неприятности — следствие, ОБХСС, обыски. Пришлось рассказывать, что на самом деле происходит, хотя очень не хотелось. Приятель сделал вид, что поверил мне, и посочувствовал вполне искренне. Потом выяснилось, что «информация» в Правлении НТОРЭС исходит от одного из сотрудников ЛЭИС. Я с ним потом говорил, он отрицал какое-либо злопыхательство со своей стороны. По-видимому, просто что-то болтал, не отдавая себе отчёта о последствиях.

В коридоре института встретил своего сокурсника.

— Слушай, — говорит он, — кого вы там заставили вместо себя работать?

Отвечаю осторожно, что, мол, никого, конечно, не заставляли, сами работали.

— Юра! — укоризненно качает головой приятель, — ну кто в это поверит?

Мой близкий друг, узнав о моих неприятностях, тоже укоряет:

— Как ты мог после защиты докторской ввязаться в это дело? До утверждения нужно затихнуть, вообще никому не попадаться на глаза!

Очень утомляла в тот месяц необходимость давать всем объяснения, как бы оправдываясь. В то время как самого себя не в чем было обвинить, даже по самым высоким меркам».

> Когда нет сил свой крест нести —
> Не до стихов, не до общенья.
> Господь, помилуй и прости,
> Не обрекая на мученья.

Не добежал. Не достучался.
Пытаясь громче всех молчать,
Не дозвонился, не дозвался, —
Остался тише всех кричать.

Ну и, конечно же, во все инстанции пошли анонимки — порождение тоталитарной закрытости, безгласности, бесправия и беззакония. В те времена анонимка восполняла отсутствие общественного мнения и гласности, она была оружием запуганных и бесправных правдоискателей и, вместе с тем, кинжалом злобных клеветников. К сожалению, анонимки редко всплывают на поверхность истории, и об их содержании и стиле знают только анонимщики да ещё те, к кому анонимщики апеллируют. И те, и другие, хотя и по разным мотивам, но одинаково стараются такого рода произведения не разглашать, а на определённом этапе — первые раньше, вторые позже — и уничтожать.

Мы, однако, предоставляем читателю и последующим поколениям уникальную возможность познакомиться с подлинной анонимкой второй половины XX века, сохраняя всю её первозданную, истинно «народную» логическую и стилистическую прелесть. Представляемая здесь анонимка адресована начальнику главного управления кадров и учебных заведений (ГУКУЗ) Министерства связи СССР и в Ленинградский обком партии. Она исполнена на подлинном бланке ЛЭИС, что ниже и воспроизводится.

СССР
Министерство связи
Ленинградский Электротехнический Институт Связи
им. проф. М. А. Бонч-Бруевича
191065, г. Ленинград, Д-65, наб. р. Мойки, дом 61

Р/сч 19051110056 Госбанка г. Ленинграда.
Телеграф 121324 «Морена»

Начальнику ГУКУЗ тов. Бутенко В. П.
Копия: Партконтроль, Смольный

Считаем нужным довести до Вашего сведения, что происходит в головном институте отрасли. Дело о «так называемых шестнадцати», в котором оказались замешаны руководители института, члены КПСС, которые учили сотрудников жить и работать и до сих пор продолжают это делать, так как в итоге они отделались лёгким испугом.

Дело было так: нач. НИЧ Карпов, его зам. Петров, секр. ВЛКСМ института Воробьёв, гл. инж. Селянинов, гл. инж. ЭПМ Черне, гл. энерг. Корчагин, некий Окунев, который только что защитил докторскую диссертацию, и она находится в ВАК на утверждении, и прочие, уже несколько лет, используя своё служебное положение, сами себе писали и подписывали справки, которые заверялись гербовой печатью института, о том, что они якобы преподаватели и имеют право на двухмесячный отпуск, во время которого они якобы работали летом в СМУ на строительстве. На самом же деле они и не думали работать, а деньги получали, и немалые! Отпуск использовали для отдыха.

Ректор решил отделаться полумерами (гербовую печать на справки ставила его секретарша). Заседал партком, и решили им объявить выговоры и даже без занесения в личные дела, хотя их всех надо было бы уволить, если бы вопрос решался в духе XXVI съезда партии.

А получилось, что прав тот, у кого больше прав! И никакой справедливости нет и не будет.

Просим Вас разобраться в этом вопросе.

Читатель не может не обратить внимания на великолепную философскую концовку анонимки в стиле Экклезиаста: «*Прав тот, у кого больше прав! И никакой справедливости нет и не будет!*» Правда, глубокая патетика этой сентенции, достойной лучших страниц Библии, снижается заключительной, вполне обывательской, просьбой: «*Просим разобраться в этом вопросе*», из которой следует, что анонимщик на самом-то деле всё же рассчитывает на торжество справедливости в духе XXVI съезда партии.

Что касается героев нашей повести, то они всё больше опасались, что «в духе XXVI съезда партии» их всё же посадят. Да, такая возможность не исключалась, а если посмотреть на дело ретроспективно, то была вполне реальна!

Этому были серьёзные основания!

> Я повстречал Российскую Фемиду.
> Она смеялась искренне вполне.
> Смеялась откровенно, не для вида,
> А ей бы, дуре, плакать обо мне.
> А ей бы, шелудивой, изрыдаться,
> Роняя слёзы цвета кумача.

Но разве может этакое статься,
Когда Фемида — дочка палача?

Хотя первая попытка выявить изготовителя справок — лихой кавалерийский наскок Куликовского — не дала результата, сами-то справки продолжали лежать в сейфе СМУ. А ведь Юрий Петрович, к счастью, ещё не знал всей документальной картины. Что, где, сколько, когда и как? Если же всё раскрутить по совокупности, отыскать свидетелей, поприжать их и выявить единственное лицо, то вот вам и кандидат на отсидку по статье 175 УК РСФСР до трёх лет, кандидат вполне реальный, несмотря на всю абсурдность этого и полное отсутствие преступления (и даже мотивов оного) с точки зрения нормальной человеческой логики. Это во-первых.

А во-вторых, четверо-то из шестнадцати не работали, а зарплату получили и в общий котёл сдали, а подпись их в ведомости стоит, что квалифицируется по уголовному кодексу РСФСР как хищение соцсобственности не кем иным, как бригадиром, «вступившим в преступный сговор с группой подставных лиц», — вот вам и второй кандидат на отсидку. И никакие витиеватые доказательства невиновности и бескорыстия типа КТУ (коэффициенты трудового участия) тут не помогут.

Утешение при этом может быть только одно: раньше сядешь — раньше выйдешь!

А если замеры фактически выполненных в Старой Руссе работ покажут приписки? Тогда вся компания во главе с руководством СМУ-1 быстренько схлопочет от самого гуманного суда всех времён и народов от трёх до восьми общего (а возможно, и строгого) режима (т. е., в переводе на старославянский, каторжных работ) с конфискацией имущества по статье 193, часть 2, УК РСФСР за преступный сговор и хищение в особо крупных размерах.

Кстати, ненадуманную возможность такого исхода впечатляюще демонстрируют многочисленные процессы и дела шабашников (как правило, с крайне печальными и жестокими исходами), мутной волной катившиеся по земле нашей аж до самого до 1986 года, когда подули обратные ветры.

Здесь невольно вспоминается отзыв о работе наших шабашников старорусского горисполкома. Возможность сосуществования этого правдивого отзыва о работе с уголовным преследованием за ту же работу — поразительный факт!

В разбитом зеркале судьбы
Кривое видя отраженье,
Я сколы, трещины беды
Считал безумства наважденьем.
Мне жизнь корёжила судьба
И корчила смешные рожи.
А за спиной стоял судья,
Лицом на палача похожий.

Между тем, Куликовский обострял ситуацию.

— Или вы, или я! — поставил он точки над «i».

Обычно так ставит вопрос тот, кто уверен в своей победе. И он был уверен! С садистским упорством не уставал снова и снова требовать выдачи «автора справок».

— Думайте, думайте, — говорил Юрий Петрович, — если никто из вас справки не делал, как же они вообще появились?! Ищите ответ, дайте мне правдоподобную версию или назовите одного!

Сам-то думал, что уже нашёл жертву. Сам ли нашёл или кто нашептал? Мол, кроме Людмилы Куликовой, к печатям доступ имела Нина Виноградова — секретарь проректора по научной работе, а через неё, скорее всего, действовал зам. нач. НИЧ, член парткома, шабашник Вячеслав Петров, он же — Поручик и, вероятно, он же — «некий Сидоров»... Тут шерлокхолмовский дедуктивный метод не позволял Куликовскому рассеять всю мглу...

Петрова и Виноградову уволить — и делу конец! Однако Юрий Петрович считал недостаточным добыть сведения, бригадой отрицаемые. Желал, чтобы пятнадцать коллегиально назвали шестнадцатого, а тот к тому же сам повинился. Тогда полная победа! И в райком можно доложить! Одного уволить и посадить, остальных за горло взять!

И вот — развернула буйство «куликовщина»!

Из показаний Владимира Селянинова:

«Поручик — основное звено в мысленной цепочке ЮП в связи с возможностью взаимодействия со стороны НИ.

К печати подход не только от ЛИ, которую он терзал вопросами, но и от НИ, а она ему не в угоду. Два зайца одним выстрелом — неплохо.

Остальных серьёзно не брал в расчёт, но не скидывал со счёта. Вызывая по одному для беседы, плёл одну верёвку. Дайте ЕГО. На этом всё практически закончится!

Его методы работы с шестнадцатью.

ВВА сразу всё изложил. К документам отношения не имеет, не должен иметь, но для стрелочника годится. Отложен в сторону.

ЮБО — далёк от деяний, однако для давления на психику остальных защитой и материалами ВАКа весьма подходит.

ОВВ — аналогичный козырь, т. к. должен защищаться.

Одного он обещает всем утопить в ВАКе, другого — в совете.

После неудач частных бесед перешёл к коллективным действиям. Вызвал на ректорат всю компанию, пугал приказом на увольнение ВВА. Мы просили время разобраться — нам нужно было потянуть для решения с ЛЯПом.

Ежедневно в помещении СВК проводились планёрки команды в укороченном составе: ЮВА, ННК, ЕЯД, ВВА, ВВС, МЯЛ, БМЧ. Основная цель: откуда справки? Вывести дело на приемлемую версию. Варианты:

— дал бывший (кого уже нет) работник ОК, — снят, т. к. год выпуска справок был после увольнения возможной кандидатуры;

— одни брали справки в отделе кадров на отпуск в один месяц, как и было, другие вообще не брали;

— как они были подменены в СМУ и кем — неизвестно; никто не знает, не видел, не слышал, не предполагает.

Последняя версия исполнена в действиях. Против только ННК, но принял».

Итак: справок никто из шестнадцати в глаза не видел, работники СМУ-1 утверждают, что кто-то их принёс, но кто — не помнят.

Что сделал бы в такой ситуации Шерлок Холмс? Пригласил бы доктора Ватсона, сел в кресло, закурил трубку и начал думать. Юрий Петрович позвонил прокурору: мол, так и так, подделали справки, оттиск гербовой печати, нельзя ли учинить следствие по линии прокуратуры, назначить следователя, снять отпечатки пальцев, сличить, установить, арестовать... Прокурор выслушал этот бред сивой кобылы и отказал — мелочь, масштаба и состава преступления нет; если было хищение — пусть займётся ОБХСС.

И ОБХСС занялось, но, естественно, не справками, а хищением. Тут был маленький успех Куликовского, но очень незначительный успех, потому что занялось этим ОБХСС очень вяло и до конца, т. е. до посадки в исправительно-трудовую колонию общего режима с конфискацией имущества, дело не довело.

К этому вопросу — о действиях и бездействиях ОБХСС — мы ещё вернёмся в следующем разделе. А здесь не будем отвлекаться от образа главного героя — Юрия Петровича Куликовского, все помыслы которого сосредоточились на защите своей чести, которая, будучи первоначально абсолютно чистой, как белое поле незаполненного институтского бланка, внезапно подверглась наглому поруганию путём незаконного заполнения этого бланка преступным текстом и грязноватым оттиском гербовой печати.

Запугивания и угрозы увольнения не помогли, нужны были новые, более сильные средства для того, чтобы расколоть компанию шабашников и заставить выдать автора-изготовителя справок.

В качестве одного из сильнодействующих средств Юрий Петрович избрал шантаж. Наиболее подходящими для шантажа объектами были Олег Воробьёв и Юрий Окунев. Первый собирался защищать кандидатскую диссертацию, что напрямую зависело от Куликовского, второй только что защитил докторскую диссертацию, но не был утверждён в ВАКе, что делало его крайне беззащитным и уязвимым. Итак, объекты шантажа превосходные. Цель шантажа — заставить Воробьёва и Окунева расколоться и вынудить всю компанию публично сдать позиции по справкам.

Из показаний Олега Воробьёва:

«Некоторые штрихи к знаменитому «Делу шестнадцати». К концу 1981 года я успешно завершал свою 4-летнюю работу в комитете ВЛКСМ института. Отчётно-выборная конференция прошла 22 ноября. На ней был награждён грамотой ЦК ВЛКСМ, подарками. Летом, по представлению Куликовского Ю. П., был награждён медалью «За трудовую доблесть». Прощаясь со мной, Ю. П. на сцене обнялся со мной. Планировалось, что сразу же после

конференции я начну работать на кафедре радиопередатчиков старшим преподавателем. 26 октября 1981 года совет факультета РС и РВ единогласно проголосовал за моё избрание по конкурсу на вакантную должность старшего преподавателя этой кафедры. В ноябре 1981 года учёный совет (председатель Ю. П.) рассмотрел мою диссертацию и принял к защите. Были утверждены оппоненты и назначен ориентировочный срок защиты — январь-февраль 1982 года.

Таким образом, в тот памятный день, 3 декабря, я, обычный советский безработный, но с большими амбициями (без пяти минут преподаватель и к. т. н.), имел весьма хорошее настроение и относительно высокую температуру (воспаление лёгких).

На следующее утро около 10.00 (я только что проснулся) меня позвали к телефону. Этот разговор помню хорошо. Сначала Людмила Куликова каким-то несвоим голосом сказала мне, что со мной будет разговаривать Ю. П. Через долю секунды из трубки послышался голос Ю. П. Он стал в крайне резкой форме допрашивать меня о том, сколько денег получил я за работу летом, какой заработок имели все мои товарищи. Я был ошарашен таким допросом. Я не знал ситуации в институте, не имел никакой информации о беседах ребят с Ю. П. и, естественно, не мог понять причины хамского разговора со мной. Ю. П. был страшно недоволен результатами нашего с ним разговора и в заключение сказал, что я ещё пожалею о своей неискренности, что я не понимаю, в какую ситуацию я попал.

Личная встреча с Ю. П. состоялась 9.12.81. До этого дня я находился дома и знал о событиях, которые разворачивались в институте, только по телефону. 9.12.81 я пошёл на приём к Ю. П. для того, чтобы подписать документы для защиты диссертации, в частности список рассылки реферата. По своей наивности я считал, что «маленькая заморочка» не может отразиться на диссертации. Встреча состоялась в приёмной в присутствии проректора Крыжина В. И. Ю. П., входя в приёмную, спросил меня, не хочу ли я сказать ему что-либо новое по существу дела. Когда же он услышал о причине моего появления, то побагровел и прорычал буквально следующее: «Ваш моральный облик не соответствует высокому званию советского учёного. Вы никогда, подчёркиваю, никогда не защитите диссертацию». Этот разговор состоялся 9.12.81. Ровно через год, 9.12.82, я защитил диссертацию на заседании совета (председатель Ю. П.)».

Шантаж Олега Воробьёва был, если можно так выразиться, «естественным»; его идея пришла на ум Юрию Петровичу сама собой, в ходе естественного развития событий: появление Олега, его просьба подписать документы и т. д. Кроме того, этот шантаж был ограниченным, т. к. за Олегом (и это прекрасно понимал Ю. П.) стояли силы, с которыми нельзя было не считаться.

Иначе обстояло дело с Юрием Окуневым. В этом случае шантаж был тщательно продуман; он сулил богатые результаты вследствие полной незащищённости объекта шантажа. Сеть шантажа была заброшена небрежно, как бы между делом, с осознанием и упоением возможностью предпринять более весомые акции, если рыбка поведёт себя плохо. Предоставим слово свидетелям.

Из показаний Людмилы Куликовой:

«Раздался телефонный звонок прямой связи с ректором, и я получила страннное указание позвонить Ю. Б. Окуневу и передать ему, что ректор собирается отозвать из ВАКа его докторскую диссертацию, недавно защищённую и направленную в ВАК для утверждения, за аморальное поведение».

Как видим, в данном случае грубый шантаж неприкрыто выставлялся на всеобщее обозрение.

Из показаний Юрия Окунева:

«По «Делу шестнадцати» я встречался с Ю. П. Куликовским несколько раз, в том числе два раза тэт-а-тэт у него в кабинете, причём оба раза по его инициативе и при большом нежелании с моей стороны. Нужно сказать, что мне удалось избежать участия в первой общей встрече бригады с ректором — я только что вернулся из командировки и формально мог не знать о вызове, хотя на самом деле знал о нём. Мне тогда казалось, что чем меньше людей у него будет, чем меньше нам самим придавать этому делу значения, тем легче Юрию Петровичу принять разумные решения и всё уладить. Своей неявкой я как бы давал ему возможность поменьше этим делом заниматься и поскорее с ним покончить.

Вскоре я, однако, понял, что у Юрия Петровича другие цели и представления, и что занятая мною позиция оказалась страусиной. Последовал персональный вызов, и вот я в большом, хорошо знакомом мне со времён Константина Хрисанфовича Муравьёва кабинете. (Невольно думаю о том, как бы Муравьёв решал «Дело шестнадцати»? Полагаю, что не было бы таких матерных выражений, каких бы он не употребил по этому поводу и не излил на головы виновников. Однако в райком и министерство звонить бы не стал!)

Я, честно говоря, плохо помню свой первый разговор с Ю. П., но некоторые детали запомнились. Юрий Петрович начал разговор вежливо, но с некоторой иронично-снисходительной ухмылочкой: мол, как это вы, Юрий Борисович, без пяти минут доктор наук, связались с такой компанией? (Как бы отделял меня и ставил в привилегированное положение.) Содержание и форма вопроса были для меня неприемлемы; я больше всего опасался, что именно так сложится разговор, и он так и сложился. Пришлось ответить, что «компания» — это мои товарищи, и я бы не хотел говорить о них в таком тоне. Это предопределило дальнейший тон беседы — неискренний и недоброжелательный с обеих сторон. Справки — ничего не знаю, первый раз слышу; заработок — моё личное дело, и т. д. и т. п. Думаю, что разговор был, на самом деле, унизительным и для меня, и для него. По-видимому, неосознанное ощущение этого привело Юрия Петровича впоследствии к мысли, что я ему якобы угрожал. Чем я мог угрожать ректору?

То, что эта беседа будет иметь для меня негативные последствия, я понял сразу, но только через пару дней мне передали, что ректор обвиняет меня в угрозах в его адрес. Володя Селянинов подтвердил это: на заседании ректората и в парткоме Куликовский вещал, что «ЮБО рекомендовал ему замять это дело и даже угрожал, что в противном случае, пеняйте, мол, на себя». Вот таким «герцогом мира» оказался наш ректор, что в переводе на английский звучит вполне по-русски — «peace-duke».

А затем — звонок Людмилы Куликовой с предупреждением о готовящемся отзыве диссертации из ВАКа! Что делать? Ведь этот «герцог мира» ждёт, что я прибегу и буду просить, умолять не делать этого. Буду заверять, что это (ЧТО ЭТО?) не повторится, что готов на всё… и даже знаю, кто делал липовые справки.

Через день новый звонок Людмилы Куликовой, очень взволнованный:

— Юрий Борисович, ректор продиктовал мне письмо в ВАК. Вашу диссертацию он отзывает в связи с аморальным поступком.

— Что же я могу сделать, пусть отзывает.

— Он может действительно отправить такое письмо, делайте что-нибудь!

Состояние у меня после этого разговора было скверное, болела голова — вероятно, опять подскочило давление. Какой подонок! Ведь знает, что первую докторскую мне в ВАКе зарубили десять лет назад, что потом были годы тяжёлой работы над второй, блестящая защита — сам выступал резко положительно… Конечно, я понимал: в ВАКе, скорее всего, и без Куликовского зарубят мою работу — слишком много ненависти против меня накопилось, но таким нелепым образом, без борьбы! За аморалку!.. Хорошо представлял себе довольные морды ВАКовских юдофобов, когда получат письмо об аморалке: ясное дело — уезжает в Израи́ль!

Я принял решение — писать заявление одновременно в партком и учёный совет. Текст заявления сложился почти сразу, почти без черновиков, как один вдох и один выдох. Показал текст Льву Моисеевичу Гольденбергу у него в кабинете, он согласился, что иного выхода нет. Потом пошёл к Серёже Корчагину, где уже собрались почти все наши. Посмотрели мой текст, возражений и других вариантов не было. Женя Дурец тут же напечатал его в трёх экземплярах.

Смотрю сейчас равнодушно на чудом сохранившуюся копию этого документа — два десятка строк через фиолетовую копирку, слово «заявление» — вкривь и вкось. Сколько здоровья, эмоций и нервных невосстанавливаемых клеток было тогда вложено в эти строчки! *Может быть, зря это всё было, может быть, не следовало этого писать, — может быть, нужно было спокойно дождаться отзыва диссертации из ВАКа, оставить нелепую борьбу с этим нелепым учреждением и постараться тихо уехать в Израиль на радость всей шихинтихоновской шайке?»*

Секретарю парткома ЛЭИС
доц. О. С. Когновицкому
Учёному секретарю учёного совета ЛЭИС
проф. А. Д. Артыму

ЗАЯВЛЕНИЕ

Прошу довести до сведения членов Парткома и членов учёного совета следующее моё заявление.

Ректор института Ю. П. Куликовский обвинил меня на заседании Ректората, а затем на заседании Парткома в том, что я якобы угрожал ему чем-то в связи с разбирательством участия бригады сотрудников ЛЭИС в строительных работах этого года. Хотя абсурдность такого обвинения очевидна всем, кто меня знает, я хочу сообщить членам парткома официально, что это неправда.

Далее Юрий Петрович заявил о своём намерении добиться отклонения в ВАКе моей докторской диссертации, защищённой в этом году на учёном совете ЛЭИС. Эта угроза перечеркнуть результаты моей многолетней работы в институте вызывает чувство горечи.

Моё участие в работе бригады сотрудников ЛЭИС и всё, что связано с этим участием, не дают никаких оснований для вышеуказанных действий и обвинений. Действительно, весь свой очередной отпуск, включая все субботы и воскресенья, я работал на строительстве телефонной сети г. Старая Русса в качестве трубоукладчика. Я получил зарплату за честный (и, добавлю, тяжёлый) труд, как и все мои товарищи.

Мне нечего стыдиться и нечего скрывать.

Я отклоняю все необоснованные обвинения в мой адрес по этому поводу.

Ю. Б. Окунев (подпись)   *9 декабря 1981 года*

Это заявление я сразу же отнёс по адресам. В парткоме никого не было, и я оставил его секретарю с просьбой передать Когновицкому. Затем нашёл профессора Артыма. Анатолий Дмитриевич весьма переполошился — как же это он доведёт заявление до членов совета?! А если Юрий Петрович будет возражать? Я сказал, что прошу его лично зачитать это заявление на ближайшем заседании совета, что в противном случае буду вынужден жаловаться в министерство. Анатолий Дмитриевич неопределённо обещал мне… что-нибудь предпринять… По-видимому, он сразу доложил всё это шефу.

Не знаю, как развивались события по линии парткома, но уже на следующий день со мной говорил по этому вопросу член парткома В. Е. Джакония.

Владимир Ермильевич настоятельно рекомендовал мне забрать заявление и одновременно идти просить Юрия Петровича не отзывать диссертацию. Я отказался. Тогда Владимир Ермильевич дал мне понять, что дело улажено на следующих основаниях:

1) Ю. Б. Окунев забирает заявление.

2) Ю. П. Куликовский прекращает какую-либо деятельность по отзыву диссертации Окунева из ВАКа.

При этом, однако, Ю. П. желает, чтобы Ю. Б. зашёл к нему и чтобы благодаря этому считалось, что он, Ю. П., ни в коей мере не боится никаких заявлений Ю. Б., а лишь идёт навстречу покаянной просьбе последнего. Я согласился с решением из двух пунктов, но сказал, что пойду к Ю. П. только в том случае, если он меня вызовет — в противном случае я должен быть просителем, а мне на самом деле нечего просить.

Помню, что затем в течение суток шла торговля — попрошу ли я аудиенции или Ю. П. вызовет меня через секретаря. Владимир Ермильевич ходил к Юрию Петровичу. Меня в конце концов вызвали, и вот я снова в кабинете ректора.

Разговор был натянутым с явными элементами кафкианского абсурда, и преодолеть его неестественность не удалось.

Юрий Петрович начал с того, что ему, мол, тоже нелегко. Многие считают, — продолжал Юрий Петрович, — что он спит с Людмилой Куликовой, а поскольку она явно замешана в «Деле шестнадцати», то всякая нерешительность с его стороны в этом деле рассматривается многими как попытка это дело замять. Я слушал всё это, едва веря своим ушам — зачем он мне это рассказывает?

Затем Юрий Петрович начал мне объяснять, что он запросто может отозвать мою диссертацию из ВАКа, ссылался на свои полномочия председателя совета, называл пункты инструкции, однако не грозил, а просто так объяснял, что к чему; что вообще-то никто ему в этом деле не указ, что ни совет, ни партком здесь ни при чём, что заявление моё ни к чему... И чем больше он говорил, тем яснее становилось, что отзыва диссертации из ВАКа не будет, что шантаж не удался, и он это понял...

Вот, собственно, и всё, что из той встречи запомнилось.

Интересно, что впоследствии в 1982–83 годах я неоднократно встречался с Юрием Петровичем, в том числе в его кабинете, и опять по поводу... моей диссертации, которую к тому времени густо обложили наёмные убийцы из ВАКа. Был даже эпизод, когда в ВАК вызвали... нет, не меня и даже не нас двоих, а его одного, но по поводу моей диссертации!.. И мы с Юрием Петровичем обсуждали, как бы отбиться, и он поехал в ВАК защищать мою диссертацию и честь своего учёного совета, но, к сожалению, не защитил ни того ни другого. Впрочем, винить его в этом было бы несправедливо — ведь я сам тоже не сумел защититься. Юрия Петровича там, в ВАКе, журили за невзыскательность, а он вяло отнекивался, обещал, что учтёт это на будущее, и, наверное, думал, что зря он тогда в декабре 81-го не отозвал эту работу по аморалке! Впрочем, и за это винить его может лишь тот, кто никогда не стоял перед волчьей сворой, у которой власть над тобой, никем не пересекаемая!

А в те дни декабря 1981 года я первый раз за время работы в ЛЭИС серьёзно начал искать себе другую работу. Нет, я понимал, что уволить меня не смогут, но, как и у других наших, у меня накапливались отрицательные эмоции. Видеть ежедневно местное начальство становилось невыносимо. Вёл переговоры с ВНИИРПА, и там мне обещали место начальника лаборатории».

Исключим из показаний наших свидетелей лирику, возьмём голые факты, присоединим их к уже известному ранее и назовём вещи своими именами: Юрий Петрович Куликовский проявил себя в «Деле шестнадцати» жестоким и непорядочным человеком. Он возгордился тем, что не пристали к нему поповско-интеллигентские доброта и милосердие, пытался добить споткнувшихся и раненых, как крепостник и наместник, глумился над подчинёнными.

Все эти методы и черты, отразившие феномен советского руководителя 70-х — начала 80-х годов, мы называем в честь нашего героя «куликовщиной»!

Нужно сказать, что даже для видавших виды и битых-перебитых лэисовцев, переживших «мироновщину» — двухлетнее пребывание на высоком посту ректора жуликоватого проходимца от науки Виктора Миронова, возведённого в сан своим собутыльником из горкома партии, выходки Ю. П. Куликовского в «Деле шестнадцати» были в диковинку. И здесь мы должны вернуться к вопросу, который поставили ещё в предыдущем разделе повести — какими побуждениями руководствовался Юрий Петрович, каковы были мотивы его поведения, какие вынуждающие силы на него действовали?

> Время в моё окно
> Падает белым, зелёным струится,
> Плещется синим и жёлтым сочится,
> Тихо смеётся, молчит, горько плачет.

Что это? Что это? Что это значит?
Значит,
значит,
значит, значит, значит,
Значит, что не может быть иначе.
Значит, что не может быть иначе.
Значит — это ничего не значит.

Его научная и педагогическая карьера складывалась в интеллигентной среде на кафедре телевидения старейшего вуза страны — ЛЭТИ, его учителем был известный профессор этого вуза зав. кафедрой телевидения Рыфтин Яков Александрович, который, между прочим, отзывался о своём ученике неплохо! Таким образом, как сказали бы врачи, ничего отягчающего в анамнезе Юрия Петровича нет. Да и внешне он производил благопристойное впечатление — представительный, с хорошими манерами и правильной речью, ходил в театры, в оперу и даже, кажется, в филармонию.

Тогда, может быть, на него оказывали давление и требовали жёстких решений вышестоящие органы, скажем, министерство или райком, или горком? А может быть, трест «Лентелефонстрой» давил на психику и требовал жертв?

Ничего подобного!

В «Лентелефонстрое» после печально знаменитого запроса ничего против шестнадцати не предпринимали; там испугались бурных телодвижений Юрия Петровича — не затянул бы с собой. Более того, начальник «Лентелефонстроя» — трус первостатейный (лишь бы до пенсии персональной досидеть!) — затеял в Старой Руссе замерять объёмы выполненных работ исключительно с испугу. Он старался показать себя таким же «принципиальным» и «незапятнанным», как Ю. П. Куликовский.

В министерстве связи ушлые чиновники больше всего боялись, что Юрий Петрович сдуру наломает дров, вследствие чего министерство, и без того печально знаменитое и «притча во языцех», снова скандально прогремит по всему Союзу. Поэтому уж никак не поощряли его на развитие скандала, а тем более не приказывали действовать так. Кстати, поведение Ю. П. в «Деле шестнадцати», как впоследствии оказалось, способствовало его изгнанию тем же министерством с ректорской должности в 1984 году, хотя официально ему это, конечно, не инкриминировалось.

Что касается райкома партии, то там были весьма обеспокоены составом бригады шабашников. Если бы только рядовые сотрудники и евреи — куда ни шло! Но ведь в бригаде руководящее звено, а главное — три члена парткома института: Виктор Ананишнов (он же Бугор, то бишь бригадир шабашников!), Олег Воробьёв (он же Сынок — подставное лицо в бригаде шабашников!), Вячеслав Петров (он же Поручик, он же, по слухам, «некий Сидоров»!). Тут уж райкому от ответственности не уйти, ведь эти люди — его номенклатура! Куда глядели? Где подбор и расстановка партийных кадров? Члены парткома, коммунисты, евреи, шабашники — всё смешалось в доме...

Таким образом, в райкоме компартии отнюдь не заставляли Куликовского раздувать дело, скорее наоборот... Вообще нужно сказать, что в партийных органах к «куликовщине» отнеслись со сдержанным пессимизмом. Достоверно известно, например, следующее: зав. отделом науки горкома партии тов. А. Михайлушкин на запрос одного из заинтересованных лиц об отношении горкома к «Делу шестнадцати» ответил, что вмешиваться в это дело не собирается и другим не советует.

Итак, по всему получается, что и здесь Юрию Петровичу оправдания нет. Никто конкретно не заставлял его топором размахивать, никто на хамство не толкал. Все, кто поумней, за свои тёплые места и пайки держались и рассудили, что из этого «Дела», кроме неприятностей, ничего не выйдет. Никто, кто поумней, пайке шабашнической не позавидовал.

Так почему же?

Полагаем, на этот вопрос ответить невозможно, если не уяснить предварительно, что «куликовщина» — феномен не столько личностный, сколько общественный, если не понять, что «куликовщина» — феномен руководителя, которого никто не избирал (в смысле демократических выборов!), но которого выдернули откуда-то по неизвестному алгоритму в номенклатуру горкома, а затем посадили наместником своим и велели руководить, погрозив вслед перстом указующим. И вот получается так, что, с одной стороны, наместник — большая фигура, от масс независимая и на массы плевать желающая, но, с другой стороны, он же — червь навозный, которого в райкоме, а того более в горкоме, как посадили, так и раздавить запросто могут. Страх, паническая боязнь начальственного окрика движет наместником. Вот и делает такой руководитель то, что верхнему начальству понравится, а не то, что нижнему народу нужно. Иногда, правда, ошибается — и летит вниз! Такова суть и подоплёка «куликовщины».

Теперь поведение Юрия Петровича Куликовского приобретает некоторую логическую обоснованность, а его путь к фиаско выстраивается в строгую последовательность взаимосвязанных деяний и ошибок.

Всё началось с того, что Ю. П. неправильно оценил, а вернее, переоценил степень криминала в «Деле шестнадцати». Он посчитал с недалёкостью, не вникнув в дело, а главное, не всмотревшись в его участников, что тут пахнет жареным и что, безусловно, дело это и без него раскрутят.

Из этой посылки или допущения, оказавшегося ошибочным, вышел и обуял Юрия Петровича страх. Он представил себе грозный вид партийного начальства и удар кулаком по столу — недоглядел, доверился, допустил беспринципность, пытался замазать, замять, не оправдал доверия...

Ученики Иисуса Христа рассказывали, что, как это ни странно, проповедник смирения и доброты бесконечной считал наибольшим человеческим пороком трусость, ибо, говорил он, трусость не позволяет человеку делать добрые дела и проявлять милосердие, а толкает его на дела злые и богу неугодные.

Струсив, Ю. П. быстро нашёл, как ему представлялось, единственный выход: с самого начала занять самую резкую позицию по отношению к шабашникам, опередить всех в этом деле и не дать возможности обвинить себя в нерешительных действиях. При этом, правда, он терял неплохих работников, загонял их в угол, уничтожал, но тут как раз и срабатывали законы «куликовщины» — плевать на работников, лишь бы начальство не рассердилось!

Далее события развивались естественным образом (мы об этом уже писали и будем писать далее), постепенно выходя из-под контроля Ю. П. Он на определённом этапе, возможно, и хотел бы притормозить слегка, но это уже не всегда удавалось.

Построенная выше схема для объяснения того, что и почему натворил Ю. П., конечно, является лишь схемой. Мы намеренно исключили из неё личные человеческие качества Юрия Петровича, ибо считаем, что главным и определяющим были законы «куликовщины», которым следовали все (или почти все) руководители 70-х годов. И даже трусость, проявленная Юрием Петровичем, являлась обязательным атрибутом этого общественного феномена.

Беспристрастный читатель не может не заметить, что мы здесь как бы защищаем Куликовского, относя его неблаговидные, мягко выражаясь, поступки на счёт системы, в которой он вынужден был работать. А защищая — как бы и прощаем! Но простит ли его — нет, не совесть, она молчала тогда, смолчит и теперь, — простит ли высший судья, который «мысли и дела все знает наперёд»?!

> Не уплативших, уходя, свои долги
> Прощай!
> Не протянувших в трудный час друзьям руки
> Прощай!
> В любви сгоревших, захлебнувшихся в вине
> Прощай!
> И только тех, в чьих душах нет прощенья,
> Не прощай!
> Уставших слушать тишь, смотреть во тьму и ждать
> Прощай!
> Упавших на колени, чтобы с них не встать,
> Прощай!
> Всех тех, в ком нет любви, а значит — бога нет,
> Прощай!
> И только тех, в чьих душах нет прощенья,
> Не прощай!

Мы, однако, слишком увлеклись образом главного героя нашего повествования, незаслуженно оставив в тени остальных важных героев. Перейдём поскорее к ним.

Пу-джа-ми-ка-гав-щина

Солнце! Помоги не спечься!
Помоги не стать лучиной,
Нужной людям лишь во мраке!
Помоги мне быть мужчиной
В краткой жизни, долгой драке!

«Ай да Пушкин, ай да сукин сын!» — воскликнул без ложной скромности Александр Сергеевич, закончив рукопись «Бориса Годунова» и перечитав её самому себе вслух.

И хотя эти слова можно целиком и полностью отнести к Валерию Михайловичу Пушкину — председателю комиссии парткома ЛЭИС по расследованию «Дела шестнадцати», было бы несправедливо назвать данный раздел нашего исторического исследования «пушкиновщина» или того пуще «пушкиниана». Действительно, при этом были бы принижены заслуги и ущемлены права других членов комиссии парткома, из фамилий которых наряду с фамилией председателя и составлен вынесенный в заголовок термин: Валерий Пушкин, Владимир Джакония, Валентина Михайлюк, Виктор Караванов и Лев Гаврилов.

Этот термин отражает весьма значительное явление жизни советского общества 70-х годов XX века, не менее значительное, чем «куликовщина». Так же, как «куликовщина» значительно шире и опаснее, чем то, что конкретно явлено самим Ю. П. Куликовским, так и «пуджамикагавщина» лэисовская — лишь мелкое отражение обозначенных этим словом теории и практики тотального вмешательства в жизнь, в том числе личную, от имени партии, которая всегда права. Тут и партийность литературы и искусства, тут и партийное мнение, и контроль, тут даже совесть и порядочность партийные, по-видимому, отличные от обычных людских, — всё навязанное сверху вождём мудрым.

Сколько душили глас,
Вешали, распинали,
Но даже в судный час
Люди свободу ждали.

Комиссия парткома была создана по настоянию Юрия Петровича 9 декабря 1981 года, чтобы сделать то, чего не сумел сделать он сам: выяснить преступную технологию изготовления поддельных справок и другие криминальные моменты дела, установить причастность к ним каждого из шестнадцати, подготовить партийное мнение по раздаче наказаний. Вот как это всё формулируется в подлиннике документа, которым мы располагаем.

ВЫПИСКА
из протокола № 41 заседания партийного комитета
ЛЭИС им. проф. М. А. Бонч-Бруевича
от 9 декабря 1981 г.

ПРИСУТСТВОВАЛИ: (перечисляется состав парткома).

СЛУШАЛИ: о работе сотрудников института в июле-августе 1981 г. в СМУ-1 треста «Лентелефонстрой».

Секретарь парткома: в институт поступила информация о том, что 16 сотрудников института, в том числе ряд коммунистов, в июле-августе 1981 г. организовали бригаду и выполняли работы для СМУ-1 треста «Лентелефонстрой». Имели место серьёзные нарушения трудового законодательства и финансовые нарушения. Предлагаю создать комиссию парткома для расследования вопроса в составе: (перечисляется состав комиссии).

ПОСТАНОВИЛИ: создать комиссию по расследованию вопроса о работе бригады в СМУ-1 треста «Лентелефонстрой» в предложенном составе.

Принято единогласно.

Секретарь парткома О. С. Когновицкий   (подпись)

Этот лаконичный документ потрясает своей безапелляционной наглостью. Хотя комиссия ещё только создаётся, но в выписке уже утверждается: «Имели место серьёзные нарушения трудового законодательства и финансовые нарушения». Какие серьёзные нарушения, позвольте спросить, были известны парткому в тот день? Никакие! Подтвердились ли в ходе работы комиссии, скажем, предполагаемые нарушения? Нет! Почему же секретарь парткома утверждает то, о чём ничего не знает? Почему берёт на себя функции судьи?

> Две ладони, словно кони,
> Проскакали по челу
> В колокольном перезвоне,
> В перезвонном: почему?
> Почему шальные кони
> Не пасутся на лугу?
> Почему они в загоне,
> Почему не убегут?
> Почему так рано лето
> Перекрасило листву?
> Почему на счастье вето —
> Не пойму я, почему?

Почему? А потому, что пуджамикагавщина позволяла всё. Даже шабашники — члены парткома «голосовали» за создание комиссии, позволив тем самым развязать пуджамикагавщину. А каково это чекистское: «ряд коммунистов организовали бригаду...» Так и слышится: «организовали контрреволюционную организацию...» Не следовало ли парткому, бывшему по определению умом, честью и совестью института, проявив этот самый никем дотоле не обнаруженный ум, сказать честно и по совести, что, мол, коммунисты вкалывали неплохо и сделали кое-что полезное для социалистической родины. Так ведь установки такой не было, а пуджамикагавщина работает только в рамках установок сверху. А установка ректорская была искать криминал!

> Сколько душили глас,
> Вешали, распинали,
> Но даже в судный час
> Люди свободу ждали.
> Их приучили петь
> Гимны, забыв про песни.
> Всё стало всем не сметь.
> Всем — значит врозь и вместе.

Очевидный криминал был обнаружен глубокомысленным парткомом мгновенно — шабашники-коммунисты не заплатили партвзносы со своего шабашнического заработка. Трудно себе представить более нелепую и комичную картину, чем шабашник, явившийся в партком с тем, чтобы заплатить партвзносы со своего левого заработка — я тут, мол, подхалтурил вечерком, так вот хочу уплатить партвзносы с заработка. Или, например, так: я вчера автомобиль продал, взял сверху две тысячи — получите партвзносы! Совершенно в стиле старого анекдота из цикла «Армянское радио»: «Должен ли коммунист платить партвзносы со взяток? — Если коммунист честный, то должен!»

> Сколько душили глас,
> Вешали, распинали,
> Но даже в судный час
> Люди свободу ждали.
> Их приучили петь
> Гимны, забыв про песни.
> Всё стало всем не сметь.
> Всем — значит врозь и вместе.
> Вера черна от дыр,
> Лгать и лжецы устали.
> Всяк новый поводырь
> Светлые прочит дали.

Поскольку, однако, и Куликовский, и созданная им комиссия понимали, что с этой неуплатой партийных взносов далеко не уедешь, а скорее в новый анекдот попадёшь, то сыскная бригада вновь сосредоточилась на пресловутых справках.

Справки, кстати говоря, в то время доживали свои последние дни в сейфе СМУ-1 треста «Лентелефонстрой», и шабашники с нетерпением ждали их обещанного исчезновения. Тем не менее, пока они не исчезли, набив оскомину всем, включая нашего терпеливого читателя, естественно задать вопрос: кто же и как же их, в конце концов, сделал? И мы, претендуя на роль правдивых повествователей, не можем перед лицом уважаемого читателя, к тому же — шесть лет спустя, нести по этому вопросу полную ахинею и изливать, как тогда, потоки вранья.

На вопрос «как же?» отвечаем: очень просто — взял некто 32 чистых институтских бланка (это у нас может сделать любой в любом количестве), попросил свою приятельницу заполнить их по образцу на каждого из шестнадцати в двух экземплярах, затем пришёл

в приёмную ректора, взял гербовую печать и на глазах у не очень изумлённой Людмилы Куликовой 32 раза приложил печать к справкам. Вот и всё! И чего здесь расследовать — не понятно.

Ещё проще ответить на вопрос «кто же этот "некто"?».

Здесь, однако, мы должны отметить одно обстоятельство, на наш взгляд, чрезвычайно важное и, в силу полной правдивости и откровенности нашего повествования, для утаивания совершенно невозможное: все, абсолютно все шестнадцать абсолютно точно знали, кто делал справки, и, следовательно, все шестнадцать врали ректору, комиссии парткома, а заодно и всем, кто вопрос «кто?» задавал. Врали и при том правильно, благородно поступали, ибо каждый из них мог быть «некто Сидоровым», которого искал с фонарями и сворой псов из парткома Куликовский. Ибо если «некто Сидоров» для всех справки сделал, то почему все должны валить на него общую вину?

Более того, по нашей оценке, ещё не менее 30 человек в институте и около него точно знали, кто сделал справки. То есть никакого особо законспирированного секрета здесь отнюдь не было, и даже удивительно, как это нашим следователям-самоучкам не удалось его раскрыть. Впрочем, парткомовские доморощенные пинкертоны не сомневались, что по крайней мере некоторые из шестнадцати прекрасно знают, кто клепал справки, поэтому занятая шабашниками глухая защита-несознанка вызывала у них не менее глухое раздражение, которое подчас прорывалось самым грубым образом.

Вот в такой обстановке и при таких обстоятельствах начались допросы в парткоме. Им предшествовало представление всеми шабашниками объяснительных записок — бюрократическое изобретение председателя комиссии доцента Пушкина. Затем всех членов бригады допрашивали поодиночке. Особому давлению подвергались шабашники — члены КПСС, «давили» на «совесть коммуниста», «партийную ответственность» и тому подобное...

Из показаний Владимира Селянинова:

«ЮП создаёт пушковщину. Ряд членов комиссии работу игнорируют. Главарь интенсивно действует. Все представляем объяснительные записки. Членов партии вызывают по одному в комитет, опосля всех разом.

Члены комиссии Караванов и Гаврилов присутствуют номинально, Михайлюк не лезет, Джакония хочет всё знать, Пушкин действует — основное орало».

Здесь, по-видимому, дана хотя и лаконичная, но довольно точная характеристика поведения членов комиссии. Впрочем, подход был сугубо индивидуальный — от вежливого и мягкого разговора до жёсткого нажима и окрика.

Из показаний Михаила Лесмана:

«В парткоме со мной говорили трое — Пушкин, Джакония и Гаврилов. Говорили очень корректно и кратко. Я сказал, что ничего не знаю о справках. Более того, эти справки нужны были не нам, а СМУ. Поэтому неясно, почему в институте так «уцепились» за эти бумажки, которые и документами не являются, ибо не дают никаких прав и не освобождают от обязанностей.

Через несколько дней Пушкин попросил меня зайти к нему (он был тогда проректором по вечернему и заочному обучению). Начал меня уговаривать, что в наших действиях есть криминал. Стал говорить, мол, нехорошо, что с нами был Окунев — начальник с подчинёнными. Я возразил, что мы ездили работать, а не водку пить. Пить вместе с начальником плохо, а работать вместе — хорошо. По-видимому, он твёрдо верит в то, что с начальником нельзя вместе и работать».

Весьма мягко, можно сказать бережно, опрашивали в парткоме (упаси господи — не допрашивали) Юру Окунева. Спросили о справках только формально — мол, ясно, что он не причастен к столь некрасивой истории. Зато попросили дать оценку этой истории, так сказать, с моральной точки зрения, мол, если и не знал ничего о справках, то теперь-то узнал... Но всё это деликатно, не повышая голоса, как бы обсуждая...

Не со всеми, однако, было так.

Коля Кутов вспоминает, что с ним разговаривали в жёстко-требовательном тоне, настаивали указать, от кого он узнал о предстоящей шабашке, кто первым сообщил о дне оформления на работу в СМУ, — явно искали главных организаторов, надеясь через них выйти на подделку справок. Коля строил в своих показаниях замкнутую цепочку шабашников, у которой нет начала. Тогда Пушкин предложил ему изложить всё это письменно: «Нет, не потом! Пишите здесь, в парткоме, никуда не выходите!» — приказал он.

Юра Арзуманян рассказывает, что от него жёстко потребовали назвать руководителей и организаторов шабашнической бригады, указать распределение ролей в бригаде. Профессор Джакония, повышая голос и чуть ли не срываясь в крик, не желал принимать уклончивые ответы:

> «Не морочьте нам голову, мы знаем, что Ананишнов был бригадиром, а вы — завхозом. Вы, преподаватель, проводите свой отпуск в бригаде шабашников, оформленной по подложным справкам, и считаете возможным увиливать от прямого ответа парткому! Где ваша совесть советского человека?»

Воспоминания о работе комиссии парткома ЛЭИС невольно отвлекают нас от основной линии повествования к размышлениям о некоторых глубинных свойствах советско-партийной пуджами-кагавщины.

Возникает, например, вопрос: а совместимо ли правосудие с партийностью? Ведь правосудие основано на законах, спроецированных на обвиняемого совестью и порядочностью независимого судьи. А если судья — член партии и обязан выполнять партийные установки? Мы, конечно, с негодованием отвергаем предположение, что член компартии может быть непорядочным или, того пуще, бесчестным. Но вот вам конкретная ситуация: вы — член КПСС и даже парткома; вы, предположим, убеждены в невиновности «подследственных» и считаете непорядочным участвовать в их допросах, однако вас выдвигают в комиссию по расследованию и обязуют допрашивать. Что же делаете вы? Отказываетесь? Но есть решение парткома, обязательное для вас, даже если вы голосовали против! Значит либо порядочность, либо партийность — такова ваша дилемма?!

Нет, — возражаете вы, — можно оставаться честным и порядочным, выполняя партийное поручение, с которым лично не согласен! Да, вероятно, так же успокаивал себя маршал Блюхер, подписывая расстрел своему товарищу маршалу Тухачевскому, в невиновности которого он был, конечно же, уверен.

А мы скажем: вероятно, можно было бы остаться порядочным в означенной выше ситуации, да пуджамикагавщина очень препятствовала этому. Вот, например, профессор В. Е. Джакония — человек умный, интеллигентный и, безусловно, порядочный. Однако, как член парткома, вынужден был участвовать в допросах шестнадцати. А ведь как не хотелось видеть его в этой роли! А он был вынужден участвовать и даже активничал, и даже срывался, и даже вёл себя непристойно — пуджамикагавщина заставляла! Не верите? Тогда послушайте, что рассказывает свидетель, и сами сделайте выводы, ибо после прочтения нижеследующего, как говорят, комментарии будут излишними. Свидетель разворачивает перед нами одну из потрясающих сцен спектакля пуджамикагавщины.

Из показаний Евгения Дурца:

«Сцена разделена на две неравные части. В первой половине — приёмная парткома, где за длинным столом сидит Моисей Берсон. Голова его в беспорядке. Под стёклами очков бегающие в недоумении глаза. Борода всклокочена. Руки нервно перебирают какие-то бумажки. За пишущей машинкой — секретарша. Ушки топориком. Она делает вид, что полностью занята очень важной работой. На второй половине (меньшей) — кабинет секретаря. За столом Пушкин — председатель комиссии по расследованию деятельности банды. Рядом с ним по правую руку Джакония. В углу с посторонними лицами, как будто это их не касается, сидят Гаврилов и Караванов. Перед председателем — Ананишнов. Он размахивает руками и что-то говорит.

Дверь в партком открывается, входит Дурец:

— Здорово, Мотя! Ну, что там? Кого пытают?

Мотя с вымученной улыбкой на лице:

— Бугра! Хи-хи-хи.

Открывается дверь в кабинет секретаря. Выскакивает слегка ошарашенный Виктор Ананишнов:

— Дурец — на ковёр!

— Ну, что там, Витёк?

— Ну, бля, вообще!

Приоткрывается дверь. Выглядывает улыбающийся Караванов:

— Женя, входи!

Дурец входит во второе помещение:

— Здравствуйте!

Общее молчание. Пауза. Пушкин заглядывает в бумажки:

— Евгений Янкелевич, садитесь. В принципе, нам всё ясно, но хотелось бы услышать от вас именно вашу версию подделки справок. Что вы можете сказать?

— По поводу подделок справок ничего нового сказать вам, к сожалению, не могу.

Джакония мрачнеет, начинает нервно стучать пальцами по столу. Гаврилов, потупившись, скромно улыбается. Караванов, улыбнувшись, отворачивается к окну.

Пушкин:

— Хорошо, но вы брали справку об отпуске?

— Конечно! Я такую справку беру каждое лето.

Джакония:

— Кто вам выдавал справку?

— Девочки в отделе кадров.

Джакония, переходя на крик:

— Ну и что там было написано?

— Как обычно: «Е. Я. Дурец, старший инженер каф. РТС, находится в отпуске с такого-то по такое-то число».

Джакония, закипая:

— Ну и куда вы дели эту справку?

— Отдал начальнику отдела кадров в СМУ.

Джакония:

— Ну и кто же подменил справки?

— Ну, я считаю, что это гораздо удобнее выяснить у начальника отдела кадров СМУ.

Пушкин:

— Вы сказали, что каждое лето берёте справку. Это так? И куда же вы ездили?

— Маршруты поездок были совершенно разные. Был несколько раз в Коми, в Кандалакше, на БАМе.

Джакония, заводясь:

— И каждый раз вы пользовались подложными справками?!

— Чушь какая-то.

Пушкин:

— Когда вы вернулись из отпуска?

— Об этом вы можете узнать в нашем отделе кадров. Заявление о выходе на работу, подписанное рук. лаборатории, должно быть там.

Пушкин:

— А вы не задержались на несколько дней?

— Вы знаете, нет. Вышел на работу вовремя.

Джакония, весь трясясь и постепенно переходя на утверждающий крик:

— А как же вы объясните, что по справке из СМУ вы закончили работу в самом конце августа, в то время как вы говорите, что были на рабочем месте? Они всё время бессовестно лгут. Преступники, лгуны, жулики!

Дурец:

— Я выезжал в Старую Руссу в пятницу после работы на субботу и воскресенье. Кажется, такие операции производились два или три раза с целью завершения работ. Так ездили почти все, у кого кончились отпуска.

Джакония:

— А подставные лица! Что скажете об этом?

— Подставных не было. Те, кто не смогли поехать с нами из-за работы в институте, приезжали потом только на выходные дни, и при окончательном расчёте учитывались только их рабочие дни. Так что ни о каких подставных лицах не может быть и речи.

Джакония:

— Вы все жулики, вор на воре, мы вас всех выведем на чистую воду, передадим дело в следственные органы, они вас всех быстро разоблачат. Бессовестные люди, нагло врут, не улыбаясь, одно и то же. Валерий Михайлович! Это самая настоящая банда, которой не место не только в институте, но и… Я считаю, что надо гнать таких, гнать и судить, чтобы не повадно было. Наглецы…

— Ну, я думаю, что в подобном тоне дальнейшая наша беседа не имеет смысла. Валерий Михайлович, если у вас больше нет конкретных вопросов, я, пожалуй, пойду.

Пушкин:

— Пожалуйста, пригласите Берсона.

Женя Дурец выходит в приёмную.

— Женька, ну что там?

— Маразм… Заходи, твоя очередь. Я тебя подожду в коридоре».

Мы обещали воздержаться от комментариев этого показания, тем более что оно и так довольно пространное. Однако нельзя не заметить, что документ-то потрясающий: в помещении парткома обзывают бандой, ворами, жуликами тех, кто зарабатывал тяжким трудом в свой отпуск. Одним словом, пуджамикагавщина!

Сколько душили глас,
Вешали, распинали,
Но даже в судный час
Люди свободу ждали.
Их приучили петь
Гимны, забыв про песни.
Всё стало всем не сметь.
Всем — значит врозь и вместе.
Вера черна от дыр,
Лгать и лжецы устали.
Всяк новый поводырь
Светлые прочит дали.

Значит, ступать слепым,
Верящим им — убогим,
В собственные следы,
«Новой» идя дорогой.

Так вот и шла работа комиссии парткома, бессмысленная работа, а потому и не работа, а ерунда какая-то. Результатов, которых ожидал Куликовский, не было. Шабашники не раскалывались, даже члены КПСС, даже члены парткома…

А двумя этажами ниже, под парткомом, в кабинете главного энергетика Сергея Корчагина ежедневно работал оперативный штаб шабашнической обороны. Все шестнадцать собирались редко, однако почти ежедневно, иногда по несколько раз в день собирался узкий состав совета обороны: Селянинов, Кутов, Лесман, Ананишнов, Арзуманян, Петров. Присоединялись и другие. Иногда вызывали всех. Вырабатывались общие инструкции. О справках: «ничего не знаю», «первый раз слышу», «не подписывал», «не передавал», «не сдавал», «не знал», «не предполагал»… О подставных лицах: «таких не знаем», «все работали», «некоторые приезжали работать в выходные дни», «деньги делили пропорционально трудовому участию».

Ах, эти незабываемые дни, эти встречи и споры в прокуренном кабинете… Коньяк, водка, спирт… — пили много! Уныния не было, но некоторые подыскивали себе другую работу, а это было нелегко, особенно для евреев.

Я бежал, бежал,
Не спотыкаючись.
Я горел, горел,
Другим светил.
Обожал друзей, любимую, товарищей,
Но подлец мою лампаду обронил.

Не случилось быть любимым до беспамятства,
До безумия любить не привелось.
Не представилось допить, допеть, донравиться,
Добежать к заветной цели не пришлось.
Я в туннеле, а в туннеле поезд катится
Мне навстречу, фонарями бьёт в упор.
Неужели, догрешив, я не докаялся, —
Не горит в туннеле красный светофор.

Свяжет мне зима из снега саван — белый пух,
Отпоют весной крикливые грачи,
Лето выложит в венок ромашек Бежин луг,
Дождь осенний панихиду отстучит.

Ох, зазря трусливый хам во храме молится,
Не дано ему бездушному понять:
Люстры — в залах тронных, а лампады — в горницах;
Люстры гасят, а лампадам век пылать.

Я опять бегу, бегу, бегу,
Не падаю.
Я горю, горю, горю,
Другим свечу.
В этой жизни суждено мне быть лампадою,
Пусть горящею не в полную свечу.

Между тем дело перекинулось в ОБХСС, где параллельно по доносам проходило расследование предполагаемого хищения в особо крупных размерах при строительстве телефонной сети в г. Старая Русса. Главная цель расследования — определение путём контрольных замеров истинного объёма работ, выполненных бригадой шабашников в Старой Руссе, и установление степени соответствия выплаченной суммы этому объёму. Вот где была истинная опасность!

Если бы контрольные замеры и проверки не подтвердили оплаченного в СМУ-1 объёма работ, то дело обернулось бы весьма скверно. А ведь нетрудно представить, как вслед за этим поехал бы в Старую Руссу опытный следователь-мизантроп. Поехал бы да вник, как это советский человек с ломом и лопатой может заработать за месяц 700 рублей при том, что выкопать траншею объёмом в один кубический метр в грунте 2-й категории (не масло!) с отбрасыванием этого грунта не менее чем на 20 см от края стоит у нас в стране сплошных трудящихся 60 копеек!

Рекомендуем читателю для естественности восприятия вырыть, например, у себя на даче яму длиной, шириной и глубиной ровно один метр, а затем, укрепив свои силы 60 копейками, вырыть ещё одну такую же яму... и т. д. до тех пор, пока не снизойдёт на него чувство глубокого удовлетворения тем, что у нас — от каждого по способностям, а главное, каждому — по труду!

Если бы контрольные замеры и проверки не подтвердили оплаченного в СМУ-1 объёма работ, тогда, согласно УК РСФСР по статье 193, часть II — «за преступный сговор с целью хищения» и «за хищение в особо крупных размерах в личных интересах и в интересах третьих лиц», — наши герои получили бы от трёх до восьми лет общего режима с конфискацией имущества.

Ха! Что тут мелочь со справками — забота доморощенных лэисовских пинкертонов! Впрочем, хоть и доморощенных, но злых. Если бы состав преступления по статье 193, часть II, подтвердился, то за справочки наш прокурор добавил бы по статье 175 УК РСФСР — «за повторное (а повторение было!) изготовление подложных документов» — до трёх лет общего режима.

К счастью, до следствия дело вообще не дошло, а дознание велось вяло. Впрочем, слово свидетелю.

Из показаний Юлия Льва:

«История пресловутого «Дела шестнадцати» для меня началась, видимо, позже всех. Первая информация о нём осталась в памяти, как зловредный стеносотрясающий хохот пятнадцати: «А он ещё ничего не знает!»

Затем события меня не касались непосредственно до получения повестки из ОБХСС Октябрьского РОВД. Получив оную, я тут же позвонил нашим, информируя команду и жаждя руководящих указаний. Согласно решению, принятому советом бригады, я приготовил легенду о пребывании в Старой Руссе в должности канализаторщика в течение примерно 10–12 дней, чего и держался упорно и небезуспешно. Разговор с дознавателем проходил, впрочем, не в ОБХСС, а в райкоме правящей партии, где я и писал нечто вроде объяснительной с упоминанием всех улиц Старой Руссы, на которых прокладывались асбестоцементные трубы.

После этого для меня опять наступило затишье, во время которого я с некоторой завистью узнал, что Юра Арзуманян, получив аналогичный вызов, просто не явился, избавив тем самым соответствующее лицо от получения очередной порции в меру искажённой информации».

Как видим, дознание велось вяло, без особой заинтересованности. Почему бы, например, не посадить того же Юлика Льва в камеру предварительного заключения (КПЗ), скажем, на трое суток, чтобы правду говорил, а потом, если не заговорит, продлить срок пребывания в КПЗ до десяти суток, что вполне разрешается Уголовно-процессуальным кодеком РСФСР. И почему бы не доставить Юру Арзуманяна принудительным порядком, а затем не посадить его в ту же КПЗ (но отдельно от Юлика) на трое суток, как явно и злостно препятствующего отправлению правосудия.

Ничего этого сделано не было! Почему? Вопрос сложный.

«Что наша жизнь? Игра!» — справедливо замечает поэт. В «Деле шестнадцати» было много случайных и субъективных моментов, приведших к сравнительно благополучному финалу.

Были, однако, и объективные факторы, не позволившие или, скажем мягче, затруднившие раскручивание дела на полную катушку. И главными из этих объективных факторов были результаты замеров объёма выполненных шабашниками работ в Старой Руссе, результаты, буквально ошеломившие и друзей, и недругов наших.

Результаты гласили: «объём фактически выполненных работ превосходит объём оплаченных работ, приписок не обнаружено»!

После такого эффектного результата руководство СМУ-1 вздохнуло с облегчением. Начальник СМУ вынул из сейфа пресловутые справочки, в пепельнице их сжёг и пепел в туалете развеял. Узнав об этом, шабашническая компания возликовала и заявила, что, вероятно, никаких справок и не было и что вся эта история со справками есть плод чьего-то злостно-больного воображения, ибо никаких справок нет, и людей, которые какие-либо справки видели, тоже вроде бы и нет, а если кто видел, то пусть докажет, что именно то видел, а не что-нибудь другое!

Пуджамикагавщина забуксовала без кровушки, а куликовщина растерянно размахивала топором, рубя им воздух, в котором впору было топор вешать!

> Можно отпустить грехи,
> Ещё проще — пригрешенья.
> Можно позабыть долги.
> Только хамству нет прощенья.
>
> Во Вселенной мера зла,
> Мера хамства неизменны —
> Это детская слеза,
> Женский крик — в них скорбь Вселенной.
>
> Звёзды гаснут от обид,
> Разрываются от хамства,
> Время изменяет вид,
> И сжимается пространство.

Чуть расстроили весну, —
Нет весны, дождь осень месит.
Чуть обидели Луну, —
Нет Луны — остался месяц.

Каюсь, верю в доброту,
Ненавижу злость и наглость,
Откликаюсь на беду,
Не приемлю к хамам жалость.

Между тем дело двигалось к своей кульминации — знаменитому ректорату с участием всех шабашников. Мы, однако, посвятим этому кульминационному пункту отдельный раздел, а здесь, забегая несколько вперёд, продолжим разговор о дальнейшем развитии пуджамикагавщины.

Ровно двадцать дней, с 9 по 28 декабря, комиссия парткома ЛЭИС работала в поте лица своего — «сидит милый на крыльце с выраженьем на лице; выражает то лицо, чем садятся на крыльцо». За это время наши шабашники, если бы им пуджамикагавщина не мешала, могли бы построить ещё половину телефонной сети в Старой Руссе!

Наконец 28 декабря комиссия доложила парткому свои «результаты» — полную пустоту плюс повторение надоевшей всем байки про теперь уже не существовавшие справки. По этим пустым результатам партком принял 29 декабря 1981 года постановление (Протокол № 43) «Об итогах работы комиссии по расследованию обстоятельств оформления и работы в СМУ-1 треста "Лентелефонстрой" сотрудников института». Вот основные пункты этого постановления:

1. Справку комиссии одобрить.

2. Секретарям партийных бюро факультетов… в срок до 20 января 1982 г. организовать рассмотрение персональных дел коммунистов В. В. Ананишнова, В. В. Селянинова, Л. П. Карпова, В. А. Петрова, Н. Н. Кутова, О. В. Воробьёва в цеховых партийных организациях и результаты представить на утверждение партийного комитета.

3. Рекомендовать ректору:

— рассмотреть вопрос о возможности дальнейшей работы в институте В. В. Ананишнова;

— привлечь к административной ответственности всех лиц, незаконно оформившихся на работу в СМУ-1 треста «Лентелефонстрой», а также лиц, проявивших халатность при хранении и использовании печати института.

4. Обратить внимание деканов факультетов, заведующих кафедрами, секретарей партийных бюро и партгруппоргов на необходимость усиления воспитательной работы с сотрудниками, особенно преподавателями, разъезжающими в качестве руководителей производственной практикой и студенческими строительными отрядами, не допуская нарушения графика учебного процесса, а также формирования из числа сотрудников института незаконных строительных бригад.

Если сравнить этот документ с постановлением об организации комиссии, которое мы показали вначале, то первым делом бросается в глаза, что тон сильно сбавлен. Там были «серьёзные нарушения законодательства и финансовые нарушения», здесь осталось невнятное обобщение относительно «незаконных строительных бригад».

Итак, основные обвинения не подтвердились. Так, может быть, тогда следовало бы паркому принести свои извинения оскорблённым подозрениями и допросами людям? Отнюдь! Не такова пуджамикагавщина! Она, пуджамикагавщина, всегда права! Ибо партия — ум, честь и совесть ихней эпохи! Не знаю ничего про честь и совесть, а вот относительно ума — сильно сомневаюсь.

Вместо извинений партком рекомендует: Виктора Ананишнова уволить, ибо он, хотя и ни в чём не виновен, но формально, как Бугор, на роль козла отпущения подходит; остальных партийных — по возможности наказать. Кроме того, в пункте 4 постановления партком пытается пресечь шабашническое движение, по крайней мере в ЛЭИСе, — забавная попытка!

Непосредственным следствием приведённого постановления была проработка партийных шабашников — сначала на партсобраниях факультетов, а затем — на парткоме. Эта проработка длилась ещё почти месяц после формального завершения «Дела шестнадцати» — окончательная раздача партийных взысканий произведена 27 января 1982 года.

Материалы партсобраний, может быть, самое интересное в этой истории. Ведь там звучал голос людей, чьё отношение к шабашникам было сложной смесью личного и общественного, было отображением борьбы совести с пуджамикагавщиной. К сожалению, эти материалы почти полностью утеряны. С ещё большим сожалением следует отметить, что некоторые шабашники весьма скупо и неохотно делятся воспоминаниями о своих делах партийных, по-видимому, до сих пор опасаясь, что, несмотря на гласность и прочие перестроечные лозунги, пуджамикагавщина жива.

Скудны обрывки листков истории, которыми мы располагаем.

Из показаний Владимира Селянинова:

«Прокатка на факультетских собраниях. У нас с ВАП было весьма мирно. Кто-то защищал, кто-то нёс чушь. Отделались выговором без занесения. На заседании комитета практически не выступали. Против проголосовали трое — партийные шабашники…»

Из показаний Вячеслава Петрова:

«Заседание парткома. Стоит вопрос о вынесении взысканий. Виктору — строгий выговор с занесением. Голосуем против, хотя это ничего не меняет… Перед парткомом, когда было уже ясно, что Куликовский потерпел фиаско и осталось лишь формальное «подведение итогов и раздача слонов» (т. е. приняты наши «не знаю», «не видел», «не слышал»), подошёл Гаврилов: «Ну теперь не дай бог кто-то из ваших заговорит по-другому». Понятно, что в этом случае получим по ушам не только мы».

Здесь интересно, что в парткоме начали понимать и осознавать опасность для самих себя в том случае, если кто-либо из шабашников расколется.

Существо проблем, стоявших перед партийными шабашниками, и созданную вокруг них обстановку раскрывает сохранившаяся копия заявления одного из шабашников в партийную организацию факультета, в которой он пишет: «Хочу обратить внимание на то, что в результате моих действий ни государство, ни какое-либо частное лицо не пострадало ни на копейку». Таким образом автор оправдывает себя тем, что в результате его действий «государство не пострадало». В те годы никому в голову не мог прийти такой, например, аргумент, что государство, мол, от его действий не только не пострадало, а наоборот, что-то приобрело. Потому что, если у государства украсть, то это всем понятно, а вот государству что-то дать — ну кто же в это поверит! Мораль «развитого социализма»!

Наконец после проработки на факультетских собраниях партком рассмотрел персональные дела коммунистов-шабашников. Помимо членов парткома, в рассмотрении участвовали инструктор райкома КПСС Аникин Л. П. и инструктор горкома КПСС Котов Н. А. — делать-то больше нечего.

Вот перед вами, читатель, несколько фрагментов из протокола заседания парткома от 27 января 1982 года. Однообразно-унылые ритмы этого документа подобны средневековой пытке, в которой капли долбят вашу голову, заправленную в жёсткий ошейник: слушали 1 — постановили 1, слушали 2 — постановили 2, слушали 3 — постановили 3...

ВЫПИСКА

из протокола № 45
заседания партийного комитета
ЛЭИС им. проф. М. А. Бонч-Бруевича
от 27 января 1982 года

СЛУШАЛИ 1: Персональное дело коммуниста В. В. Селянинова.

ПОСТАНОВИЛИ 1: Коммунист В. В. Селянинов за оформление на работу в СМУ-1 по фиктивной справке, несвоевременную уплату членских взносов с дополнительного заработка и неискренность при партийном расследовании проступка заслуживает объявления ему строго партийного взыскания. Однако, учитывая его продолжительную добросовестную работу и активное участие в общественной жизни института, объявить В. В. Селянинову, члену КПСС с апреля 1965 года, партийный билет номер 13809923, строгий выговор без занесения в учётную карточку. Принято единогласно.

(...)

СЛУШАЛИ 4: Персональное дело коммуниста В. А. Петрова.

ПОСТАНОВИЛИ 4: Коммунист В. А. Петров за сознательное незаконное оформление на работу в СМУ-1, несвоевременную уплату членских взносов с дополнительного заработка, беспринципность, проявленную при партийном расследовании проступка, заслуживает строгого партийного взыскания. Однако, учитывая его продолжительную добросовестную работу и активное участие в общественной жизни института, В. А. Петрову, члену КПСС с июня 1971 года, партийный билет 10281876, объявить строгий выговор без занесения в учётную карточку. Принято единогласно.

(...)

СЛУШАЛИ 6: Персональное дело коммуниста В. В. Ананишнова.

ПОСТАНОВИЛИ 6: За безответственное отношение к оформлению документов, за руководство бригадой сотрудников, оформленных по фиктивным справкам, за несвоевременную уплату членских взносов с дополнительного заработка коммунисту В. В. Ананишнову, члену КПСС с октября 1959 года, партийный билет 10281642, объявить строгий выговор с занесением в учётную карточку.

Принято большинством голосов: за — 15, против — 2, воздержался — 1.

Отдохнём чуть-чуть от этой одуряющей тупости.

Свет внутри, снаружи мрак.
Жар внутри, мороз снаружи.
На ладонях — божий храм.
В храме божьем — божьи души.
Распластались у икон,
Вколотили в пол колени...
А желаний красный Конь
Не выносит преклонений.
Конь не ходит под седлом,
Конь узду не переносит, —
Под бездарным седоком
Он не будет, в бездну сбросит,
В чернодырья многоцвет
С лепестками звёздных далей,
В догоревших чувств сонет
И в сонату из печалей.
Под копытами Коня
Вьются звёздные дороги.
Не скачи, Конь, без меня
В мир, где царствуют лишь боги.
Звёзды в россыпь по груди.
Крупная звезда правее.
Без неё мне нет пути
До созвездья Любодея.
До созвездья Водолея
Не домчаться в одночасье.
Правая звезда милее.
Без неё не будет счастья.
Целовать хочу Луну,
Возлежать в межзвёздной нише,
Небо скармливать Коню,
Чтобы быть к созвездью ближе.

Чудовищный, между прочим, этот партийный документ! Ни одного доброго слова о работе, выполненной коммунистами! Ведь не спекулировали и не в гамаке провалялись всё лето, а своими руками построили телефонную сеть в городе Старая Русса — неужели вы, уважаемые члены парткома, не чувствуете разницы?! Впрочем, мы едва не забыли, что вы-то здесь ни при чём — это же пуджами-кагавщина всё сделала, тем более в присутствии райкомовского и горкомовского начальства!

Хватит, однако, скрупулёзно изучать предъявленный документ. Он того, по правде говоря, не стоит.

Приведённые свидетельства и документы, приоткрывая чуть-чуть завесу над партийными руководствами в процедурной части, почти совершенно игнорируют самое интересное — человеческий фактор, т. е. кто был кто и кто как себя вёл в условиях пуджамика-гавщины. Впрочем, некоторые сведения сохранились.

В институте, естественно, произошла невидимая поляризация на «за» и «против» шабашников. В те бурные недели декабря 1981 года многие шабашники узнали, ху из кто, а кто из ху! Некоторые бывшие друзья вдруг превращались в «принципиальных» в духе того времени, и наоборот, некоторые, казавшиеся прямолинейными ортодоксами, вдруг проявляли человеческое понимание и добро-желательность.

Определённо можно сказать, что на стороне шабашников были все (почти все!) женщины.

>   Лишь женщине, лишь женщине подвластна
>   Любовь без крыши и любовь без дна.
>   Без женщины, без женщины напрасно
>   Стучит к нам осень и звонит весна!
>
>   Царицы объявляли войны,
>   Королевы заключали мир,
>   Чтобы разлюбивший пал на бойне,
>   Чтобы полюбивший их был жив.
>
>   Дымные столетья мимо,
>   мимо, мимо, мимо,
>   Мимо инквизиторских костров,
>   А женщины не пахнут дымом, —
>   Неиспепелима их любовь.

По-видимому, это внеисторическое явление — отношение женщин к гонимым или упавшим. Женщины в большей степени, чем мужчины, склонны к проявлению сострадания и милосердия; кроме того, они в меньшей степени боятся начальства, а поэтому ведут себя более независимо — они редко участвуют в куликовщине или пуджамикагавщине. Анна Ахматова рассказывала, что когда в 1934 году энкавэдэшники по приказу вождя всех времён и народов и лучшего друга всех писателей и поэтов арестовали великого русского поэта Осипа Мандельштама, из мужчин один лишь Перец Маркиш пришёл навестить и поддержать в этот страшный час жену поэта Надю, а женщин приходило много!

Так и в «Деле шестнадцати» было.

> Лишь женщине, лишь женщине подвластна
> Любовь без крыши и любовь без дна.
> Без женщины, без женщины напрасно
> Стучит к нам осень и звонит весна!

> Принцессы отдавались нищим,
> Возжелали принцы падших дам.
> Всех любви огромные глазища
> Завлекали в свой священный храм.

> Бог ночей — лупатый филин,
>   филин, филин, филин,
> Филин видел много на веку:
> Как в альковах плакали графини,
> Золушки смеялись на лугу.

Конечно, и среди женщин находились не совсем доброжелательные, но больше вспоминаются женщины, наполненные сочувствием и сопереживанием.

> Последней пулей карабина
> Женщина стреляла по любви.
> Долго стон стоял над морем синим:
> «Ты, Любовь, меня с собой возьми!»

> Но в ответ лишь эхо, эхо, эхо,
> Эхо поспешало по волнам.
> А Любовь, подстреленная, тихо,
> А Любовь, подстреленная, тихо,
> А Любовь, подстреленная, тихо,
> Тихо чёрным лебедем плыла.

Лишь женщине, лишь женщине подвластна
Любовь без крыши и любовь без дна.
Без женщины, без женщины напрасно
Стучит к нам осень и звонит весна!

Каждый из шестнадцати мог бы привести поразительные и трогательные примеры сочувствия и помощи со стороны женщин в то время; это, однако, увело бы нас сильно в сторону от основной нашей линии. Поэтому мы, хотя и с большим сожалением, оставляем тему «Женщины в "Деле шестнадцати"», достойную отдельной повести.

Любовь моя, будь милосердной.
Не отрекись,
Не отвернись,
Не отшатнись, останься верной.
Ты мне, Любовь,
И Смерть, и Жизнь.

Перед иконой на коленях,
Не предавай меня,
Молю!
Не предавай ни на мгновенье,
Ни на мгновенье, что люблю.
Перед крестом, святым знаменьем,
Не покидай меня,
Молю!

Что же касается мужчин, то среди них были примеры как поразительного злопыхательства, так и столь же поразительной доброжелательности и поддержки.

Приятно начать с последнего.

Особенно неожиданным для многих было то, что на сторону шабашников стал Алексей Иванович Беляев — секретарь партбюро рабочих и служащих.

Из воспоминаний Вячеслава Петрова:

«Больше всего неприятностей ожидали от Беляева. Однако он оказался главным защитником. Как дважды два доказал на партсобрании, что криминала в наших действиях нет. И если бы не партвзносы, так вообще не о чем было бы говорить».

Алексей Беляев — старый службист из военных, строгий и безукоризненный исполнитель всех распоряжений и указаний сверху, казался многим (но не всем!) негибким ортодоксом, слепым и способным на всё орудием в руках хитрого начальства. Жизнь, однако, опровергает схоластические схемы — Алексей Иванович оказался доброжелательным, порядочным, воистину принципиальным и, в конце концов, просто разумным человеком. Будучи, как казалось, в эпицентре пуджамикагавщины, он отнюдь не последовал за ней. Послушав «Дело», Алексей Иванович решительно заявил, что раз бригада сделала полезную работу — честь ей и хвала! Во каково — о деле, о работе подумал! Он абсолютно не клюнул на ахинею со справками — это было поразительно, если учесть его скрупулёзно-педантичное отношение к любым документам. Он, наконец, позволил себе публично защищать шабашников на партсобрании, и это в обстановке всеобщей пуджамикагавщины. Если кто-либо заподозрит, что Беляев был как-то лично заинтересован в этом, то он ошибётся — у него определённо не было никаких личных мотивов защищать шабашников!

Наполним гравитационные бокалы,
Перевернув их, в надпространство перейдём,
И, привязав себя антинагрузки фалом,
В антимиры свою тарелку поведём.

Так собирайтесь все:
Блондины и брюнеты,
Седые, рыжие,
С причёсками эрзац
На борт ЛЭИСовской
Тарелочной ракеты,
Где будет шмон,
Потом — абзац.

Мы не говорим уже о личных друзьях шабашников, которые искренне переживали за них, но имелись сочувствовавшие и среди тех, кто был начальством определён в гонители. Например, член комиссии парткома Витя Караванов хотя и не выступал открыто за шабашников, но решительно отмежевался от всяких против них деяний. Как правило, он вообще избегал участвовать в разбирательствах. Достойно вёл себя и другой член комиссии — Лёва

Гаврилов, который старался выполнить её поручения таким образом, чтобы по крайней мере не ухудшить положение шабашников. Тут трудно сказать, что шло от человеческих качеств, а что от понимания практической нецелесообразности и даже опасности выступать против бригады, однако разумный подход тоже нужно ценить.

Ведь у Куликовского не оказалось такого разума, который подсказал бы ему: «не делай этого, не активничай в поисках наказаний похлеще, а наоборот, помоги людям, и они будут благодарны тебе».

Вторым после Куликовского сторонником жёстких мер, расследований и наказаний, подлинным вдохновителем лэисовской пуджамикагавщины был Валерий Пушкин. Его деятельность в роли председателя комиссии парткома была весьма бурной, но хаотической, безрезультативной, и во внешних сферах вряд ли принесла ему нечто большее, чем сомнительные лавры активного участника броуновского движения. Впрочем, может быть, мы здесь Валерия Михайловича недооцениваем. Ведь, раскочегаривая «Дело шестнадцати», он ускорял падение Куликовского, а следовательно, приближал звёздный час своей карьеры. Но это только предположение.

Из тех, кто свирепствовал на факультетах, особо следует отметить доцента Чистовского — секретаря партбюро факультета РТ. Чистовский — типичное порождение пуджамикагавщины 70-х годов, в то время имел прочную репутацию непримиримого борца с сионизмом в ЛЭИСе (легко бороться с тем, чего нет!), однако рвался к власти в такой позе «бескомпромиссного партийца», которая отпугивала даже видавших виды пужамикагавщиков. Он устроил злобное обсуждение и осуждение шабашника Коли Кутова на партсобрании факультета, настаивал на большем наказании, чем того требовал партком, который вынужден был поставить его на место.

Между теми, кто был явно «за» или явно «против», как всегда в таких случаях, находилось немало «промежуточных», которым хотелось, чтобы «и вашим, и нашим» или «и не вашим, и не нашим». Тут психологические нюансы разыгрались на фоне куликовщины и пуджамикагавщины. Например, ты вроде бы друг одних из шабашников, но хотел бы занять служебное кресло других из шабашников. Так валить всех вместе или нет? Или, например, ты, опять же, друг и коллега кого-то из шабашников, а ректор или, скажем, партком тебе доверительно поручает расколоть их «по-дружески». Как быть? Проблема! Гамлет! Бить или не бить? Вот в чём вопрос!

Однако не слишком ли много мы валим на пуджамикагавщину, шьём ей дело? А сам человек-то что? Ничего не соображает, что ли?

Интересно отметить, что в те дни многие воспринимали «Дело шестнадцати» в более широком плане, как борьбу активных, здоровых начал с засильем бюрократизма. Некоторые восприняли это дело как реальную возможность победить куликовщину и избавится от Куликовского. На этот счёт были конкретные предложения.

Из воспоминаний Вячеслава Петрова:

«В институте поляризация народных масс. Одни — за, другие — против. Приходили ребята с кафедры физики для конфиденциального разговора. Тема: давайте валить Куликовского вместе. Вы же сила. Все среднее звено. А мы поддержим. Поблагодарили за сочувствие, но сказали, что мы не экстремисты».

Мы, конечно, не экстремисты, но было бы исторической неправдой — а таковая недопустима на этих страницах — утверждать, что мысли о необходимости свержения Куликовского не посещали шабашников. Более того, на определённом этапе развития дела был подготовлен план такого свержения. Первый этап плана — сбор и систематизация компрометирующих шефа материалов. В результате его осуществления был составлен список нарушений и злоупотреблений из 32 пунктов: нарушения финансовые, кадровые, в работе с преподавателями и со студентами — чего только там не было!

К чести наших героев нужно сказать, что список этот, составленный грамотно и со знанием дела, никому они не показали, в конверт не положили и анонимочкой в горком не послали. Сами список составили, сами в своём кругу почитали, посмеялись и убрали!

> Сильные —
>   обычно добрые,
> Добрые,
>   как сильные слоны.
> Если пьют —
>   так водку вёдрами,
> Чтобы в небе плыло
>   две Луны.

Добрые —
           обычно сильные,
Сильные,
           как добрые слоны.
Даже и любвеобильные
Добрые
           всегда любви верны.

А Юрия Петровича через пару лет не просто сняли с должности, но буквально спихнули с кресла отнюдь не те, кого он пытался уволить и отдать под суд, а его ближайшее окружение, причём решающую роль в этом сыграли причастные к созданной Юрием Петровичем лэисовской пуджамикагавщине — Валерий Пушкин и Валентина Михайлюк. Имея в виду Михайлюк, которую он сам взял в своё время на должность проректора по строительству, Куликовский вынужден был сформулировать министерскому начальству такую задачку с двумя неизвестными: «Или она, или я!». В министерстве решать задачки не любили, а посему решительно и со всей большевистской принципиальностью ответили Юрию Петровичу, что, конечно же, он, и... уволили его!

Слава Богу, что наши шабашники к этому делу не причастны. Куликовский был отнюдь не самым худшим в системе куликовщины. Были у многострадального института имени Бонч-Бруевича ректоры и похуже. Господи, не посылай больше таких, прости нас и помилуй!

Не дай, Господь,
Ни серебра,
Ни злата.
Я в этой жизни до конца прозрел...
И постучусь
В твои, Всевышний, врата
Без денег.
Без денег.
Без денег в окружении друзей.

Монолог о милосердии

Пора определить временные рамки и основные даты «Дела шестнадцати». Вся в целом возня вокруг «Дела» продолжалась почти два месяца — с 3 декабря 1981 года (появление пресловутого запроса из «Лентелефонстроя») по 27 января 1982 года (решение парткома о раздаче наказаний партийным шабашникам). Однако собственно «Дело» продолжалось всего около месяца — с 3.12 по 31.12.1981 года, и в этом периоде можно выделить следующие основные даты:

День первый, 3 декабря — появление запроса о шабашниках и начало куликовщины;

День второй, 9 декабря — начало пуджамикагавщины и эпицентр куликовшины;

День третий, ? декабря — кульминация «Дела» — «театрализованный ректорат»;

День четвёртый, 29 декабря — решение парткома и конец пуджамикагавщины;

День пятый, 30 декабря — заседание профкома по «Делу»;

День шестой, 31 декабря — итоговый приказ по «Делу» и конец куликовщины.

День седьмой, как известно, Всевышний отдыхал после трудов праведных.

В этой череде событий и дат день третий, когда Юрий Петрович устроил пышное заседание ректората совместно со всеми шабашниками для оглашения приговора, безусловно, является кульминационным.

К великому нашему сожалению, об этом знаменитом заседании сохранилось очень мало сведений, заседание не стенографировалось, дневников и записей нет, документов нет. Даже точную дату этого заседания установить не удалось, можно лишь утверждать, что оно состоялось не раньше 10 декабря и не позже 22 декабря.

Поэтому в изложении этого события мы опираемся почти исключительно на зыбкую человеческую память. Впрочем, многие детали воспоминаний разных лиц настолько совпадают, что их достоверность не вызывает сомнений. Кроме того, мы располагаем копией подлинного проекта приказа, зачитанного на заседании ректората.

Итак, приступим!

Состояние «Дела» к рассматриваемому моменту читателю достаточно ясно: все попытки Куликовского и составленной им следственной группы под руководством Пушкина расколоть шабашников и заставить их выдать «преступника», включая шантаж и запугивания, провалились.

Театрализованный ректорат, на котором шабашникам обещали объявить приказ об их увольнении, понадобился Юрию Петровичу как решительная попытка добиться своего. Впрочем, мы допускаем и такое предположение, что Юрию Петровичу всё это дело тоже поднадоело и хотелось поскорее выйти на финишную прямую.

Декабрьский вечер, рано стемнело. Шабашники собираются, как всегда, внизу в кабинете Сергея Корчагина, на целый месяц превращённый в штаб шабашнической обороны. Бурно обсуждаются возможные варианты поведения на ректорате с целью предотвращения всеобщего увольнения. С одной стороны, в реальность такого исхода не верилось — неужели Ю. П. так глуп? Но, с другой стороны, Ю. П., как докладывали, настроен совершенно категорически. Конструктивных предложений не было, альтернатива — выдача одного — была неприемлема. Юрий Окунев предложил: он попытается обратиться к Ю. П. от имени всех с просьбой о смягчении наказания. Согласны ли члены бригады просить о смягчении позиции ректора? Да, согласны!

После этого решения все вместе направились в кабинет ректора на третьем этаже. Недолгое ожидание в приёмной, и всех просят войти. Великолепная зала с видом на Мойку и дворцы Строганова и Разумовского на противоположном берегу. В глубине огромный ректорский стол с небольшим перпендикулярно приставленным столом для собеседников. За ними Куликовский, Пушкин, Михайлюк, Гомзин и кто-то ещё. Вдоль окон длинный стол заседаний — вокруг него боком к ректорату рассаживаются шабашники и секретарь ректора.

Стоит торжественная тишина. Затем Юрий Петрович открывает заседание кратким заявлением о том, что пора принимать решение, ибо у членов бригады было достаточно времени, чтобы обдумать своё положение, и обращается к ним с вопросом: «Желает ли кто-нибудь выступить от бригады или от своего имени?»

Поднимается Юрий Окунев. Под сводами зала звучат слова, вошедшие в историю «Дела шестнадцати» под названием «Монолог о милосердии».

Автор и исполнитель этого монолога, как выяснилось, не помнит, что он говорил, конспекта монолога не существовало, его никто не записал. (Может быть, монолог был записан на магнитофон Куликовским? — ведь известно, что таковой у него был под крышкой стола.)

И вот, получается так, что мы находимся в крайне затруднительном положении. С одной стороны, нам не хотелось снижать уровень этого правдивого повествования литературным вымыслом в стиле соцреализма. А с другой стороны, было бы неправильным обойти полным молчанием содержание произнесённого монолога, ибо, судя по тому, как шабашники в своих показаниях вспоминали о нём, это был маленький шедевр ораторского искусства.

Конечно, то, что мы сейчас попытаемся сделать, аналогично пересказыванию содержания стихов, т. е. попытка с негодными средствами. А как же быть?

Сначала автор монолога напомнил Юрию Петровичу, кто перед ним сидит. Перед вами, — сказал он, — цвет институтской общественности, едва ли не самая активная, деятельная, плодоносная часть нашего коллектива. Многие годы работают они здесь, и не было бы многих наших достижений без их труда. Затем Окунев, указуя то на одного из сидящих рядом с ним, то на другого, на конкретных примерах показал, как много сделали сидящие и как много значат они для института. Можно ли не учитывать всего этого, — риторически вопросил далее исполнитель монолога, — при вынесении приговора? Справедливо ли вообще наказывать этих невинных людей? И сам же ответил: нет, не справедливо! Не совершали и не могли они совершить ничего такого, что можно было бы назвать преднамеренным или осознанным нарушением законов, а тем более аморальным! Вся жизнь их и труд, в том числе в бригаде, свидетельствуют о невозможности подобного. А если волею обстоятельств или по недосмотру они и попали в положение, при котором были некоторые нарушения, о чём они горько сожалеют и в чём искренне раскаиваются, то не следует ли, — и здесь говоривший возвысил голос, — не следует ли проявить милосердие и простить оступившихся, что будет понято и оценено, в этом нет сомнений, самым высоким образом.

Далее автор-исполнитель монолога обратился к Юрию Петровичу от имени всей бригады с просьбой, проявив вышеупомянутое милосердие, не увольнять никого, а ограничиться тем, что бригада и так уже наказана в достаточной степени в ходе публичного расследования и осуждения. И за добро добром воздастся! — обещал он.

«Монолог о милосердии» был выслушан всеми с напряжённым вниманием. В тот момент, когда первый раз было произнесено слово «милосердие», Юрий Петрович скривился, как будто ему неожиданно из-под стула сделали мыльную клизму.

Много десятилетий это слово исключалось из нашего общественного лексикона, а само понятие милосердия намеренно отождествлялось с каким-то неприятно скользким (мыльно-серым) обманом. Мы читали о милосердии у непрогрессивных классиков прошлых веков, а прогрессивные современные радостно грохотали: «Если враг не сдаётся, его уничтожают!» — и добавляли про себя: «Если сдаётся — тем более!» Отброшенные в нравственном отношении в добиблейские времена, мы не верили в милосердие и смеялись над ним. Сделались ли мы от этого более счастливыми? Нет! Но это уже другая тема.

Во всяком случае, не было ничего удивительного в том, что слушать о милосердии профессору Куликовскому было неприятно. Если он и склонен был проявить некоторое смягчение позиции, то никогда не согласился бы отождествить это с поповским милосердием.

Однако и на него речь Юрия Борисовича некоторое впечатление произвела. Ответил он на неё примерно так: вы все, ясное дело, не дураки, выбрали весьма эрудированного оратора, человека науки, который заранее подготовил материал и теперь с блеском его изложил.

В этом месте его прервал Игорь Ветров, который вскочил и выпалил: *«Юрий Петрович, честное слово, это была импровизация!»*

Юрий Петрович между тем продолжал в том смысле, что не так уж это важно — импровизация или нет, т. к. он всё равно не может выполнить просьбу, высказанную Юрием Борисовичем от имени бригады, ибо ему, Ю. П. Куликовскому, государство доверило руководить институтом, он несёт ответственность за институт перед государством, и поскольку в институте совершено преступление — подделка справок и незаконное использование гербовой печати, он должен сделать выводы и в соответствии с законом наказать виновников по всей строгости. Нужно быть, продолжал Юрий Петрович, честными всегда и во всём, а члены бригады не хотят дать честные показания. После этого разъяснения в напряжённой и торжественной тишине зачитывается приказ. С подлинника, отпечатанного на пишущей машинке секретарём ректора, мы воспроизводим два основных пункта:

> Начальник СМУ-1 Ляпин А. П. сообщил, что бригадой полностью выполнен договорной объём работ, однако, по сведениям отдела кадров ЛЭИС, никто из них не имел возможности работать весь срок с 1 июля по 31 августа.
> В связи с изложенным
>
> ПРИКАЗЫВАЮ:
>
> 1. УВОЛИТЬ с 25 декабря 1981 года по статье 254, п. 3, КЗОТ РСФСР — за совершение аморального проступка и организацию работы бригады по подложным справкам — старшего преподавателя Ананишнова В. В.
> 2. Объявить строгий выговор за участие в работе бригады, оформленной по подложным справкам: (следует перечень шабашников).

Читая этот приказ шесть лет спустя, нельзя не обратить внимание на следующее: в нём впервые за всё время с момента начала «Дела» на документальном уровне подтверждается, что «бригадой полностью выполнен договорной объём работ». Такого не было ни в одном из приведённых выше партийных документов, и то, что Куликовский возвысился до такой объективности, делает ему честь.

Текст приказа оказался неожиданным. Значит, всё-таки Юрий Петрович решил уволить хотя бы одного, и этим одним он избрал Витю Ананишнова. Неприятно гнетущая тишина была прервана эмоциональной выходкой Моисея Берсона. Вот как он об этом вспоминает:

> «Зачитывается приказ об увольнении Вити. И я ломаю сценарий, взрываюсь.
> Ю. П. хочет быть всегда честным. «Ах, ты…» — но это про себя, сквозь зубы. А громко… Почему-то всё, что говорил, было воспринято как шантаж. Дичь, чушь. Просто были эмоции, которые не удержал».

А говорил Моисей о своей обиде на несправедливость по отношению к Вите Ананишнову, который больше всех вкалывал и не имел никакого отношения ни к каким справкам, говорил с какими-то намёками на какие-то обстоятельства. И эти намёки были поняты всеми таким образом, что, мол, в то время как некоторые корчат из себя шибко честных, всем присутствующим хорошо известны гешефты этих некоторых. Юрий Петрович тоже, по-видимому, посчитал, что это на него катят бочку и запугивают небезызвестностью некоторых нарушений хозяйственной деятельности института. Заговорил жёстко: позиция у него твёрдая, запугать его никому не удастся. Напряжённость несколько разрядила реплика Миши Лесмана, когда он на риторический вопрос Куликовского: *«Почему, например, меня не взяли в бригаду?»* — быстро среагировал: *«Знали бы, чем дело кончится, обязательно взяли бы»*. Чёрный юмор вызвал улыбки, смягчил ситуацию.

Юрий Петрович подходит поближе к шабашникам, говорит доверительно. Конечно, он понимает: В. В. Ананишнов, вероятно, и не виноват. У бригады есть возможность справедливость восстановить, назвав того, кто подделал справки — «некоего Сидорова». Конечно, этот «некто» понесёт наказание по всей строгости, но зато с остальных будет снято подозрение. Бригада должна тщательно всё обдумать. Он готов подождать! Мы, — Юрий Петрович показывает на членов ректората, — сейчас уйдём, оставим вас здесь всё обдумать и обсудить. Если что надумаете, меня позовёте!

Ректор и ректорат выходят из кабинета, шабашники с недоумением смотрят им вслед. Неужели так дёшево хотят подловить? Неужели ректор, оставив включённым магнитофон, рассчитывает записать откровенный разговор шабашников без свидетелей? Смесь подлости с глупостью? Просто не верится в возможность такого! А может быть, магнитофон не включён? Зачем же тогда оставлять думать в кабинете? Психологическая атака? Сомнения в сторону, магнитофон, ясное дело, включён с самого начала! Знаками и жестами друг другу — ни слова по существу дела! А вслух — дежурные фразы для магнитофона: о несправедливости приказа, о непричастности к справкам и т. д. и т. п.

Посидели шабашники минут пять для приличия, наговорили ерунду для магнитофона, встали дружно и ушли. В кабинете Серёжи Корчагина обсудили ситуацию. Ясно: нужно готовить материалы в суд на незаконное увольнение бригадира. Позвонила Люда Куликова: «Юрий Петрович интересуется решением бригады». Ответили: «Нам сказать больше нечего!» И покатилось «Дело шестнадцати» к скорому финалу.

23 декабря в пожарном порядке проведено собрание профгруппы кафедры экономики по вопросу об увольнении преподавателя В. В. Ананишнова за совершение аморального поступка. Куликовский спешит — если до третьего января 1982 года, т. е. в течение месяца со дня поступления информации о бригаде, он не издаст приказ, его последующие действия будут незаконными. За исключением новогодних праздников, остаётся неделя, а ведь ещё нужно обтяпать решение месткома.

И вот перед нами выписка из протокола собрания профгруппы — замечательный документ, подписанный двумя замечательными женщинами. Снова обращаем внимание на то, что в системе куликовщины и пуджамикагавщины женщины ведут себя значительно порядочнее и достойнее мужчин.

ВЫПИСКА

из протокола собрания профгруппы
кафедры экономики и организации производства
ЛЭИС им. проф. М. А. Бонч-Бруевича
№ 4 от 23.12.81

Профсоюзное собрание членов кафедры Э и ОП, заслушав и обсудив заявление тов. Ананишнова В. В. о предстоящем рассмотрении на заседании местного комитета ЛЭИС им. проф. М. А. Бонч-Бруевича вопроса о его увольнении, принимает следующее решение:

Строго осудить тов. Ананишнова В. В. за то, что был оформлен на работу в период летнего отпуска 1981 года с 02.07.81 по 31.08.81, в то время как действительно в отпуске он находился с 06.07.81 по 30.08.81.

Просить местный комитет ЛЭИС при рассмотрении вопроса об увольнении тов. Ананишнова В. В. учесть следующие обстоятельства:

Тов. Ананишнов В. В., закончив ЛЭИС в 1964 году, с 1967 года по настоящее время работает на кафедре Э и ОП. За время работы проявил исключительное трудолюбие, добросовестность и способность к преподавательской и научной деятельности. В 1978 году был представлен на доску почёта ЛЭИС, является ударником коммунистического труда. Тов. Ананишнов В. В. — ведущий преподаватель цикла, пользуется у коллектива кафедры неизменным уважением и авторитетом. Награждён памятной медалью к 50-летию ЛЭИС. За время работы взысканий по административной линии не имеет.

Заслушав и обсудив изложенные лично тов. Ананишновым В. В. обстоятельства его работы в период отпуска летом 1981 года, считаем, что увольнение тов. Ананишнова В. В. является мерой наказания слишком строгой,

382

не соответствующей совершённому проступку. В действиях тов. Ананишнова В. В. не усматривается элементов аморального поведения.

Ходатайствуем перед местным комитетом ЛЭИС об оставлении тов. Ананишнова В. В. на работе на кафедре экономики и организации производства в занимаемой должности.

Председатель собрания, к. э. н., доцент   Цатурова Р. Г.
Секретарь собрания, д. э. н., профессор   Фирсова С. М.

Подписавшие этот документ доцент Р. Г. Цатурова и профессор С. М. Фирсова заслуживают, на наш взгляд, такого же высокого уважения, как и упоминавшийся выше А. П. Беляев. Выдвинутая ими причина «строгого осуждения тов. Ананишнова В. В.» настолько утрированно нелепа, что не вызывает сомнений — это издевательство над официальной точкой зрения ректора и парткома. Этот пункт выписки в сочетании с последующими пунктами — отповедь ректору и парткому и вместе с тем предупреждение: ничего у вас не выйдет с увольнением Вити Ананишнова.

Несмотря на этот голос разума, одиноко прозвучавший в джунглях куликовщины и пуджамикагавщины, последние упорно настаивали на увольнении.

29 декабря, как было показано в предыдущем разделе нашей повести, партком рекомендовал администрации уволить В. В. Ананишнова, а 30 декабря Ю. П. Куликовский организовал заседание профкома для одобрения своего приказа. Казалось бы, профсоюзы должны защитить трудящегося, работягу, который и во время отпуска своего вкалывал, от преследований администрации. Казалось бы... Но ведь профсоюзы-то были пуджамикагавской «школой коммунизма»! Предоставим слово свидетелю.

Из показаний Виктора Ананишнова:

«Как меня увольняли. 30 декабря 1981 года. На 11 часов дня назначено заседание профкома института по интересному поводу — увольнению бригадира сотрудников института, оформленных в «Лентелефонстрое» по поддельным справкам.

На профкоме присутствовали ректор Куликовский, проректор по вечернему и заочному обучению Пушкин — как председатель комиссии по делу «банды шестнадцати». С изложением сути дела выступил Куликовский. Его версии я не признал. Что-то говорил против. Тогда выступил «юрист» профкома Тартаковский и объяснил суть моего поступка с точки зрения КЗОТ, из чего следовало, что я могу быть уволен из института по статье (не помню какой), в которой говорится о моём аморальном поведении.

Предлагали покаяться и с институтом не судиться (последние слова от Пушкина). Поскольку я упорствовал в своей невиновности, то профком голосовал. Трое против моего увольнения (Кутов и ещё две женщины), один или двое воздержались, остальные — за увольнение. На этом разошлись».

Позорное решение профкома принято под председательством Эдуарда Перфильева! Опять же обращают на себя внимание женщины — две женщины, и только они (если не считать заинтересованного члена профкома — шабашника Колю Кутова) проголосовали против увольнения Вити Ананишнова. Ах, эти прелестные слабые существа, которые боятся начальства значительно меньше, чем здоровенные, но, увы, трусливые мужики! Честь и слава вашему мужеству, отсутствующему у мужчин, во веки веков!

> Уходят от нас не только года,
> Уходят от нас не только друзья.
> Судьба и любовь переменчивы —
> Уходят любимые женщины.
> Уходят, как тени от гаснущих свеч,
> Как дым, навсегда покидающий печь,
> Как утро туманное, вечер седой,
> Как тихое счастье пред шумной бедой.
> Уходят,
>   Уходят,
>   Уходят.

Несмотря на локальный успех в профкоме, Юрий Петрович к концу дня 30 декабря уже понимает: с увольнением Ананишнова тоже ничего не выйдет! А если всё же уволить, то по суду восстановят. Ибо все обвинения, связанные с подделкой справок, недоказуемы, а самих справок и вообще уже в помине нет.

Но лицо-то нужно как-то спасать! Неужели целый месяц зря топором размахивал, хотя бы веточку срубить под занавес, иначе совсем дураком прослывёшь. И тогда Юрия Петровича посещает спасительная мысль — используя решения парткома и профкома как средство давления и шантажа, вынудить Ананишнова написать заявление с просьбой (с просьбой?!) отстранить его от преподавательской работы и перевести в научные сотрудники. План этот быстро реализуется — Витю Ананишнова удаётся уговорить, посулив ему скорое возвращение на кафедру в качестве доцента.

Вслед за этим последним актом «Дела» выпущен был последний, наконец-то действительный, приказ — уморительный апофеоз разыгранной на подмостках ЛЭИСа трагикомедии.

Вот этот документ в подлинном виде.

Министерство связи СССР
ЛЭИС им. проф. М. А. Бонч-Бруевича

ПРИКАЗ № 285/к

31.12.81   Ленинград

3 декабря 1981 года ЛЭИС получил запрос из треста «Лентелефонстрой» с просьбой подтвердить время отпусков шестнадцати сотрудников института, оформленных на работу в СМУ-1 этого треста в июле-августе 1981 года во главе с бригадиром, ст. преподавателем Ананишновым В. В.

При проверке выяснилось, что на неработающего в ЛЭИС Льва Ю. М., двух преподавателей и тринадцать научных сотрудников представлены в СМУ-1 подложные справки, из которых следует, что все они — преподаватели ЛЭИС и все имеют отпуск с 1 июля по 31 августа. Справки содержат поддельную подпись и изображение гербовой печати института.

Начальник СМУ-1 Ляпин А. П. сообщил, что бригадой полностью выполнен договорной объём работ, однако, по сведению отдела кадров ЛЭИС, никто из них не имел возможности работать весь срок с 1 июля по 31 августа.

В связи с изложенным

ПРИКАЗЫВАЮ:

1. Отстранить от преподавательской работы и. о. доцента кафедры Э и ОП Ананишнова В. В., перевести его с 01.01.82 на должность старшего научного сотрудника НИЧ этой же кафедры — за руководство работой бригады, оформленной по подложным справкам.

ОСНОВАНИЕ: личное заявление, решение парткома.

2. Объявить строгий выговор за участие в работе бригады, оформленной по подложным справкам: (перечисляются все шабашники).

ОСНОВАНИЕ: объяснительные записки.

3. О. В. Воробьёв дисциплинарному взысканию не может быть подвергнут, так как в настоящее время не является работником ЛЭИС.

4. Объявить строгий выговор за халатное отношение к хранению институтской печати ст. инспектору ОК Куликовой Л. И.

ОСНОВАНИЕ: объяснительная записка.

5. И. о. начальника отдела кадров Сикорской Л. М. принять неотложные и действенные меры к предотвращению незаконного использования бланков справок.

Ректор, профессор   Ю. П. Куликовский

СОГЛАСОВАНО:
Секретарь парткома   О. С. Когновицкий
Председатель месткома   Э. П. Перфильев

Поразительная смесь бессилия с наглостью и ложью — не будем тратить время и силы на обсуждение этого литературного памятника Ю. П. Куликовскому!

Никто из шабашников не пришёл расписаться в том, что ознакомлен с приказом, никто из них не признал его!

Все они отпраздновали в этот день наступление нового года и конец «Дела шестнадцати», которое началось в день рождения шабашника Петрова — он же Поручик, он же «некий Сидоров», а закончилось — в день рождения шабашника Окунева — он же Доцент, он же Сеня.

> Опять часы усами стрел
> Введут всех в Новый год,
> Введут всех тех,
>   кто плакал, пел,
> Кто между, над и под.
> Кто раздавал,
>   дарил, щадил,
> Внимал и обнимал,
> А также тех,
>   кто был не мил,
> Кто радость убивал.
> И значит —
>   времени рубеж
> Пройдут и друг, и враг,
> И значит —
>   в Новый год надежд
> Войдут Любовь и Страх!

Послесловие

3 декабря 1986 года, квартира Славы Петрова. Отмечается пятилетие «Дела шестнадцати». Вдоль стены растянуто огромное знамя с золотыми кистями и золотым тиснением: «Ленинградский электротехнический институт связи им. проф. М. А. Бонч-Бруевича». На полочке портрет Ю. П. Куликовского, перед ним свечка и рюмка водки.

За столом буйное веселье. Вспоминаются старые шабашки, вспоминаются все перипетии «Дела шестнадцати».

> Минует всё.
> Все навсегда уйдут,
> Долюбят,
> Допоют,
> Договорят,
> Доспорят.
> Не завершится только
>   божий суд
> Над глупостью,
> Над трусостью,
> Над ханжеством,
> Над строем…

«Много чего было.

ЮПК, который достал топор, размахнулся, а рубить-то и нечего, и спрятать топор некуда.

Некто Сидоров, который присутствовал во всех беседах как символ потусторонних сил и деяний.

ЮБО и ОВВ, которым нервы вытягивали в нити.

ННК, который упивался юридической литературой.

Укороченный состав, который упивался натурально.

Друзья, для которых это было дико.

Женщины, для которых это было интересно.

Шептуны, которым мы были непонятны, и просто завистники, что им не дано такое.

Умные, добрые человеки.

Дерьмо — факультетские подпевалы. Утонувшее не всплыло.

Много что было! *Аминь!*»

Дано прожить —
       так уж прожить,
Наполнив жизнь страстями.
Дано грешить —
       так уж грешить,
Срывая грех горстями.
Дано дружить —
       так уж дружить
Другим на удивленье.
Дано любить, —
       так уж любить,
Любить и в пригрешеньях.

Потом все поют любимые песни под гитару и мерцанье свечей. Оглашается идея написания исторического документа «Дело шестнадцати».

Колокола, колокола,
Не надо так печалиться.
В полжизни жизнь,
Зато она —
            красива и светла.
Колокола, колокола,
Так редко барды старятся.
Вы догудите песни их
Живым,
Колокола!

Самолично удавлю
Тех, кто звёзды ненавидит.
А созвездье, что люблю,
Никому не дам обидеть.

        Катит звёздный шарабан,
        В нём любви первоистоки.
        И, конечно, не обман —
        Шарабан вращают боги.

Звёзды в россыпь по груди.
Малая звезда левее.
Без неё мне нет пути
До созвездья Любодея.

До созвездья Лебедей
Не домчаться в одночасье.
Левая звезда светлей.
Без неё не будет счастья.

Обнимать хочу Луну,
В космос запускать ладони
И держать свою звезду
На грудастом небосклоне.

1 ноября 1987 года, Ленинград